世界流行科幻丛书
主编：姚海军

坠落天使

［英］理查德·摩根　著

郑赛芬　译

四川科学技术出版社

BROKEN ANGELS by RICHARD MORGAN

Copyright: © This edition arranged with THE ORION PUBLISHING GROUP
through Big Apple Agency, Inc., Labuan, Malaysia.
Simplified Chinese edition copyright © by 2016 SCIENCE FICITION WORLD
All rights reserved.

图书在版编目（CIP）数据

坠落天使 /（英）理查德·摩根 著；郑赛芬 译 .
-- 成都：四川科学技术出版社，2016.11

ISBN 978-7-5364-8367-5

Ⅰ . ①坠… Ⅱ . ①理… ②郑… Ⅲ . ①长篇小说—英国—现代 Ⅳ . ① I561.45

中国版本图书馆 CIP 数据核字（2016）第 123985 号

图进字 21-2013-12

世界流行科幻丛书

坠落天使

出 品 人	钱丹凝
丛书主编	姚海军
著　者	[英]理查德·摩根
译　者	郑赛芬
责任编辑	宋 齐
特邀编辑	李克勤
封面绘画	九代火影
封面设计	李 鑫
版面设计	李 鑫
责任出版	欧晓春
出版发行	四川科学技术出版社

四川省成都市槐树街 2 号 出版大厦　邮政编码：610031

成品尺寸	140mm×203mm
印　张	16
字　数	384 千
插　页	2
印　刷	四川省南方印务有限公司
版　次	2016 年 11 月成都第一版
印　次	2016 年 11 月成都第一次印刷
定　价	42.00 元

ISBN 978-7-5364-8367-5

目录 CONTENTS

第一部

伤 员

战争就像孽缘，你想逃离，却要付出代价。或许更重要的是，就算逃脱，你能否过得好一些？

——奎尔克里斯特·菲尔康纳，《起义日记》

第一章

　　"圣克宣四号"周围是参差不齐的云翳,往上三千米的空中有一家星际联盟摄政府轨道医院。就是在那儿,我第一次遇到浑身是伤的简·施耐德。理论上说,圣克宣星系不应该出现摄政府——然而,星际政府的余孽在他们的碉堡中叫嚣着,宣称这只是一个内部问题,而且当地各大利益集团心照不宣地签下了大名,于是联盟摄政府暂告成立。

　　相应地,自从约书亚·肯普在印第戈城竖起革命的旗帜,在星系中晃悠的摄政府舰船就更改了认证码。事实上,这些舰船被好几家大集团长期买断,之后又重新租给备战政府,所得收入成了地方发展资金(当然得除掉上交给政府的税钱)。只要还在合同的有效期内,那些没有被肯普威力强大的二手掠夺者炸弹轰下来的舰船就会被重新卖给摄政府,而舰船被炸造成的损失则直接用税收填补。当然,到处都是洗白这些幕后交易的家伙。此外,任何因对抗肯普军而受伤的高级军官都可以得到医疗救护,会有飞艇直接送往安全地带。这也是我当初选择阵营时一个主要的考量。看样子,这场战争一时半会儿还结束不了。

飞艇将我们直接扔在了医院的机库甲板上,一条宽大的传送带将几十个密闭的胶囊状担架送了下去,就像处理流水线上的一堆弹药,匆匆忙忙,毫不体贴。我们被送出机翼,咔咔嚓嚓、叮叮当当地落在了甲板上。一路上,我能听到飞艇发动机刺耳的轰鸣逐渐远去。然后砰的一声,有人打开我的舱门,空气逃逸后留下阵阵寒意,我的肺部传来一阵灼烧感,瞬间,周围的一切开始结冰,包括我的脸。

"你!"说话的是一个女人,声音刺耳,"哪里痛?"

我眨眼挤掉眼睑里的冰晶,低头看了看,制服上满是凝结的血块。

"你觉得呢?"我嘶哑地回了句。

"医生!这里需要内啡肽注射,还有专疗抗病毒医生!"她弯下腰,戴着手套的手指摸了摸我的头,同时,无针注射器冰冷地刺入了我的脖子,疼痛大大缓解。"你是从伊万弗尔前线来的吗?"

"不是。"我挣扎着回答,"北部边陲突击战。怎么,伊万弗尔出什么事了?"

"某个该死的终结者刚刚对那里进行了战略性核打击。"她虽然语气冰冷,但是怒气不小。她的双手顺着我的身子由上到下检查了一遍,"没有核辐射造成的外伤。化学的呢?"

我朝着领口方向歪了下头,"曝光计,应该告诉你,在那儿。"

"没有,"她的语气震惊而急促,"跟一大半肩膀一起没了。"

"噢。"一时我不知道该说什么,"我想应该没事,你可以给我做个细胞扫描吗?"

"在这儿不行,细胞层面的扫描器在病房甲板那儿。等那边给你腾出位子,我们再扫描。"她的双手离开我的伤体,"你的条形码呢?"

"左边太阳穴。"

有人擦掉我左太阳穴的血,我模糊地感觉到激光扫过脸颊,机器发出唧唧的声音,条形码认证通过。然后我被留在了甲板上,算是已经处理过了。

我躺在那儿,让内啡肽带走我的痛苦和意识,这种感觉就像把自己的帽子和大衣交给管家时能体会到的愉悦。与此同时,一小部分自我正想着自己是否还有救,是否需要重生。我知道卡雷拉的楔形军经营着几家小型克隆银行,服务于他那群所谓的不可或缺的干将。作为效忠于卡雷拉的五名前特派探员之一的我,明显可以列为不可或缺之精英人物。不幸的是,不可或缺是一把双刃剑:一方面可以给你带来高端的医疗服务,包括重置整个身体;另一方面,上述治疗的唯一目的就是尽早把你扔回战火中去。那些浮游生物一样低级别的士兵,如果身体严重残损,无法修补,那他的存储器就会从脊椎顶端温暖舒适的环境里被挖出来,扔进储物罐里,直到战争结束。这算不上是什么理想的解脱方法,因为楔形军是出了名的狡兔死走狗烹,将来能否得到重生可以说是毫无保障。但是,如果过去几个月都是在惨叫和混乱中度过,能够脱离战争,被装入存储罐,也是一件让人无限向往的事情。

"上校!嘿,上校!"

我不知道是特派探员的职业素养让我一直保持着清醒,还是这声音让我的意识醒过来。总之我听到了呼声,慢慢地转过头,想看看是谁在说话。

看起来我们还在机库甲板上,躺在旁边担架上的是一位年轻的肌肉男,头发又黑又硬,有些吓人,但即使吗啡引起的恍惚神情也没能掩盖他那一股机灵劲。和我一样,他也穿着楔形军军服,但衣服好像不大合身,上面的洞口和他身上的伤口好像也不吻合。在他左太阳穴,本该是条形码的位置,不偏不倚正好有块灼伤的疤痕。

"是你在和我说话?"

"是的,长官。"他用手肘把自己撑了起来,他们给他注射的内啡肽一定比给我的少得多,"看来我们确实把肯普赶跑了,是吧?"

"这个想法挺有趣。"我脑海中浮现出 391 野战排溃不成军的场景,"你觉得他会跑哪里去? 我的意思是,别忘了,这可是他的星球。"

"啊,我原以为——"

"士兵,我可不建议你这样做。你应该看过士兵守则吧? 现在,闭上嘴,省口气以后用吧。"

"啊,是,长官。"他有些惊讶。附近担架上的其他士兵转过头来,一位卡雷拉的楔形军官这样说话,其他人也有些不敢相信。和其他大多数战争一样,在"圣克宣四号"政府的煽动下,大家都觉得自己背负着崇高使命。

"还有——"

"上校?"

"这是一件上尉的军服,楔形军中没有'上校'这个军衔,记住了。"

然后,一阵奇怪的疼痛从我身上某个残缺部位传来,疼痛摆脱大脑中内啡肽的控制,歇斯底里地叫嚣着,四处搞破坏。我脸上的笑容变僵,然后慢慢退去,伊万弗尔的都市风景肯定也是这样瞬间消失的。突然间,我对一切都失去了关注,开始尖叫。

我再次醒来,下面某处传来浪花缓缓拍岸的声音,柔和的阳光照在我的脸上、手臂上,暖融融的。有人帮我脱掉了那件被榴弹炸成碎片的军服,只剩下一件无袖楔形军 T 恤。我手指动了动,指尖碰到颇有些年头的木板,光滑、温暖。阳光在我眼皮底下变幻着各种形状,舞跳得一般。

没有疼痛。

我坐了起来,几个月来第一次感觉这么好。我发现自己正躺在一个小型的简易码头上,码头朝着一个峡湾或是海湖延伸了十几米。天空底下有圆顶的山脉,在水面两边起伏跳跃;头顶上有白色云朵,翩然掠过;海湖远一些的地方有一群海豹,鼻子伸出水面,专注地打量着我。

我现在用的还是那具北部边陲战斗时的身躯——一具加勒比黑人的身体,只不过身上完好无损,也不见伤疤。

所以——

身后传来脚步声,我猛地扭头,双手本能地像婴儿一样护着前胸,摆出防卫的姿势。但是,转念一想,在现实世界中,任何人如果靠我这么近,早就激起了我的防卫本能。

"武·科瓦奇。"一个穿制服的女人站在眼前,念对了我斯拉夫名字的最后一个"奇"字,"欢迎来到复原存储中心。"

"很好。"我站起来,无视她伸出的手,"我还在医院吗?"

女人摇了摇头,用手从她那棱角分明的脸上拨开性感的古铜色长发,"你的身体还在重症护理当中,你的意识经过数字传输,现在正在楔形军的一号存储中心,你的意识会一直在这里,直到你的身体完全复原。"

我朝四周看了看,然后抬头看着太阳,北部边陲总是下雨,"楔形军一号存储中心在哪里?或者这是个秘密?"

"恐怕是的。"

"我真聪明,不是吗?"

"你和联盟摄政府打交道不是一天、两天了,肯定很熟悉——"

"得了吧,我不过是随便问问。"我基本上能够猜出虚拟场景的地点。星际战争中,标准的做法就是将几个低反射率的隐形空间站建在椭圆形轨道上——为了不让任何当地的军队找到。其实被找到的概率也挺小的，正如书本上说的：空间是无垠的。

"这个虚拟场景的运行速率是多少？"

"和现实时间一样。"她回答得很迅速，"当然，如果你喜欢的话，我可以将时间调快。"

如果能延长这次短暂的恢复期，毫无疑问相当有诱惑力。但是想想不久之后又要被迫返回战场，还是不要丢失自己的锐气比较好。况且，楔形军司令也不会让我伸懒腰、看风景，悠闲地过几个月的隐士生活。这些自然风光看久了，必然有损我对于杀戮的热情。

"那间屋子，"女人一边说，一边伸手指了指，"你可以住在那儿。如果有需要改善的地方，就告诉我。"

顺着她指的方向，我看到一栋用玻璃和木头建造而成的两层建筑，屋檐像海鸥的双翼一般展开，屋子坐落在长木板铺就的海岸一角。

"看上去不错。"此时我体内燃起了一丝渴望，"你是我的虚拟情人吗？"

她又摇了摇头，"我是为楔形军一号系统综述服务而设立的内部形象，身体原型来自于星际联盟摄政府高级将领露西亚·马塔兰中校。"

"她是这个发型？你不是开玩笑吧？"

"当然，我有自由行动权。需要我为你创造一个理想情人吗？"

正如之前高速率运转的建议一样，这听起来也相当有诱惑力。但在过去六个星期里，我一直是活在楔形军要么服从、要么被枪毙的命令之中，这个时候，只想一个人好好静一静。

"我先考虑一下。还有别的事吗？"

"以撒·卡雷拉有一张录制好的影像资料给你。先帮你放在屋子里吗？"

"不用，现在就播吧。如果有别的需要，我会通知你的。"

"好的。"她点了点头，一眨眼就不见踪影。她站过的地方逐渐出现了一个穿着楔形军制服的男性全息影像：平头，头发乌黑，灰白色的贵族式脸庞棱角分明，眼睛黑亮，看上去饱经风霜，严厉而又通情达理。虽然身在高位，制服下的躯体却显示这是一位仍在战场拼杀的军官。以撒·卡雷拉，外太空勋章获得者、舰队司令，还组建了整个星际联盟摄政府最令人闻风丧胆的军队。一个模范士兵、司令和谋略家，当他没有更好的选择时，他也是一位颇具手腕的政治家。

"科瓦奇中尉，你好，抱歉这只是一份影像记录，但是伊万弗尔让我们处境艰难，没时间建立直接连接。医院报告说你原来的身体大概十天后就能修复，所以就不需要去克隆银行了。我希望你能尽快回到北部边陲。事实是，我们的进攻已经停滞，没有你，他们只能撑几个星期。这份记录会随时更新，包括最新的伤亡情况。希望你能够在虚拟空间里把这份记录仔细浏览一遍，发挥你那著名的特派探员本能。天啊！这儿真的非常需要新点子。大体上来说，如果我们能够拿下北部边陲，就能实现九大目标中的一个，让这场纷争……"

我已经行动起来，走过码头，来到倾斜的海岸，然后朝离得最近的山丘走去。天空中出现滚滚乌云，虽然还不足以给远处的海面带来狂风骤雨，但是，只要我站得够高，就能看到壮丽的景观。

身后，卡雷拉的声音在风中渐渐隐去。我把全息放映图留在码头上，就让他对着空气演讲吧，或许会有海鸥来倾听，反正它们也没什么正经事干。

第二章

最后，他们让我在里面待了一个星期。

我没有丝毫留恋。天空下，乌云从"圣克宣四号"的北半边翻腾而过，倾盆大雨浇在正厮杀着的男男女女身上。那位虚拟女性定期光顾我的屋子，带给我很多有趣的消息：肯普领导的外世联盟组织尝试打破摄政府的封锁，结果失败了，还损失了两台网络传输器；肯普投放了一些比一般炸弹聪明些的掠夺者炸弹，它们不知道从哪里飞了进来，轰掉了摄政府的一架无畏战舰；热带地区的政府军队坚守阵地，而东北部的楔形军和其他雇佣军的阵地则被肯普的精英部队夺走；伊万弗尔仍在激战。

正如我说过的，我没有丝毫留恋。

我从重生舱醒来，容光焕发，浑身上下充满力量。当然，这多数是药物的作用。一般在下载之前，军队医院会给复原的身体注射大量"让你感觉棒极了"的药物，例行公事，就像是一种欢迎回家的仪式，让你觉得只要站起来就能单手打倒敌人,打赢这场操蛋的战争。这招显然还挺有效。当然,伴随着这种爱国情操的是一种简单的快乐,庆幸自己能够重新获得一具四肢健全的身体。

直到我跟医生聊了聊天。

"我们提前把你弄了出来,"她告诉我,语气不再似甲板上那般恶劣,"是楔形军司令的命令。但时间不够,你还没有完全复原。"

"我感觉很好。"

"当然,我们往你的眼睛里注射了内啡肽,你下床后就会发现其实自己的左肩只有三分之二能用。噢,你的肺部因为抽多了'娇兰20号',仍然受损。"

我眨了眨眼睛,"我不知道它们还会喷出那玩意儿。"

"嗯,显然没人知道。这是一次成功的暗袭中造成的伤,他们说。"她本想扮个鬼脸,但是中途放弃了,看来是太疲倦了。"我们已经清理出了一大部分,还在手上感染严重的区域植入了再生生物器,已经没有二次感染的危险。如果休息几个月的话,你可以完全恢复,另外……"她耸了耸肩,"尽量别抽烟,稍微运动运动。噢,也是为了性福着想。"

于是我开始做些简单的运动,在医院主轴甲板上散步,舒展筋骨,往我烧焦的肺部灌进点新鲜空气。甲板上站着五个伤员,有男有女,跟我一样在做康复运动。其中有几个我认识。

"嘿,中尉!"

是托尼·洛马纳科,他脸上仿佛罩着一张残破的面具,满是绿色标签,那是快速再生生物器植入的地方。他咧嘴笑着,露出左边多得吓人的牙齿。

"中尉,你出来了!太好了!"

然后他转向人群。

"嘿,埃迪、郭,中尉出来啦。"

郭婉怡的两只眼眶里塞满了亮橘色的组织培育胶,脑壳上连着一个外部扫描装置,好定期进行脑内扫描。她那黑色碳纤维的骨节上重新长出双手,新组织看上去黏糊糊的。

"中尉,我们以为你——"

"科瓦奇中尉!"

埃迪·穆哈托穿着机动服,他的右臂和两条腿都被炮弹的碎片击中,血肉模糊,在再生生物器的帮助下,正在重新生长。

"中尉,见到你真好!看,我们都在复原,391野战军几个月后就能重回战场,把肯普打得屁滚尿流,放心吧。"

卡雷拉楔形军所使用的战斗躯体目前都装备了最先进的库马洛生体强化系统,这些躯体还有一些特制功能,其中最值得一提的就是血清素排除系统,这个系统会增强躯体对杀戮的渴望,让士兵在战场上更快更狠。当然,士兵的忠诚度也被大大提高。看着他们,我心痛起来,眼泪在眼眶里打转。这些野战军生还者,他们每一个都拼到最后,直到身体支离破碎、鲜血横流。我喉咙一阵哽咽,疼痛袭来。

"伙计,我们击败他们了,是吗?"穆哈托一边说,一边挥舞着他那只鳍状断臂,"我昨天看了军事战况报道。"

郭的外部扫描装置旋转着,水压发出轻微的咕噜声。

"长官,你会继续领导新的391部队吧?"

"我不——"

"嘿,纳吉,你去哪儿了?看,中尉在这儿呢!"

从那以后,我再也没有去主轴甲板。

第二天,施耐德来找我,我刚好坐在军官康复病房里,一边看着外面的风景,一边抽烟。这是愚蠢的做法,但是正如医生所说——"要

为他妈的什么着想啊！① "。其实好好照顾自己没有多大意义，因为这
具身体随时有可能被飞来的钢铁削肉去骨，或是被化学辐射尘腐蚀
殆尽。

"啊，科瓦奇中尉！"

好一会儿我才看到他，经历疼痛后，人的脸部特征会变得很不一
样，况且，第一次见他时，我们都浑身是血。我透过烟雾看着他，冷冷
地想着，或许这家伙表面上会夸我是打仗好手，暗地里却准备一枪崩
了我。看着他，我突然想起那天在机库甲板上发生的事，有些惊讶他
居然还在船上。当然，更令我惊讶的是，他居然有能耐招摇撞骗混进
这里。我示意他坐下。

"谢谢，我是……呃，简·施耐德。"他伸出一只手，我只点了点头。
然后他毫不客气地拿起我放在桌上的烟，"很高兴看到你没有……啊，
没有——"

"我记得。"

"是因为疼痛。啊，疼痛可以影响人的大脑和记忆——"我有些
不耐烦了。"让我把军衔什么的混淆了，啊——"

"听着，施耐德，我不在乎这些。"我深吸了一口烟，灌满肺部，呛得
咳了起来，"我在乎的只是如何在这场战争中生存下去，然后找法子摆
脱这一切。如果你还不停唠叨这些，我就一枪崩了你。识相的话，你
他妈爱干吗干吗。听到没？"

他点了点头，但是身体的姿势有了轻微变化。之前的紧张消却，
他轻轻地咬着自己的拇指指甲，秃鹰一样贪婪地盯着我看。我说完后，
他把拇指拿开，咧嘴笑了起来，重新把烟塞进嘴里，快活地朝着瞭望口

---

①前文护士那句话的原文是"for fuck's sake"，"fuck"在此是双关语义，既有"做爱"的意
思，又有"什么都不是"的意思；所以前文表示"为性福着想"，后文科瓦奇取其否定义
"为他妈的什么着想"。

和外面的星辰吐烟圈。

"正好。"他说。

"正好什么？"

施耐德神秘兮兮地朝四周看了看，其他病人都聚在病房的另一端，欣赏着拉提莫全息色情片。他重新露出笑容，身体靠了过来。

"你正好就是我要找的人，有常识的人。科瓦奇中尉，我有个提议，如果你接受，不仅能摆脱这场战争，还能变得富有，难以想象的富有。"

"施耐德，我想象的富有可不是一点半点。"

他耸了耸肩，"随便啦。总之，很多很多钱。你有兴趣吗？"

我想了想，尽量用长远的眼光来审视这件事情，"如果改变阵营的话，不行。虽然我个人并不反对约书亚·肯普，但是我觉得他要输了，而且——"

"政治，"施耐德不屑地摆摆手，"和政治没有联系，也跟战争无关，战争只不过是一个背景。我说的是看得见、摸得着的东西，可以说是一种产品，一种任何一家公司都愿意以年利润的百分之好几去购买的产品。"

我很怀疑"圣克宣四号"这种荒凉的地方是否真的有这样的东西。当然，我更怀疑像施耐德这样的人怎么会知道。但是，转念想想，他居然能坑蒙拐骗混进一艘联盟摄政府的战舰，而且还得到了医疗救助——在支持者看来这是政府的恩赐——在这个星球上，有几十万人叫着喊着也无法得到这种待遇。他或许真的知道些什么。目前，只要能够让我在局势无法收拾之前脱离这场混战，任何事都值得一听。

我掐灭香烟，点了点头。

"说来听听。"

"你愿意加入？"

"我愿意听一听。"我温和地说道，"是否加入得看是怎么一回事。"

施耐德撇了撇嘴，"如果是这样，我不确定我们还能谈下去。中尉，我需要——"

"你需要我，很明显，否则我们就不可能坐在这里谈话了。现在，要么继续，要么我喊楔形军安保人员过来，让他们招呼招呼你，你早晚得吐出真话。"

空气紧张起来，施耐德的笑容一点点消失，像伤口上血液的流逝。

"好吧。"他最后说了句，"看来我看错你了，记录里没有这方面的信息，啊，我是说你的性格方面。"

"你看到的任何关于我的记录都是狗屁，施耐德。不妨告诉你，我前一份和军事相关的职业是调查局特派探员。"

然后我停下，看他会有什么反应，看他是否会恐惧。在整个星际联盟摄政府，调查局是神一样的存在，以手段毒辣著称。我曾经是特派探员这件事在"圣克宣四号"并不是什么秘密，不过，在必要的时候我会特意提及。至少，每次走进一间乱哄哄的屋子，我的这重身份都可以让里面的人紧张地安静下来，最差也不过是给我带来那些四肢发达、头脑简单的年轻新兵不知天高地厚的挑战。卡雷拉在我第三次死亡（存储器可以取出，然后重生）之后隆重地接待了我，司令官一般都很反感军队中发生流血事件，他们认为这种热情应该发泄在敌人身上。于是，我们约好任何关于我过去身份的信息只能存储在楔形军的数据中心，公开的消息则将我描述为星际联盟摄政府海军的职业雇佣兵，都是些常用伎俩。

不过，就算我的特派探员身份吓住了施耐德，他也没有表现出来。他再次弯腰凑上前来，那张精明的脸上仿佛心事重重。

"特派探员，哈？你什么时候加入的？"

"有段时间了。怎么了？"

"你去过伊涅恩？"

他嘴里的香烟在我眼前燃烧,有那么一会儿,我觉得自己陷进了那一丁点亮光中,红色的光芒渐渐模糊,幻化成激光枪扫射的射线。激光扫过残破的屋檐,射在脚下的泥土里,击出一个一个坑,吉米·德索托在我怀里挣扎着,因为疼痛而尖叫,然后死去。伊涅恩滩头阵地在我们四周分崩离析,变成一片废墟。

我闭上眼睛。

"是的,去过。你到底要不要告诉我这档子买卖?"

在我的怂恿下,施耐德差不多该开口了。他又拿了一根烟,坐回椅子。

"你知不知道北部边陲海岸索贝维尔上端有几座最古老的火星废墟,人类考古学上著名的考察点?"

噢,这样啊。我叹了口气,视线从他脸上移开,重新看着"圣克宣四号"外面的风景。我就猜到他会说这些,不管怎样,我对简·施耐德有点失望。虽然相识只有几分钟,我还以为自己能听到些不为人知的失落文明或者是被掩埋的科技财富之类的鬼话。

五百年前,人类发现火星文明的陵墓,那无疑是历史上浓墨重彩的一笔。到现在,人们还不知道我们的星际邻居留下的工艺品到底是太高端还是残破得太厉害了,总之根本无从鉴别,(或者两者都有,谁知道呢?)唯一有用的就是从中找出的宇航图,我们根据图上隐约的标记,派出殖民船前往那些外太空目的地。

宇航图的发现,让我们按照地图的标记前往了其他世界,找到了分散各处的废墟和文物。此外,各种各样的理论、观念和宗教信仰也因此如雨后春笋般出现。有段时间,我在联盟摄政府各处晃荡,这些故事我大多都听过了。有时,你会听到有人跟你瞎扯,告诉你整件事不过是个阴谋,是联盟摄政府故意设计的,他们想要掩盖一个事实,那就是宇航图不过是从未来穿越而来的时间旅行者带来的。然后,你又会听到某个振振有词的宗教信徒宣扬说我们本是火星人遗失的后代,只等着因果循环的那一天,我们就会获得神启,重新和我们的祖先之灵重聚。有些科学家则更具有娱乐精神,他们满怀希望地认为火星实际上只是一个遥远的前哨,一个与母体文化隔离的殖民地,而其文明主体肯定还在外太空某处。而我个人最喜欢的观点是:火星人来到了地球,然后为了逃避技术文明的枷锁而变成了海豚,躲进海里。

其实这些观点的结论都一样,那就是:他们不见了,我们不过是在捡拾他们留下的碎片。

施耐德咧嘴笑了起来,"你觉得我就是个傻瓜,对吧? 还活在小孩子的幻想里?"

"差不多。"

"好吧,你先听我说完。"他猛吸了几口烟,说话的时候,烟雾从他嘴里喷了出来,"看,每个人都认为火星人和我们一样,当然不是说样子一样,我的意思是,我们认为他们的文化基础和我们的差不多。"

文化基础? 这不像是施耐德能说出的话,一定是别人告诉他的。这无疑勾起了我的兴趣。

"我想说的是,我们找到了一个火星人居留地,然后每个人都想着从这个地方搜罗点好东西。他们认为那是一个火星城市遗址。我们距离拉提莫的主要星系有两光年远,拉提莫包括两个可居住的生物圈,另外三个得先处理一下才能居住,因为大多数地方已经是废墟一片。当探测器去到那儿,着手研究城市一样的居留地时,搜寻文物的人们都放弃了之前的营生,蜂拥而至。"

"'蜂拥而至'有点夸张了吧。"

"如果以亚光速前进,就算殖民舰开足马力,要穿过拉提莫双太阳星和这个名字没有丝毫想象力的兄弟星之间的距离,最快也得三年。在星际空间,一切都慢悠悠。"

"是吗？你知道要多久？从超空间传输的探测数据到草创圣克宣政府的过程，这些内容你都知道吗？"

我点了点头。作为一名本地军事顾问，了解这些是我的职责。相关大集团可以让摄政府在几周内就完成宪章的签署工作，但这已经是一百年前的事了。当然，这件事和施耐德告诉我的好像没什么关系，我示意他继续讲下去。

"因此，然后——"他一边说，一边往前靠，双手举起，像个乐队指挥似的，"你得找到考古学家，和其他事情一样，都是先到先得。政府将扮演经纪人的角色，为发现者找到有意愿的公司，买下文物。"

"为了赚钱。"

"当然，为了赚钱。此外，如果挖掘出的文物可以给联盟摄政府带来丰厚的利益，只要支付适当的补偿金，还可以拥有征收该文物的权利，诸如此类。重点是，每一个有远见的考古学家如果想要大捞一笔，都会前往居留地的中心。他们也正是这么做的。"

"施耐德，这些你都是从哪儿听来的？你可不是个考古学家。"

他伸出左手，把袖子拉上去，好让我看到他皮肤下用荧光颜料刺上去的文身：一只长着翅膀的蛇，盘旋着，蛇鳞闪闪发光，光源仿佛来自其自身，翅膀正上下拍动，似乎能够听到拍打声和刮擦声；蛇齿间缠绕着一行字，写着"圣克宣联盟驾驶员协会"。整个图案环绕着"大地乃死亡之地"几个字，看上去像最近才刺上去的。

我耸了耸肩，"挺漂亮。然后呢？"

"我曾经为一群考古学家跑运输，他们在索贝维尔西北海岸的登格里克工作，他们大多数都是挖扒者，但是——"

"挖扒者？"

施耐德眨了眨眼睛，"对。怎么了？"

"我不是这个星球上的人，"我耐心地解释，"不过是在这儿打仗而已。什么是挖扒者？"

"噢，你知道，都是些小鬼头，"他做了个手势，好像有些困惑，"刚从研究院出来的新人，第一次参与挖掘，就是所谓的挖扒者。"

"挖扒者，明白了。谁不是呢？"

"什么？"他又眨了眨眼睛。

"谁不是挖扒者呢？你说他们大多数都是挖扒者。但是，谁不是？"

施耐德愤愤地看着我，不喜欢我这样打断他。

"他们中也有几个老手。挖扒者总是挖到什么算什么，但是你总要先弄明白买家到底对什么感兴趣，小玩意儿可不能入他们的法眼。"

"否则就只能错失良机，后悔莫及。"

"没错。"再一次被我打断，他好像有些不高兴，"有时候确实如此。重要的是，现在我们……不，他们，发现了一些东西。"

"什么东西？"

"火星人的星际飞船，"施耐德熄灭烟头，"完好无损。"

"忽悠吧！"

"不，是真的。"

我叹了口气，"你想让我相信你们挖出了一艘飞船？不好意思，我不信。还是星际飞船，怎么从来没听过？难道没有人看见？没有人注意到飞船在那儿？你们做了什么？弄了个防护罩把飞船盖起来了？"

施耐德舔舔嘴唇，咧嘴笑了，突然之间又来了兴致。

"我可没说是我们挖出来的，我说的是我们发现的。妈的，科瓦奇，那飞船有一颗行星那么大，就在圣克宣星系边缘的停机轨道上，我们挖出来的不过是通往里面的一扇门，一个停泊系统。"

"一扇门？"我感到一阵寒意顺着脊椎传遍全身，"你是说超空间传输？你确定他们明白这个科技术语的含义？"

"阿奇,那是一扇门。"施耐德像在和一个小孩说话,"只要打开,就能直接看到另一边,就像是不用花多少钱就能实现星移一样,星象显示飞船就在那边,我们只要穿过那扇门就可以了。"

"然后就能走进飞船?"虽然不情愿,但我确实被吊起了兴趣。特派调查局会教你撒谎,对着测谎仪撒谎,在极端压力下撒谎,在任何需要的情况下撒谎。特派探员是整个联盟摄政府里最好的撒谎者,天生的或是训练的结果。而看着施耐德,我知道他说的都是实话。不管他见过什么,他相信自己所说的全是事实。

"不,"他摇了摇头,"不能直接走进飞船,那扇门停在离船体两公里的地方,每四个半小时旋转一次。虽然靠得很近,但还是要穿航天服才能过去。"

"或者是飞行器。"我朝着他手上的刺青点了点头,"你帮他们跑运输时驾驶的是什么?"

他扮了个鬼脸,"莫瓦伊次轨道飞行器,妈的,就是垃圾货,有房子那么大,无法开进去。"

"什么?"我止不住笑了一声,胸腔有些难受,"开不进去?"

"对,你尽管笑好了。"施耐德愁眉苦脸地答道,"无法开进那精密的小门。我只想摆脱这场操蛋的战争,去拉提莫城,在特别订制的躯体里重生,在某个冰冻的、遥远的存储中心克隆身体。伙计,我要成为不死之身。妈的,这就是我的计划。"

"没人有航天服吗?"

"要那个干吗?"施耐德摊开双手,"那是一架次轨道飞行器,没有人想要到外太空去。事实上,如果不经过兰德弗尔上的星际联盟据点,任何人都禁止进入外太空。居留点发现的所有东西都必须接受输出品检验站的检查。当然,这一点很多人并没有放在心上。你还记得之前讲的征收条款吗?"

"当然,针对任何可以让联盟摄政府受益的重大发现。你该不会是想要所谓合适的补偿金吧?还是你觉得这个发现不够分量?"

"得了吧,科瓦奇。你知道这样的一个发现能拿到多少补偿金?"

我耸了耸肩,"这个要看情况,如果是在私营机构,这得看你是在和谁打交道。说不定得到的是一颗枪子。"

施耐德皮笑肉不笑地答道:"你不会认为我们还能把这东西卖给集团吧?"

"我认为你一定处理不好这档子事。你是死是活取决于你是在和谁打交道。"

"那你又会和谁打交道呢?"

我从烟盒里抖出另外一根烟,没有回答。过了一会儿,我才说道:"施耐德,这个问题没什么可谈的,找我咨询,你可付不起价钱。当然,作为搭档,"我朝他笑了笑,"我会继续听下去。后来发生了什么?"

施耐德突然爆出一阵苦笑,声音极响亮,病房另一头正在观看 3D 色情片的观众们,也把头转向了我们这边。屏幕上,后期处理得异常夸张的躯体,正大尺度地缠绕在一起。

"发生了什么?"他再一次压低声音,直到那帮色鬼的注意力重新回到屏幕上,"发生了什么?发生的就是这场该死的战争。"

第三章

远处，传来婴儿的啼哭声。

我双手抓着舱门栏板，把身体悬了好一会儿。赤道温暖的气流进入机舱。由于身体已经可以执行任务，医院准许我离开。但是肺部的状况我仍然不满意，潮湿的空气让我呼吸困难。

"可真够热的。"

施耐德关掉引擎，推了推我的肩膀，我双手松开栏板跳下去，好让他也出去。阳光刺眼，我把手放在眼前挡了挡。灼热的空气中，拘留营和大多数根据规划兴建而成的房屋一样，看上去无伤大雅，但是走近了才知道，这儿的卫生状况糟糕透顶。匆忙架起的防护罩在高温下出现裂缝，液体从缝隙间流下。四周没有风，只有高分子化合物燃烧的恶臭。飞行器降落时掀起了废纸和塑料片，它们在离得最近的围栏旁飞舞，而后被飞行器喷出的热量烧成了碎片。围栏的另一头，机器人哨兵们站在炙热的地面上，像一茬生长在大地上的金属野草。电容器发出低沉的嗡嗡声,这一背景音中还掺杂着拘留犯的喧哗。

一支当地民兵小分队没精打采地跟在一位中士后面,这让我隐约想起了父亲当年还风光的时候。他们看到我们的楔形军军服,停了下来。那个中士有些不情愿地给我敬了个礼。

"卡雷拉楔形军中尉武·科瓦奇。"我轻快地说道,"这位是施耐德下士。我们来这儿是为了提审一位拘留犯——坦尼娅·瓦尔达尼。"

中士皱了皱眉,"我没接到通知。"

"中士,我现在就是在通知你。"

这种情况下,通常只要军服就够了。整个"圣克宣四号"都知道楔形军就是星际联盟摄政府的非正式军队,他们随心所欲,能得到任何想要得到的东西。楔形军征兵的时候,其他雇佣军团统统得靠边站。但是眼前这位中士的喉咙好像被什么卡住了,或许他隐约记起了旧时尊崇纪律的时代,他们从列队接受检阅时就开始被灌输的信念,那时候规章制度无上重要。不过,那时候战争还没有爆发。当然,也或许是因为他眼看着自己的同胞被饿死在拘留营里,心里难受,所以哽住了。

"请出示授权证件。"

我朝施耐德打了个响指,然后伸出手,施耐德递给我一份材料。其实,这东西得来毫不费工夫。目前,整个行星都陷入混战,卡雷拉的下级军官享有诸多权力,甚至包括处死摄政府的区指挥官。没有人问为什么我想要瓦尔达尼,没有人在乎。到现在为止,最棘手的问题还是飞行器,因为目前飞行器需求量过大,星际联盟据点已经供应不足。最后,我只能举着枪口从一个战地医院负责人——某个常规军上校——那儿抢了一架。战地医院在苏金达的东南方,地址是别人告诉我的。这事早晚会给我带来点麻烦,但是,正如卡雷拉自己常说的,这是战争,不是人气赛。

"中士,这下行了吧?"

他仔细审视着材料,仿佛一定要看出点伪造的痕迹。我不耐烦地换了个姿势,并不完全是装模作样。这儿气氛压抑,婴儿的哭声从远方不断地传来。我想早点离开这鬼地方。

中士抬起头,将材料递给我,"你们得先见见司令官。"他木然地说了句,"这些人可都是由政府监管。"

我看了看前方,然后注视着他的脸。

"好。"我露出鄙夷的神色,他看向别处,"那就去和司令官谈谈吧。施耐德下士,待在这儿,我一会儿就回来。"

司令官的办公室在一个两层的防护罩里,和拘留营其他地方隔离开来,外围是通了电的铁网,由哨兵把守着。电容器支柱顶端也蹲着哨兵,只不过人数少一些,他们像千年雕像一样纹丝不动。穿着制服的新兵看上去不过十几岁,站在门口,手里端着尺寸过大的等离子步枪。他们戴着布满小零件的战斗头盔,头盔下稚嫩的脸看起来伤痕累累。我不明白他们为什么会在那里,我只能想到两个理由:一个是机器人哨兵只是装装样子;另外一个就是拘留营里人满为患,哨兵人手不足。我们默默地走过去,走上一段明亮的合金楼梯,这段楼梯沿着防护罩的边缘而建,材质看上去像是环氧树脂。中士按了按门铃,门框上一个监控摄像头轻微放大,门立马"吱呀"一声开了。我走了进去,屋子里装了空调,我吸了一口清冷的空气,精神爽快。

屋子里的光线基本上来自于对面墙上的一排监控屏幕。监控屏旁边是一张模制的塑料桌子,桌上放着一个廉价的数据全息显示屏和一个键盘。桌子其他地方零零散散放着翻阅过的资料、记号笔和其他办公用具。几个咖啡杯在这堆杂物之间显得特别突兀,就像静静屹立在工业废区中的铁塔。桌子上的电线绕过台式电脑向下蜿蜒,延伸至一个模糊人影的手上,他斜着身子坐在桌子后面。

"司令官？"

盯着屏幕的身影动了动，摇曳的灯光里，我注意到眼前这位司令的手臂如钢铁般闪亮。

"中士，什么事？"

冷冷的声音含混不清。我向前走进凉爽而又阴暗的区域，桌后的男人轻微地抬起头，我好不容易才看清他的样子。蓝色感光器一样的眼睛，一半的脸、脖子，还有宽广的左肩，都是合金铸造而成，看起来像航天服的护甲一样。眼前这个男人几乎没有左半边身子，取而代之的是从腋下到臀部的铰链伺服 ① 装置；手臂则是精钢液压系统，末端是漆黑的爪子；手腕和前臂部位安装了六个闪亮的银质插孔，桌子上延伸下来的电线就插在其中一个插孔里，插孔旁边有一点小小的红光忽明忽灭，显示正在通电。

我站在桌子前，敬了个礼。

"武·科瓦奇中尉，隶属卡雷拉楔形军。"我温和地说道。

"哦，"他挣扎着站了起来，"中尉，我想你应该希望屋子里更明亮些吧。但是，我更喜欢黑暗。"他双唇紧闭，但是却发出呵呵的笑声，"我的眼睛更适应黑暗。而你，应该不适应吧？"

他伸出手在键盘上摸索了几下，屋里的灯光才亮了起来。他那感光器一样的眼睛好像顿时暗淡了下去，另外一只正常的眼睛也朦胧不清，却正盯着我看。从他那只剩下一半的脸可以看出，他曾经五官端正，甚至可以说得上帅气迷人。但由于长时间依赖电能，脸上的小块肌肉没有得到锻炼，他脸上的表情显得有些疲倦、僵硬，甚至可以说透着呆傻气。

"好点了吧？"那张脸似乎想要笑一笑，结果只有眼睛露出了那么

---

①伺服是使物体的位置、方位、状态等输出被控量能够跟随输入目标任意变化的自动控制系统。

一点笑意，"我猜应该是好多了。你是从'外世界'来的吧？"这三个字回响着，很有点讽刺的意味。他指了指房间另一端的监控屏幕，"一个监控器无法照到的世界，这些细小的眼睛看不到、微小的脑袋瓜想不到的世界。中尉，告诉我，我们还在为那些被蹂躏的土地打仗吗？我的意思是，被翻检的土地，我们亲爱的星球上那满是古物、被四处翻检的土地。"

我看着他手上的插孔，红色的亮光闪烁着，硬汉神情回到了他的脸上。

"司令官，请不要岔开话题。"

他盯着我看了很久，然后扭头，朝下看了看，动作机械。他看的是插在插孔里的电线。

"噢，"他轻声说了一句，"这个。"

突然，他转身朝向正在和另外两个哨兵一起慢吞吞挪进屋子的中士。

"出去。"

中士欣然离开，显然，他本就不想进来。穿着制服的另外两人也紧随其后，其中一个还轻轻地把门带上了。门关上后，司令官重新坐回椅子，伸出右手，够到电线接口。然后，他嘴里发出既像叹息又像咳嗽的声音，也可能是笑声。我等在那儿，直到他抬起头。

"我保证，马上充好。"他一边说，一边指了指还在闪烁的红光，"程序运行过程中如果突然断开连接，我很可能就活不了；如果躺下，我可能再也站不起来。所以，我要么站着，要么就坐在椅子里。不适感可以让我保持清醒。"他甚是艰难地换了个姿势，"那么，我能不能问问有什么是我能为楔形军效劳的？你知道，我们的存在没有多少价值，医药供应几个月前就断了，他们送过来的粮食根本都不够分，当然，我是指分给我的手下们——我领导的优秀的战士们，其他人得到的食物就更少了。"他又做了个手势,指着那些监控显示屏,"当然,机器是不需要食物的。它们自给自足,无需无求,而且冷酷无情,是真正优秀的战士,每一个都是如此。如你所见,我尽力把自己也变得和它们一样,只是到目前为止,仍然效果不佳,而且——"

"我可不是来给你送东西的,司令官。"

"啊,我不过是说说实情。我不会有刺探'卡特尔计划'的嫌疑吧?或许,这计划对战争根本没有帮助?"这个想法似乎把他给逗乐了,"你是杀手?楔形军杀手?"

我摇了摇头。

"我是为了一名拘留犯来的,坦尼娅·瓦尔达尼。"

我微微紧张起来,然后一言不发,只是把打印好的文件放在他面前的桌子上,等着。他笨拙地拿起文件,脑袋夸张地斜向一边,把材料举了起来,好像拿着个得从下面观察的全息玩具似的。他一边看还一边咕哝了几句。

"司令官,有什么问题吗?"我静静地问道。

他放下手,手肘撑在桌上,拿着文件在我眼前摇来晃去。透过摇晃的材料,他那只独眼突然间比之前清亮犀利得多。

"你们要她干吗?"他同样静静地问道,"挖扒者小坦尼娅,她能为楔形军做些什么呢?"

一股冷酷的杀戮之气袭上心头。我是不是该杀了他?杀他并不难,之后的几个月躲着监控器就行了。但是门口还有中士和其他哨兵,赤手空拳的话,胜算不大。而且,我也不知道那些机器人哨兵的活动范围。于是,我只是让自己的声音听起来冷酷无情。

"司令官,这事和我没关系,和你更没有。我不过是在执行命令,现在是你执行的时候了。瓦尔达尼关在这里吗?"

他没有像之前那个中士一样转移视线。或许他内心深处有某种东西在折磨他,某种压抑的痛苦,从他自己与这个日益衰败的拘留所连接在一起时就开始蔓延了。也或许他过去的经历让他变成了一个难啃的硬骨头。总之,他似乎不打算让步。

身后,我的右手握紧,准备着。

突然,他的右手臂像被炮弹击中的铁塔一样垮下,文件从他的手指间滑落,我赶紧伸出手按住散落到桌子边缘的纸张。司令官喉咙里发出嘶哑的声音。

我们俩静静地看着我那只按住文件的手,然后,他缩回椅子里。

"中士!"他嘶哑地吼了一句。

门开了。

"中士,去18号防护罩释放瓦尔达尼,带她去中尉的飞行器。"

中士敬了个礼,转身离开,听到这个决定,他似乎松了一口气——这个把自己整得满脸是汗的棘手任务终于完成了,像刚刚吸完毒一般愉悦放松。

"感谢你,司令官。"我也敬了个礼,从桌子上收起材料,转身离开。走到门边的时候,他再次开口。

"她还挺受欢迎。"他说。

我回过头,"什么?"

"瓦尔达尼。"他盯着我,眼睛里闪着光,"你不是第一个。"

"不是第一个什么?"

"不到三个月前,"他一边说,一边调大左手的电量,脸部间歇性地抽搐着,"我们曾经遭受过一次袭击,是肯普军。他们撂倒围墙边的机器人哨兵,然后攻了进来。他们的科技已经很发达,起码在这个区域内算是。"他疲倦地往后仰去,头靠在椅子顶部,然后长长地叹了一口气,"非常尖端的科技,现在想想,他们的目标,就是她。"

我等他继续说下去,但他只是把头轻微地偏向一边,不再说话。

我犹豫了一下，两个哨兵在楼下奇怪地望着我，我走回到他的桌前，双手托住他的下巴。他那只正常的眼睛翻着白眼，眼球顶着上眼睑，就好像聚会上的气球，升到屋子的天花板，弹上弹下，直到砰的一声破裂。

"中尉？"

声音来自外面的楼梯间。我再次看了看眼前这张脸，他仿佛刚刚经历过溺水，嘴唇半张，无力地呼吸着，嘴角好像挂着一丝笑容。红色的亮光仍然忽明忽暗地闪烁着。

"中尉？"

"来了。"我松开手，他的头歪向一边。我走出屋子，走进热浪中，随手轻轻地带上门。

回去时，施耐德坐在前端的降落舱上，正在和一群衣衫破烂的小孩打闹，耍着各种小魔术。两个穿着制服的哨兵站在离得最近的防护罩的阴影里看着他。我走近的时候，他抬头看了一眼。

"有麻烦了？"

"没有，让这些小鬼走。"

施耐德朝我挑起眉毛。作为压轴戏，施耐德从每个小孩的耳朵后面取出一个小小的存储器形状的塑料玩具，他不急不缓地展示着，孩子们都屏住呼吸，脸上一副不敢相信的神情。他把手里的东西压扁，然后吹了个响亮的口哨，它们像阿米巴变形虫①一样渐渐地恢复了原形。我想，那些集团的基因实验室里也应该研制这样的士兵。孩子们张大嘴看着。其实这里面还传达着一份隐藏的信息。在我还是孩子的时候，任何拆不烂、毁不坏的东西对我来说都很可怕。尽管我的童年已经够糟了，但和这帮小鬼相比，我起码还去游乐场玩了三天呢。

---

① 一种变形虫，身体仅由一个细胞构成，没有固定的外形，可以任意改变体形。

"你这样对他们没有丁点儿好处，最多让他们觉得穿着制服的人不都是坏人。"我静静地说道。

施耐德狠狠盯了我一眼，然后用力拍了拍手，"孩子们，就这样，离开这儿吧。赶紧地，表演结束啦。"

孩子们三三两两地走开，不愿意离开这难得的短暂欢乐，况且还有免费的礼物。施耐德双手抱胸，看着他们离开，脸上的表情难以捉摸。

"你从哪里弄来的那些玩意儿？"

"机舱里找到的，还有一些给难民的医药包，我猜可能是那家'借'飞船给我们的医院用不上的吧。"

"当然用不上，那儿的难民都被枪杀了。"我朝正在离去的孩子们点了点头，他们正兴奋地谈论着刚到手的玩具，"我们一走，拘留营的哨兵就会把他们的东西全部收走。"

施耐德耸耸肩，"我知道，但是我还给他们发了巧克力和止痛药呢。你打算怎么做？"

这个问题问得很是时候，当然答案也可以很疯狂。我看着离得最近的哨兵，盘算着是否干脆杀了他们，解放这里。

"她来了。"施耐德一边说，一边用手指了指。我望向他指的方向，看到在中士和另外两个穿制服的哨兵之间，有一位身材曼妙、双手拷在身前的女子。太阳光线太强，我眯起眼睛，在生化系统的辅助下，努力将图像拉近。

坦尼娅·瓦尔达尼还未沦落为拘留犯的时候肯定比如今要好看很多。四肢修长的她从前一定不会像现在这样骨瘦如柴，她那乌黑的头发也不会像现在这样凌乱不堪。其实只要洗一洗，再盘起来，就会好很多。她下眼睑处有隐约可见的瘀青。或许过去的她见到我们还会微笑，但现在只是微微扬起双唇长长的弧线，对我们致谢。

　　一名哨兵扶着她摇晃的身体,她跌跌撞撞地走过来。我身边的施耐德身体前倾,抽搐了一下,然后努力控制住自己。

　　"这个就是坦尼娅·瓦尔达尼。"中士语气僵硬地说道,拿出一节两端都印着条码的白色塑料带,然后再拿出扫描仪,"释放犯人需要您的身份证明。"

　　我指了指太阳穴位置的代码,然后面无表情地等着红色的扫描光从上到下扫过我的脸。接着,中士从带子上找到瓦尔达尼的条码,将扫描仪翻过来,按在上面。施耐德走过来,扶住瓦尔达尼,动作粗鲁地拉着她走进飞行器。整个过程中,瓦尔达尼苍白的脸上没有任何表情,我转过身跟在他俩身后的时候,中士僵硬的声音突然变得尖锐。

　　"中尉。"

　　"什么事?"我故作厌烦地问道。

　　"她会回来吗?"

　　我在舱口转过身,挑起眉毛,弧度和施耐德之前对我耸眉时一模一样。他问了一个不该问的问题,这一点,他也明白。

　　"不会,中士。"我答道,像是对着一个小孩说话,"不会回来,她得接受审讯。忘了她吧。"

　　我关上舱门。

　　但是,当施耐德启动飞行器,旋转着升空时,我透过窗口望到他还站在那里,飞行器起飞时带起的狂风向他扫去。

　　他甚至没有抬起手挡一挡吹到脸上的灰尘。

第四章

在重力的作用下，我们朝拘留营的西边飞去，越过一片沙漠灌木丛和几块深色的植被。这个星球上的植物只能依靠地下浅水层生存。大约二十分钟后，我们才看到海岸。飞行器继续朝着海洋飞去，越过一片海域，据楔形军的军事情报说，这片海域到处是肯普军埋下的智能鱼雷。施耐德一直低速行驶，速度保持在次音速，这样可以暴露行迹，引出鱼雷。

飞行的前半段时间，我都待在主机舱里。表面上，我好像在思考当前发生的事，思考着飞行器如何才不会惊动卡雷拉的卫星监控系统；而实际上，我在用特派探员的眼睛观察坦尼娅·瓦尔达尼。她坐在离舱门最远、离右边窗口最近的座位上，深陷在椅子里，头靠在玻璃上，睁着眼睛。但是，你无法确定她是否正看着下面的陆地。我没有和她说话——今年，我看过上千张同样蒙着面具的脸。她还没准备好的时候，是不会摘掉面具的，当然，也可能永远都躲在面具后。瓦尔达尼披着一件情感隔离装,当外界环境变幻莫测时,这是人类剩下的唯一武器,一旦暴露,精神就会失去屏障,无法生存。最近,他们把这种情况叫**战后综合征**,这是一个囊括各种相关心理问题的术语,名字浅显得叫人失望,但对任何想要治愈这一顽疾的人来说,都是一目了然,一语中的。各种宣扬能够有效治愈此病的心理学疗法层出不穷,但是,这种顽疾里包含的医学哲学——从来都是以预防为主,治疗为辅——却超出了人类的能力范围,要真正消灭这一综合征,人类确实是有心无力。

就我看来,我们不过是拿着穴居人才会用的扳手在火星文明的精致残骸上捣鼓,根本不知道这个古代文明是怎么运作的。对此我一点儿也不惊讶,毕竟,你不能要求一个农场屠夫去了解甚至替代神经外科医生的工作。在我看来,火星人给我们留下知识和科技体系的行为十分不明智,我们对这些遗迹造成的巨大破坏也无法估量。最后,我们不过像豺狼一样,在飞机失事的现场到处嗅着,寻找已经血肉模糊的尸体。

"我们现在正在飞往海岸。"施耐德的声音从对讲机里传出,"你要过来吗?"

我抬起头,视线从全息数据显示屏上挪开,用手将显示屏按了下去,然后转身看着瓦尔达尼。听到施耐德的声音,她的头稍微动了动,搜寻到机舱顶部的扬声器,但她的脸庞在情感屏障下仍然暗淡无光。从施耐德之前的行为判断,他肯定和这个女人有关系,但是,现在还不能确定他们的关系会否对事情的发展有影响。就施耐德来说,他肯定不承认这事会有什么影响,毕竟,两年前爆发了战争,他们之间的关系只能戛然而止,没理由会带来什么麻烦。当然,我得考虑最坏的情况,那就是,整个飞船故事不过是施耐德编出来的,目的当然是为了救出这个考古学家,然后两个人一起逃到外太空去。如果拘留营司令官没有说谎,之前确实发生过一次针对瓦尔达尼的劫狱事件,我不禁有些怀疑那个装备精良的劫狱敢死队就是施耐德布下的。为了救出老相好,他很可能孤注一掷。假若如此,我真的会出离愤怒。

但是,我内心深处并不相信这个推想。自从我们离开医院后,很多细节都得到了证实,起码日期和姓名都是正确的——索贝维尔的西北部海岸确实有过一次考古挖掘,而坦尼娅·瓦尔达尼曾经确是一名挖掘点的注册管理员。施耐德当年跑运输时的注册名是**驾驶员协会伊恩·孟德尔**,照片上是他的脸,机器上首先显示了飞行器的序列号,然后是一架笨重的莫瓦伊第十系列次轨道飞行器,接下来是该飞行器的飞行记录。就算施耐德曾经尝试过救出瓦尔达尼,那也很可能是出于利益考虑而不单纯是因为情感。

否则,就是来自某地的某人掺和了进来。

我关掉显示屏,站了起来。飞行器正好朝海面倾斜,我伸出手扶住头顶的柜子,稳住身体,然后低头看了一眼瓦尔达尼。

"我要是你的话,就会乖乖系好安全带,接下来的几分钟会有些颠簸。"

她没回答,但是把双手放在了两腿间。我往前走到驾驶舱。

我进去的时候,施耐德抬头看了看,双手轻松地放在手动飞行驾驶椅的扶手上,他朝投影屏幕上方被他放到最大的图像点了点头。

"深度计数器显示下降深度还不到五米,等我们潜入深海后,海床仍然离我们有几千米远。你确定那帮混蛋不会跟来?"

"要是它们靠近,你肯定能发现它们在水面上的影子。"我一边说一边坐到了副驾驶座上,"智能鱼雷和掠夺者炸弹体积差不多,都相当于一个无人驾驶的微型潜水艇。发射装置启动了没?"

"当然,刚刚装好,右手边就是武器系统。"我戴上为炮手准备的护眼罩,按下太阳穴旁的激活钮,眼前出现了明亮的海景图,淡蓝色的天幕下是深灰色的海床。图中出现了红色阴影,这些阴影的深浅随着我之前输入的参数而变化,大多数情况下是淡粉色的,这表示那些地方没有生命迹象,也没有电子活动。我身体前倾,让自己完全进入传感器显示的虚拟场景中,不是要去寻找什么,只是放松精神,进入禅境。

调查局虽然没教过我们如何检索炸弹,但扫雷的要求跟我们的训练的核心精神是一致的:不抱任何期望地去处理事情,以期达到预期的效果。这就是训练的核心。星际联盟特派探员就是数字货物,可以通过超空间传输进行调动。我们会在任何地方醒来,起码你会经常发现自己在一个陌生的世界、一具陌生的身体里醒来,接着会有人持枪朝你扫射。即使运气再好,战前情报再全面,也无法让你适应这巨大的环境变化。所以,特派探员生来就必须面对极端危险的环境,要随时调整自己去适应一切。情报之类的没有任何意义。

特派探员训练员弗吉尼亚·维杜拉,双手插在制服口袋里,冷冷地审视着我们。那是新兵入伍第一天,她平静地告诉我们:*提前预知在逻辑上是不可能的,所以我会教你们如何不抱任何期望,这样,你们才能有备无患。*

我并没有看到第一个智能鱼雷,只是有一道红光从眼角闪过,我开始匹配坐标,然后发射飞行器上的捕猎者微型导弹。小小的导弹在海底划出一道绿色的轨迹,插进海床,像一把锋利的刀刃插进肉里。导弹直接撞到海床下的鱼雷上,轰的一声爆炸,海床掀了起来,泥土飞溅,就像审讯台上支离破碎的肉块。

从前,人类只能手动操纵武器,他们乘坐的所谓飞行器简陋至极,比浴缸插上翅膀好不了多少,投下的是任何能够塞进驾驶座的笨重炮弹。后来,人们设计出能够替代人类的机器,速度和准确度都大大提高,那一阵子,天上就是机器的世界。再后来,由于生物科技的发展,人类也可以达到同样的速度和准确度。接下来,就演变成科技拉锯赛,就看是机器还是人类本身升级得更快。毫无疑问,特派探员精神动力学①是这场拉锯赛中的佼佼者。

当然,比我快的战争机器并不是没有,但是很可惜,这架飞行器上没有。这不过是医院的备用机,唯一的防御武器就是前端突出的一个细小的炮塔,以及一个诱捕–逃脱的防御系统。我觉得这套烂系统连个风筝都放不好,所以只能自己动手搞定。

"炸掉了一个,其他的肯定就在附近。减速行驶,让飞行器潜到海底,准备好金属炸弹。"

鱼雷从西边呼啸而来,它们像体型肥硕的圆柱形蜘蛛,被刚死去的兄弟唤醒,飞快地越过海床。当飞行器停在离海底只有十米的时候,我听到金属弹框弹开的闷响,接着机身向前倾斜。眼前闪过鱼雷的影子,一共七个,正聚拢而来。这种鱼雷一般是五个一组,这些应该是两组地雷的幸存者,至于数目减少的原因就不得而知了。我从新闻里得知,战争爆发之后,这片海域偶尔只有渔船经过,所以海床上到处是渔船的残骸。

我瞄准领头的鱼雷,轻而易举就将它击下。接着,又有一枚鱼雷脱离其他五个同伙,拖着长长的水尾朝我们呼啸而来。

"它冲我们来的。"

"看到了。"施耐德言简意赅。飞行器旋转,朝后躲开。与此同时,我发射出一枚又一枚的微型导弹,让它们自己去寻找目标。

智能鱼雷其实名不副实,它们傻得要命,毫无智能可言。这也可以理解,它们程序简单,不需要很高的智商。这些鱼雷依靠一个钳型装置固定在海床上,如果头顶有东西掠过,它们就会发射。其中一些可以将洞挖得很深,以躲避光谱扫描仪,还有一些可以伪装成沉船的残骸。但是,它们基本属于静止性化学武器,虽在运动中仍有杀伤力,

---

① 一门学科。利用内部因素引导或者改变人的行为,也叫心理动力学。

但准确度就大打折扣。

另外，它们有着相当死板的目标筛选系统，开火前，会对海面以及空中的一切进行辨别，然后用海空微型导弹对付空中之物，用鱼雷对付海中之物。必要时，鱼雷会转换成导弹模式，先在海面剥落推进器，然后依靠简陋的发动机升空，不过这个过程特别缓慢。

我们的飞行器向后盘旋，差不多升上了海面，然后像船舰一样浮出。鱼雷跟着一直往上蹿，却没有击中我们——当它们还在挣扎着剥落水下推进器时，就已经被我之前发射的导弹给轰掉了。同时，那些导弹已经找到并且摧毁了两枚，不对，等等，三枚鱼雷了，照这样下去的话——

机器故障。

机器故障。

机器故障。

机器故障的红灯在我视野的左上方闪动，接着列出一行行故障明细，我可没时间看。但是手里的控制器卡得死死的，没有任何反应。还有两枚微型导弹在发射架上没有装好。操蛋的联盟备用机，我不禁暗骂。砰的一声，我按下自动修复钮。飞行器的故障检修系统开始检查卡壳的电路，但是，时间不够了，修理这鬼东西恐怕得好几分钟，剩下的三枚鱼雷已经到达水面，很快就会朝我们轰过来。

"施——"

施耐德，不管他有多少缺点，至少是个优秀的飞行员。我话还没说完，飞行器就已经整个儿立了起来，我的头啪一声撞在椅背上，我们冲向天空，后面跟着一群海空导弹。

"刚刚卡住了。"

"我知道。"他紧张地答道。

"发射金属导弹！"我大声喊道，好盖过导弹越来越近的警报声。

飞行器已经升到了海拔一千米。

"发射!"

金属导弹发射,飞行器轰轰作响。导弹两秒后炸开,在蓝天洒满小型的电子炸弹,播种似的。追着我们的海空导弹几乎被诱捕 – 逃脱系统消耗干净了。从眼角的余光里,我瞄到武器控制台上闪着故障解除的绿光。刚刚卡住的发射台,此刻也记起来执行迟到的命令,将两枚蓄势待发的微型导弹射入空荡荡的前方。坐在我旁边的施耐德喘息着,驾驶着飞行器做盘绕飞行,这一姗姗来迟的高超特技让我胃里一阵翻滚,五脏六腑都快涌了出来。希望坦尼娅·瓦尔达尼之前没吃东西,不然可有得受。

我们依靠机翼下的浮力悬停了那么一会儿,然后施耐德解除拉力,朝着海面竖直地冲下去。水面上,第二波导弹朝我们袭来。

"发射金属导弹!"

砰的一声,弹药架再次打开,看着水底下剩余的三枚鱼雷,我将飞行器中的弹药全部投下,然后屏住呼吸,等待着。微型导弹已经全部投下,同时,施耐德再一次依靠重力场让飞行器下降,机身一阵摇晃。金属炸弹的下降速度比飞行器要快,一部分炸弹在飞行器的前方炸开。我的视野内布满了红点,全是智能武器为了诱敌而发出的红光。就在这时,海空导弹爆炸了,在诱敌的陷阱中自我了结了。我发射了几枚微型导弹,分秒之后,金属炸弹也发射出去了,目标锁定水下的鱼雷。

飞行器呈螺旋式下降,穿过金属炸弹和未命中目标的导弹的残骸,快速回到了海面上。施耐德再一次开火,小心翼翼地投下最后两枚改装过的金属炸弹。我们滑入水中的时候,爆炸声传来。

"我们下去吧。"施耐德说道。

飞行器前端朝下冲进海里,下降的时候,屏幕上的海水由淡蓝色逐渐变成深蓝色。我看看四周,寻找鱼雷的踪迹,却只看到一排废墟。对自己的这番杰作,我满意极了。我呼出一口气,仰头靠在椅背上,之前绷紧的弦终于可以松一松了。

"那个,"我并没有要特意对谁说,"可真是一团糟啊。"

我们沉入海底,稍事停留后,飞行器向上浮起。四周都是改装金属炸弹的弹片,弹片缓缓地落到海床上。我小心地察看着粉红色的阴影区,露出了微笑。最后那两枚炸弹是我自己组装的——在我们去接瓦尔达尼的前一天晚上,我花了不到一个小时就组装好了。但在那之前,我花了三天时间去废弃的战场和被炸弹夷为平地的街区寻找并且搜集填充炸弹需要的弹壳和电路。

我取下炮手眼罩,揉了揉眼睛。

"还有多远?"

施耐德一边捣鼓着显示屏,一边答道:"在这个速度下六个小时左右。如果借助重力和洋流的话,大概三小时就到了。"

"是啊,然后顺便被鱼雷炸飞。最后那两分钟,我手忙脚乱,根本没有定位目标就开火了。好好开,保持这样,别靠近陆地,边开边想等下怎么把这艘破船的档案清除。"

施耐德狠狠地瞪了我一眼。

"那你做什么?"

"修理。"我的回答简单明了。然后,我向后朝着坦尼娅·瓦尔达尼走去。

第五章

打火片晃动的火苗里,她的脸半明半暗。在拘留营的摧残下,过去的风华已经不再,政治拘留让她饱受折磨,整个人骨瘦如柴,眼睛深陷,颧骨突出。她两眼盯着前方,似火的瞳仁一动不动。乱发像稻草一样伏在她的额头上,一支烟叼在唇间,没点火。那是我的烟。

"不想抽?"过了一会儿,我问道。

就像卫星连接不畅时的通话——两秒钟之后,她的眼睛才向上移到我脸上。

"什么?"她的声音干瘪,像是因为长久不用而生了锈。

"七区牌的,我在兰德弗尔能弄到的最好货色。"我将烟盒递给她,她接过去后,将烟盒翻来覆去看了好几遍才找到点火器。她点燃嘴里的烟,微微吸了一口,苦涩的味道让她做了个鬼脸,大多数烟雾直接散在了风中。

"谢谢。"她轻声说道,双手捧着烟盒,仿佛那是一只刚从水里救上来的小动物。我静静地抽完嘴里的烟，看着海岸上的那排树，视线游移不定，身体一直处于警觉中。这是调查局编入特派员体内的警戒程序，即使不是真有什么危险，程序也在运作中。调查局打了一个很好的比喻，一个人听着音乐打着拍子的时候，看上去虽很放松，但实际上时刻警惕着。在调查局时，你总能意识到周围环境潜在的危险，就像大多数人能意识到松手时手里的东西会掉落一样。这种程序化的意识变成了一种本能，你从来不会放松警惕，就像正常人不会在半空就放开装满水的玻璃杯一样。

"你对我做了什么？"

语调和她之前感谢我时一样轻言细语，但是，当我的注意力从窗外的树木转移到她脸上的时候，她眼睛里有什么在闪烁，刚刚那句话并不是问句。"我能感觉到。"她一边说，一边伸手摸索着头的一侧，"这儿，好像，打开了。"

我点了点头，小心地寻找适当的措辞。在我去过的大多数世界里，不经允许就侵入别人的大脑是严重的道德犯罪，就算是政府机构，也只有在某些特定情况下才能这样做。对拉提莫星系、"圣克宣四号"和坦尼娅·瓦尔达尼来说，这种道德困境同样存在。特派局的技术部门将性心理的深层能量发挥到极致，从基因的层面进行改善，只要达到合适的程度，利用主体体内随时可以调用的野性力量增加强度，就可以促进心灵创伤加快愈合。首先，对主体进行浅催眠，然后进入到快速而稳定的人格参与阶段，之后便是亲密的肉体接触。从技术上来说，整个过程只是比普通的性爱少了前戏，温柔催眠状态下的性交可以保证顺利的高潮。但是，最后时刻，不知道为什么，我退缩了。整个过程其实和性侵犯差不多，这个事实确实令人反感。

但另一方面，我需要瓦尔达尼的精神创伤尽快恢复，正常情况下，这得花好几个月，甚至是几年，我们显然没那么多时间。

"是一项技术，"我犹豫片刻，"一种精神修复技术。我以前是特派探员。"

她吸了一口烟，"我以为特派探员就是杀人机器。"

"那不过是星际联盟的宣传，好让殖民地的人乖乖听话。事实上，我们要复杂得多；等你真正了解后，就知道我们也可怕得多。"我耸了耸肩，"但大多数人都不想了解，太费事，他们宁愿看我们剪辑过的录像，那个更刺激，绝对激发荷尔蒙。"

"是吗？那真相是什么？"

接下来的谈话像脱缰的野马，不受控制。我身体前倾，瓦尔达尼的烟就在我面前燃烧。

"夏亚，还有阿多拉奇安，一个个高科技下的混蛋特派探员，乘着超空间传输光束，披着最高端的生物技术创造的躯体，镇压一切反抗。当然，我们过去也一样。但是大多数人不知道我们完成得最棒的五次任务，那是见不得光的外交事务，没费一枪一炮就和平解决了。这就是政治手腕。我们悄悄地来，再悄悄地离开，甚至没有人知道我们曾经出现过。"

"你还挺自豪的样子。"

"一点儿也不。"

她眼睛一动不动地盯着我，"所以你说'以前是'？"

"差不多。"

"一个人怎么突然就不是特派探员了呢？"原来我错了，这根本不是什么谈话，坦尼娅·瓦尔达尼这是在套我的身世呢，"你辞职了？还是他们把你扫地出门了？"

我淡淡地笑了笑，"如果我们只是在闲扯，不妨换个话题吧。"

"换个话题？"她的声音依然压抑着，但因为愤怒，嗓音嘶哑而粗糙，"该死的，科瓦奇，你以为自己是谁？你来到我们的星球，妈的，带着大量杀伤性武器,还有你那暴虐的职业本性。你有什么资格玩弄我?你以为我内心深处就是个受伤的孩子?去你的,谁高兴听你倒苦水?我差点儿就死在拘留营里,我亲眼看着其他妇女儿童死去,妈的,我才不关心你经历了什么!现在,回答我,你为什么不是特派探员了?"

眼前的火光噼啪作响,我盯着烟头燃烧的余烬,看了好一会儿。我又看到了激光枪扫射的火光,子弹射进泥土里,还有吉米·德索托那张鲜血淋漓的脸。我无数次回想起这个地方,有某个傻子曾经说过,时间会治愈一切伤痛。但他说这句话的时候肯定还不存在特派探员。特派探员增强过的记忆力可以完整地回忆过去,而当你被解雇的时候,不需要将这个超能力退还回去。

"你听过伊涅恩吗?"我问她。

"当然。"她没听过才怪呢——星际联盟一般不会搬起石头砸自己的脚,但是一旦事情败露,消息就不胫而走,漫天飞舞,遥远的其他星际空间都知道。"你去过那儿?"

我点了点头。

"我听说过那次病毒攻击,所有人都死了。"

"不全对,被第二波病毒攻击的人确实都死了,但他们的攻击迟了点,所以第一个滩头阵地没有被击中。不过还是有一部分病毒通过通信网络蔓延过来,几乎所有人都感染了,我算走运的,但是我的搭档倒下了。"

"你朋友?"

"是的。"

"然后你辞职了?"

我摇了摇头,"我被赶了出来,被诊断为精神受创,不再适合执行特派探员任务。"

"你不是说是你搭档感染了吗？"

"病毒没有击垮我，是那之后。"我缓缓地说道，努力不去触碰过去的痛苦，"当时成立了一个调查法院——你一定也听说过。"

"他们控告当时的最高司令，是吗？"

"没错，只用了十分钟，控告就撤销了。也就是差不多那时候，我被判定为不再适合执行特派探员任务。你可以认为我从此有了信任危机。"

"真感人。"她听起来好像突然累了似的，或许之前的愤怒让她疲倦，"你不能继续留在那儿，真可惜。是吧？"

"我不为星际联盟做事了，坦尼娅。"

瓦尔达尼做了个手势，"你身上的军服好像不同意这点吧？"

"这衣服，"我厌恶地用手指拨了拨黑色的面料，"严格意义上来说，只是暂时的。"

"我可不这样认为，科瓦奇。"

"施耐德和我穿的一样。"我指明。

"施耐德……"她含糊地吐出这几个字，显然，她所知道的是孟德尔，"施耐德是个混蛋。"

我低头看着海滩，施耐德正在飞行器里鼓捣，砰砰砰，噪音大得出奇。他很反感我用技术来治愈瓦尔达尼的精神创伤，同时，更反感我俩单独待在篝火边上。

"真的？我还以为你和他……"

"呃。"她盯着篝火看了一会儿，"他是个迷人的混蛋。"

"考古挖掘之前认识的？"

她摇了摇头，"那次挖掘前，谁也不认识谁，大家不过是被分配过去，然后希望工作能顺顺利利。"

"你被分配去了登格里克海岸？"我貌似随口问了一句。

"不是。"她往衣服里缩了缩,仿佛觉得冷似的,"我是协会的专家,只要我愿意,我可以在平原区的挖掘点工作。但我选择了登格里克。队里其他人都是分配过来的挖扒者,他们不相信我去那儿的原因。他们年轻又富有激情,我猜他们觉得随便挖点稀奇古怪的东西也比什么都没挖到好。"

"那你到底为什么去那儿?"

长时间的沉默。我暗自骂了自己几句,不该问这个问题的。但我真心想知道——我对考古协会的了解仅限于流行文摘上关于协会的历史以及辉煌成就的介绍。以前,我可从来没见过协会专家,而施耐德描述的那次考古挖掘不过是删节版的故事,估计是瓦尔达尼在枕边说的,况且他自己在这方面也确实没有什么深入了解。我想听完整的故事,但坦尼娅·瓦尔达尼在拘留期间经历了太多的审讯,我这种刺探性的口吻无异于在她心头投下一颗掠夺者炸弹。

我想说点什么来打破沉默。不过,她倒先发话了,声音微微颤抖。"你想找那艘飞船?孟德——"她纠正道,"施耐德告诉你的?"

"嗯,但他说得很模糊。你去登格里克前知道那有艘飞船吗?"

"不确定,但是这个发现很合理,早晚而已。你读过维辛斯基吗?"

"听说过,中心理论。对吧?"

她挤出一丝淡淡的笑。"中心理论不是维辛斯基提出的,是被他的研究启发而来的。他当时认为,目前为止,我们关于火星人的一切发现都指向一个更加原子化的世界①,你知道——长着翅膀的食肉类族群,起源于某种在空中飞翔的捕食类动物,没有任何文化遗迹表明他们是群居性动物。"她开始滔滔不绝,眼前这位专家不由自主地开始做演讲,显然已经不是两人间的对话模式,"这表明他们更喜欢私人

---

①"社会原子论"是西方社会学的一个观点,认为个人是原子,不依靠任何人而存在,个人权利任何人不得侵犯。

空间,基本上没什么社交能力。你可以把他们当成食肉的鸟类,孑然一身却攻击性十足。而他们建造城市的行为则表明,他们至少曾努力想弥补自身的基因缺陷。就像人类一样,因自身的领地意识而恐惧外来人员,也想要努力地改变这一现状,结果却卡在中间,进退两难。维辛斯基和其他大多数专家的不同在于,他认为只有当私人空间被限制到极限的时候,他们才有可能聚集到一起。而且,随着科学的发展,生活水平的提高,他们可以再次离群而居。你听得明白吗?"

"保持这个语速的话没什么问题。"

事实上,我完全可以听懂,这方面的基础知识我多少有点儿。而且,瓦尔达尼说这段话的时候,精神很放松,说得越多,她精神恢复的可能性就越大。从简单的介绍开始,不经意间,她仿佛讲师上身,变得活力十足,不停做着手势,之前的冷漠已经退去,脸上是热切专注的神情。慢慢地,坦尼娅·瓦尔达尼重拾自我。

"你刚刚提到的中心理论,不过是一个衍生品。该死的卡特和博格丹诺维奇剽窃了维辛斯基关于火星制图原理的研究成果。你看,火星地图上有一点不容忽视,那就是,地图上没有我们常说的中心。不管考古队到达何处,总是发现本地就是地图上的中心点。每一处居留地都在相应地图的中心,不管实际体积大小,也不管功能是什么,它们都是地图上最大的那个点。维辛斯基说,这没什么好惊讶的,因为这正好印证了之前关于火星人大脑运作方式的猜想。对于那些绘图的火星人来说,地图上最重要的一点就是制图人当时所在的地点。而卡特和博格丹诺维奇不过是将这一原理运用到了航天学图标中。如果,每一个火星城市都认为自己是行星图的中心,那么每一个殖民地都会认为自己是火星霸权的中心。因此,客观上来说,虽然火星是所有这些地图上的中心点,但这并没有任何意义,火星很可能只是一个刚被殖民的穷乡僻壤,而火星母体文化真正的中心可以是地图上的任何一点。"她脸上露出轻蔑的神情，"这就是所谓的中心理论。"

"你好像不大相信。"

瓦尔达尼朝夜空吐了一口烟，"我确实不信，但就像那时维辛斯基说的，'妈的，那又能怎样？'卡特和博格丹诺维奇根本没掌握要点，承认维辛斯基的火星空间理论就应该也认识到火星人很可能对霸权主义一窍不通。"

"呃，噢。"

"没错。"她再一次露出微笑，这次显得很勉强，"再往后说就涉及政治了。维辛斯基有关于这方面的记录还说，不管火星人起源于哪里，了解其母体世界并不比了解它们'在绝对必要事物上的基本事实教育'更重要。"

"'妈咪，我们来自哪里？'这类的事情。"

"没错，这类事。你可以指着地图上的某一点说，我们就是从这儿来的啊，不过既然这里才是现实，所以这里才更加重要。因为现实更加重要，母体世界能得到的尊敬也就这么多了。"

"我想维辛斯基应该不会否认，能持有这些观点，在本质上就有着不可协调的非人性因素。对吧？"

瓦尔达尼狠狠地盯着我，"你对协会又了解多少，科瓦奇？"

我伸出拇指和食指，比画了一下，"不好意思，我只是喜欢炫耀而已。我来自哈伦世界，实和格雷茨基被审判的时候，我才十几岁。我加入了一个黑帮，那时证明自己反叛社会的最普遍方法就是在公共场所涂鸦有关审判的文字，我们都记得那些话，本质上的不可协调的非人性，这句话经常在实和格雷茨基的论调中出现。听起来很像协会私吞你研究基金时的标准论调。"

她低下头，"只是在那段时间而已。不，维辛斯基不会用那样的口吻说话，他爱火星人，而且崇拜他们，他在公共场合也是这样说的。这也是为什么只有提到该死的中心理论时，人们才想起他，他们断了他的资金来源，查封了他的大多数研究成果，然后让卡特和博格丹诺维奇去继续研究。这两个混蛋就没做过什么好事。同一年，联盟委员会投票，决定将当年的战略预算提高百分之七，完全是被迫害妄想症，他们以为火星人的母体文化还在某处伺机向我们进攻。"

"真高明。"

"没错，而且完全没法反驳。我们找到的其他世界的宇航图，也证实了维辛斯基的发现——地图上每一个世界都把自己当作宇宙的中心。这可把联盟吓坏了，他们逐渐提高战略预算，还在整个星际联盟的范围内严格限制军队。没有人想真正了解维辛斯基的研究，任何人如果坚持他的理论，或者是将其运用于自己的研究中，那下场就是一夜之间被撤走资金，或者是被嘲弄一番，最终结果都一样。"

她把烟蒂弹入篝火中，看着它燃烧起来。

"这也是你的故事？"我问道。

"不算是。"

在她说最后一个字的时候，我隐约听到咔嗒一声，像是锁被打开的声音。我还听到身后的施耐德走上了沙滩，他或许是来拿飞行器检查表，或许只是终于耐不住寂寞了。我耸了耸肩。

"如果你愿意的话，我们下次再继续。"

"或许吧，要不你来告诉我今天飞行器的高过载[①]驾驶是怎么回事？"

我抬头看了看施耐德，他已经走到篝火边上，加入了我们。"听到没？正在抱怨旅途中的娱乐节目呢。"

"该死的乘客。"施耐德嘟哝了一句，跟我配合得天衣无缝。他低

---

①即在飞行中飞行员的身体必须承受的巨大的加速度，这些正或负的加速度通常以重力加速度 g 的倍数来度量。

下头看着沙滩，"还是老样子。"

"你来告诉她，还是我来？"

"那是你的主意。有七区吗？"

瓦尔达尼拿起烟盒扔给施耐德，他伸手接住。瓦尔达尼转身面向我，"开始吧？"

"登格里克海岸，"我缓缓说道，"不管那儿的考古价值有多大，它都是北部边陲的一部分，而卡雷拉的楔形军已经将北部边陲定为赢得这场战争的九大必争地之一。从那儿惨烈的人员伤亡来看，肯普军此刻也抱着同样的想法。"

"所以？"

"所以，两支军队现在正在那儿为了争夺领土打得火热，这个时候，我认为，冒着枪林弹雨来进行考古探险是极不明智的。我们得转移战线。"

"转移？"她声音里满是惊讶。我耸耸肩，继续发挥。

"转移或者延后。只要能成功，两者皆可。关键是，我们需要帮助，在这件事上唯一能帮我们的只有大集团。我们将会去兰德弗尔。但因为我本该去执行任务，而施耐德是一个肯普军逃兵，你是一个战争犯，连我们的飞行器都是偷来的；所以在行动前，我们得避避风头。我们闯进智能鱼雷海域的事件已经被监控卫星拍下了，很快会被报道出来。但报道只会说鱼雷把我们给灭了，因为他们在对海床进行搜索后，会发现残骸碎片，和我们的飞行器正好吻合。没人会去仔细调查，这样，我们就会被记录为失踪、人间蒸发。这正合我意。"

"你觉得他们会这样轻易放过我们？"

"战争嘛，死人是很正常的。"我从篝火中抽出一根木棍，在沙地上画出一张粗糙的大陆地图，"噢，他们兴许想知道为什么本该在边陲前线指挥战斗的我会出现在这里。但这种事情最后往往不了了之。现在，卡雷拉的楔形军在北方的实力还比较单薄,在肯普军的步步紧逼下,他们已经快要退到山区了。而且,总统的卫兵将从侧面对他们进行攻击。"我用临时指挥棒戳了戳沙地,"加上肯普的冰山舰队从海上发起的空袭,卡雷拉的军队可有得受了。所以,卡雷拉现在要担心的事情还多着呢,分不出精力来管我是死是活。"

"你真的认为卡特尔会为了你将战争延期?"坦尼娅·瓦尔达尼用灼热的目光看看我,又看看施耐德,"简,你不会信这些鬼话吧?"

施耐德挥了挥手,"坦尼娅,先听这家伙说说看,他了解各方面的情况,知道自己在说什么。"

"对,没错。"她那紧张而又热切的目光重新回到我的脸上,"别以为我不懂知恩图报,事实上,我很感激你把我从拘留营里救出来,你无法想象我有多感激。现在,我既然已经出来了,我当然希望自己能活下去。这个计划,简直就是白日做梦,早晚会让我们送命,要么死在兰德弗尔大集团雇佣的武士剑下,要么死在登格里克的枪林弹雨中。他们会——"

"你说得对。"我耐心地说道,她有些惊讶,不再说话,"某种程度上,你是对的。大集团,就是在卡特尔的那些,他们根本瞧不上这个计划,他们可以杀了我们,然后把你扔进虚拟审讯室,直到你把他们想知道的情况都吐出来,整个事件要到战争结束并且是他们获胜之后才能重见天日。"

"如果他们胜利的话。"

"他们会的,"我告诉她,"不管用什么方法,他们总是赢家。但是,我们不去找那些大集团,我们得放聪明点。"

我不再说话,用木棍拨了拨篝火,等着。我眼角的余光看到施耐德紧张地伸长了脖子,如果坦尼娅·瓦尔达尼不加入的话,整件事将胎死腹中,这一点我们都很清楚。

海水低语着,拍打着海岸。篝火底部传来噼啪的声音。

"好吧。"她身体动了动,像是久病卧床的人换了个舒适点的姿势,"继续说,我听着呢。"

施耐德松了一口气,我只是点了点头。

"我们要做的就是先找一位贪婪的集团头头,不要那种大集团的。可能要花点时间摸清底细,但是应该不难。一旦我们确定好人选,我们就可以给他一个无法拒绝的提议,一个只此一次的、有期限的、可以讨价的、保证能得到回报的收购机会。"

我看到她在和施耐德互换眼神,或许是因为其中丰厚的利润让她想起了什么,致使她将目光望向他。

"像你一样渺小而又贪婪的人。对吧,科瓦奇? 你还是让集团加入了这场游戏。"她双眼盯着我,"拥有星际财富,而谋杀和虚拟审讯的成本又低廉得很。你打算怎样让他们既不杀我们也不把我们扔进审讯室?"

"简单,吓吓他们。"

"你吓他们?"她盯着我看了一会儿,然后小声地咳嗽起来,控制不住地笑出声来,"科瓦奇,他们就该把你放到磁盘里,你绝对是遭受精神创伤后的最佳娱乐节目。来,告诉我,你打算怎么吓倒一个集团?用什么去吓他们? 杀人木偶?"

我嘴角露出会意的微笑,"差不多。"

第六章

　　第二天,施耐德花了一早上清除飞行器数据中心的记录,而坦尼娅·瓦尔达尼则毫无目的地在沙滩上走着,一圈又一圈。她偶尔坐在打开的舱门边和施耐德说话。我让他们单独待在一起,自己走上海滩的尽头。那儿有一块黑色的岩岬,我毫不费力地攀上岩石,上面风景很美,看来走这几步路过来还是值得的。我就近靠在岩石的一块突起上,看着前方,回想着前一天晚上的梦境。

　　哈伦世界是一颗小型的可居住行星,因为三个月亮的影响,那儿的海水毫无章法地四处漫溢。而"圣克宣四号"则更大,比拉提莫和地球都要大,因为没有天然的卫星,无边无际的海洋从来都是风平浪静。这和我年少时在哈伦世界的记忆相反,这种平静看起来有点令人生疑,仿佛大海只是屏住呼吸,等待着什么灾难的发生。这种感觉很奇怪,大多数时候,我的特派探员本能会把这种感觉封锁起来,不让自己的大脑去进行分析。然而,在睡梦中,这种能力会削弱。显然,我开始担心了。

梦里的我正站在"圣克宣四号"的某处沙滩上，看着不断起伏的海面。海面隆起，波浪起伏。我站在原地，看着眼前的一切，无法动弹。一波又一波的海浪翻滚着，溅起、落下，一波未平，一波又起，像纠缠在一起的黑色肌肉。突然，海浪不再翻滚，像是被大海吸回了身体里。这时候，我心里涌起两股情绪，一种是寒冷的恐惧，夹杂了一点痛苦的悲伤；另外一种，是因为太靠近大海所带来的心神不宁。有一点毫无疑问，我觉得有什么可怕的东西将从海里升上来。

但是，它还没现身，我就醒了。

我大腿有一处肌肉抽筋了，我愤愤地坐了起来，梦里的情景仍然历历在目，在我的大脑深处回荡，我努力寻找着梦境和现实的联系。

或许是之前轰炸智能鱼雷造成的后遗症，我们发射的导弹在海面下爆炸时，我正好看到海浪滔天的一幕。

对的，就是这事件造成的创伤。

我的大脑开始回想最近发生的战争，寻找吻合的景象，但很快就放弃了，因为这样既费力又没有意义。在服务于楔形军的一年半中，我已犯下无数暴行，自己的精神也受到了巨创，这些创伤都够一整个排的精神医生忙活了。我偶尔也会遭受噩梦的困扰，要不是经过特派探员的专门训练，恐怕几个月之前就已经精神崩溃，失去理智了。不过，现在可不是回忆那些血腥战斗的时候。

我重新躺下，让自己放松。阳光普照，温度逐渐攀升，一会儿就达到了亚热带地区正午的热度，石头表面也变得温暖起来。我半睁着眼睛，阳光在我眼睑上移动，这情景和湖边康复虚拟场景中的一模一样。我开始放空自己。

时间在不知不觉中流逝。

电话发出轻微的嗡嗡声。我没有睁开眼，用手摸索了一下，按下接听键。这时,我才注意到自己浑身燥热,大腿都开始冒汗了。

"可以出发了。"施耐德的声音传来,"你还在那块石头上?"

我不情愿地坐起来,"是啊。你打过电话了?"

"都办好了。那个链路扰频器 ① 是你偷的?非常好用,清晰快捷。他们正等我们呢。"

"我就下来。"

我的脑海深处还泛着昨夜梦境的渣滓,看来我还是没能摆脱。

有什么要从海面冒出来。

我把这个想法用手机记录下来,然后开始往下走。

考古学不是什么高尚的科学。

你或许以为经过几个世纪的科技发展,我们现在的盗墓技术已经炉火纯青。不管怎样,现在的我们可以跨越星际间的距离追踪到火星文明的痕迹;就算隔着几米深的坚硬岩石或是几百米深的海水,卫星勘探和遥感技术也能绘制出埋在底下的城市的地图;我们还造出各种机器,对他们神秘莫测的遗迹做出有理有据的猜测。经过将近五百年的尝试,我们的考古技术确实应该达到炉火纯青的境界。

然而事实是,不管勘测技术如何精湛,一旦发现了什么,还是得靠挖。

27 号挖掘区就是这样一个地方。

对于一个小镇来说,这不是什么有想象力的名字,但是大体上还算合适。27 号挖掘区为考古队提供住宿、饮食以及娱乐设施。但是随着考古文物的搜罗殆尽,小镇迅速走向没落。原先的挖掘点竖着一具骇人的大骨架,当我们从东面飞过去的时候,大骨架横跨在空中,依靠固定带和弯曲着的支柱撑起来。小镇就建在这副骨架尾部的下面,

---

① 一种信号干扰器。

几个街区零零星星地点缀在大地上,就像钢筋水泥堆积起的菌落群。建筑的高度基本上不超过五层楼,就算偶尔有几栋高一些,看起来也无人居住,仿佛往上生长已经耗尽了它们所有的力气,无法再承载内部的生命。

飞行器绕着骨架的头盖骨底部转了几圈,然后开始水平飞行,最后向着下方的一块荒地垂直下降。这块荒地的周围有三个控制塔,这就算是 27 号挖掘区的停机坪了。飞机盘旋着下降,灰尘从残损的硬水泥地表飞扬起来,我看到飞行器起落架下的地面露出纵横的裂缝。微型摄影机上出现了一个陈旧的导航灯塔,正发出沙沙的声音,要求确认身份。施耐德不加理会,机前翼向前倾斜,他自己则打着哈欠从座位上站起来。

“各位,到站了,都出去吧。”

我们跟着他走到主机舱,看着他挎上我们之前在飞行器里找到的那把不大灵光的短管离子喷射枪。他抬起头,发现我正对着他眨眼。

“那些人不是你的朋友吗?”坦尼娅·瓦尔达尼也看着他,脸上写满“警觉”二字。

施耐德耸耸肩,“以前是。”他说道,“小心驶得万年船。”

“哦,好吧。”她转向我,“你那儿有没有什么我能拎得动的武器?我可不要加农炮那种大块头。”

我掀开夹克的一角,亮出两把楔形军专用的卡拉什尼科夫手枪,它们正静静地躺在胸式枪套里。

“我可以借你一把,但是得输入私人代码。”

“坦尼娅,拿个炸弹就成了。”施耐德自己忙活着,头也没抬,“炸弹的命中率高多了,那些端着机枪扫射的蠢蛋都是电影看多了,以为这样又帅又酷。”

考古学家挑起眉毛,我则轻轻地笑了笑,“他说得也对。来,这东西你不用系在腰上,带子可以这样展开,然后挂在肩上。"

我走过去,帮她把武器弄好,她转身对着我的时候,我们之间狭小的空间里出现了某种莫可名状的微妙磁场。当我将装好弹药的武器小心地固定在她左胸下方的时候,她的眼睛朝上看着我,碧绿的双眼,像是湍急水流下的碧玉。

"这样还舒适吗?"

"还好。"

我准备帮她整理枪套,她伸手阻止了我。我那满是泥污的黝黑手臂上,是她那瘦骨嶙峋的手指,骨节突出,纤弱异常。

"不用了,就这样吧。"

"好的,你只要往下拉,枪套就开了;把后面推上去,就又合上了。就像这样。"

"明白了。"

施耐德一直看着我们,他清清嗓子,然后砰的一声打开舱门。门随着铰链的转动缓缓打开,他抓住门把手,熟练地一摆就跳了下去,不愧是老练的飞行员。但当他落地的时候,由于飞行器起落架掀起的沙尘还在飘扬,他呛得咳嗽起来,这多少有点煞风景。我强忍着不笑出声来。

瓦尔达尼跟在后面,踮着脚,从舱口笨拙地爬了下去。我待在舱口,眯起眼睛,盯着风中飞舞的沙粒,想看清是否有人迎接我们。

确实有。

他们的身影在沙尘中逐渐变得清晰,就像被坦尼娅·瓦尔达尼这样的考古学家用喷沙器慢慢清理出来的浮雕文物。一共七个,身材壮硕,身上披着沙漠服,装备着各种杀伤性武器。中间一人身材畸形,他比其他人要高出半米,但胸部以上肿胀而且变形。他们不发一言,逼近我们。

我双手抱胸,这样指尖就刚好放在了卡拉什尼科夫手枪的枪托上。

"乔科?"施耐德咳了一声,"是你吗,乔科?"

依旧沉默。沙尘渐渐隐去,我能看见枪管反射出的隐隐光芒,以及他们脸上罩着的视力强化面罩,他们那宽松的沙漠服下还套着防弹衣。

"乔科,别闹了。"

中间的高个子发出一声尖厉的笑声,音调高得令人难以置信。我眨了眨眼睛。

"简,我的好朋友。"仿佛一个小孩的声音,"我让你受惊啦?"

"你说呢?小混球。"施耐德走向前,那高个子抽搐了一下,像是要散架了似的。我惊呆了,立即启动生化视界。我看到一名大概只有八岁的小男孩从高个子的胳膊处爬了下来,男孩爬到地面,向施耐德跑去。那个原先抱着他的高个子重新挺直身体,然后就一动不动了。我感觉到自己胳膊上的肌腱一阵抽动。我努力眯起眼睛,将这位不可思议的人物从头到脚打量了一遍,他没有戴视力强化面罩,而他的脸……

当我意识到自己看到的是什么时,我抿紧了嘴巴。

施耐德和那小孩正交换着复杂的握手仪式,嘴里还哇里哇啦地说着什么。在仪式进行期间,男孩还停下来去握坦尼娅·瓦尔达尼的手,然后很正式地鞠了个躬,说了些我听不太清的奉承话。整个会面过程里,男孩作秀一般,看上去有些滑稽,就像哈伦节上装饰俗气的喷泉,喷着无害的清水。当沙尘全部隐去后,我发现欢迎队伍里的其他人似乎也不会对我们产生威胁。他们看上去紧张兮兮的,而且大多数不过是年轻的非正规军。左边一个留着稀疏小胡子的家伙,看上去像是高加索人,在视力强化面罩的遮掩下看似镇定,实际上正咬着嘴唇。另外一个家伙两只脚不安地动来动去。有的人把武器挂在胸前，有的还没亮出来。但当我刚才从舱门跳下来的时候，他们都畏缩着后退。

为了缓解气氛，我将双手举到齐肩的高度，并且手掌朝外。

"不好意思。"

"不用向这白痴道歉。"施耐德想要拍一拍男孩的后脑勺，但是没成功，"乔科，过来打个招呼，这可是一位货真价实的、活生生的特派探员——武·科瓦奇，他可见证了伊涅恩事件。"

"真的？"男孩走过来，伸出手。他皮肤黝黑，但是骨骼强健，看得出来已经有几分帅气——将来必定迷倒万千少女。男孩衣着讲究，一件量身剪裁的淡紫色莎笼①搭配一件棉夹克。"乔科·洛伊斯匹诺吉，随时为您效劳。我为刚才的事抱歉，但是在这个动荡的年代，我们不得不小心一些。卫星频率显示你们的信号是卡雷拉的楔形军；而简，我的好兄弟，据我所知，和高层人士并没什么来往，我怕这是个圈套。"

"都是该死的扰频器，"施耐德郑重其事地说，"那东西是从楔形军那儿偷来的。这一次，乔科，我是真的遇到麻烦了。"

"谁会给你下套？"我问道。

"啊，"男孩叹了口气，听起来像是厌倦尘世的老头子，"这很难说，政府机构、卡特尔、集团利益分析师、肯普军间谍等等。他们对乔科·洛伊斯匹诺吉可没什么好感，在战争中保持中立反而让你树敌更多，最后孤立无援，还要面对各派的怀疑和鄙视。"

"战争还没波及这么偏远的南方吧。"瓦尔达尼说。

乔科·洛伊斯匹诺吉将手放在胸口，表情凝重，"这一点我们都万分感激。但是，这年头，不在前线并不意味着没有战争的危险，只是形式不一样罢了。兰德弗尔就在我们西边不到八百公里的地方，这点距离就足以让这地方成为一个外围哨岗，带来的无非是政府的驻军、卡

---

① 一种马来人及印尼人所穿的围裙。

特尔政治评估员的定期视察。"他又叹了口气,"这些都耗资巨大。"

我怀疑地看着他,"这儿有军队驻守?哪儿?"

"那儿。"男孩竖起拇指指了指那群衣衫褴褛的非正规军,"噢,碉堡里还有一些,按规定得有人在那儿看守。不过,你看到的这些就差不多是整个驻守军了。"

"那些是政府军?"坦尼娅·瓦尔达尼问道。

"没错。"洛伊斯匹诺吉伤感地看着他们,好一会儿才回过头,"当然,我说的耗资巨大更多是指评估员的视察开销,可不能怠慢了他。对我们、对他,都是如此,必须皆大欢喜。评估员虽然没什么城府,但胃口可不小,要想让他继续当我们的评估员,那就得花钱。他大概几个月莅临一次。"

"他现在在这里吗?"

"要是他在,我可不敢邀请你们到这儿来。他上个星期才走。"男孩意味深长地瞥了我们一眼,虽然是小孩子的外表,却有如此老成的神情,看着让人颇有些难受,"他满意地走了,可以这么说吧,带走了从这儿发现的东西。"

我发现自己笑了起来,无法抑制。

"我猜我们来对地方了。"

"那得看你们是为什么而来的。"洛伊斯匹诺吉说道,盯着施耐德,"简向来不会开门见山。不过,走吧,就算是在 27 号挖掘区,我们也能找个更好的地方谈公事。"

他领我们回到那群非正规军旁,只听到他用舌头发出尖锐的咯咯声,之前那个高个子就笨拙地弯下腰,抱起他。我听到身后的坦尼娅·瓦尔达尼倒吸了一口气,看来她也明白高个子曾经遭遇过的事。

眼前的这位高个子经历过在我看来最惨绝人寰的事,虽然最近也见过更为悲惨的事情,但是眼前这位的样子仍然怪异瘆人。他的头颅四分五裂,是用银色的合金粘补起来的。我猜这具身体很可能曾经正好被榴弹击中,因为如果是被其他武器击中的话,早就全身稀烂了。但是,有某个人不辞辛苦,将这男人的头颅重新拼接起来。空缺的部分填上树脂,取掉眼球的眼窝里安装上图像接收器。所以,这男人的眼球看起来就像两只匍匐在眼窝里、伺机而动的银色蜘蛛。当然,为了令这男人复活,他们还让他的脑干组织恢复了部分活力,以便其重获消化功能以及基本的运动机能。当然,还可能恢复了对几条固定指令的反应能力。

我在北部边陲还未中枪之前,有一个楔形军军士和我一起战斗,他自己原本的身躯就是一具加勒比黑人。一天晚上,我们在一座寺庙的废墟里躲避敌军的卫星攻击,他告诉我他们那边流传下来的一个神话。他们的祖先曾经跨越过地球上的海洋,然后,为了新的开始,他们又跨越火星人宇宙航行图上的海湾,到达另外一个世界,也就是现在的拉提莫。神话讲述的是一个魔法师如何令死人的身体复活并成为其奴隶的故事,我不记得故事里这样的生物叫什么了,但是我知道如果他看到抱着乔科·洛伊斯匹诺吉的高个子,一定能叫上名来。

"喜欢吗?"男孩摸了摸高个子那张残破不堪的脸,一直看着我。

"说实话,不大喜欢。"

"呃,就美观上来说,确实……"男孩故意拖着优雅的尾音,"但是只要好好利用绷带,再穿上破破烂烂的衣服,我们俩看起来绝对楚楚可怜。别人只会认为我们是好不容易从生活的废墟里逃出来的受害者,一个伤痕累累,一个天真单纯,完美的伪装,真的,特别是在某些极端的情况下。"

"乔科老混蛋。"施耐德走过来,用手肘碰了碰我,"跟你说过吧,他向来深思熟虑。"

我耸耸肩,"我也听说有些难民排着队被人当靶子练枪。"

"噢,那个我知道。我的这位朋友在遭遇不幸之前还是位足智多谋的海军战士呢,虽然换了具身体,但大脑皮层还保留着原先根深蒂固的战斗本能,或者是其他某个部位还储藏了原来的那一套机能。"男孩朝我眨眼,"我是个生意人,不是技术师,以前我在兰德弗尔还有一家软件工厂呢。让我们试试这家伙还能做什么,看。"

男孩把手伸进夹克,高个子男人从背上的枪套里拔出一支长管冲锋枪,动作敏捷。图像接收器在他的眼窝里嗖嗖作响,左右来回扫描。洛伊斯匹诺吉咧嘴大笑,伸出手,手里握着个遥控器。他大拇指一按,高个子把冲锋枪重新放回枪套,动作娴熟。整个过程中,他抱男孩的那只手纹丝未动。

"你看,"男孩高兴地说,"在怜悯还没有被地雷摧毁的地方,不那么高明的伪装也还是管用的。不过,我很乐观,就算是在这样动荡的年代,仍然没有多少士兵会对一个小孩子痛下杀手。好啦,话说得够多了。咱们去吃点什么吧?"

洛伊斯匹诺吉住在一个废弃的仓库区,街区离屹立着的骨架尾部不远。他就住在一间仓库的顶楼和阁楼两层。其余所有人都留在街道上,只有两个警卫领着我们走过冷清昏暗的街道,然后来到一个街角附近停下。角落里有一间工业电梯,高个子男人用手将电梯间的门拉开,金属碰撞的咔咔声在我们头顶上空回响。

"我还记得。"当我们乘坐电梯向上攀升的时候,男孩说道,"那时候,这些电梯里塞满了一级文物,装在板条箱里,贴着标签,只等着空运到兰德弗尔。那时候,出货员们二十四小时轮班工作,挖掘区从不停歇,你能听到电梯没日没夜地升起降落,轰隆隆的声音一直响着,就像心跳。"

"你过去就是做这个的?"瓦尔达尼问道,"堆积文物?"

我看到施耐德在阴影里朝男孩笑了笑。

"我年轻的时候是。"洛伊斯匹诺吉答道,带着自嘲的口吻,"但是,我那时的工作要更加,怎么说呢,更加有组织一些。"

电梯到达储藏区的顶部,铿锵一声停下,外面突然明亮起来。阳光透过窗帘洒进屋子,这里看起来是一间接待大厅,厅内由琥珀色的内墙和其他房间隔开。透过电梯车厢,我看到织花的地毯、深色木地板以及长而窄的沙发,沙发围绕着的中间区域看上去像是一个小型的室内游泳池。我们走出电梯,发现中间那块凹陷处里面并不是水,而是一块巨大的水平屏幕。屏幕上是一个女人,正唱着歌。大厅的两个角落里还各有两个尺寸不那么离谱的屏幕,上面放映着与地上的大屏幕上一模一样的内容。而大厅的另一端则放着一张长长的桌子,上面摆满酒水和食物,一个排的人都吃不完。

"大家别客气。"洛伊斯匹诺吉说道,他的保镖在一个拱形门前将他放下,"我马上就过来,那儿有吃的喝的。噢,对了,音量可以开大点,如果你们喜欢的话。"

音乐声突然灌入耳中,尽管屏幕上不是去年那首引起诸多争议的低俗萨尔萨舞曲《开阔地》的封面,但我一听就知道这是拉皮妮的歌。那首舞曲算是她的首发单曲,而这首歌节奏舒缓,偶尔夹杂着几声挑逗的呻吟。屏幕上的拉皮妮两腿夹在蜘蛛坦克炮的炮管上倒挂着,对着摄像机轻声哼唱,好像是首招募新兵的颂歌。

施耐德大步走到桌子边,开始往盘子里堆食物,一小会儿就堆起了一座小山,每种食物都有。那两个陪同的警卫站在电梯旁,耸了耸肩,随即加入施耐德的行列。坦尼娅·瓦尔达尼看上去也有加入他们的意思,但她好像突然改变了主意,朝挂着窗帘的窗户走去,瘦骨嶙峋的手开始摩挲窗帘的花纹。

"告诉过你了,"施耐德对我说道,"如果这边有谁可以帮上大忙,那一定是乔科,他和兰德弗尔的各路人马都有来往。"

"你的意思是战争爆发之前他就出名了?"

施耐德摇了摇头,"之前和之后。你也听到他是怎么说评估员的,要是他和权贵阶级没有交情的话,是不可能演那么一出的。"

"如果他和权贵们有交情,"我耐心地问道,眼睛盯着瓦尔达尼,"怎么还住在这鬼地方?"

"或许他就喜欢这里,他可是在这儿长大的。不管怎么样,你去过兰德弗尔吗? 那儿才真的是鬼地方。"

拉皮妮从屏幕上消失,取而代之的是考古学方面的纪录片。我们端着盘子,坐在一张沙发上,施耐德正要开吃,却发现我没准备动叉子。

"等一会儿,"我温和地说道,"只是为了表示礼貌。"

他哼了一声,"你在想什么呢? 你以为他会下毒? 为了什么? 放心,他不会对我们耍诡计的。"

虽然这样说,但他还是放下了食物。

屏幕上的内容再一次转换,这次播放的是战争片。激光枪的光束正凶猛地在黑暗的平原上扫射,导弹一颗接一颗爆炸,四处一片火光。经过后期处理后,战场的爆炸声听上去含糊不清,同时还被一个干哑的评论声覆盖,评论员正不痛不痒地播报着数据——死亡人数,倒戈转变为中立的反叛分子的数目。

乔科出现在对面的拱形门前,他脱掉夹克,由两个女人陪伴着走过来。这两个女人像是直接从软件里走出来的妓女,穆斯林服饰下的身体显然经过修饰,看起来完美无缺,曲线凹凸有致,仿佛重力对她们丝毫不起作用。两人的脸上都没有任何表情。站在两位甜心中间,这位八岁孩童看上去颇有些滑稽。

"艾凡娜和凯丝,"他向我们介绍这两位美女,"她们是我的恋人。

每个男孩都需要一位母亲,他们是这样说的,对吧? 或者,两位吧。好了。"他打了个响指,声音倒出奇地响亮,两个女人婀娜地走到餐桌边上,他坐在临近的沙发上,"现在让我们来谈谈公事吧。我能为你和你的朋友做些什么呢,简?"

"你不吃点东西?"我问道。

"噢,"他笑笑,然后朝他的两位伴侣做了个手势,"她们会吃的,我真是很爱她们两个。"

施耐德看上去有些尴尬。

"还不行?"洛伊斯匹诺吉叹了口气,然后伸出手,从我的盘子里随机拿了一块糕点,放进嘴里,"这样行了吧? 现在可以开始谈公事了吧? 简,开始吧?"

"乔科,我们想把一架飞船卖给你。"施耐德一边大口嚼着一只鸡翅膀,一边说道,"友情价。"

"真的?"

"当然—— 一架军事备用机,吴 – 莫里森 ISN–70,几乎没什么磨损,也没有任何所有者的记录。"

洛伊斯匹诺吉笑笑,"这可很难相信啊。"

"你可以亲自去看看。"施耐德咽下满嘴的食物,"数据库里的相关记录已经全部清理干净了,恐怕比你的税收记录还要干净。六十万公里里程,质量过硬,配置齐全,可次轨道飞行,也可潜入水底,控制器和妓院浪妞一样性感。"

"我好像记得'70'系列确实挺棒。是不是就是你告诉过我的,简?"男孩摸着自己没有胡须的下巴,这个姿势显然是前一具身体才会有的习惯,"没关系,我猜这架友情价就能买到的好东西应该装备了武器吧。"

施耐德点点头,嘴巴还在蠕动着,"卫星导弹发射塔,装有探头,加上各种逃生系统,全自动的防御软件,非常不错的配备。"

这时我被一块糕点呛到,咳了起来。

两个女人婀娜地走到了沙发这边,分别坐在洛伊斯匹诺吉两侧,姿势对称,看上去很是美观。自从她俩走进这屋子,就没有说一个字,也没发出一丝声响,所以我完全察觉不到她们的行动。坐在洛伊斯匹诺吉左边的女人开始喂他吃盘中的食物,他靠过去,挨着她,嘴里嚼着喂过来的食物,眼睛却若有所思地看着我。

"好吧,"他终于开口,"六百万。"

"星际通用币?"施耐德问道。

洛伊斯匹诺吉大笑起来,"萨夫特,六百万萨夫特。"

这是文物贩子的常用货币,早在制裁政府还只是个全球性的索赔机构的时候,这套货币就开始流通了。而现在,它成了一种不受欢迎的全球性币种,与拉提莫币的竞争就像让沼泽豹去攀爬没有任何摩擦力的码头陡坡,结果只能是徒劳。现在,一星际通用币相当于二百三十萨夫特。

施耐德瞬间惊住,这个数字把他激怒了,"乔科,你说笑的吧?就算是六百万星际通用币也只能抵飞船价值的一半,那可是吴-莫里森啊,老兄。"

"飞船里有冷冻舱吗?"

"啊?呃……没有。"

"那这东西有个屁用啊,简?"洛伊斯匹诺吉冷冷地说道。他瞟了一眼右边的女人,她静静地递给他一个酒杯,"听着,在现在这个时候,非军方人员用得着飞船的唯一地方,就是驾着它从这儿起飞,打破封锁线,然后回到拉提莫。任何明白人都知道六十万里程是一个什么概念,当然我也知道吴-莫里森的导航系统不错,但是,'70'系列其实是为短途飞行设计的,就算以最快的速度飞行,也要三十年才能回到拉提莫,所以才需要冷冻舱。"施耐德正要反驳,他举起一只手制止,"我不知道有谁——任何人——有能力得到冷冻舱。即使是为女人、为名声,还是没法搞到。兰德弗尔的卡特尔知道自己在做什么,简,而且他们已经封锁了这里,没有人能活着出去——直到战争结束。现实就是这样。"

"你可以把飞船卖给肯普军,"我说,"他们现在正迫切需要这些硬件,他们会付钱的。"

洛伊斯匹诺吉点了点头,"科瓦奇先生,你说得对,他们一定会付钱,付萨夫特币。他们只有萨夫特。不用担心他们赖账,你的楔形军朋友会帮你照应着的。"

"他们不是我朋友,我不过是穿了他们的制服而已。"

"哦,这样更好啦。"

我耸耸肩。

"一千万怎样?"施耐德满怀期望地问道,"肯普军愿意为修理过的次轨道飞行器出高出四倍的价钱。"

洛伊斯匹诺吉叹了口气,"没错。但是我还得把它藏起来,花钱请人看守,你知道,那可不是沙丘摩托车。然后我得和肯普军取得联系,你肯定也知道,这在如今要是被发现,可是会被判强制性记忆清零的。我还得安排一次秘密会议,噢,还要安排好武装后备,以防那帮革命军来抢我的飞行器。要是不狠一点,他们会经常来这一手。想想这一切所需要的花销吧,简。我是在帮你们,帮你们接过这个烫手山芋。除了我,你们还能找谁呢?"

"八——"

"就六百万。"我果断地插了一句,"我们非常感激您的帮助。不如帮人帮到底,把我们送到兰德弗尔,再给我们提供点可靠消息,怎么样?表示一下友好嘛。"

男孩的眼神锐利起来，他看了看坦尼娅·瓦尔达尼。

"免费的消息，呃？"他挑起眉毛，表演似的连续挑了两次，"你知道，事实上没有什么消息好提供的。但是，为了表示友好，你想知道什么呢？"

"兰德弗尔，"我答道，"除了卡特尔，还有谁是条大鱼？我是指二等或者三等的集团或者公司。当前谁最有资格成为明日新星？"

洛伊斯匹诺吉喝了一口酒，然后沉思了一会儿，"唔，大鱼啊，我想'圣克宣四号'没有，拉提莫也没有。"

"我从哈伦世界来。"

"噢，真的？我猜你不是个奎尔主义者吧？"他指了指我身上穿的楔形军军服，"鉴于你当前的政治立场。"

"你不能把奎尔主义看得这么简单，肯普经常引用她的话，但是和大多数人一样，他也是选择性地引用。"

"是吗？这我还真不知道。"洛伊斯匹诺吉伸出手挡下情人为他准备好的食物，"但是你说的大鱼，那里最多有六家。都是最近入驻的，本部大多数都在拉提莫。各星际原先都是禁止外部集团参与本土竞争的，直到二十年前。当然，现在，他们已经把卡特尔和政府收入囊中，现在除了残羹冷炙，已经不剩下什么了。对于三等公司来说，只有打包回老家的份儿，他们没办法在战争中生存下去；"他摸了摸没毛的下巴，"至于二等的，呃……萨沙卡恩·余联合集团、PKN还有曼德拉集团。他们都很贪婪，可能我能帮你再找几家。你们有什么事要跟他们接触吗？"

我点点头，"不过是间接业务。"

"好吧，再附赠你一条免费建议：放长线才能钓大鱼。"洛伊斯匹诺吉朝我举起手中的杯子，一口饮尽，脸上挂着谄媚的笑容，"因为如果不放长线的话，他们可会把你的胳膊活生生扯下来哦。"

第七章

　　和很多城市一样,兰德弗尔也是由太空站发展而来,城市没有所谓的中心区,而是不规则地延展在南半球一个广袤的半沙漠化平原上。一个世纪前,殖民驳船在此处降落。每一家股票投资公司都在平原上建立了自己的据点,周围用一些辅助建筑物围起来。慢慢地,这些建筑物向外扩张,这些卫星城最终融合到了一起,像大杂院似的,没有所谓的中心,也没有什么规划。后来,二等投资商也入驻进来,它们只能从大集团手里租用或者购买地盘,然后从市场和蓬勃发展的城市里寻找合适的定位。与此同时,其他地方的城市也开始发展,但宪章中的出口检验条款规定,考古业在"圣克宣四号"上创造的财富必须以兰德弗尔为中介向外流通。于是兰德弗尔在这场没有限制的文物出口、土地分配以及挖掘许可证颁发的盛宴中赚了个盆满钵满,原先的太空站蓬勃发展,城市的面积大得惊人。如今,整个城市已经占据了大草原三分之二的面积,有一千两百万居民,整个"圣克宣四号"人口的百分之三十都在这儿。

这儿就是一个大坑。

我和施耐德一道走在久未修缮过的街道上,路上满是碎石和微红色的沙子。空气干燥炎热,两边建筑物的阴影丝毫无法缓解烈日当空的炽热,汗珠大颗大颗地从我脸上滑落,脖子后的头发也已湿透。路的两侧是窗户和建筑物外侧的反光镜,从镜子里可以看到穿着黑色制服的我们正步调一致地走着。有施耐德陪伴,我心情不是太差。正午的太阳,将一切烤得火热,路上没有其他人,热浪中的宁静多少令人感到一丝诡异,脚下的沙子嘎吱响着。

我们没费多少力气就找到了目的地。那像是一栋青铜铸造的指挥塔,光洁铮亮,屹立在这个街区的边缘。其高度是周围街区的两倍,但从外表来看,说不上有什么特色。和兰德弗尔的其他建筑一样,眼前这栋的表面也都安装了反光镜,在阳光的照射下,棱角处的光耀令人无法直视。虽然它不是兰德弗尔最高的建筑,但却有着一种原始的力量美,使得它在周围的建筑群中鹤立鸡群,充分诉说着设计师的灵感和理念。

对躯体进行测试直到毁灭。

这句话像是橱柜里的尸体,出人意料地冒了出来。

"你还想再靠近些吗?"施耐德紧张地问道。

"再近点。"

和所有的卡雷拉楔形军一样,我身体里的库马洛生体强化系统也安装了一个联网的坐标定位系统,这是标准配置,操作简单。当然,前提是网络通畅,同时不被那无数个覆盖整颗星球的干扰器影响。我眨眨眼睛,集中注意力,左边视野中出现了整座城市的街道以及区域分布图,其中一条主干道上有两个打了标签的点正闪动着。

测试——

　　我轻微地调整了一下连接器的信号,眼前的景象突然模糊起来,接着我发现自己正从街区的最高点向下看着自己的头顶。

　　"糟糕!"

　　"怎么了?"身边的施耐德紧张起来,摆出忍者的战斗姿势。他太阳眼镜下的那张脸挂着担忧的神情,不知为何显得有些滑稽。

　　测试——

　　"没什么。"我重新调整角度,直到塔楼再一次出现在视野的边缘,系统用一条黄色的线为我画出了到达塔楼最快的路线,穿过几个交叉口就能到达目的地。"这边走。"

　　对躯体进行测试直到毁灭不过是尖端科技的一个方面。

　　我们沿着黄色的线路走了几分钟,来到了街道的尽头。面前是一座狭窄的吊桥,下面是干掉的运河。吊桥大概有二十米长,稍微向上倾斜,另一头连接在远端一块水泥凸板上。另外还有两座与之平行的吊桥,分布在交叉口下端一百米处,同样也是向上倾斜。运河底部散布着每座城市都会有的垃圾碎片——丢弃的家用设备、破裂的匣子里露出的电路板、空的食物包装盒,还有被阳光晒得褪色的布团。这些东西让我想起倒在机关枪疯狂扫射下的尸体。这座垃圾场的另外一边就立着我们要找的塔楼。

　　对躯体进行测试。

　　施耐德停在桥头,犹豫不决。

　　"你过去吗?"

　　"当然,你也要一起。别忘了,我们是搭档。"我轻轻地在他背后推了一下,然后紧跟着他,好让他没有掉头的余地。当我的身体嗅到危险的味道时,特派探员本能会努力追寻这种味道,虽然有点神经质,但是这种情况下我总能保持好心情。

　　"我只是认为这不——"

"如果出了什么问题，找我就是了。"我再一次用手肘捅了捅他，"走吧。"

"如果出了什么问题，那我们就没命了。"他愁眉苦脸地说。

"没错。"

我们走上吊桥，施耐德抓着栏杆，好像担心桥会在高空中摇摆起来。

吊桥另外一边的桥墩位于一栋平淡无奇的商场大门处。大门约五十米宽。我们往前走了两米，停住，抬头看着塔楼冷冰冰的墙面。不管设计师有意与否，这座大楼在底部四周建了混凝土停机坪，形成了一个完美的杀戮场。四周没有任何遮蔽物，退路只有两条——要么从狭窄的吊桥撤退，要么跳下干枯的运河，摔个粉身碎骨。

"开阔地，这里随处可见。"施耐德小声哼着歌，音调和节奏听起来就是肯普军的革命颂歌。我不能怪他，暴露在这片开阔地，连我也想哼哼这首该死的曲子——拉皮妮的这首歌流行甚广，曲调和肯普军用来唤起战士对前一年深刻回忆的曲子很像。那时候，你能在任何一个政府未能成功屏蔽的频道里听见肯普军的这首歌，画面上是反叛军的宣传，背景音乐则无一例外都是这首曲子。歌曲讲述的是一个劫数难逃的志愿者野战排，出于对约书亚·肯普的爱，在条件极端不利的情况下依然坚守阵地——听上去陈腐教条。颂歌的背景音是朗朗上口的低俗萨尔萨舞曲，这种曲子只要听一次就会萦绕在脑海里，久久不绝。在北部边陲的攻击队里，人人都会唱这首歌，也确实经常唱。当他们对卡特尔政府官员不满的时候，就唱这首歌，而官员们也不是不知道，但是出于对楔形军的害怕，他们也不敢拿这件事做文章。

事实上，这首歌的音调是如此的"深入人心"，所以就算是最坚定的集团支持者都会在不经意间哼唱。于是，一些卡特尔改革家召开了一次委员才有资格参加的会议，会议宣布在"圣克宣四号"上严禁演唱这首歌，否则将被视为政治犯被判刑。后来，考虑到这项措施将对警察的治安工作造成了巨大压力，他们便花重金召集了一个咨询团队，让这个团队迅速研究出一套新的净化版歌词，沿用之前的旋律。而拉皮妮，一位虚拟歌手，经过设计之后被推上舞台，演唱新版歌曲。新版本讲述的是一名年轻男孩的故事：一次肯普军的暗袭让他失去父母，成为孤儿；好心的集团联盟收养了他，并将之悉心抚养长大；最后，他发挥自己的潜能，成了一名高级行星长官。

新版歌就像首民谣，没有了原版的浪漫，也失去了热血与光荣的主题。但因为哼唱肯普军颂歌的歌词会被认为心怀不轨，而且大多数人早已分不清哪个是哪个，歌词全部记窜了，所以也都只是哼哼旋律。经过这番折腾，大家革命的情绪已经消失殆尽，而改歌的团队则拿到了一笔可观的奖金，以及拉皮妮的歌曲版税。而拉皮妮，她已经成为各大国家级频道的座上宾，而且即将推出新专辑。

施耐德突然停下歌声，"他们在这里设了埋伏？"

"我猜是吧。"我朝塔楼的底部点了点头，那儿有一扇五米高的锃亮的大门，显然是入口。大门的两侧竖着两根柱基，上面雕着时下最潮的抽象派艺术品，一对碰撞之蛋，或者说——我启动生化系统检索资料——两颗发射中的炮弹。

施耐德顺着我的目光看了看，"哨岗？"

我点点头，"我看到两门斯勒格自动火炮，至少四把光束武器。主人的品位看起来还不错，起码它们都藏在雕像后面，很难被发现。"

不管怎样，头开得还算不错。

我们在兰德弗尔已经待了两个星期，除了夜晚街道上穿着较高级制服的士兵，以及偶尔从高层建筑的塔楼里飞出的几颗子弹，这儿看不到多少战争的痕迹。大多数时候，你会以为战争其实发生在另外一颗星球。但如果约书亚·肯普最终真的能够攻进首府，起码曼德拉集团似乎已经准备好了。

对躯体进行测试直到毁灭不过是曼德拉当前研究项目所采用的尖端科技的一个方面,最大化地利用所有的资源才是我们的终极目标。

曼德拉十年前才入驻此地,和同行其他公司相比,曼德拉更具战略思想,更有预见性,成立之初就判断出未来武装暴动的可能。公司的标志是一截浮在电路板上的 DNA 链状结构,公司的宣传材料也恰到好处地展现了公司的勃勃野心,宣传的无非是"更多投资,回报无限""行业新人"之类的内容。战争爆发后,曼德拉公司更是大赚特赚。顺应时事。

"他们现在正看着我们吗?"

我耸耸肩,"每时每刻都会有人看着你的,这就是生活,问题是他们是否注意到我们。"

施耐德有些生气了,"那他们注意到我们了吗?"

"我猜没有,这些自动系统可没那么聪明。战争离得太远了,没必要将紧急处理系统设为默认值,晚上十点宵禁之前,这些哨兵只是站着做做样子。在它们看来,我们不过是普通人。"

"到目前为止。"

"到目前为止。"我转过身附和道,"现在,让我们去引起它们的注意吧。"

我们往回走,走过吊桥。

"你看起来可不像艺术家。"推销商一边扫描我们的条形代码,一边说道。此刻,我们已经换下制服,穿上了前一天早上刚买的平民服装,这种衣服随处可见。我们一走进这里,就被要求核实身份,看来我们这身打扮还不够有说服力。

"我们是保镖,"我愉快地告诉他,"这位女士才是艺术家。"

他的视线越过桌子,盯着坐在另一边的坦尼娅·瓦尔达尼。她带着两边饰有飞翼的墨镜,对推销商抿了抿嘴。过去几个星期的休养让她稍微丰满了一些,但此刻的她穿着显瘦的黑色长外套,脸部则依然瘦削。推销商嘟哝了一句,显然相信了。

"好吧。"他将一张交易明细表放到最大,研究了一会儿,然后说道,"我必须告诉你们,不管你们要卖的是什么,你们是在和一大帮政府支持的竞争者作对。"

"是吗? 像拉皮妮那样的? "

是个人都能听出施耐德话中的嘲弄。推销商摸了摸他那模仿军队款式的山羊胡子。他往后靠在椅子上,把一只穿着仿制战斗靴的脚搭在桌子边沿。他那光秃秃的脑壳底部,有三四个战场快速植入软件的标签伸出来,材质过于闪亮,明显也是山寨货。

"别拿大集团开玩笑,朋友。"他从容不迫地说,"如果我能参与拉皮妮的事业,只要拿到百分之二的股份,现在就可以回拉提莫了。告诉你们,消除战时艺术反战主题的最好方法就是将其买断。集团都知道这一点,他们已经准备好了将其打包销售,这样的结果就是,竞争将不复存在。那么——"他拍了拍显示屏,屏幕上是我们上传的图像,图像上的东西像一颗等待发射的小型紫色鱼雷,静静地栖息在屏幕上,"不管你们有什么,最好是好货色,否则别指望能全身而退。"

"你的客户可信吗? "我问道。

他阴恻恻地笑着,"我是个现实主义者,你给我付钱,我负责把东西转移。我有全兰德弗尔最好的反侦察干扰软件,保证能把东西完好无损地送到。正如我们宣传词里说的,'我们会让顾客关注你'。但别指望我讨好你们,那不是我的服务范围。广告准备往哪儿投? 最好不要抱太高期望,你们没有多大胜算。"

有人将我们身后的窗户打开，楼下的喧哗钻入屋内。傍晚已经来临，外面的空气变得凉爽，但推销商办公室里的空气却依旧有些污浊。坦尼娅·瓦尔达尼不耐烦地动了动。

"那可不关你的事。"她有些焦躁，"能继续了吗？"

"当然。"推销商又看了一眼屏幕上的支付界面，上面漂浮着几个绿色的粗体数字，"最好系上安全带，这东西速度很快。"

他按下开关，显示器上泛起涟漪，紫色的鱼雷不见了。我看到它融入另外一些螺旋状的传输图像里，然后消失了，消失在公司的数据安全防火墙后面，很可能连推销商吹捧的那些软件都跟踪不到。绿色的数字账户旋转着，疯了似的晃来晃去，变成模模糊糊的八位数字。

"你们瞧，"推销商一边说，一边装作很有见地地摇摇头，"光是安装这样高端的侦察系统就能花掉他们一年的利润。必须降低高科技成本，我的朋友们。"

"当然。"我看着我们的信用卡账户，它看上去就像一个没壳的反物质堆芯，银子正随着衰变周期哗哗地流走。我好不容易才抑制住拧断这家伙的脖子的冲动。并不是钱的问题，我们有的是钱。六百万萨夫特卖架吴－莫里森飞船确实不算个好买卖，但这笔钱已经够我们在兰德弗尔像国王一样挥霍一段日子了。

所以不是钱的问题。

而是这一套配合战争发展起来的时尚潮流，以及这种慢吞吞地讲述战时艺术相关理论的腔调。眼前这位浑身山寨货的家伙正表达着自己的厌世情绪，而在赤道的另一边，以兰德弗尔固有的生存系统需要微调的名义，无数男男女女正互相残杀。

"好了，"推销商欢快地拍了拍手，以示安慰，"是时候回去了，我会尽我所能，你们也该回去了。"

"什么叫尽你所能？"施耐德问道，"妈的，什么意思？"

他再一次露出阴冷的微笑，"嘿，看看合同。就是竭尽全力将东西送到。竭尽'圣克宣四号'上每一个人的力量。不过呢，我们虽然提供最先进的安保系统，但还是不能给你们打包票。"

他从机器里取出我们的信用卡芯片，扔在坦尼娅·瓦尔达尼身前的桌上，坦尼娅面无表情地拿起芯片，放进口袋。

"我们要等多久？"她打了个哈欠问道。

"你以为我是什么？先知？"推销商叹了口气，"应该很快，可能是几天，也可能是一个月或者更久，完全取决于样品展示的情况。而我是不参与其中的，我只不过是个邮递员。当然，也有可能你们永远也等不到。回去吧，我会给你们发邮件的。"

我们准备离开，工作人员依旧冷漠地把我们领了出去，从进门的那一刻开始，他们的态度一直不冷不淡。出门后，我们朝左拐进夜色之中。穿过大街，面前出现一家带有露台的餐馆，餐馆离推销商那装饰浮华的三楼展览厅大约二十米远。现在已经快到宵禁时间了，所以餐馆里没什么人。我们将包放在一张桌子下面，然后点了几杯咖啡。

"还有多久？"瓦尔达尼再一次问道。

"三十分钟。"我耸耸肩，"不过得取决于他们的人工智能，反应慢的话要四十五分钟。"

他们来的时候，我还没喝完咖啡。

一辆不起眼的棕色轿车，车型庞大，看上去有些动力不足，但明眼人可以看出，车的表面安装了护甲。车辆悄悄驶过离街道一百米远的一个拐角，朝着推销商的大楼驶去。

"我该走了。"我低声说道，体内的库马洛生体强化系统开始运作，"你们俩留在这儿。"

我不紧不慢地站起来，晃到大街上。我将双手插在口袋里，歪着头盯着前方。前方飘浮着的车辆在推销商的门外停了下来，侧边的舱门打开了。五个穿着连身制服的人影爬了出来,身手敏捷地消失在大楼里。显然是有备而来。车门随即又合上了。

我逐渐加快步伐,混入人行道上匆匆往家赶的购物人群,左手紧紧抓着口袋里的东西。

那车的挡风玻璃看起来相当结实,而且是不透明的。在生化系统的辅助下,我也只能辨别出有两个影子坐在挡风玻璃后面,还有另外一个大个子坐在他俩身后,身体笔直,正看着外面。我站在一家商铺门前从侧面看过去,同时向车的正面一步步靠近。

注意时间。

在离车不到半米的地方,我将左手从口袋里抽了出来,一颗扁平的白蚁手榴弹重重地砸在了挡风玻璃上。我迅速后退,跑开。

嘭!

如果要投放白蚁手榴弹,你必须尽快远离现场。新型号的手榴弹会炸得粉碎,其中百分之九十五的弹片都会集中在接触面上,但仍有百分之五会反向释放,如果没来得及马上撤退,自己也会被炸得四分五裂。

轿车整个摇晃起来,因为配备了防护罩,爆炸时只有一声闷响。随后,我闪进推销商的大楼,跑上楼梯。

(走到一楼的时候,我伸手拿起连接枪,生物合金钢板顶着我的手掌心,我握紧枪托,已经迫不及待。)

三楼入口处只有一个哨兵,那是因为他们没想到会从背后遭袭。当走上最后一节楼梯时,我从背后射穿了他的脑袋——鲜血飞溅,脑浆迸出,一齐喷在了他面前的墙上——趁他还未倒地,我快步向前,一脚踹开推销商办公室的门。

第一次射杀的声音还在脑海中回响,像是第一口威士忌,令人欲罢不能……

视野中是一帧帧破碎的画面。

推销商想要从椅子里站起来,却被两个人死死地按在座位上。他一只手挣脱出来,指着我站的方向。

"就是他——"

离门最近的家伙,转过身……

我只用左手开了三枪,就了结了他。

鲜血四溅——体内的生化系统让我动作迅猛,我扭转身子躲了过去。

队伍的头头——不难辨认,个头高些,更有派头些,正在叫喊着:"妈的,发生——"

扫射。瞄准胸膛和拿着武器的手臂,废了那只开枪的手。

我右手中的卡拉什尼科夫手枪喷着火焰,射出杀伤力极强的子弹。

还剩两个,双手放开被绑着的、挣扎着的推销商,然后亮出武器……

这次双手握枪——瞄准头、身体,各处。

卡拉什尼科夫手枪像疯狗一样咆哮着。

他们的身体摇晃着,倒下了……

完事收工。

小小的办公室突然安静下来,推销商缩在一具尸体后面。突然从某处传来噼啪的声音,好像控制台短路了——估计是我刚才疯狂射出的子弹造成的破坏。外面的停机坪传来声响。

我跪在那个头头的尸体边,收起智能手枪,手伸进夹克里,从背后的刀鞘里拔出振动刀,启动刀的开关,然后对准尸体的脊椎用力刺了下去,开始切割。

"啊,该死,伙计。"推销商捂着嘴,绕过控制台呕吐起来,"该死,该死。"

我抬头看着他。

"闭嘴,这可要费点力。"

他再次恶心得弯下腰。

割了几次都徒劳无果后,我用振动刀沿着脊椎骨切开一个口子,露出几节椎骨后,我触到了头盖骨的底部。我用一只膝盖将头骨固定在地上,然后换个方向重新割。刀口滑了一下。

"见鬼。"

停机坪传来越来越吵的喧哗声,似乎人群越积越多了。我停下手中的活儿,拾起卡拉什尼科夫手枪,朝着门外的墙壁一阵扫射,楼梯间的人群吓得匆匆忙忙往下撤,发出乒乒乓乓的声音。

我再一次拿起刀,努力找到正确的位置,然后切开骨头,用刀刃从周围的皮肉里挑出那节脊椎。结果弄得血肉模糊的,但没办法,时间不多了。我将切下来的骨头放进口袋,用尸体上衣的干净部分擦净双手,然后把刀放回刀鞘。我捡起智能手枪,小心翼翼地朝门口走去。

真安静。

离开前,我瞄了一眼推销商,他正盯着我,好像我是会长出獠牙的怪物。

"回家去。"我告诉他,"他们还会回来的,这一点我可以保证。"

我走下三段楼梯,没有碰到任何人。但当我走在停机坪上时,能感觉到周围的屋子里有许多双眼睛正盯着我。我走到大街上,左右看了看,然后收起卡拉什尼科夫手枪,悄悄地离开。被榴弹炸过的车只剩下一个烧焦的外壳,我从旁边走过,人行道上左右五十米内都没一个人影。附近建筑物的防护百叶窗都已经支离破碎。一群人聚在街道的另一边,但是他们看起来都手足无措。偶尔有几个注意到我的路人也匆匆挪开视线。一切完美无瑕。

第八章

回旅馆的路上,大家一言不发。

我们按来时的路回去,都是有遮蔽的小路或者是室内购物中心,以便躲过曼德拉集团的卫星探测器。拎着大只的旅行袋步行,我们累得喘不过气来。大概像这样走了二十分钟,我们站在了一间冷冻贮藏室宽阔的屋檐下。我向空中挥舞交通寻呼机,终于有一辆出租车停了下来。我们在屋檐的遮蔽下爬进车内,躺在椅子上,继续一言不发。

"我有责任告诉你们,"机器神经兮兮地说道,"还有十七分钟就是宵禁时间。"

"那最好快点送我们回家。"我一边说一边报出地址。

"预计需要九分钟到达。请插卡付款。"

我朝施耐德点了点头,他拿出一张没用过的信用卡,插进卡槽。出租车发出嘎吱的声响,然后上升,滑入夜空。空中几乎没有其他车辆,出租车朝着西边飞去。我歪着头靠在椅子上,看着底下的城市灯光闪烁。没多一会儿,我的大脑就开始自动回想我们这一路的行程是否足够隐蔽。

我重新坐正,碰巧看到坦尼娅·瓦尔达尼正直勾勾地盯着我,丝毫没有挪开视线的意思。

我将视线挪回到下方的灯火上,直到它们渐渐向我靠近。

旅馆选得不错,坐落在一架商业货运天桥下,是这块儿最便宜的,只有妓女和嫖客才来。旅馆前台接待员用的是最便宜的辛特塔身体,硅胶肉体的关节部位似乎已经磨损,右手臂很明显是后期拼接上去的。桌子上污迹斑斑,装有防护启动器的桌沿处凹凸不平。大厅里光线昏暗,面无表情的女人和男孩在角落里虚弱地颤抖着,像是即将熄灭的火苗。

旅馆接待员的眼睛上印有潦草的标志,这双眼睛就像把刷子,上下把我们刷了一遍。

"一个小时十萨夫特,先付五十萨夫特押金。洗澡和视频要另外付五十。"

"我们是来过夜的,"施耐德告诉他,"你还没注意到吧,已经是宵禁时间了。"

接待员依然面无表情,可能是因为他使用的这具身体。辛特塔一向以节省脸部神经和肌肉著称。

"那就是八十萨夫特,加上八十的押金,洗澡和视频要另外付五十。"

"长期居住打折吗?"

他的视线转向我,一只手伸到柜台下面,我体内的生化系统又开始运作起来,自从上次大开杀戒后,这系统还有点不稳定。

"房间要还是不要?"

"要。"施耐德警告性地瞥了我一眼,"有信用卡识别器吗?"

"那要再加百分之十——"他好像努力回忆着什么,"手续费。"

"可以。"

接待员失望地站起来,走到后面的一间屋子里去取识别器。

"应该用现金,"瓦尔达尼小声说道,"我们早该想到的。"

施耐德耸了耸肩,"哪能考虑那么全面。你上次用现金付账是什么时候的事?"

她摇了摇头。我能记起来的是三十年前的某一天,在一个几光年远的地方,那是我最后一次使用现金而不是信用卡。那时候,我习惯了古色古香的塑化钞票,它们设计华丽,还有全息面板。但那些东西在地球上才有,而地球,是前殖民时期的星移无法达到的地方。在那儿,我找到了爱情。但是,后来因爱生恨,在爱恨交织下做了一些傻事。我的一部分已经死在了地球上。

另外一颗行星,另外一具身体。

我脑海中浮现出一张熟悉的脸,但现在可不是伤感的时候,我摇了摇头,看看四周,努力让自己重新回到现实。阴暗处有浓妆艳抹的女人正朝这边看过来,然后又把视线挪开。

想逛窑子吗? 是啊,神灵们。

接待员回到柜台,读取完施耐德的信用卡后,把破旧的塑料钥匙卡扔在桌上。

"朝后走,下楼梯,地下四层。我已经开启了洗浴和视频设备,宵禁结束前都能使用。如果想延长时间,必须回来重新付费。"硅胶造的脸颊抽搐了一下,或许他是想笑一笑。礼貌其实是不必要的。"房间都是隔音的,你们爱怎么样都可以。"

走廊和钢制框架的楼梯间比大厅里还要昏暗,墙上和天花板上有多处瓷砖翘起,而其他一些地方的砖则完全剥落。楼梯的扶手杆上本来涂了亮光漆,但是也褪去得差不多了。我们只好一点一点往前挪,双手紧紧抓着栏杆,沿着扶手往前探。

妓女在楼梯上三三两两地站着,大多数人都拉到了客户。我们从他们身边走过,他们周围仿佛飘着虚幻的幸福泡泡,正噼里啪拉作响,看来他们的合作相当愉快。我瞄到客户中有几个穿制服的人,一个卡特尔官员模样的男人靠在二楼楼梯平台的扶手边,若有所思地抽着烟。没有任何人注意到我们。

房间狭长,天花板很低,粗糙的水泥墙上粘着环氧树脂,看上去像是房间的屋檐和柱子。整个墙面涂成了狂野的大红色。走进屋子,墙的两边突出来两张床架,中间隔着半米远的距离。第二张床架的四个角上连着四根模制塑料锁链。房间的尽头是独立的淋浴间,里面空间很大,足够容下三个人。当然,这样的设计在这儿应该是必不可少的吧。两张床的对面都放着巨大的屏幕,选择菜单在淡粉色的背景前闪着红光。

我看看四周,朝着温热的空气呼了一口气,然后弯下腰,打开脚边的旅行袋。

"记得把门关好。"

我从包里拿出清洁器,朝房间各个角落挥舞,天花板上出现了三只虫子,两张床上各一只,淋浴间一只。真是大开眼界。施耐德朝天花板上的虫子各投掷了一个楔形军配备的微型数据读取器,这东西会钻进虫子的储存器中,读取过去几小时内的数据,然后反复地备份。好一点的型号甚至可以自动扫描内容,从备份中提取出需要的场景,但我认为在这儿还不需要。从旅馆的前台接待员判断,这儿不像是有高级防卫系统的地方。

"你想把东西放哪儿?"施耐德问瓦尔达尼。他打开另外一个旅行袋,把东西拿出来放在一个床架上。

"就放那儿吧,"她答道,"我来弄就好了。这东西,呃,有点复杂。"

施耐德挑起眉毛，"好吧，那我就在旁边看着。"

我不知道这玩意儿是不是真的很复杂，只知道这位考古学家花了十分钟就把仪器组装好了。完工后，她从软塌塌的旅行袋中拿出一副调制过的视力强化眼罩戴在头上，然后转向我。

"那东西你还想不想给我？"

我把手伸进夹克，拿出那节椎骨，小小的骨头上挂着凝固的血块，上面还有裂缝。她没有表示出任何不适，接过骨头，扔在了她刚刚装拼起来的文物洗涤器上。玻璃盖下突然弹出一道淡紫色的光束，施耐德和我饶有兴致地看着。只见她戴上眼罩，看向机器里面，然后拿起连接筒，盘着腿开始工作。机器里传来轻微的噼啪声。

"进展如何？"我问道。

她嘟哝了一声。

"大概要多久？"

"很久，如果你继续再问这些愚蠢的问题。"她依旧头也不抬，忙活着，"难道你没别的事好做了？"

我眼角瞥到施耐德正咧着嘴笑。

等我们把其他机器组装好时，瓦尔达尼已经差不多完工了。我越过她的肩头看到紫色的光线下放着即将处理好的椎骨。它的体积比刚才小多了，最后几块碎片清理掉后，就只剩小小的一个椭圆形金属存储器了。我看得入了迷，虽然以前也见过别人从死人脊椎骨里取存储器，但这个，是我见过的最为精细的活计。坦尼娅·瓦尔达尼用工具一点一点地切割，骨头渐渐剔去，存储器渐渐显现，等周围的组织清理干净之后，我们看到了锃亮崭新的存储器。

"科瓦奇，我知道这手艺几斤几两。"瓦尔达尼心不在焉地轻声说道，"和清理火星人的电路板相比，这就像喷沙一样简单。"

"这点绝对可信。我只是在欣赏你的好手艺。"

这次她抬起头看着我,突然把眼罩推到额头上,想看看我是不是在笑话她。当她发现我没那个意思后,才重新放下眼罩,调整了一下连接筒,重新坐回去。最后,紫色的光消失了。

"好了。"她伸手从仪器上拿起存储器,夹在拇指和食指之间,"顺便说一声,这台仪器其实并不好使。事实上,只有挖扒者写论文时才会买这东西。感应器不怎么灵光,到边陲后我得弄一台好一点的。"

"别担心。"我从她手里接过存储器,转身走向放在另一张床上的仪器边,"要是一切顺利的话,你要什么样的都成。现在,你们都仔细听着,这个存储器里有可能安装了虚拟场景追踪器,很多集团里的武士① 都在存储器里装了这玩意儿。这一个可能没装,但是小心为妙。也就是说,在追踪器充好电定位之前,我们有一分钟的安全时间,当计时器显示五十秒钟的时候,你们俩要把所有的电源都关掉。我需要操作一下死伤者辨认 – 评估系统,和现实中的时间比率是 35∶1,半个小时多一点,但是应该足够了。"

"你想对他做什么?"瓦尔达尼的声音好像有点不高兴。

我伸手拿起头盔,"没什么,也没时间做什么。我只想和他谈谈。"

"谈谈?"她的眼睛里闪烁着奇异的光。

"有时候,"我说道,"这就够了。"

我好不容易才进入虚拟场景。

死伤者辨认 – 评估系统是军事领域相对比较新的技术,在伊涅恩的时候还没发明出来,直到我离开调查局,这一技术原型才开始出现。刚开始,只有星际联盟摄政府的精英部队才会使用,其他人根本负担不起巨额的费用。直到几十年后,大概五十年前,实惠一些的型号才开始出现。所有部队里的财务人员都乐坏了,尽管他们不用自己去操

---

① 受集团雇佣,担任保镖或打手的人。不同于传统的日本武士。

作系统。辨认－评估系统的操作一般都是由战场医护人员进行，目的是将战火中仍有利用价值的死者以及伤员的存储器救出来。在那样的情况下，很难实现身体的顺利转移，而且，从医院救护舱上拿下来的仪器绝对不是什么好货。

在四面都是水泥墙的房间里，我闭上眼睛，脑后像被踢中了似的，感觉有什么在里面蹦来蹦去。几秒钟后，我渐渐失去意识，感觉自己正越过一片平静的海面，然后咔嚓一声，场景又变成了一片一望无际的麦田。夕阳的余烬下，这一切都显得极不真实。有什么东西重重地落在我的脚上，然后又弹了起来。我正站在狭长的木质走廊上，走廊正对着麦田，身后是一栋房子。房子是木质结构的单层建筑，看上去有些年月了。但是真正的老房子是不可能这么完美的。每一块木板都显示出了完美的几何精度，目光所及之处，没有任何的裂纹，也没有一丝缝隙。它看起来就像人工智能从图像库中提取出的理想之屋，当然，或许这就是。

只有三十分钟，我提醒自己。

是时候辨认并评估了。

现代战争的性质决定了战场上不会留下多少士兵的尸体，也正是因为这一点，财务人员的日子有时候也不好过。因为总会有一些士兵值得花钱令他们重生；还有经验丰富的军官，他们可是一笔无价的财富；还有不管是什么级别但是有特殊技能或者知识的步兵，他们同样值得重生。而问题就在于如何快速地辨认这些士兵，并把他们和那些不值得再花钱买一副新身体的家伙区分开来。但是，在哀号遍野的混乱战场上，谁愿意去做这个事？条形码已经和皮肉一起被烧掉了，标签要么熔化了，要么就被榴弹炸成了碎片。有时，DNA 扫描也是一个方法，但是这个化学方法太过复杂，在战场上的可操作性很小，而一些令人恶心的生化武器有时候会完全搅乱检测结果。

　　更糟糕的是,以上的方法都不能告诉你死去的士兵是否还精神正常,是否值得令其重生。一个人如何死去——很快,很慢,独自,和朋友一起,痛苦地还是麻木地——决定了其遭受创伤的程度。而创伤程度会影响其战斗力。当然,重生的经历也是影响因素之一,重生太多次的话容易患上反复重生综合征。去年,我就见到一个这样的家伙,一位楔形军爆破中士。战争爆发后,他们一共把他下载了九次,最后一次,他们让他在一具二十岁的克隆身体里重生,然后他坐起来,就像是坐在自己拉的便便上的婴儿,一会儿尖叫,一会儿大哭,偶尔还猛甩自己的手指,仿佛那是他不再想要的玩具。

　　糟透了。

　　关键是没办法通过战士们残缺、烧焦的躯体确切地知道这些事实,这也是令医护人员头疼的地方。然而,令财务人员欣慰的是,皮层存储器科技能够帮助辨认和区分伤亡士兵,同时还可以判断他们是否精神错乱、不可救药。把存储器放入脊柱顶端的脑壳下方,后脑勺就成了一个最安全的护甲,周围的骨头抗打击能力极强,而且制作存储器的材料也是人类所知的最为坚硬的人造物质,以防经历漫长进化的头骨依然不能做到万全。所以,你可以放心地用喷砂清理存储器,用手把它塞进虚拟场景生成器中,然后只要跟着存储器的主人跳进场景中就行了。完成以上这些操作所需要的设备,刚好可以放进大号的旅行袋里。

　　我走到无瑕的木质门口,门边有一块铜板,板上刻着八位数的序列号和一个姓名:邓昭军。我扭动把手,门朝里打开,没有丝毫声响。我走了进去。里面干净整洁,房间的主要陈设是一张木质的长桌子,桌子的一边是两把铺着棕黄色坐垫的扶手椅,对面则是壁炉,炉子里生了小火,噼噼啪啪燃烧着。房间的后门似乎是通向厨房和卧室的。

　　他坐在桌子边,头埋在手里。显然,他没有听到开门的声音,这个场景是让他先进来,然后我再出现。因此,他有好几分钟的时间从最初的震惊中缓过来,然后弄明白自己身处何方。现在,是他该面对的时候了。

我轻轻地咳了一声。

"邓,晚上好。"

他抬起头看着我,双手重新放回桌子上。他开始连珠炮似的说个不停。

"伙计,我们中计了,妈的,中计了。有人正等着我们,告诉韩德他有危险,他们一定会——"

他突然没声了,两眼瞪大。他认出了我。

"没错。"

他猛地站起来,"你他妈是谁?"

"我是谁并不重要,你看——"

但是太晚了,他已经站起来,绕过桌子朝我冲来,眼睛里满是怒火。我后退一步。

"你看,这没有意义——"

他冲到我面前,双手一阵狠劈,然后朝我的膝盖猛踢,接着拳头暴打过来。我将他的攻击挡回去,然后锁住挥舞过来的拳头,把他摔到地板上。倒地前他又踢了一脚,我只好向后闪去,以免脸部被踢中。接着他又爬了起来,再一次朝我冲过来。

这一次,我没有向退,而是迎了上去。我先从侧面格挡,化解了他的攻势,然后抬腿一阵猛踢,再用膝盖和手肘把他抵在地上。他大口喘着气,被我打得直哼哼。我再一次把他摔倒在地,他的一只胳膊被压在了身体下面。我压着他,按住他的背部,拽起另外一只胳膊,死死锁在背后,只听到骨节喀拉直响。

"行了,够了。你他妈的正在虚拟场景里呢。"我喘了口气,压低声音,"另外,如果你再动一下,我就拧断你的胳膊,明白没?"

他尽量点了点头表示同意,脸仍然被按在地板上。

"好,"我稍微减轻了手臂的力量,"现在我会放你起来,我们文明地谈谈。我有几个问题要问你,邓,如果你不想回答也可以不回答,但是这事对你绝对有好处,你只要听我说完就行了。"

我站起身,放开他。过了好一会儿,他才爬起来,一瘸一拐地走回椅子边,坐下去揉胳膊。我在桌子的另外一边坐下。

"你的存储器里装了虚拟场景追踪器吗?"

他摇了摇头。

"好吧,就算里面装了你也会说没有。但是,那东西没有任何用处,我们开了镜像代码扰频器①。现在,我想知道是谁指使你们的。"

他盯着我,"妈的,我干吗要告诉你这些?"

"因为如果你告诉我的话,我会把你的存储器交还给曼德拉,他们很可能会让你重生。"我身体向前倾,"这可是唯此一次的特别机会,邓,你最好抓住这个机会。过了这村,可就没了这店。"

"如果你敢杀我,曼德拉一定会——"

"你错了,"我摇了摇头,"现实点吧。你以为自己是谁?保安队队长?有谋略的指挥官?你这种人曼德拉想要多少有多少,政府储备军里有的是能够替代你的军士。只要能远离战场,让他们干什么都行。他们中的任何一个都能取代你。另外,你效忠的那帮男男女女要是知道我今夜给他们展示的是什么,只要能分一杯羹,让他们把儿女卖到妓院去都会愿意。比起来,你,我的朋友,根本,连个屁都不算。"

沉默,他坐在那儿看着我,满是憎恨。

我开始投下第一个鱼饵。

"当然,根据一般性原则,他们肯定会杀鸡儆猴,好让其他人知道

①一种信号干扰器,用来干扰虚拟场景追踪器。

谁要是敢碰他们的计划,就得付出惨痛的代价。任何强硬派都是这样的作风,我想曼德拉也不例外吧。"我张开手,做了个手势,"但是我们这儿可没什么一般性原则。是吧,邓?我的意思是,这一点你是知道的。你曾经接到过这么紧迫的任务吗?获得过如此完整的指示吗?怎么说的?找出信号的发出地,把他们的存储器完好无损地带回来,其他的损失都是次要的,像这样的指示?"

我打住,让这个问题横亘在我们中间。线我已经放出去了,只等着他上钩了。当然,上钩总免不了要疼痛。

快,上钩吧。简单的一个音节就够了。

但依旧是沉默。邀请要么被接受,被反驳,被放弃,被回答。但是都没有,它就这样悬挂在我们之间,而他只是咬着嘴唇。

再试一次。

"像那样的指示,邓?"

"你最好还是杀了我。"他绷着脸说道。

我让自己慢慢地露出笑容——

"我不会杀你,邓。"

——然后,等着。

仿佛我们真的有镜像代码扰频器,仿佛我们没有被追踪,仿佛我们有的是时间。坚信这一点。

全宇宙的时间都是我们的。

"你——"他终于开口。

"邓,我不会杀你。我还是这样说,我,不,杀,你。"我耸耸肩,"要杀掉你简直易如反掌,关掉虚拟场景运行器就行了,如此简单就让你成为集团英雄实在是便宜你了。"

我看见他脸上的表情由疑惑变成紧张。

"噢,我也不会折磨你,我对那些没兴趣。我可不知道他们有没有给你下载什么抗压软件。私刑这事太麻烦,太没效率,太花时间。而且,很多问题我都可以从其他途径找答案。正如我之前所说,这是一个唯此一次的机会。现在回答我的问题,趁我还没失去耐心。"

"否则怎样?"依然显得强硬,但新的疑惑已经让他有些动摇。有两次,他以为我会对他下毒手,但两次都错了。他内心的恐惧虽然还很微弱,却已经开始慢慢膨胀。

我耸耸肩。

"或者我会把你留在这儿。"

"什么?"

"我的意思是我会把你留在这儿。我们现在正在卡里萨特荒原的正中,邓,某个废弃的考古城,连个名字都没有,四周是上千公里的沙漠。而我会把你一直扣在这里。"

他眨眨眼睛,调整了一下坐姿。而我,则向他靠得更近。

"你现在在一个死伤者辨认–评估系统里,依靠我从战场带回来的动力装置运行,这个场景可以持续好几十年,而在虚拟时间里,就是好几百年。一切对你来说都他妈栩栩如生,你可以坐这儿欣赏麦子成熟,当然,如果程序让它生长的话。顺利的话,你不会饿死,也不会渴死。但是我敢打赌,一百年不到,你就会发疯。"

我重新坐回去,让他消化我刚才的话。

"行了!"像钢琴弦断裂的声音,"够了!你不是知道了吗?你都知道了。"

我顿了一会儿,然后伸手握住门把,他的声音更响了。

"我说你都知道了,伙计,韩德。伙计,韩德!马提亚·韩德!就是他派我们去的,我他妈告诉你,他可是个不择手段的人。"

韩德,这就是他之前提过的名字。我肯定他没有撒谎。我慢慢从门边转过身来。

"韩德？"

他猛点头。

"马提亚·韩德？"

他抬起头，脸上换了一副表情，"你答应过的事呢？"

"只要你合作，没问题。我会把你的存储器完好无损地还给曼德拉。现在，韩德。"

"马提亚·韩德，收购部。"

"就是他派你来的？"我皱起眉头，"一个部门的小头头？"

"他其实不是主谋，所有战略小队都要向安保部负责人报告，但自从战争爆发后，他们制定了七十五条战略计划，这些都是直接由收购部的韩德通过的。"

"为什么？"

"妈的，我怎么知道？"

"让我猜猜看，计划都是韩德首倡的，还是只是普通政策？"

他犹豫了一下，"他们说是韩德。"

"他和曼德拉在一起多久了？"

"我也不知道，"他瞥到我脸上的表情，"妈的，我真不知道，只知道比我要久。"

"性格如何？"

"心狠手辣，最好别去招惹他。"

"是啊，和那些部门高管一样，都是些心狠手辣的混蛋。这些猜都猜得出来，给我爆些大料吧。"

"我可不是虚张声势。两年前，R&D 的某个项目经理跳出来，在政策委员会上指责韩德违反公司道德——"

"公司什么？"

"是啊，你笑好了。如果查明属实的话，曼德拉就得被清零了。"

"但结果没有。"

邓摇了摇头,"韩德摆平了委员会,没人知道他是怎么做到的。两个星期之后,那个项目经理死在一辆出租车里,好像有什么东西在他体内爆炸了。他们都说韩德以前在拉提莫的时候是卡勒富尔[①]兄弟会的霍根,就是像伏都教之类的屁事。"

"伏都教之类的屁事。"我重复了一遍,表情很镇定,其实内心多少还是有些惊讶。不管怎么包装,宗教就是宗教。正如奎尔所说,为来世担忧意味着没有能力解决好今世之事。但是,卡勒富尔兄弟会里就是一帮专门敲诈勒索的败类,而我碰巧对这些令人闻风丧胆的机构、社团有所了解。除了兄弟会,还有哈伦世界的日本黑社会、夏亚的宗教警察,当然,还有特派调查局。如果马提亚·韩德以前加入过兄弟会,那他的背景就比其他集团的头目更复杂,也更难对付。"除了伏都教之类的屁事以外,他们还说了什么?"

邓耸耸肩,"还说他很聪明。战争爆发前,他就参与了很多政府项目,做得小有成就。当时,大公司对这些项目都不屑一顾。还有传言说,他曾告诉政策委员,明年的这个时候,他们可以在卡特尔获得一席之位。据我所知,没人拿这当笑话。"

"确实。转行有时候很危险,说不定下场就是死在出租车里,被炸得稀烂。我想我们——"

坠落。

离开系统和进来的时候同样有趣,好像椅子下开了一扇暗门,我跌了进去;仿佛星球被凿穿了一个洞,而我就在里面不停下坠。海水静静地从四周漫了进来,像一只饿兽大口吞噬着洞里的黑暗。我脑海里一阵噼噼啪啪的声响,像是宿醉后的难受。接着,一切都消失了,我像是被过滤了出来,在现实中清醒过来。我低垂着头,嘴角挂着一溜

---

① 海地一地名。

口水。

"科瓦奇,你没事吧?"

是施耐德。

我眨眨眼睛,经过刚才的冲击,四周看起来出奇地朦胧。我的双眼似乎刚刚盯着太阳看太久了。

"科瓦奇?"这次是坦尼娅·瓦尔达尼的声音,我擦净嘴角,环顾周围。身旁的辨认 – 评估仪器静静地发出嗡鸣,计数器上的数字闪着绿光,数字停在"49"上。

瓦尔达尼和施耐德站在仪器两边,两个人都忧心忡忡地看着我,有那么点滑稽。他们身后是树脂倒模的庸俗妓女图,整个场景看上去像是一场恶俗的闹剧。我挣扎着坐起来,摘下头盔,发现自己好像在傻笑。

"怎么样啦?"瓦尔达尼后退一步,"别坐在那儿傻笑啊。查到什么了?"

"信息够了。"我答道,"该干正事了。"

第二部

商业决策

任何议程,不管涉不涉及政治,都有成本。永远别忘了问清楚成本是多少,由谁支付。否则,议程策划人会嗅出你的沉默,就像闻到血气的沼泽豹。接下来,你将成为成本的支付者。而且,往往,你根本支付不起。

——奎尔克里斯特·菲尔康纳,《迄今我该铭记之箴言》第二卷

第九章

"女士们、先生们,注意啦。"

拍卖小姐用手指优雅地弹了弹麦克风,发出闷雷般的隆隆声,穿过我们头上的拱顶。她盛装出席,戴着礼帽,套着手套,身上穿着某种真空套装,都是传统的服饰。但衣服是压膜而成的,这让我想起新北京的时装店,而不是火星的探测挖掘点。她声音甜美,像是加了烈性朗姆酒的热咖啡。"77 号,新从岘港低地出土,三米高的塔门,基座上印有激光雕刻的科技符号。起价二十万萨夫特。"

"我可不这样认为。"马提亚·韩德一边品着茶,一边漫不经心地抬头瞥了一眼。对面的阳台外正悬着文物的全息放大图,"今天这个可不是什么好货色,更别说第二个符号上还有道该死的裂缝。"

"但是凡事总有万一。"我若无其事地说,"这种地方多的是有钱没处花的人。"

"噢,确实是。"他的身体在椅子里微微动了动,似乎把围着阳台的买家审视了个遍。买家们正稀稀拉拉地聚集在阳台四周,"我敢打赌这件文物的价格不会到一百二十万。"

"我们拭目以待。"

"相信我。"他那轮廓分明的脸上浮起一丝温文尔雅的笑。和其他集团主管一样,他身材修长,相貌堂堂。"当然,有时候我也猜得不准,偶尔。啊,太好了,我们的菜来了。"

一位侍者端着食物走过来,侍者身上穿着和拍卖小姐一样的衣服,不过是廉价版的,剪裁也没那么精致。他非常优雅地放下餐盘,我们只是静静地坐着,等他将食物一一摆好。他走出我们的视线,姿态依旧优雅得体。

"不合你胃口?"我问道。

"确实。"韩德满脸疑惑地用筷子戳了戳便当托盘,"你知道,你完全可以点些别的东西。我的意思是,战争还未结束,而这离最近的海岸有上千公里远,你干吗非要吃生鱼片寿司?"

"我来自哈伦世界,我们那儿就吃这东西。"

我们俩都忽略了一个事实,那就是这家寿司店正好在开阔的阳台正中心,狙击手可以从拍卖大厅的任何一个通风口瞄准我们。而简·施耐德,就在一个这样的位置上。此刻,他正蜷缩某处,手里是一把带罩盖的短管镭射卡宾枪,枪口瞄准了马提亚·韩德的脸。但我不知道这屋子里有多少男男女女也同样拿着枪瞄准了我。

我们头顶的全息屏幕闪动着,价格变换着,透出温暖的橘色光芒。叫价已经超过了一百五十万,拍卖小姐还在继续鼓动大家。韩德看着变动的价格默默点着头。

"你猜对了,这次是我失算。"他开始吃寿司,"现在让我们谈正事吧。"

"很好。"我将一件东西从桌面滚过去,"我想,这是你的吧。"

他用空着的那只手按住那东西,用精心修剪过的拇指和食指将它夹起来,然后满脸疑惑地看了看。

"邓?"

我点点头。

"他都告诉你什么了?"

"没什么,我们没时间搞虚拟逼供,这点你知道的。"我耸耸肩,"他只是随口说出了你的名字,然后就意识到我不是曼德拉的精神外科医生,于是再没吐出一个字,真是个嘴硬的混蛋。"

韩德脸上写满怀疑,他一言不发地把存储器放进外套的前胸口袋,慢慢嚼着寿司。

"真的有必要把他们都干掉吗?"他终于问了。

我耸耸肩,"如今我们在北部就是这么干的。或许你还不知道吧,那儿正打仗呢。"

"啊,这样。"他好像第一次注意到我的制服,"看来你是楔形军?我倒很想知道以撒·卡雷拉对你偷偷潜入兰德弗尔会有什么反应。你觉得呢?"

我再次耸耸肩,"楔形军的军官有的是自由,或许解释起来需要点技巧,但不管怎样,我可以告诉他我在执行秘密任务,为了完成某个战略计划。"

"你是吗?"

"不是,这完全是我的私事,和战争没有任何关系。"

"如果我把你刚刚说的话录下来,再回放给他听呢?"

"既然我是秘密行动,那必然会向你撒谎,不是吗?那样的话,我们的对话本就半真半假,对吧?"

我们不露声色,看着对方,两人都不再说话。然后,这位曼德拉主管的脸上再一次绽放笑容,他笑了好一会儿,我看得出来,这次是发自内心的。

"好吧,"他低声说道,"这可真是个绝妙的计划。中尉,恭喜你,你的话无懈可击,连我自己都不知道该相信什么了。就我所知,你可能是在为楔形军办事。"

"是的,我就是。"我也笑了,"但是你知道吗?你没时间纠结这个了。还记得你昨天收到的信息吗?同样的信息已经被我们输入兰德弗尔的五十处数据流中,发送装置已经锁定,会根据事先编好的程序,在特定的时候通过高强度传输发送到卡特尔每一家公司的数据库里。时间不等人,你还有一个月的时间搞定这事。否则,你所有的重量级对手都会知道得和你一样多,到时候整个海岸线上将会像新年前夕一样热闹。"

"小点声。"韩德的声音依然冷静,但是温和的语调里带着刺,"这里是公共场合,如果你想和曼德拉合作,就得学会谨慎。请不要再透露细节了。"

"可以,只要我们互相理解就行。"

"那是当然。"

"这也正是我希望的。"我的声音里多了点狠劲,"你昨晚派出那样一群打手,真是太小瞧我了,别再干这种傻事。"

"我做梦也没想到——"

"很好,那就别再做梦了,韩德。因为邓和他的手下在昨天经历的不快和我过去十八个月在北部参与的杀戮相比,简直是小儿科。你可能以为战争离这儿远着呢,但如果曼德拉还敢对我和我的伙伴们不敬的话,你们就等着被楔形军扁成烂泥吧。现在,明白了吗?"

韩德表情痛苦,"了解,你说得很清楚了。我向你保证,不会再有人骚扰你。当然,条件是你的要求要合理。你们要多少发现费?"

"两千万星际通用币。韩德,别用那种眼神看我。只要我们成功了,曼德拉也可以大赚一笔,我们要的还不到十分之一呢。"

全息屏幕上,价格好像停在了一百九十万,拍卖小姐还在怂恿买家把价格一点点往上抬。

"唔。"他一边嚼着食物,一边思考着,"现金交付?"

"不,前台办理。把钱转入拉提莫城市银行的账户,选择不可逆的单向转账方式,标准的七小时到账。到时候我会把账号给你。"

"这做得有点过头了吧,中尉。"

"这叫保险起见,韩德。不是我不信任你,但知道你把钱付好了我会更开心。那样的话,曼德拉也不好在事后坑我。没有付出,就没有回报。"

眼前这位曼德拉主管贪婪地咧嘴笑着,"中尉,我们双方都得表示诚意。计划没实现之前我为什么要付钱给你呢?"

"因为你如果不照办的话,我会立马离开,然后你就和星际联盟史上最大的考古发现失之交臂,知道吗?"我停了一会儿,给他点时间消化,然后再安抚道,"其实,这事可以这么看,只要战争还在继续,我就没办法碰这笔钱,你也知道紧急权限指令。因此,你付了钱我也拿不到。想要拿到钱,我必须人在拉提莫。这就是你的保障。"

"你也想去拉提莫?"韩德挑起眉毛,"两千万星际通用币,外加让你安全离开?"

"韩德,别傻了。你以为呢?你以为我会傻到在这儿等着肯普和卡特尔坐下来和谈?我可没这耐心。"

"这样的话,"这位主管放下筷子,双手交叉放在桌上,"让我先把事情弄清楚。也就是说,我必须现在付你两千万星际通用币。没得商量?"

我看着他不说话。

"我说得对吗?"

"放心,如果你出了什么岔子,我会帮你收拾的。"

他的脸上又一次闪过转瞬即逝的笑容,"真是谢谢你,也就是说,计划完成以后,我们还要把你和你的伙伴们运送出去,通过超空间传输把你们送到拉提莫。除了这些,你还有别的要求吗?"

"再加上身体重置。"

韩德用奇怪的眼神看着我,我猜他原先根本没想到谈判会发展成这样。

"加上身体重置。这方面有什么具体要求吗?"

我耸耸肩,"当然,我们会事先选好身体,具体问题我们可以稍后讨论。不需要专门定制,不过得是高级的,现成的就行。"

"哦,可以。"

我感觉自己禁不住要笑出来了,我先是忍着,但是感觉肚皮被挠得痒痒,于是干脆不再抑制,放声大笑,"得了吧,韩德,你他妈捡大便宜了,你心里清楚。"

"你当然会这样说。但是,中尉,事情可没这么简单,我们把兰德弗尔过去五年里的文物记录都查了一遍,根本没发现你提到的那件东西,"他张开手,"没有证据的话,我可真的帮不了你们,希望你们能理解我的立场。"

"当然,我很理解。但两分钟后,你就会与五百年来考古史上最惊人的发现失之交臂,而原因居然是你的文档里没有它的记录。如果这就是你的立场,韩德,我真的是找错人了。"

"你是说这东西是没有注册过的? 没有遵循宪章的规定?"

"这些都不重要。我想说的是,我们给你看的绝对是真家伙,只要看一眼,你或者你亲爱的人工智能可能会在半小时内组织一组城市突击队来杀我们灭口,然后删掉相关记录,盗走或是篡改我们的材料。但现在讨论这个一点意义都没有。你要么付钱,要么走人。"

　　沉默。他掩饰得很好——到现在我还不清楚他会选择哪条路。自从我们坐下来之后,他就没有泄露出一丝真实情感。我等着。他往后靠在椅子里,手在大腿上摩挲着。

　　"恐怕我要咨询一下我的同事们。我没有权利决定这么大一笔交易,光是 DHF 超空间传输就需要——"

　　"扯淡。"我尽量保持友好,"不过尽管咨询好了,我可以给你半小时。"

　　"就半个小时?"

　　恐惧——他眯起的眼角透露出细微的情绪变化,我捕捉到了,一股满足感油然而生。我咧嘴笑了,伴随着的,还有那压抑了将近两年的愤怒。

　　总算上钩了,你这混蛋。

　　"当然,就三十分钟。我就等在这儿。听说这儿的抹茶冰糕挺不错的。"

　　"你不是来真的吧?"

　　我恶狠狠地说道:"我就是来真的。我警告你,韩德,别再低估我。半个小时给我答复,否则,我就去找别人谈。这笔生意的价格你可能想都想不到。"

　　他生气地扭过头。

　　"你能找谁?"

　　"萨沙卡恩·余? PKN ?"我挥了挥筷子,"谁知道呢。不过我可不担心,我总会找到办法。而你,光是向政策委员会解释为什么会将这个好机会拱手让人,就够你忙的了。不是吗?"

　　马提亚·韩德倒抽了一口气,然后站起来。他努力挤出一丝笑容,朝我看看。

　　"好吧,我很快就回来。但是,科瓦奇中尉,你真得学学谈判艺术。"

"确实,正如我所说,我在北部待太久了。"

我看着他从阳台周围的潜在买家之间走过去,身体不由自主地轻微颤抖了一下。如果他要杀我,现在就是好机会。

本来我还指望着政策委员会给了韩德足够大的权利,让他做任何自己想做的事。曼德拉就是商业街的卡雷拉楔形军,一般来说,主管应该享有足够多的自由。一个先进的体制想要正常运作,只有这一个方法。

不要抱有任何期望,这样才能有备无患。过去,什么事都要经过调查局的批准,表面上我是一副中立的、毫不关心的态度,其实私底下我总是为各种细节思前想后。

两千万对公司来说不是什么大数目,起码花这么多的钱买我给曼德拉描述的东西绝对稳赚不赔。所幸我前一晚已经给他们制造了足够多的麻烦,现在,他们也不敢随随便便抢货。我已经全力以赴了,但是事情似乎在朝着预期的方向发展之前突然卡住了。按道理,他们应该会付钱。

对吧,武?

我的脸开始抽搐。

万一我那四处炫耀的特派探员本能出错了怎么办?万一曼德拉主管们比我想象的要强硬怎么办?万一韩德得到的是否定的答复,那他只有先把我们杀了,然后再把东西抢走。先杀了我,接下来再对我进行虚拟审讯。万一曼德拉的狙击手们现在就杀了我,施耐德和瓦尔达尼也只有撤退,然后躲得远远的。

不要抱有任何期望,这样——

而且他们也躲不了多久,遇上韩德这样的人,躲到天涯海角也没用。

不要——

特派调查局所谓的宁静在"圣克宣四号"是看不到踪影的。

这场操蛋的战争。

然后,马提亚·韩德出现了。他挤过人群,走了回来,脸上挂着淡淡的微笑。他大踏步走着,仿佛一切尽在掌控之中。于是,我猜到了他的答复。在他的头顶,火星塔门的全息图旋转着,橙色的数字停止闪烁,幻化成红色的喷射状脉动。出价结束,2237000 萨夫特。

成交。

第十章

登格里克。

海面阴沉，海水冰冷，海岸线弯弯曲曲地延伸着。海水冲刷着周围的花岗石山丘，山丘上只有一些低矮的植物和稀稀疏疏的树木。由于海拔所限，山丘上随处可见青苔和光秃秃的石头。从海边往内陆不到十公里的区域就是登格里克了，整个陆地被古老的山脉环绕，四周是参差的山峦和峡谷。午后的阳光透过云层照在零星的几座峰顶上，海面变成了脏兮兮的灰白色。

从海上吹来一阵微风，轻拂着我们的面颊。施耐德低头看了看胳膊上的鸡皮疙瘩，皱起眉头。他只穿了一件印有拉皮妮图像的T恤——他早上起床后只套了这一件衣服，没穿夹克。

"现实里的应该比这个更冷。"他说道。

"简，现实这个地方应该铺满了楔形军突击队的尸体残骸。"我从他身边晃过去，走到马提亚·韩德的旁边。他穿着董事会套装，双手插在口袋里,抬头看着天空,仿佛期待着下一场雨似的。"这场景是现成的,对吧?提前存储起来的,没有及时更新?"

"应该没有。"韩德低下头,看着我的眼睛,"事实上,这玩意儿是我们从军队人工智能投影里弄来的,气候模拟还没加载进来,还不够完善,但如果只是定位的话……"

他转身望着坦尼娅·瓦尔达尼,脸上带着期盼。瓦尔达尼正盯着对面山坡上的杂草,她没有转身,只是点了点头。

"这就够了,"她心不在焉地回答,"我猜曼德拉人工智能也够用了。"

"那么,我想,你们应该可以带我去看看实物了吧。"瓦尔达尼没有理会他的话。长时间的沉默。我正怀疑我给她做的快速愈合治疗是不是掉链子了,然后,这位考古学家转过身来。

"是的。"接着又是沉默,"当然,这边走。"

她大踏步向前,走上山坡,外套在风中飘来摆去。我和韩德互相看了看对方,韩德耸了耸他那漂亮的肩膀,做了个优雅的"您先请"的手势。施耐德已经跟在考古学家后面了,因此,我和韩德殿后。我让韩德走在前面,自己开心地在后面跟着。韩德不合时宜地还穿着那双开会时的皮鞋,不断在山坡上打滑。

往上走了一百米左右,瓦尔达尼找到一条被某些食草动物踩踏出来的小径,一直通向海岸。微风拂过山坡,细长的野草随风飘舞,蛛玫瑰①笔直的花梗梦幻般地摇曳着。头顶的天空一片灰暗,云层像要崩裂开来。

眼前的场景和我上一次在北部边陲的所见几乎一模一样,我记得那儿的海岸线沿着两边延伸上千公里,地势和地貌也与这儿的非常相似。当然,我也记得杀戮机器肆虐后的战场上血肉模糊,记得山上的

---

① 小说中虚构的一种植物。

花岗岩被炸得粉碎,记得榴弹,烧焦的野草,充电粒子炮不时从空中落下,朝着地面轰炸,我还记得四处是刺耳的尖叫。

我们爬过最后几座山丘,到达海岸。海岸线上有几块突出的岩岬,向大海倾斜,看上去像沉入海里的航空母舰。这些海岬之间有一串小型浅海湾,蓝绿色的沙砾在海滩上闪闪发光。远处,小岛和暗礁在海面时隐时现。海岸线弯弯曲曲地延伸到东部——

我停住脚步,眯起眼睛。在狭长的海岸线的东部边缘,虚拟场景似乎变得模糊起来,露出一片朦胧的暗灰色地带。那团灰影里有一道微弱的红光,毫无规律地闪烁着。

"韩德,那是什么?"

"哪儿?"他望向我手指着的方向,"哦,那儿。灰色地带。"

"我知道是灰色的。"瓦尔达尼和施耐德也停下脚步,向我手臂抬起的方向看去,"那是干什么的?"

我体内最近陷入沉睡的卡雷拉全息地图以及地理定位系统已经开始苏醒,努力寻找答案。我能感觉到答案正在一点一滴进入我的大脑,就像是岩石崩落之前掉下的碎石屑。

坦尼娅·瓦尔达尼比我先找到答案。

"索贝维尔,"她淡然地说道,"对吧?"

韩德有些尴尬,但努力保持了自己的风度,"没错,瓦尔达尼小姐,曼德拉的人工智能认为索贝尔维在接下来的两周内有百分之五十的可能会被战略性毁灭。"

一股轻微的、奇异的寒意在空气中蔓延开来。施耐德看看瓦尔达尼,又看看我,眼神犀利。索贝维尔有十二万的人口。

"如何毁灭?"我问道。

韩德耸耸肩,"这要看是谁来执行啦。如果是卡特尔,他们会从战地指挥所出动轨道喷射枪,威力巨大,能做得比较彻底。如果你的楔形军朋友们攻到这儿来,也给他们减少了很多麻烦。但如果是肯普军,可能就比较粗野点。"

"核武器,"施耐德轻描淡写地说道,"用掠夺者输送系统。"

"那正是他拿手的。"韩德又一次耸耸肩,"说句实话,如果由他来动手,他不会把整个地方都炸干净的。他炸完就撤走,然后让放射物污染这个半岛,这样卡特尔就不会想占领这儿了。"

我点点头,"有道理,他在伊万弗尔就这么干过。"

"该死的疯子。"施耐德朝着天空说道。

坦尼娅·瓦尔达尼不置一言,但是她看起来似乎在用舌头剔卡在牙缝里的肉渣。

"那么,"韩德故作轻松地说道,"瓦尔达尼小姐,我相信你会让我们大开眼界的。"

瓦尔达尼转身背对着他,说:"就在下面的海滩上。"

脚下的路曲折迂回,我们绕着其中一个海湾往前走,路的尽头出现了一块圆锥形凸起,由坍塌后的碎石头垒在一起,底下是淡蓝色的沙砾。瓦尔达尼轻车熟路地跳了过去,然后费力地踏过海滩,走到一处地方,那儿的岩石体积更大,五倍于人身的高处更是有凸出的岩体悬在头顶。我跟在她后面,出于职业习惯,紧张地审视着我们前面起起伏伏的陆地。石面上划了一个大大的三角形图案,形状狭长,像是一个很浅的毕达哥拉斯① 壁龛,其大小和我第一次见到施耐德的医院飞船甲板差不多。这块三角区域上压着一块坠落的巨石,还另有一些边缘参差不齐的碎石块。

我们来到坦尼娅·瓦尔达尼身边,她已停住脚步,像一名在岗的野战排侦察员,一动不动地站在那块跌落的石头前。

"就在这儿,"她朝前点了点头,"我们把东西就埋在这儿。"

---

① 发现勾股定理,也叫毕达哥拉斯定理。

"埋了？"马提亚·韩德看了看我们三个，如果是在其他场合，他看起来肯定很滑稽，"你们是怎么埋的？"

施耐德指了指碎石块以及后面的巨石，"伙计，你不会用眼睛看啊。你以为呢？"

"你把这地方炸了？"

"用的是最老土的火药，"施耐德显然兴致勃勃，"放在地下两米的地方，整个都炸起来，你真应该看看。"

"你，们，"韩德费力地吐出每一个音节，仿佛刚学说话的婴孩，"炸，了，文，物？"

"噢，看在上帝的分上，韩德。"瓦尔达尼怒视着他，"你当我们是在哪里找到这鬼东西的？一万五千年前，整个悬崖崩塌，把它埋在了下面。但我们把它挖出来的时候它都还在运转。它又不是瓷器——我们说的可是超空间科技产物，永不会损毁。"

"希望你是对的。"韩德在石块崩塌处的边缘走来走去，从巨大的缝隙窥视里面，"因为东西如果损毁了的话，曼德拉是不会付你们两千万星际通用币的。"

"怎么让石头塌下来的？"我突然问道。

施耐德转过来，咧嘴笑着，"我告诉过你了，最老土的——"

"不是，"我看着坦尼娅·瓦尔达尼，"我的意思是最开始的时候。这个行星上有一些最为古老的岩石，一万五千多年来，边陲区域都没发生过剧烈的地质活动。但肯定也不是大海造成的，因为那样的话，这个海滩就是坍塌后形成的。那么火星人有什么必要在坍塌物下面建这样一个东西呢？因此，一万五千年前到底发生了什么？"

"对啊，坦尼娅。"施耐德频频点头，"你可从来没告诉我这个，对吗？我的意思是，虽然以前也谈过这方面，但是……"

"说得没错。"马提亚·韩德停止勘探，回到我们中间，"这点你怎么解释呢,瓦尔达尼小姐?"

考古学家看了看围在她身边的三位男士,勉强笑了笑。

"反正,不是我干的,我保证。"

我这才发现我们不由自主地把她围在了中间,于是,我挪开身子,坐在一块扁平的石头上,"我相信你,那时候你应该还没出生吧。但是你曾在这儿挖了好几个月。总有点想法吧?"

"是啊,那告诉他们那件泄漏事件吧,坦尼娅。"

"泄露?"韩德满脸狐疑。

瓦尔达尼愤怒地盯了施耐德一眼,然后她也找了一块石头坐下,从外套口袋里拿出一包烟,看来是我那天早上刚买的——"兰德弗尔之夜"。因为现在印第戈城禁烟了,那个价位最好的一款烟就是这个。她从烟盒里抽出一根,用手指转了转,同时皱起眉头。

"瞧,"她终于开口,"这道门比任何科技都要超前,正如潜水艇要远比独木舟先进一样。我们知道它是做什么的,起码,我们知道其中的一项功能。但很不幸,我们不知道怎样让它运作起来。我只能猜测,尝试。"

没有人发问。她低垂的头抬起来,然后叹了口气。

"好吧,我问你们,高强度的超空间传输一般可以持续多久?我说的是复合 DHF 超空间传输,差不多三十秒钟?顶多一分钟?要打开并且维持住超空间传输的超链接需要最好的转换反应器,并且还要开足马力。"她把烟塞进嘴里,用烟盒旁边的点火片点燃,烟雾在风中升腾,"然后,上一次我们打开这扇门,我们可以直接看到另外一边。我们说的是一个稳定的图像,大概只有几米宽,能够永久性地维持住。而在超空间传输中,只要能够让门打开并且运转,图像里包含着的数据就能够得到永久性的稳定的传输,而且星际中每颗行星的光子能量及其所在的坐标,随时都可以得到更新。用我们的时间来算,大概打开了两天的时间,也就是四十个小时,两千四百分钟,是我们能够操作的最长时间的超空间传输事件的两千四百倍。并且,没有迹象显示这道门需要别的什么才能运转,只要站在旁边看着就行了。现在明白点了没?"

"说明蕴含着巨大的能量。"韩德不耐烦地说道,"那跟泄露有什么关系?"

"我试着去想象如果这样的系统出现故障会怎么样,不管是什么类型的传输,时间长了总会被什么干扰。在混乱的宇宙中,这是一个不争的事实。我们知道无线电传输中会有干扰,但是,超空间传输还没有发生这种情况。"

"或许那是因为超空间传输不会被干扰吧,瓦尔达尼小姐,正如书上说的。"

"或许吧,"瓦尔达尼漠然地吐着烟圈,烟雾在韩德面前环绕,"也或许是因为我们到现在为止都很幸运,从统计学来说,这其实一点都不值得惊讶。我们进行超空间传输才不到五个世纪,每次传输不过几秒钟,加起来也没多少时间。但是,如果火星人定期开启这样的门,其运转的时间可比我们的长得多,而且他们的文明已经有着上千年的历史,也就是说他们掌握超空间科技也上千年了,那么偶尔总会有泄露的时候。关键问题是,以我们现在说的能量级数来看,就算是从这扇门里泄露那么一丁点能量,也能把这个行星劈成两半。"

"哎呀,岂不糟糕。"

考古学家轻蔑地看了我一眼,同时向韩德吐着烟圈,以表达她对他从摄政府公立学校习得的物理知识的鄙夷。

"是啊,"她尖刻地说道,"真是糟糕啊。但是火星人不是傻瓜,如果他们的科技可能发生能量泄露,他们一定会安装自动保险装置,就像是断路器之类的东西。"

我点点头，"因此这扇门是自动关闭的，当能量——"

"然后把自己埋在了五十万吨重的悬崖下？如果是为了保险，这样做未免有点适得其反吧，瓦尔达尼小姐。希望你不要介意我这样说。"

考古学家有些被激怒了，"我并没有说他们的初衷是这样的，但如果能量冲击达到极限的话，断路器可能没能来得及把整个系统关掉。"

"或者，"施耐德略带兴奋地说道，"一颗小陨石撞进了门里——这是我的理论——然后这个小东西就去外层空间漫游了。这么漫长的时间，有什么穿过去并不奇怪，对吧？"

"简，这个问题我们已经讨论过了，"瓦尔达尼怒气未消，这次看来似乎要好好争论一番，"没——"

"有可能的好吧。"

"是，有可能，但是不大会发生。"她把后背转向施耐德，看着我，"这事还无法下定论——很多符号我从来没见过，很难辨认。但我能确定里面安装了能量制动闸，当某个东西的速度达到某个峰值的时候，它就无法穿过去。"

"这事可不好下定论，"施耐德也有些不高兴了，"你自己说过你不能——"

"我是说过，但是这样才说得通，简。你不可能建了一扇通往太空的门，却不采取防护措施。万一那头的世界里有什么垃圾怎么办？"

"哦，得了吧，坦尼娅，那么——"

"科瓦奇中尉，"韩德大声说道，"我们下去沿着海岸走走怎么样？如果你不介意的话，我希望考察考察下面的开阔地。"

"当然。"

我们把瓦尔达尼和施耐德留在那堆石头边继续争吵，然后出发向海岸走去。因为韩德穿了一双皮鞋，我们只能步调缓慢地走过那片蓝色的沙地。一开始,我们都没有说话,只有脚下柔软的沙砾发出的沙沙声,还有海水慵懒地拍打着的哗哗声。然后,没有任何征兆,韩德开腔了。

"令人惊叹的女人。"

我嘟哝了一句,算是回应。

"我的意思是,她被关进政府拘留营,吃尽苦头,但现在看起来好像没受什么创伤。要做到这一点,就需要极强的意志力。而现在,她又要面对如此精密的技术活……"

"她没问题的。"我简短地答道。

"当然,我相信。"他微妙地停顿了一下,"我能看出为什么施耐德如此为她着迷。"

"我想那都是过去的事了。"

"噢,是吗?"他用有些揶揄的语调说道。

我眯眼斜视着他,他脸上毫无表情,正凝视着前面的大海。

"关于这次军事考察,韩德?"

"噢,怎么了?"这位曼德拉主管停在离海面只有几米的地方,"圣克宣四号"的海面时而涟漪,时起波涛。他转过身,朝着我们身后起伏的陆地做了个手势,"虽然我没当过兵,但是我敢打赌,这儿可不是打仗的好地方。"

"除非后面也是块空地。"我望望海滩两边,徒劳地寻找能让我打起精神的东西,"我们一走下来,高地上的任何人,只要手里有比削尖的棍子更高级的武器,都能摆平我们。从该死的山丘到这儿就是一片开阔地,这时候开火的话,肯定能撂倒我们。"

"别忘了还有大海呢。"

"是啊,还有大海。"我心情抑郁地重复了一句,"只要攻击速度够快,我们很快就会被击中。不管我们来这儿做什么,都得一支小分队掩护我们,否则的话,我们只能跟着侦察队一起,飞过来,拍照,然后飞走。"

"唔。"马提亚·韩德蹲下身子,若有所思地看着水面,"我已经和律师谈过了。"

"都打探清楚了?"

"根据集团宪法,要获得任何非轨道空间的文物,必须在距离文物所在地一公里以内放置公司董事会签署的所有权浮标,我们看过了,没有漏洞可钻。如果这扇门的另外一边有飞船,那我们就得穿过这扇门,给它贴上标签才行。而照刚刚瓦尔达尼小姐的说法,这可得耗些时间。"

我耸耸肩,"那就雇一支小分队吧。"

"军队太招摇,而且就像全息妓女的胸部一样,目标太大,很容易被卫星追踪。另外,我们也承担不起,不是吗?"

"全息妓女的胸部?这我不清楚。但隆胸手术应该不是很贵吧?"

韩德抬起头,盯着我看了好一会儿,还是忍不住笑了出来,"非常好笑,谢谢。我的意思是我们可不能被卫星盯上,否则后果不堪设想,对吧?"

"如果你不想分别人一杯羹的话,确实不能。"

"我想这一点是不言而喻的,中尉。"韩德伸出手,用手指在沙地上漫不经心地划来划去,"因此,尽量少带点人进去,还要悄悄地。也就是说,等这地方连个鬼影都没有时,我们才能进去。"

"如果我们还想活着回来,是的。"

"是的。"韩德突然一蜷身滚到沙地上,他把前臂搭在膝盖上,双眼盯着海天相交的地方。在黑色的主管套装和白色翼形翻领的衬垫下,他看上去就像是米尔斯伯特荒诞派的人物素描。

"中尉,告诉我,"他终于开口,"假如我们要把这个半岛清理干净的话,用你的职业眼光来看,保守估计一下,得要多少人手? 想要成功脱身的话,最少要几个人?"

我想了想,"如果他们够优秀,懂技术,不是滥竽充数的家伙,我看六个人就行吧。等等,五个,如果你让施耐德兼职飞行员的话。"

"算了吧,我猜他不会愿意让我们去研究他的发现,自己却不进去。"

"说得也是。"

"你刚刚说的技术,能不能具体讲讲是哪方面?"

"没有什么具体的,或许是破坏力吧,那块坠落的石头看起来非常坚固。如果其他人也会驾驶飞行器的话就更好了,只是为了以防万一,万一施耐德出事的话。"

韩德扭过头看着我,"有可能吗?"

"谁知道呢,"我耸耸肩,"这是个危险重重的世界。"

"确实。"韩德看着大海和索贝维尔交界的灰色地带,那儿前途未卜,"我猜你会亲自招募新成员。"

"不,你来。但我也不会袖手旁观,你选的人也要经过我的同意才行。你觉得去哪儿能招到我们需要的六位专业人才? 我的意思是,我们要低调行事,以免惹火上身。"

有那么一会儿,我以为他没听到我说的话,他整个人好像都沉浸在眼前的画面中了。然后,他动了动身子,嘴角浮起一丝微笑。

"在这个混乱的年代,"他喃喃地说道,好像在自言自语,"找几个落单的士兵并不是一件难事。"

"很高兴听你这样说。"

他重新抬头看看我,嘴角依然挂着笑容。

"科瓦奇,我没有冒犯你吧?"

"你以为卡雷拉的楔形军中尉是这么容易被冒犯的吗?"

"我可不知道。"韩德再一次望向地平线,"到目前为止,你处处都叫人惊讶。我也知道特派探员都是相当好的伪装高手。"

这样啊。

从拍卖大厅初次见面到现在已经整整两天了,韩德已经查过了楔形军的数据中心,也看穿了卡雷拉努力为我抹去的特派探员身份。而且,他也丝毫不掩饰自己已经知道的事实。

我也挨着他坐到蓝色的沙地上,看着眼前的风景。

"我不再是一名特派探员了。"

"这我知道,"他依然看着前方,"不再是特派探员,不再是卡雷拉楔形军的一员。如此拒绝集体的行为可有些病态哦,中尉。"

"根本不是那回事。"

"啊,我能看到你在哈伦世界的经历对你的影响,集体之性本恶。奎尔不就是这样宣传的吗?"

"我可不信什么奎尔主义,韩德。"

"你当然不信,"这位曼德拉主管好像来了兴致,"因为那意味着要成为集体的一员。告诉我,科瓦奇,你恨我吗?"

"现在还没有。"

"真的? 你还真让我惊讶。"

"当然,我处处都令人惊讶。"

"就算邓和他的伙伴去找你的麻烦也仍然对我没有一丝恨意?"

我耸耸肩,"他们对我来说不过是小菜一碟。"

"但是,是我派他们去的。"

"那只说明你太没想象力了。"我叹了口气,"你看,韩德,我早知道曼德拉公司会有人派杀手过来,因为那就是你们这种组织的作风。发送提案不过是故意引诱你们来找我们,我们本来可以更加谨慎一些,选择一个不那么直接的方法,但是我们没有时间。我把一块蛋糕直接砸到一个当地恶霸的鼻子上,结果当然是和他干一架。恨你就跟恨那恶棍的拳头一样,就因为拳头挥过来了我就该恨它?何况我还躲过了。那场架打得值,否则我们也不会坐在这里。从个人情感上讲我不恨你,还没理由去恨你。"

"但是你恨曼德拉。"

我摇了摇头,"韩德,我可没力气去恨集团、去恨谁。正如奎尔说的,撕开集团那犯病的心脏,流出来的是什么?"

"民众。"

"对的,民众,所有的人。民众和他们愚蠢的集体。如果某个决策者的某个决策对我造成了伤害,我会把他的存储器毁了;如果某个集团团结一致要伤害我,只要我还有一口气,我也会把他们全都灭了。但是,没有目标的仇恨只会浪费我的时间和精力。"

"你分得还真清楚啊。"

"你的政府把这个叫作反社会精神紊乱,这病足够送我进拘留营了。"

韩德撇撇嘴,"不是我的政府,我们不过是在帮这些小丑擦擦屁股,等待战争平息。"

"何必这么麻烦,不能直接和肯普谈判吗?"

虽然我看着别处,但是我能感觉到听到这话的时候,他斜眼看着我,过了好一会儿,他才想出一个令自己满意的答复。

"肯普就像十字军骑士,"他终于开口,"围绕在他身边的其他人也一样。而对十字军来说,不见棺材不掉泪。必须先打垮肯普军,血腥地、彻底地,这样他们才会坐下来谈判。"

我咧嘴笑了,"看来你们正在试了。"

"我可没这么说。"

"你确实没说。"我在沙地上发现一块紫色的鹅卵石,于是捡起石头,掷向眼前泛着涟漪的平静海面。是时候换换话题了,"你也没说到哪儿能把我们需要的专业人才召集起来。"

"你就不能猜猜吗?"

"灵魂市场?"

"有什么问题吗?"

我摇了摇头,但这个名字就像一阵风,将我固有的心不在焉像吹得烟消云散。

"顺便提一句,"他转过头,看着身后那块坠岩,"关于崩塌的悬崖,我有别的解释。"

"这么说你不信是因为小陨石?"

"我更愿意相信瓦尔达尼小姐说的,这更说得通。正如她的断路器理论,一定程度上。"

"也就是说?"

"也就是说,如果火星人这么先进的种族制造了断路器,那么它就一定能够正常运转,也不会发生什么泄露事件。"

"没错。"

"因此,只剩下一个问题,那就是这个悬崖为什么塌了,又或者,为什么被弄塌了?"

我随意地摸索着滩上的鹅卵石,"是的,我也想知道为什么。"

"一扇打开的门,可以通往太阳系甚至可能是星系间的任何坐标,理论上或者事实上都是危险的。谁知道什么东西会穿过那扇门,鬼、外星人、长着獠牙的怪物,都有可能。"他斜眼看着我,"甚至,有可能是奎尔主义者。"

我在身后找到了一块更大的鹅卵石。

"那样可就糟了,"我附和道,将手中的石头扔出老远,"那可就是文明的末日了。"

"说得对，毫无疑问，火星人肯定也想到了这一点，肯定也做好了准备。除了制动闸和断路器，他们肯定还准备了别的什么，以防止獠牙怪物之类的东西穿过门。"

不知道韩德从哪里也捡了一块石头，掷了出去。坐着能扔那么远已经相当不错了，但还是没我刚刚扔出的那块远。楔形军专用的生化系统可不是那么容易打败的。韩德失望地发出啧啧声。

"把门埋在五十万吨重的崖壁下面，"我说道，"应该也算某种应对意外的方法吧。"

"没错。"他仍皱着眉，不甘心自己刚刚输给了我，一直看着两块石头划出的水波渐渐汇聚到一起，"但这样的话，人们更想知道地下到底埋了什么。不是吗？"

第十一章

"你喜欢他,是不是?"

听起来像是责备。一家光线昏暗的酒吧吧台边,一张脸掩映在微弱的灯光里,就是这张脸在说话。酒吧里音乐嘈杂,令人有些厌烦,却又备感亲切。音乐来自贴近我们头顶的扬声器。我手肘上伏着一样东西,看上去像是一只昏迷的大甲虫,那是曼德拉坚持要我们时刻携带的空间共振扰频器①,它闪着清晰的绿光,正在运转。但这东西显然还没先进到能屏蔽外界的噪音。真是可惜。

"喜欢谁?"我问道,转过脸对着瓦尔达尼。

"少装蒜,科瓦奇。那个穿着正装的冷血滑头,妈的,你和他一拍即合。"

我撇了撇嘴。如果说在以前的交往中,考古学家坦尼娅·瓦尔达尼的讲话方式多多少少影响了施耐德,那这位飞行员学得还真不

_____
① 一种信号干扰器。

120

赖啊。

"他是我们的赞助商,瓦尔达尼。你希望我怎么做?每十分钟朝他吐次口水好提醒自己我们比他高尚?"我意味深长地整了整楔形军制服上的肩章,"我不过是个雇佣杀手,施耐德是个逃兵。而你,不管你是无辜还是有罪,都只能跟我们一起干完这票千载难逢的买卖,从而赢得一张前往其他世界的船票,以及在拉提莫城进入精英阶层的永久特权。"

她退缩了。

"他曾试图杀了我们。"

"但看看现在,我还是愿意原谅他一次。邓的突击队员们才应该感到委屈。"

施耐德笑出了声,瓦尔达尼冷冰冰地看了他一眼,他马上住口。

"是的,你说得对。是他把那些人送上了黄泉,而现在,他在和杀了他们的家伙做生意。他就是一坨狗屎。"

"如果韩德身上就这八条人命,"我的声音比想象中要严肃,"那他比我要干净多了,或者比我最近见到的和他同级别的其他任何人都要干净。"

"你看,你在袒护他。你用自责来让他脱身,避免对他进行道德评判。"

我狠狠地盯着她,然后一口喝下杯中酒,砰的一声把杯子放到一边。

"我很理解。"我一字一句地说道,"你最近经历了很多,瓦尔达尼,这也是我一直对你特殊照顾的原因。但是,在我心中,你不是什么专家,所以你最好闭嘴,那些外行的精神外科鬼话就留给自己吧。妈的,听见没有?"

瓦尔达尼的嘴抿成了一条线,"事实仍然——"

"伙计们,"施耐德拿着朗姆酒瓶朝瓦尔达尼坐的位置靠了过去,然后斟满我的酒杯,"伙计们,我们来这儿是为了庆祝,如果你们想打架,到北部去,那儿才流行这一套呢。此时此地,我要庆祝自己再也不用打仗了,你们俩把我的兴致都破坏了,坦尼娅,你为什么不——"

他正准备给坦尼娅的杯子倒满酒,但是她用一只手推开酒瓶,鄙夷地看着他。这眼神让我都畏缩了一下。

"这个才是对你最重要的,简,是不是?"她低声说道,"欠下一大笔人情债,偷偷溜走,然后找一条捷径,跑到上流社会的游泳池里躲起来。发生了什么,简?我的意思是,虽然过去你就这么肤浅,但是……"

她无奈地摆摆手。

"谢谢你,坦尼娅。"施耐德拿回酒瓶,当我再一次看向他的脸时,他正咧嘴笑着,"你是对的,我不该这么自私,我应该在肯普军再待久一点,毕竟,还能糟到哪儿去呢?"

"别孩子气了。"

"不,是真的。我到现在才看清楚。武,我们去告诉韩德我们改变主意了。我们都去打仗吧,打仗要有意义得多。"他用一根手指戳了戳瓦尔达尼,"而你,你可以回到我们把你救出来的拘留营去,因为我不想让你再继续错过里面那些高尚的苦难。"

"你把我从拘留营里弄出来因为你需要我,简,仅此而已。"

施耐德挥起一只手,五指张开,我突然意识到他要打她。生化系统让我及时出手,我猛冲到瓦尔达尼身边挡住他的手,但这样我的肩膀不可避免地把她撞翻在地。她倒在地上,尖叫了一声;她的酒也打翻了,洒得到处都是。

"够了。"我低声对施耐德说,一只手把他的手臂按在桌子上,另一只手则轻轻地握拳举到左耳边。这时候,我的脸和他的靠得很近,他眼里闪着泪光,"我还以为你不想再打架了呢。"

"是不想。"他的声音哽咽,于是清了清喉咙,"是,你说得对。"

他放松下来,于是我松开他的手,转身看到瓦尔达尼站了起来,还把倒下的椅子也扶了起来。在她身后,几个顾客从椅子里站了起来,不知所措地看着这边。我与他们对视了几眼,他们赶紧回到自己的座位上。角落里有一位身材高大的海军模样的家伙还站着,但她等其他人都入座后也坐下了,最终还是没胆量和楔形军较量。在我身后,酒保正在清洁洒出的酒渍,我重新靠到桌子边。

"我想我们都该冷静冷静,同意吗?"

"早有此意。"这位考古学家重新把凳子放回原处,"不过是你把我撞翻的,你和你的那对练班子。"

施耐德拿起酒瓶,给自己又倒了一杯,一口气喝个精光,然后用空杯子指着瓦尔达尼。

"你想知道发生了什么吗,坦尼娅? 你——"

"我等着你告诉我呢。"

"——真的想知道? 我看着一个才六岁大的小女孩,他妈的被榴弹击中,然后死了。为什么她会受他妈的这么重的伤? 是因为她当时正躲在一个自动地堡里,而我他妈的扔了个手榴弹进去。"他眨了眨眼睛,眼泪流了下来,他继续往杯里倒酒,"我他妈的再也不想看这种事了。我要离开,不管什么代价,也不管这让我显得多么肤浅。现在你他妈的知道了吧。"

他盯着我和瓦尔达尼看了好几秒钟,看看我,又看看她,仿佛不记得我们谁是谁似的。然后,他离开凳子,笔直走出门外。那杯没动过的酒还放在吧台上,在柔和的灯光中,四周一片沉寂。

"噢,该死。"瓦尔达尼对着施耐德留在桌上的酒杯说道,然后看看自己的空酒杯,仿佛里面有个洞可以让她钻进去。

"确实。"这一次我不打算给她台阶下。

“你觉得我该追他回来吗？”

“不，没必要。”

她放下杯子，笨手笨脚地摸索着香烟。她拿出那包我在虚拟场景中看到的“兰德弗尔之光”，然后机械地抽出一根烟，点燃，“我不是故意……”

“我相信你不是故意的，等他清醒后会理解的。不用担心，那件事情发生后他就一直藏在心里，现在你不过是刺激他把那些都吐了出来，对他来说兴许是件好事。”

她一边抽着烟，一边透过烟雾斜眼看我，“难道这些都不能触动你？”她问道，“要多久才能变得如此冷血？”

“这得感谢特派局，他们最擅长这个。问时间没有任何意义，这是一个系统，所谓的精神操控。”

这一次，她转过椅子，面对我，“难道这一切都不会让你生气？你怎么可以这么没心没肺？”

我伸手拿起瓶子，把两人的酒杯都倒满，她没有阻止我。“当我年轻的时候，我根本不关心这些。事实上，我觉得还挺酷，就像做了一场荷尔蒙分泌过多的春梦。你看，在加入特派局之前，我参加过正规军，用过很多的快速植入软件。现在这些其实也差不多，只不过是复杂点的版本，都是给精神穿上一层防弹衣而已。随着年龄的增长，我已经能够很淡定地面对这些。而在特派局养成的本能一直陪伴我到现在。”

“你不能战胜它吗？特派员本能。”

我耸耸肩，“大多数时候，我不想。这是一种利大于弊的本能，而且还是相当高端的产品，让我状态更佳。战斗很辛苦，而这种本能可以让我身心放松。你从哪儿弄的那些烟？”

“这个？”她心不在焉地看着烟盒，“噢，我猜可能是简，是的，是他给我的。”

"他还挺关心你。"

她好像没听出我语气中的挖苦,否则她就不会把烟盒递过来,"来一根?"

"为什么不呢? 看它一眼我就飘飘欲仙啦。"

"你真的觉得我们能坚持到拉提莫城吗?"她看着我从烟盒里抖出一根烟,然后点燃,"你真的相信韩德会遵守诺言?"

"背叛我们对他没有任何好处。"我吐出一口烟,然后看着烟雾在酒吧里缭绕,内心渐渐涌起一阵强烈的抽离感,一股莫名的失落。我在寻找最恰当的措辞,"钱已经付了,曼德拉也拿不回去。这时候甩下我们,能省下的不过是超空间传输和三具现成的人造躯体的费用,而他得到的是无尽的恐惧,以及对报复的担忧。"

瓦尔丹尼低头看了看吧台上的共振扰频器,"你确定这东西没问题?"

"不确定。虽然这东西是从一个独立经销商手里买的,但她是曼德拉推荐的。依我看,应该是被动了手脚了。但也没关系,要报复的话我也是单独行动,具体内容我也不打算告诉你。"

"谢谢。"她的语气里并没有嘲讽。拘留营会教人知道少打听的好处。

"别客气。"

"事情结束后他会不会杀我们灭口?"

我摊开双手,"理由呢? 曼德拉对杀人灭口这档子事没兴趣。这次可是能让一个独立小公司大赚特赚的好机会,他们一定会把这个消息散播出去,让所有人都知道。等到那个时候,我们设置的定时传送消息就成为最过时的消息,只会被遗忘在角落,自己腐烂。一旦曼德拉得到我们的飞船,然后藏在某个安全的地方后,他们就会把消息传到'圣克宣四号'上每一家大集团的数据库。韩德可以凭借这件事情快速上位,在卡特尔获得一席之位,甚至还有可能成为联盟摄政府商业委员会的一员。曼德拉一夜之间就会声名鹊起,成为最大的集团之一。而我们在这些计划当中丝毫没有存在的价值。"

"看来你都已经想清楚了,哈?"

我耸耸肩,"这事我们不是没讨论过吧。"

"好吧。"她微微做了个无奈的手势,"我只是没想到你他妈的和那坨狗屎公司这么情投意合。"

我叹了口气。

"听着,我个人对马提亚·韩德的看法并不重要。他会完成自己的工作,这才是最重要的。他们已经付了钱,如今我们是一条船上的蚂蚱。而且韩德比一般的主管还多那么点人情味,这已经算万幸了。我和他相处得还算愉快,但如果他想要花招,我会毫不犹豫地炸掉他的存储器。现在,你明白了吧?"

瓦尔达尼敲了敲扰频器的外壳,"你最好祈祷这东西没有窃听器,如果韩德听到这些话……"

"如果,"我伸出手,拿起施耐德那杯还没喝过的酒,"他听到这些,估计他对我肯定也是同样的想法。所以,韩德,如果你能听到,让我们干杯吧,为猜忌和戒备干杯。"

我一口气把酒喝光,然后把杯子倒扣在扰频器上。瓦尔达尼的眼睛骨碌碌地转着。

"太好了,毫无信任的合作关系,正是我需要的。"

"你需要的——"我打着哈欠说道,"——是一些新鲜空气。想走回大厦吗?现在出发的话,还能赶在宵禁前回去。"

"我以为,你穿着那身制服,根本不用在乎宵禁。"

我低头看了看身上的黑夹克,边抚弄边说:"确实不用,但是我们现在得低调行事。另外,万一碰到的是自动化巡逻队就麻烦了,那些机器对这些东西可是极为反感,最好不要冒这个险。怎么样,走走吧?"

"想牵着我的手吗?"这本来是一句玩笑话,却说得不是时候,我们俩站起来的时候,不小心撞到了对方身上。

真是尴尬的时刻,如醉酒一般,突如其来。

我转过身,把烟掐灭。

"当然,"我故作轻松地说道,"外面黑魆魆的。"

我把扰频器放进口袋里,同时摸出烟盒。但是我的回答并没有缓解紧张气氛;相反,它们像激光枪发射后的残留影像,悬浮着。

外面黑魆魆的。

走出门外,我们俩都把手结结实实地塞进口袋里。

第十二章

　　主管的住房位于曼德拉大厦最顶上的三层，未经允许，任何人不能从下面上去，多层级复合型屋顶上有花园，也有餐厅。塔门的矮护墙下悬挂着一块可调节的电子透光屏，全天候控制着室内的光线及温度。这里有三家餐厅全天候供应早餐，正午到达的我们刚巧在餐桌上风卷残云，就看到韩德风度翩翩地走过来。看来，就算他听到了我们昨晚对他的评论，也没怎么放在心上。

　　"早上好，瓦尔达尼小姐、先生们。我猜你们昨晚冒险出去一定有不少收获吧？"

　　"还可以。"我伸出手，用叉子戳起另外一块点心，没有去看我那两个伙伴。瓦尔达尼一直戴着太阳眼镜，从坐下开始就摆着一副漠然的表情；而施耐德，他肯定还盯着杯里的咖啡渣沉思；看来大家都没有谈话的兴致。"请坐，和我们一起吃点东西吧。"

　　"谢谢。"韩德勾出一把椅子，坐了下去。近看才发现他挂着黑眼圈,看来昨晚没休息好。"我已经用过午饭了。瓦尔达尼小姐,你要的仪器我都备好了,我会派人送到你房间去。"

考古学家只是点点头,然后把脸转向阳光射来的方向,便不再动弹。韩德转眼看着我,皱起眉头,我轻轻地摇了摇头。

不要问。

"好吧,我们可以开始招募队员了。中尉,如果你——"

"很好。"我就着茶水把嘴里的点心迅速咽下,站起身,那两人跟上我的动作,"我们走吧。"

大家都一言不发。施耐德甚至头也不抬一下,瓦尔达尼仍然戴着大墨镜,跟在我身后走上台阶,两片墨镜盯着我的背影,就像哨兵手持的枪支探测器那黑洞洞的检测口。

我们乘坐电梯从屋顶下来,每到一层,人性化的电梯里都会有一个亲切的声音告诉我们层数,同时还介绍了公司目前的一些项目。我们仍然保持沉默。三十秒后,电梯门打开了,地下室的天花板低矮,玻璃墙上安着保险丝,条状照明灯在玻璃上反射着蓝光,地下室的另一头有一块刺眼的白色光斑,那儿似乎就是出口。电梯门对面是一辆普通的淡黄色轿车。

"泰沙瓦斯蒂之地,"韩德朝驾驶座喊道,"灵魂市场!"

引擎启动,发出轰隆隆的声音。我们爬进车里,靠在自动成型软垫上。车子升起来,像一只吊在丝上的蜘蛛,开始旋转。透过未经偏振处理的客舱隔板玻璃,越过驾驶员的光头,我往前方看去,出口处的光点随着车辆平缓地驶近变得越来越大。接着我们被一片刺眼的白光包围,就像笼罩在金属表面反射出的强光之下。然后车辆螺旋式攀升,到达兰德弗尔那空荡荡的蓝天。能从之前屋顶上那股沉默压抑的气氛里解脱出来,我已经感到微微的满足。

韩德按下门边的一个按钮,透明的玻璃变成了蓝色。

"昨晚你们被人跟踪了。"他不动声色地说。

我侧过头看他,"为什么? 我们可是一伙的,不是吗?"

"不是我们。"他不耐烦地摆摆手,"但是,怎么说呢,也算是我们,当然,是上头派出的人,所以我们才认出是他们。但这不是重点。这事做得并不高明。你和瓦尔达尼是一起回去的,施耐德没和你们一起——这么做可不明智——你和瓦尔达尼被跟踪了。本来有一个跟在施耐德后面,但当他回头看瓦尔达尼有没有追出来的时候,就发现了后面的尾巴,很快就甩掉了。另外几个跟在你俩后面,一直跟到范恩德街看不见大桥的深巷里。"

"几个?"

"三个:两个人类,另一个看起来像是战斗型半机械人。"

"你们的人把他们收拾了吗?"

"没。"韩德在窗户上轻轻敲了一下,"值班的机器人设置的都是防卫-撤退模式,等我们知道这件事时,他们都已经走到拉提莫运河的上游去了,而等我们赶到那儿的时候,连个影子也没见着。我们搜查过了,但是……"

他摊开双手,我明白他昨晚为什么会没睡好了,他整个晚上都忙着保护自己的投资伙伴呢。

"你笑什么?"

"不好意思,被感动了。防卫-撤退模式,哈?"

"呵呵。"他盯着我,直到我稍稍收敛了笑脸,"那么,你是不是也有什么话要对我说?"

我突然想起,拘留营的司令曾经喃喃自语地说过曾经有人试图救出瓦尔达尼。但我还是摇了摇头。

"你确定?"

"韩德,说真的,要是我知道有人跟踪我,你觉得他们的下场能比邓那一伙好吗？”

“那么他们是谁？”

“我想我刚刚已经告诉过你了，我不知道。可能是街头混混吧。”

他皱起眉头看着我，“街头混混有胆跟踪穿着卡雷拉楔形军制服的人？”

“谁知道呢，或许他们觉得这样做很男人呢，为了抢地盘之类的事。兰德弗尔可不是没有黑帮。”

“科瓦奇，得了吧，严肃点。要是你没注意到他们，你怎么知道只是街头混混？”

我叹了口气，“也可能不是。”

“没错。那么是谁也想要在这笔大买卖中掺和一脚？”

“我不知道。”我沮丧地回答。

剩下的旅程，我们谁都没有说话。

终于，车开始下倾。我看了一眼窗外，底下看起来像堆满瓶瓶罐罐的污浊冰盖，我们正朝着它盘旋而下。我皱起眉头，重新调整了下坐姿好看得更清楚。

“这就是原来的——”

韩德点点头，“其中一部分是，那些大的，其他的是被扣押的货物。当你付不起登陆费时，你运来的货物就会被重力升降机吊来这里，直到你回来偿清欠款。当然，按照这个市场的运作规律，大多数人都不愿回来缴费，所以港务局的安全人员就用等离子切割机把东西都肢解了。”

我们在离得最近的一辆殖民船上空盘旋，就像飘浮在一棵倒下的巨树上，树干的一边是像枝丫一样散开的驱动零件，它们曾经推动飞艇跨越拉提莫和“圣克宣四号”之间的海湾，现在已经深深陷进了停机坪底部，在刺眼的蓝天下僵硬地杵着。这艘殖民船再也不会起飞了。

而事实上,它也没打算飞第二次。大概一个世纪前,这艘飞船在拉提莫附近的轨道组装起来,而她的使命只有一个,那就是跨越距离遥远的星际空间,最后降落在某个行星上结束自己的旅程。当飞船最后降落的时候,反重力降落喷射器发生爆炸,把底下的沙砾烧融到了一起,形成了一个卵形的玻璃质火山岩。建筑师们将卵状块和其他飞船留下的残骸拼装到一起,这样就有了泰沙瓦斯蒂之地,一个供养了第一批殖民者十年的地方。

等到集团进驻来建造自己的领地和附属建筑的时候,殖民船其实只剩下空壳,本来是要被丢弃的,但后来成了精炼合金和硬件的现成材料。我在哈伦世界的时候,曾经也去参观过一些原来的康拉德哈伦飞船,里面的甲板都被拆卸下来,切割成一层层的金属板,嵌在船身内部,只有船的外壳还保存完好。那些年,出于某种奇怪的崇拜,好几代人为了在里面建造朝圣地,奉献了自己的生命。

我们掠过殖民船的主轴,向下滑向船身,缓缓地降落在其他盘踞在此的飞艇形成的阴影里。我们走出车外,一阵凉意袭来,四处静悄悄的,只有微风轻扫过玻璃窗的声响,然后,隐隐约约地,船身里传来交易双方的喧哗。

“这边走。”韩德朝我们前面那凹凸不平的合金墙点点头,大踏步地走进一处贴近地面的三角形通货口。我发现自己正本能地寻找这个建筑内可能做狙击点的地方,我郁闷地抑制这一自然反应,跟在他身后。风在膝盖处打着旋涡,亲切地帮我把前面的碎石吹开。

通货口很宽,好几米长,足够让一架载有掠夺者炸弹的飞行器通过。原本,当驳船起飞时,通往出口的货物装卸平台会扩宽一倍变成舱口。而现在,平台只是静静地蜷伏在水压装置上,几十年都不运作了。通货口两侧装有精心修饰过的全息图像,里面展现的都是火星人,很多被描绘成飞翔中的天使。

"考古艺术。"韩德鄙夷地说了一句。我们往前走,然后通过一扇阴暗的拱门。

我现在的感受,和我在哈伦世界看到那些衰败的飞船时的感受,极为相似。不同的是,哈伦世界的那些废船起码还能享受到博物馆的清净,而这儿,混乱无序,花哨喧嚣。塑料和铁丝做成的货摊随意地用电缆或是环氧树脂固定在船身以及甲板的残留部位上,仿佛一堆毒蘑菇占领了整个船体。随处可见的全息图,加上无数灯具以及照明带,使室内光线更加刺眼。船身顶部镶嵌了板条箱大小的音响,有音乐缓缓流出,听起来是低音爵士,这一点倒令我有点意外。最顶端,有人在船身的合金上穿了几个一米见方的洞口,太阳光从高处泻下来,让室内变得更为明亮。

在离我们最近的一束光线里,站着一个衣衫褴褛的高个子,皮肤黝黑的他正抬头对着阳光,仿佛在享受日光浴,汗珠大颗大颗地从脸上滚下来。他头上戴着一顶破旧的帽子,一件同样破旧的黑色长款外套松垮地罩在瘦削的骨架上,他听到我们的脚步声,转过头,双手合十。

"啊,先生们。"声音是合成的假声,由安装在他那疤痕累累的喉头上的发声器发出,"你们很准时。我是塞梅代尔,欢迎来到灵魂市场。"

我们走上主轴甲板观看整个过程。

刚出电梯,塞梅代尔挪向一边,抬起碎布条包裹着的手臂打了个手势。

"小心。"他说道。

甲板上,一台装有履带的货运装载机正在往后倒车,其升降臂里高高地吊着一个废料桶。我们看着废料桶向前倾斜,然后有一些东西洒落出来。它们滚落到甲板上,又反弹起来,声音像坠落的冰雹。

皮下存储器。

一般情况下，如果不启动生化系统，我无法分辨这是什么东西。但是，眼前的这些个头很大，想不看清都难。太大了，而且存储器上还挂着碎骨头和脊椎组织，显出黄里透白的色泽。废料桶又往前倾斜了一点，倒出的金属块成堆地落下，哗啦作响。货运装载机又往前开了几码，在身后留下厚厚的一堆存储器，像拖着一条尾巴似的。连续击鼓一样的咚咚声持续着，直到地面叠起小丘似的一堆，声音才被底下这一层吸收消化掉一部分。

废料桶倒扣过来，空了，声音停止。

"刚送过来的。"说完，塞梅代尔把我们带到倾泻物旁边，"大多数丧生于苏金达轰炸中，有平民，也有正规兵，不过，应该还有一些是闪电式袭击造成的死亡。我们从东部的各个角落把他们搜集起来，看来有人严重误判了肯普军的地面防护能力。"

"这已经不是第一次了。"我嘟囔了一句。

"也不要是最后一次，我们希望。"塞梅代尔蹲下身子，捞起满满一把存储器，上面挂着一块一块的碎骨头，像是蒙上了一层黄霜，"很久没有这么多好东西进来啦。"

突然，我听到灯光昏暗的空间里传来刮擦声和碰撞声，我猛地抬头，寻找声音的来源。

我看到四周有商家拿着铲子和桶走向这座小丘，互相推搡着，以便占据一个更好的下铲点。铲子插进那堆存储器，发出刺耳的刮擦声，然后每个人都将满铲子的存储器甩进桶里，发出碎石一样的哐当声。

所有这些商家好像都对塞梅代尔特别尊重，给他让出一大块地方。我转移视线，重新注视着蹲在我前面的这个戴帽子的家伙，他那带着伤疤的脸上突然浮现出笑容，仿佛知道我正在看着他。我猜他配备了强化过的外围感知系统。他仍然温和地笑着，我看着他张开手，让存储器从指缝间慢慢地漏下。然后,他两只手搓了搓,站起身来。

"大部分商家都是按毛重卖,"他低声说道,"便宜而且方便。你们要是愿意的话,可以和他们商量商量。另外还有一些人能够为客户分辨出哪些存储器是平民的,哪些是军队里的,价格仍然很公道,或许他们就能够满足你们的需求。否则的话,你们就找塞梅代尔。"

"说重点。"韩德言简意赅。

我想那顶破帽子下的脸此刻肯定眯起了眼睛,但不管他被激怒到何种程度,这位衣着褴褛的黑人并没有在言语中表现出来。"重点,"他礼貌地说道,"一直都是这个: 你们想要什么? 塞梅代尔只卖客户需要的东西。那么,曼德拉来的,你和你的楔形军伙伴需要的是什么呢? "

我感到一丝寒意,体内的生化系统迅速运作起来。我今天没有穿楔形军制服。不管这家伙有什么能耐,都不只是外围强化那么简单。

"小心玩火自焚。"曼德拉主管换了一种冷冰冰的腔调,我差点儿认不出他的声音了,"猜字游戏到此结束,听明白没有? "这句话把塞梅代尔震住了。

然后他又咧嘴笑起来。他双手一齐伸进破烂的外套里,下一秒却发现一把卡拉什尼科夫手枪的枪管离他只有五厘米。我左手拿枪对准他,没有一丝犹豫。

"别乱来。"我开口。

"科瓦奇,不用动粗。"韩德温和地说道,但是他的眼睛仍然死死锁住塞梅代尔,"我们还算有点交情。"

塞梅代尔的笑显然暗示事实并非如此。然后,他慢慢地把手从口袋里抽出来,手掌里小心翼翼地握着什么,看起来像是活的青铜色螃蟹。他看着其中一只那轻微弯曲的蟹脚,又看看另外一只的,这才注视着我的枪口。如果他真的感到害怕,那么我不得不说他掩藏得很好。

"你想要什么呢,公司来的?"

"你要是再那样叫我,可别怪我开枪。"

"他不是说你,科瓦奇。"韩德朝我的卡拉什尼科夫手枪点点头,我收起枪,"我们要一些有特殊技能的人,塞梅代尔,最新的技能,所以不要死了超过一个月的。另外,我们时间紧迫,你赶紧帮我们看看都有些什么。"

塞梅代尔耸耸肩,"最新的都在这儿。"他一边说,一边将两个蟹形远程器扔进存储器堆里。它们开始忙碌地爬来爬去,用精密的带鄂手臂拾起一个又一个金属块,放到一个泛着蓝光的镜头下,然后又扔掉。"但是如果时间紧迫的话……"

他转过身,领我们到一个光线昏暗的货摊。那儿坐着一个瘦削的女人,皮肤黝黑,脸色黯淡。她弓着腰坐在一个工作台边上,台上放着一个浅盘子,里面全是存储器。她正在使用高压爆破的方法清除存储器上残存的碎骨头。骨头尖锐的爆裂声、音乐中低沉的人声,以及挖掘者的铲子和桶碰撞造成的哐当声交会在一起。

塞梅代尔模仿之前韩德说话的口气和那个女人说了几句,她疲倦地从工具堆里伸了个懒腰,从货摊后面的架子上拿出一个颜色暗淡的金属筒,大概有侦察器的大小。她将金属筒拿到我们面前,举起来,看了看,然后用留得很长的涂了黑色指甲油的指甲敲了敲刻在金属上的一个标志,嘴里说着某种奇怪的语言,前后音节相互呼应。

我看了看韩德。

"奥贡①之选择,"他翻译道,没有故意显露言语中的讽刺,"金属之神,受金属之庇佑。战争之神、之勇士。"

他点头向女人示意。女人放下金属筒,从工作台的一侧端起一碗散发芬芳气味的水,洗净双手和手腕。我饶有兴趣地看着,她湿漉漉

---

① 伏都教神明,火与铁的化身。

的手指放在金属铜的盖子上，闭上眼睛，发出一种抑扬顿挫的声音，然后，她睁开眼睛，扭开盖子。

"你们要多少公斤？"塞梅代尔问道，这么实际的问题和此刻神圣的气氛很不和谐。

韩德伸出手从金属筒里捞起一把存储器，它们干净闪亮，在他手里闪着银白色的光。

"你打算榨我多少钱？"

"70950萨夫特一公斤。"

主管嘟囔了一句，"上次我来，普拉韦茨只收我40750萨夫特，而且他还一副很过意不去的样子。"

"你知道，破烂货儿才是那个价，公司来的。"塞梅代尔摇摇头，脸上挂着笑容，"普拉韦茨的都是没分类的货，大多数还不是他自己清理的。要是你愿意把自己宝贵的时间浪费在给破烂存储器清理骨头上，就去找普拉韦茨，和他讨价还价吧，我这些都是精挑细选出来的战士级别的存储器，清理得一干二净，还用油擦拭过，绝对物有所值。要是你们没什么诚意，可别在这里浪费大家的时间。"

"得了。"韩德掂了掂手里那些载有生命的存储器，"你们也确实有自己的开销。这样吧，一口价六万，你知道我改天还会再来的。"

"改天。"塞梅代尔好像在权衡这两个字的分量，"改天约书亚·肯普有可能用核武器把兰德弗尔给灭了。改天，公司来的，我们可能都不在人世了。"

"确实。"韩德将存储器放回金属筒，发出撒色子一般的咔嗒声，"而且我们中会有人死得更早。如果我们将这些支持肯普军胜利的反卡特尔言论报告上去的话，你们都会被逮捕起来，塞梅代尔。"

工作台后面那个神色黯淡的女人发出嘘声，举起一只手想要在空中比画什么，但是塞梅代尔声色俱厉地喝止了她。

"逮捕我有什么好处呢？"他平静地问道，伸手从金属筒里拿出一个闪闪发亮的存储器，"听着，没有我，你们只能屈尊去找普拉韦茨，七万萨夫特。"

"60750萨夫特，我可以让你成为曼德拉的首席供应商。"

塞梅代尔将存储器在手指间滚动，这句话显然叫他满意。"很好。"他终于说道，"60750，但最少五公斤。"

"成交。"韩德拿出一张信用卡芯片，上面有曼德拉公司标志的全息雕刻图。他将信用卡递给塞梅代尔，突然咧嘴笑起来，"事实上，我来这儿是打算买十公斤的，给我都包起来。"

塞梅代尔将手中把玩的存储器扔回金属筒，朝神色黯淡的女人点点头，她从工作台下面拿出一个凹形的称重器。她将金属筒倾斜过来，庄重地把手伸进去，一次捞出一把，然后小心翼翼地放在称重器的金属盘里，堆起来的存储器上方，数字闪着华丽的紫色光，变化着。

我的眼角注意到地上有个影子在移动，赶紧朝它转过身。

"发现了一个。"塞梅代尔轻声说道，咧嘴笑起来。

一个长着蟹脚的远程器从那堆存储器返回，来到塞梅代尔的脚边，正稳步地爬上他的裤腿。当它爬到他的皮带上时，他把它拔下来，用另外一只手夹住，从它的上颚里取下什么东西，然后就把手中的小机器扔出老远。当它感应到重力势能，它的腿收了回去；等撞到甲板上时，它看上去就是一个平淡无奇的灰色卵形体；它弹起数次，然后突然止住；过了一会儿，它小心翼翼地伸出脚，调整好自己的位置，然后匆匆走远，去为主人办事。

"啊，看！"塞梅代尔用手指摩挲着存储器上人体组织留下的斑点，仍然咧嘴笑着，"看哪，楔形军之狼，看到没？新的收获是怎么开始的？"

第十三章

我们带回了一堆存储器,曼德拉的人工智能将存储器中的士兵意识当作三维机械代码数据进行读取,然而第三个就被判断为遭受到永久性精神创伤,这个已经没有交谈的必要了,就算让他在虚拟情境中复活,除了尖叫,把嗓子喊哑,他什么也不会。

韩德耸耸肩。

"这很正常,"他说道,"不管从谁手里买,总会有耗损。至于其他的,我们会运行精神外科造梦装置,这样我们不需要唤醒他们就能得到一张很长的候选人名单,上面的人就是我们能用上的。"

我拿起桌上的材料看了几眼。对面的墙上有一块屏幕,屏幕用二维界面一行一行列出死去战士的相关数据。

"有在高辐射环境下战斗的经验?"我抬头看着曼德拉主管,"我有点不明白了。"

"得了吧,科瓦奇,你知道的。"

"我……"我想起当时的场景,辐射光线能照进山脉,照出山谷里的人影,整个地质史上还从来没出现过如此强烈刺眼的光。"没想过会发展成现在这样。"

韩德的目光在桌面游移,仿佛在思索桌子是不是得重新抛光了。"我们得把那个半岛清理干净,"他小心地说道,"这周结束前就得搞定。而且肯普军正在撤退,真是天公作美。"

曾经,我在登格里克某个低洼地的桥上侦察时,看到远处的索贝维尔在午后的阳光下闪闪发亮。当时距离太远,无法看清细节——就算我用生化系统将城市最大化,那儿看起来,还只是一个银色的手镯,悬垂在水面的尽头,遥远,而且渺无人烟的样子。

我看到韩德正从桌子对面望着我。

"这样说,我们都会死。"

他耸耸肩,"似乎是无法避免的,不是吗,如果爆炸之后立刻就进去。我的意思是,我们可以为新招募的人员使用高抗耐受力的克隆躯体,而且防辐射药物可以让我们在一定时间内正常运作,但从长远来看……"

"是啊,长远来看,我将在拉提莫城拥有一具特制的躯体。"

"没错。"

"用什么类型的抗辐射躯体呢?"

他又耸耸肩,"还没想好,我要和生物软件公司商量一下,可能是毛利克隆中心。怎么了,你也想要?"

我感觉到掌心一阵抽搐,是体内的库马洛生体强化系统系统造成的,这句话让我有点本能的恼怒。但我只是摇了摇头。

"我现在这个就很好,谢谢。"

"你不相信我?"

"现在是你自己提起的,确实不相信。但不是因为这个。"我竖起拇指戳了戳胸膛，"这可是楔形军特制的，库马洛生体强化系统系统，战斗的话没有什么比这个更好的了。"

"那防辐射效果呢？"

"你放心，那么点时间我完全撑得住。告诉我，韩德，除了一具新的躯体，而且还是一具不知道能不能抵抗住辐射的躯体外，你还打算给这些新人什么好处？我们事情办好后，你给他们什么？"

韩德皱了皱眉，"这个嘛，工作机会吧。"

"他们有过工作，结果你看，他们都是什么下场。"

"兰德弗尔的工作机会。"出于某种原因，我语气里的嘲弄仿佛令他很不爽，当然，或许是别的什么原因，"成为曼德拉公司的合同制安保人员，战争持续多久，合同的期限就是多久，或者是五年期限，哪个时间更长，合同的期限就是哪个。这样，能让你打消你那些奎尔主义的、被压迫人民的、无政府主义的顾虑了吧？"

我挑起眉毛。

"这可是八竿子都打不着的三种理念，韩德，而且我不相信其中的任何一种。但如果你想问我这样的建议听起来是不是比死亡更好一点，我会说是。如果是我的话，我会为了这样的工作机会加入进来。"

"谢谢你的信任。"接着，韩德小声嘀咕道，"听你这样说我就放心了。"

"如果你说话算话，当然。我在索贝维尔应该没有亲友，但你最好还是在后备数据库中查一下。"

他看着我，"你不是开玩笑吧？"

"我可没觉得毁掉整座城市是个玩笑。"我耸耸肩，"不管怎样，还是看一下。应该是只有我。"

"啊，看来你是受到良心谴责了，对吗？"

我淡淡地笑了笑，"韩德，别傻了，我是个军人。"

"确实，而且你最好记住这一点。别把气撒在我头上，科瓦奇。正如我之前说过的，不是我要毁了索贝维尔，不过是机缘巧合。"

"就当是吧。"我将材料扔回桌上，尽量不去把它想成是一颗点燃引线的手榴弹，"不管怎样，我们该干正事了。运行造梦机得要多久？"

根据精神外科理论，我们真正的自我实际上只在梦境中，即使在性高潮和死前的挣扎中，自我仍然沉降在表面之下。或许，这也正好解释了为什么我们有时会在现实世界中做出一些毫无意义的事。

当然，这也是精神评估的最快方法。

造梦机将曼德拉人工智能的心脏部位和候选人员的存储器连接起来，然后运行以索贝维尔为背景的检测程序，四小时之内就能将剩下的七公斤存储器中士兵的精神状况摸清楚。我们还剩下二百八十七个候选人员，估计其中有二百一十二个精神状态良好。

"是时候唤醒他们了。"韩德说道，一边翻着屏幕上的资料，一边打着哈欠。看到他疲惫的样子，我发现自己的下颌肌肉也禁不住扯了扯。

或许是因为缺乏互相信任，造梦机运作的时候，我们俩都没有离开会议室。我们刚才还因为索贝维尔的事争执了几句，所以现在谁都没有说话。由于一直盯着屏幕上列出的数据，我的眼睛开始发痒；没有运动又好久没抽烟了，我的四肢也有些麻木；下颌肌肉又剧烈地抽动着，一个呵欠呼之欲出。

"我们真的要找他们每个人谈吗？"

韩德摇摇头，"不必，机器里有我的虚拟形象，同时还安装了一定的精神外科外围程序。我会找出最优秀的十八名，当然，只要你足够信任我。"

我终于控制不住，打了个长长的呵欠。

"信任，已激活。想呼吸点新鲜空气，再来杯咖啡吗？"

我们离开房间,走向屋顶。

站在曼德拉大厦的楼顶朝四周望去,暮色四合,沙漠的黄昏呈现出一片靛蓝色。东边,星星已经从"圣克宣四号"那广袤无垠的黑色天空中探出脑袋。而在西边,临近的夜晚仿佛要将太阳那最后一点能量从云层间榨干。夜幕已经垂下,闷热的晚间空气里有从北方吹来的徐徐清风。

在韩德选定的屋顶花园里,我看到几个曼德拉员工三三两两地坐在酒吧的桌子边,正志得意满地用十分做作的语气交谈着。有些许泰语和法语的歌曲夹杂在含混不清的英语交谈声中传过来。没有人注意到我们。

这些语言混杂在一起,让我想起了什么。

"告诉我,韩德。"我撕开一包新的"兰德弗尔之光",点燃一支烟,"今天在市场你们说的都是什么鸟语? 就是你们三个说的语言,还有那些左手比画的手势?"

韩德喝了口咖啡,放下杯子,"你还没猜到?"

"伏都语?"

"可以这么叫。"眼前这位主管脸上的无奈表情告诉我,他永远也不会这样称呼它。"尽管确切来说,我们已经有好几个世纪不这样叫它了。当然,这种语言最开始出现的时候,人们也不是这么叫它的。与大多数对此知之甚少的人一样,你把它想得太简单了。"

"我以为宗教就是这样呢,把复杂的思想简单化。"

他笑笑,"照你这样说,大多数人的思想都很复杂,是不是?"

"一向如此啊。"

"呃,或许吧。"韩德又啜了一口咖啡,眼神越过杯子看着我,"你真的不信神？不信超能力？哈伦世界的人大多数都是神道教徒①，不是吗？或者是信奉某种基督教衍生出的某种宗教？"

"我两者都不信。"我果断地回答。

"那么夜晚来临的时候，你将是不受任何庇护的。当命运像上千米高的巨石块压在你那渺小的存在上时，你是孤独一人？"

"韩德，我可是经历过伊涅恩的人。"我弹掉烟灰，回敬他一个微笑，这可是很少见的，"在伊涅恩，我的战友们当时就背负着那块巨石，他们呼喊着向神明求救，但我可没看到任何神迹出现。与其身边有那样的伙伴，我宁愿孤独一人。"

"上帝可不会听令于我们。"

"显然不会。跟我讲讲塞梅代尔，那破帽子和破衣服，他是在演戏吗？"

"可不是，"韩德的声音里有一丝厌恶，"他把自己伪装成盖德②，因为死亡之神——"

"明智之选。"

"——能控制那些意志比他薄弱的竞争者。他勉强能称得上是老手，在灵魂市场的圈子里也有些影响，当然还没到有资格扮演死神，我比他都更加——"他朝我微笑道，"有资格，可以这样说。我只想让你明白我的地位，你可以当我是在炫耀自己的资历，同时对他的表演表达不屑。"

"这个盖德居然没有到处去炫耀自己的资历，真是奇怪，对吧？"

韩德叹了口气，"事实上，很可能这个盖德和你一样，不觉得有什么好炫耀的。这是明智之选，他很容易满足。"

①神道教简称神道，原本是日本的传统民族宗教，最初以自然崇拜为主，属于泛灵多神信仰（精灵崇拜），视自然界各种动植物为神祇。
②伏都教神明，代表死亡的精灵。

"这么说，"我朝前靠了靠，看他脸上是否带着讽刺，"他唬人的那些鬼话你都信？我的意思是，你不会当真吧？"

这位曼德拉主管看了我一会儿，然后仰起头，朝我们头上的天空点点头。

"看看，科瓦奇，我们在离地球这么遥远的地方喝咖啡，在夜空中你几乎辨认不出太阳系。一阵我们看不见也摸不着的风把我们吹来这儿，我们不过是存储在一台机器里的梦境，它的思维方式比我们的大脑要先进，而它很有可能就是上帝。然后我们在不属于自己的身体里醒来，这些身体都是在机器里，而不是在凡人女性的体内生长起来的。这就是我们生存的事实，科瓦奇。有一种信仰，那就是人死后将去另外一个国度与某种生物共同生活，因为这种生物比我们高级太多，我们必须把他们当神。我们生存的事实和这样的信仰有什么不同？它们不是同样神秘吗？"

我看着远处，听到韩德如此热情洋溢的腔调，反而有些莫名的尴尬。宗教是很奇特的事物，而且会对人产生无法预知的影响。我熄灭烟头，小心翼翼地组织自己的语言。

"差别在于我们生存的事实不是那些无知的神父空想出来的，那是还没有任何人离开地球表面，也没有机器被建造出来的几个世纪之前的事。但说实话，与我们在此经历的任何事实相比，宗教对你的精神世界都更有好处，它起到了平衡的作用。"

韩德笑了笑，并没有生气，相反，他看起来还挺高兴，"科瓦奇，这不过是你个人的观点。当然，所有现存的教堂都起源于前工业时代，但是信仰只是一种隐喻，谁又知道这些隐喻后面深层次的信息是以什么方式从何处传递了多久呢。我们现在正在一个文明的废墟上行走，这个文明显然在我们还未直立行走之前几千年就已经存在，而且有着神一般的力量。科瓦奇，你自己的世界已经被持着火焰利剑的天使包围了。"

"哇。"我举起双手,手心向外,"让我们先别讨论隐喻啊、神明啊之类的。哈伦世界有一个轨道战斗平台系统,火星人离开的时候忘了把它毁掉。"

"听说过,"他不耐烦地摆摆手,"某种特殊材质建造的轨道,任何方法都无法探测到。而且那些轨道的威力可以毁掉一座城市或者一座山峰。但是谁会想要去毁掉那些东西呢?除了那些不要命的飞船,就只有天使才会做那种事。"

"那是一台该死的机器,韩德,机器的参数设置很可能是为了某种星际战争——"

"你确定?"

他从桌子的对面向我靠过来,我发现自己由于激动也不知不觉靠向他。

"韩德,你去过哈伦世界吗?没有,我猜也没有。我是在那儿长大的,我告诉你,那些轨道和其他火星人的文物一样,没什么神秘的——"

"什么,难道歌声之塔不神秘?"他压低声音,有些不满地说道,"难道随着太阳升起和落下而歌唱的石头树不神秘?难道像卧室的门一样开往——"

他突然住口,看了看四周,因自己的鲁莽而脸红起来。我往后靠了靠,咧嘴笑起来。

"对于一个穿着一身昂贵西装的家伙来说,这真是令人钦佩的激情。这么说,你执意要我相信火星人是伏都教的神明,是不是?"

"我没有要你相信任何东西。"他低声回答,然后站起身,"另外,不管这里是不是火星文明的发源地,火星人都很适合这颗星球。我不过是想让你知道,一个不相信任何奇迹的人,他的世界观也是狭隘的。"

我点点头。

"你说得不错。"我竖起食指,"但是,韩德,帮我个忙,等我们办正事的时候,收起这些废话,行吗? 我已经有很多事情要操心了,你别这样蛊惑我。"

"我只相信自己的亲眼所见,"他冷冷地说道,"我看到盖德和卡勒富尔分子在我们之间游走,我听到他们用加利福兄弟会的通用语交谈。是我召唤了他们。"

"是啊,没错。"

他疑惑地打量着我,因为信仰问题被激怒的他好像突然想到了别的什么,他的声音松弛下来,然后变成喃喃自语:"科瓦奇,这挺奇怪的。你其实和我一样有着坚定不移的信仰,我唯一想知道的就是,你为什么打死不肯承认。"

这句话横亘在我们之间,过了好一会儿,大概一分钟,我才缓过神来。周围似乎寂静一片,连北风都止住了呼吸。然后,我身体前倾,说出下面一席话。我不是为了跟他沟通,而是为了赶走脑中回忆起的那个激光枪扫射的画面。

"你错了,韩德。"我静静地说道,"我非常愿意相信这些鬼话,也希望自己能够召唤出为这一切混乱负责的家伙,因为那样我才能杀了他们,慢慢地剥皮剜肉。"

机器里,韩德的虚拟自我已经将候选名单减到十一位,这项工作本来得要将近三个月才能完成,但是人工智能最快的速度是现实时间的三百五十倍,所以整个工作在午夜前就结束了。

等到那个时候,我们在屋顶上的交谈已经变得缓和多了,那些原本针锋相对的谈话转向经验的交流,我们从各自见过和做过的事情里搜寻一些能够支撑我们世界观的证据。最后,我们的目光越过大厦的壁垒,看着午夜的沙漠,干脆开始了长时间的沉默。韩德的口袋里响起一连串嘀嘀声,然后因电量不足,尾音破碎成一段玻璃坠地的噼啪声。

我们下楼去看看都选出了些什么人,因为不适应大厦里明亮的灯光,我们眨了眨眼睛,然后开始打哈欠。不到一个小时之后,午夜将会过去,新的一天即将开始,我们关掉韩德的虚拟自我,然后在他的地盘将我们俩一起上传到机器里。

最终筛选。

第十四章

现在回忆起来，他们的样子仍然历历在目。

不是前往登格里克和冒着烟的索贝维尔废墟时披着漂亮的防辐射毛利人战斗躯体的样子，而是他们死亡前的样子。那些被塞梅代尔据为己有，然后又卖给别人充军打仗的人，他们记忆中自己曾经的样子；当我在虚拟的普通旅馆套间中第一次看见他们时的样子。

死人的样子。

奥尔·汉森：

看上去有些滑稽的白种人，平头，头发雪一样白。蓝色的眼睛，眼神淡定，像非紧急状况模式下的医疗显示屏。是第一批躺在冰冻舱中乘飞船从拉提莫过来的联盟援军，在那时候所有人都认为六个月就能解决肯普。

"希望不要和上次一样还是沙漠作战，"他的额头和颧骨部位还看得见阳光灼伤过的红斑,"否则你们最好还是把我放回盒子里吧。那些黑色素细胞让我痒得要死。"

"我们要去的地方属于寒冷地带,"我向他保证道,"温度和拉提莫城最暖和的冬天差不多。你知道你的队友都死了吗?"

他点点头,"我看到了直升机爆炸的火光,这是记忆中的最后一幕。那枚缴获的掠夺者炸弹,我告诉过他们直接炸掉那鬼东西,他们就是不听。太固执了。"

汉森来自一支叫作"轻触"的爆破部队,我从楔形军的小道消息中听说过他们,名声很好,大多数时候都能全身而退。至少曾经是。

"你会想他们吗?"

汉森坐在椅子里的身体动了动,环顾了整个虚拟房间,然后看看我俩。

"可以喝酒吗?"

"请自便。"

他站起身,走到一排酒瓶跟前,拿出一瓶,往酒杯里倒了满满一杯琥珀色的酒。他朝我们的方向举起酒杯,双唇紧闭,蓝色的眼睛骨碌碌转着。

"为'轻触'干杯,不管此刻他们那残缺的躯体在他妈的什么地方。"

他一口饮尽杯中酒,嗓子里嘟囔着什么,然后把酒杯掷向房间另一边。杯子跌落到地毯上,砰的一声,滚到了墙边。汉森重新走回来,坐下。他眼睛里有泪花,不过我猜那只是酒精的作用。

"还有别的问题吗?"他问道,声音沙哑。

伊维特·克鲁克香克:
二十岁,皮肤黑得发蓝,骨架结实、宽大,看起来就像高空拦截机

150

机头的某个剖面。浓密的长发编成小辫子,在头顶堆成拳头大小的一髻,然后散落下来,上面还挂着一些骇人的钢质首饰和几个备用的快速植入插头,插头用绿色和黑色作区分。她的颅底安有插座,插座上有三个插头。

"那些都是什么?" 我问道。

"语言装置,泰语和汉语,丹·松涛流第九代产品," 她抬手摸了摸标有布莱叶盲文的滑键,好像她随时有可能被射瞎似的,"高级战场医疗装置。"

"那你头发里面的呢?"

"卫星导航链接器和演唱会上用的小提琴," 她咧嘴笑了笑,"最近虽然没怎么用,但是这东西总是能给我带来好运。" 她脸色突然一沉。我咬了咬嘴唇。她接着说道:"过去能。"

"你去年在战斗中一共七次要求加入快速部署。" 韩德说道,"为什么?"

她奇怪地看着他,"你不是已经问过我这个问题了?"

"那是另外一个我。"

"哦,我明白了,机器中的鬼魂。好吧,正如我前面所说,可以观察得更仔细,同时对战果产生更大的影响,也玩得更开心。上一次听到我这样说的时候,你可是笑容满面。"

蒋建平:

苍白的亚洲面孔,轻微凹陷的眼睛露出机智的神色,脸上是微笑的表情,仿佛正在回味刚刚有人告诉过他的一件趣闻轶事。除了手上的老茧和黑色制服下懒散的站姿,几乎没有别的特征可以说明他的职业。他看上去更像是一名有些疲惫的老师,而不是一个知道五十七种杀人手法的家伙。

"这次的行动,"他低声说道,"根据我的判断,应该与战争无关,而是一次商业交易,对吧?"

我耸耸肩,"整个战争就是一次商业交易,蒋。"

"那不过是你的观点。"

"也会成为你的。"韩德严肃地说道,"由于个人关系,我可以接触到最高级别的政府机密,我告诉你,要不是卡特尔,肯普军去年冬天就打到兰德弗尔了。"

"明白,这也正是我参加战斗的目的,"他双臂交叉,"阻挠肯普军的进攻步伐,这也就是我丧命的原因。"

"很好,"韩德干脆地说道,"告诉我们细节。"

"这个问题我已经回答过了,为什么还要重复?"

曼德拉主管揉了揉眼睛。

"那不是我,那只是一个影像,没时间翻看之前的数据,因此,请吧。"

"那是岘港平原的一次夜袭,我们为肯普军的掠夺者炸弹管理系统设置了可移动的接力站点。"

"当时你也在?"我重新审视眼前这位忍者,带着几分敬意。在岘港剧院的那次针对肯普军通信系统的暗袭,是过去八个月里政府可以大肆宣传的唯一一次胜利。我知道那次行动挽救了不少士兵的生命。虽然,到现在为止,官方仍然在鼓吹胜利,但我和我的野战排却在北部边陲被炸得粉身碎骨。

"因为表现杰出,我被光荣地任命为队长。"

韩德看着自己的掌心,上面出现一行行的滚动数据,像是患了皮肤病似的。这更像是某种系统里的魔法,某种虚拟玩具。

"你的队伍完成了使命,但你却在撤退的时候死了。为什么?"

"我犯了一个错误。"蒋说这几个字的时候,带着厌恶的语气,和他提到肯普的名字时一样。

"什么错误呢？"这位曼德拉主管很是圆滑老练。

"我原以为把站点炸掉的时候自动哨岗系统也会跟着无法启动。但事实上，不是这样。"

"真是遗憾。"

他瞥了我一样。

"队伍撤退的时候必须有人掩护，所以由我断后。"

韩德点点头，"真是令人佩服。"

"本来就是我判断失误。而且能够暂时打退肯普军的进攻，这点代价算不了什么。"

"蒋，你显然对肯普没什么好感，对吧？"我小心措辞，眼前这位军人显然有着自己的信仰。

"肯普军鼓吹着要革命，"他轻蔑地说道，"但是如果他们真的占领了'圣克宣四号'，又能改变什么呢？"

我抓了抓耳朵，"我猜无非就是在公共场所多竖一些约书亚·肯普的雕像，其他的应该不会有什么变化。"

"就是这样，而仅仅为了这一点，他就让成百上千条性命为他牺牲。"

"这可不好说。听着，蒋，我们不是肯普军，但只要我们能够得到我们想要的东西，就能燃起大家足够的斗志把肯普挡在'圣克宣四号'的门外。这够不够说服力？"

他把手摊在桌子上，看着。

"我还有别的选择吗？"他问道。

阿梅利·翁萨瓦：

长着鹰钩鼻和细长的脸形，没有光泽的古铜色皮肤。简洁的飞行员发型,但已经开始长得参差不齐,头发染得乌黑,后面的头发几乎盖住了原本插着飞行共生电缆的银白色插孔。左眼下面的颧骨部位刺着黑色的交叉排线,标记出数据传输线的穿入位置。而左眼是灰色的透明晶体,和深棕色的右眼明显不是一对。

"医院整的,"她说道,她的强化视力发现我正在看着她的脸部,"去年我在布特基纳里镇遭到袭击,数据传输装置被炸掉了,他们帮我把电路回路修补了一下。"

"数据传输线都被炸了,你还飞了回去?"我怀疑地问道,电路超负荷运转会把她颧骨里的所有电板都毁掉,同时会把周围一掌宽内的皮肤组织慢慢烧焦,"飞机的自动驾驶系统呢?"

她做了个鬼脸,"早焦了。"

"那种情况下,你是怎么驾驶的?"

"我把机器关掉,然后手动驾驶,尽量进行最简单的操作。那可是一架洛克希德－米托马,就算被击中也还能手动操作。"

"不是,我的意思是,当时你都已经那样了,还怎么操作控制器?"

"噢,"她耸耸肩,"我痛点很高。"

显然。

卢克·德普雷:

高个,邋遢。金色的头发乱糟糟的,长得离谱,不知道是个什么发型,乍一看根本不像个打仗的。棱角分明的脸,瘦长的鼻子,突出的下颚,蓝色的眼睛充满了好奇。他手脚放松地摊开坐在椅子里,脑袋歪向一边,似乎看不清楚灯光下的我们。

"那么,"他从桌子上拿起我的"兰德弗尔之光",他手臂修长,从烟盒中抖出一根烟,"可以告诉我这次是什么交易吗?"

"不可以,"韩德说道,"在你决定加入之前一切保密。"

他抽着烟,发出嘶哑、低沉的笑声,"你上次也是这样说的,而我仍然是这样回答你。伙计,妈的,我还能告诉谁去?不想雇我就直接把我扔回罐子里去,明白吗?"

"话可不是这样说。"

"好吧。你们有什么要问的?"

"说说你上次的暗袭。"我提示道。

"那是机密。"然后他打量了一会儿我俩全无笑容的脸,"嘿,我不过是开个玩笑。我已经告诉过你的伙伴了,他没向你们汇报?"

韩德有些不耐烦了。

"啊,那不过是个人物影像。"我赶紧接嘴,"我们没听过,讲讲看吧。"

德普雷耸耸肩,"当然,有什么不可以呢。我们偷袭了肯普的一个区司令官,当他在飞艇里的时候。"

"成功了?"

他朝我咧嘴笑笑,"可以这么说,你知道,他的头都掉了。"

"这样的话,我有点好奇你又是怎么死的?"

"运气不好。那混蛋的血液里含有毒素,缓慢发作的那种,直到我们飞上天空撤退的时候才发现。"

韩德皱皱眉,"你被溅到了?"

"伙计,我才没那么笨呢。"他那棱角分明的脸上闪过一丝痛苦的表情,"是我的同伴,她被那混蛋脖颈里喷出的血溅到了双眼。"他朝天花板吐了一口烟,"倒了八辈子霉,她可是我们的飞行员。"

"啊。"

"没错,结果我们撞到一栋大楼上,"他再一次咧嘴笑起来,"伙计,那一刻倒是挺快的。"

马库斯·苏贾迪：

英俊的长相，黄金比例的五官，堪称完美。如果和拉皮妮站在一起，简直是天造地设的一对璧人。杏仁一样的眼球，抿成一条线的嘴；脸形似乎是一个倒置的等腰三角形，但结实的下巴和宽阔的额头钝化了三个角；瀑布一样倾泻下来的黑色直发。奇怪的是，他一动不动，仿佛刚嗑过药，意识模糊。他保存着自己的能量，等着。海报帅哥一样的外表，只不过板了一张扑克脸，毫无表情。

"嘿！"我实在忍不住了。

杏色的眼睛几乎没什么反应。

"苏贾迪，你可面临着严重的指控。"韩德对他说道，同时责备地朝我的方向瞥了一眼。

"我知道。"

我们等着，但是苏贾迪好像认为没什么好多说的。我开始对他有点好感了。

韩德像魔术师一样伸出一只手，在他张开的五指前方，一块屏幕出现在空中。又是他妈的系统魔法。我叹口气，看到屏幕上一个和我穿着一样制服的人的半身像，还有他的生平简介。看上去有些熟悉。

"你杀了这个男人，"韩德冷冷地说道，"能解释一下为什么吗？"

"不。"

"他不需要解释，"我指了指屏幕上的脸，"很多人都希望道格·韦廷死。我只对你如何杀了他感兴趣。"

这一次，他的眼睛才开始有一点反应。他扫了一眼我肩上的楔形军徽章，脸上有些疑惑。

"我在他脑后开了一枪。"

我点点头，"还有点创意。你确定他真的死了？"

"当然，我用的是满电的太阳能喷射枪。"

　　韩德打了个响指,屏幕神奇地消失了,"你的飞行器被轰下来了,但是楔形军认为你的存储器肯定还在某处。任何人只要交出你的存储器,都能拿到一笔可观的奖金,他们还想把你推上法庭接受审判。"他斜眼看着我,"上法庭,这可不是一件愉快的事。"

　　"当然不是。"我在楔形军的那段日子里,这样的例子比比皆是。审判会耗费很长时间。

　　"我可没兴趣把你交给楔形军,"韩德说道,"但是,我也不敢让一个不服从命令的家伙加入我的队伍。我必须知道发生了什么。"

　　苏贾迪转头看着我,我不露声色地点了点头。

　　"他下令对我的人进行屠杀。"他绷着脸。

　　我又默默点了点头,这次是对我自己。据说,韦廷最热衷用大屠杀作为礼物跟当地军队结盟。

　　"为什么?"

　　"噢,鬼知道,韩德。"我转过身体,"你刚刚没听到他说吗?他被命令杀掉自己的人,但是他不愿意。这种命令,换了是我,我也一样不服从。"

　　"可能还有别的原因——"

　　"我们这是在浪费时间。"我打断他的话,然后转向苏贾迪,"要是再给你一次机会,你会做出不一样的选择吗?"

　　"会。"他咧了咧嘴,但我不能肯定他是不是在笑,"我应该端起喷射枪,把他的整个队伍扫荡一通,那现在就没人来抓我了。"

　　我重新看了一眼韩德,他一手扶额,正摇着脑袋。

孙立平:

蒙古人的黑色眼睛,藏在宽阔、高耸的颧骨上的内眦褶①里;嘴轻

---

① 眼角内部上眼睑内向皱襞,有内眦褶的眼形是亚洲(蒙古)地理人种的特征。

微向下弯,似乎刚刚露出过一抹苦笑;棕褐色的皮肤上看得到一些细纹;一部分黑色头发从一边肩膀垂下,一个超大的银白色静电场发生器将这缕头发固定住。她看上去心平气和,同时,不可动摇。

"你自杀了?"我怀疑地问道。

"他们是这样告诉我的。"下弯的嘴唇恢复原状,她做了个鬼脸,"我只记得自己扣动了扳机。很庆幸死得很顺利,跟我的初衷一致。"

手枪的子弹直接从下颚穿了上去,从大脑的正中央一路向上,给她的头顶也开了一个洞。一对大小相当的窟窿,对称极了。

"这么射必死无疑。"我装作冷酷无情地接嘴道。

坚定的眼神没有丝毫退缩。

"我不得不做出那样的选择。"她严肃地说。

韩德清了清嗓子,"可不可以告诉我们你为什么那么做?"

她皱皱眉,"再说一遍?"

"那个,"韩德轻轻地咬了咬牙,"不过是一个情报搜集影像,不是我。"

"哦。"

她的眼睛看看旁边又看看上面,我猜是在寻找连接视网膜的外围滚动屏。在虚拟场景中,内部硬件是不能使用的,除非是曼德拉公司的员工。没有找到连接设备,她似乎并不意外,不过她只能按照传统习惯进行回忆。

"那是一支穿着自动化盔甲的中队,开着蜘蛛坦克。我正要破坏它们的反应装置,但是控制系统中装了病毒陷阱,我想应该是罗琳病毒的变体。"她温和地撇撇嘴,"虽然我不确定,但根本没时间查清楚,你们应该能想象当时的情况。这种时候,也根本没时间断开连接,病毒已经开始侵入,在它下载好之前,我唯一能做的就是朝自己的脑袋轰一枪。"

"真是了不起。"韩德说道。

这一切结束后,我们走上屋顶,想让大脑清醒清醒。韩德去找咖啡来喝,而我靠在矮墙上,看着宵禁后宁静的兰德弗尔。身后的平台上已经看不到一个人,四处散乱摆放的桌椅像是在给轨道监视器传递某种隐晦的信息。刚刚我们在楼下的时候,夜晚已经开始降温,吹来的夜风让我颤抖。我想起孙立平的话。

罗琳病毒的变体。

当年就是罗琳病毒让伊涅恩滩头阵地的士兵们丧命的。也就是罗琳病毒让吉米·德索托在死前亲手挖出了自己的眼球。罗琳病毒在那时候还是高端武器,现在不过是军队里廉价的现货供应产品。这也是经济困难的肯普军唯一能用得起的病毒软件。

时移物转,但市场规律永恒。历史重现,逝者已矣。

生者只能继续向前。

韩德回来了,只买到了自动贩卖机里的咖啡,他略带歉意地递了一罐给我,然后和我一起靠在矮墙上。

"你觉得怎么样?"过了一会儿,他问道。

"我觉得这味道真是烂得要死。"

他笑起来,"我是说你觉得我们这些队员怎么样?"

"他们都不错。"我喝了一口咖啡,然后继续对着底下的城市沉思,"我对那个忍者不是太满意,但是他有我们用得上的技能,而且他已经做好了随时牺牲的准备,这对一个战士来说永远不是一件坏事。克隆躯体要多久?"

"两天,可能更短。"

"他们还需要至少四天的时间来适应新躯体,我们可以在虚拟场景中进行入队仪式吗?"

"有什么不可以？曼德拉人工智能可以百分之百准确地模拟生物实验室里克隆躯体的原始数据。虚拟时间是现实时间的三百五十倍，我们可以在现实时间的几小时里给他们一个月的虚拟时间去适应新身体。当然，场景会设定在登格里克。"

"很好。"话虽这么说，但我内心一点也不觉得好。

"我还是对苏贾迪保留个人意见，我不确信他能听从指挥。"

我耸耸肩，"那你就命令他看看。"

"当真？"

"为什么不呢？他看起来不像个叛徒，他有自己的头衔，有战斗经验，看上去对自己的队友很忠诚。"

韩德不再说话，虽然我们之间隔着半米远的矮墙，我依然注意到他皱起了眉头。

"怎么了？"

"没什么，"他清清嗓子，"我刚刚不过是，假设。你才是指挥。"

我再次看到了我的野战排，智能手榴弹在头顶炸开，闪电般，然后爆炸。接着是枪林弹雨，残肢断臂，四处逃窜，急促的呼吸。地上传来导火线噼噼啪啪的燃烧声，好像有什么东西碎裂开来。

尖叫声。

我不觉得自己在笑，但实际上我露出了笑容。

"什么事情这么有趣？"

"你看过我的档案，韩德。"

"嗯。"

"而你还认为我会指挥。妈的，你脑子进水了吗？"

第十五章

咖啡让我睡意全无。

韩德要么去睡了，要么就是在曼德拉不需要他的时候躲到某个角落去了，留我一个人看着沙漠的夜空。我在星空搜寻太阳系的影子，然后在东部一个当地人叫作"拇指之家"的星座群的顶点发现了它。它正发出微弱的光芒。我回想起韩德的话。

……我们在离地球这么遥远的地方，在夜空中你几乎辨认不出太阳系。一阵我们看不见也摸不着的风把我们吹来这儿，我们不过是存储在一台机器里的梦境……

我赶紧把这想法从脑袋里赶出去。

就好像我并不来自地球，好像地球和"圣克宣四号"一样从来都不是我的家。父亲经常发酒疯，就算在他难得清醒时给我指出过太阳在哪儿，我也不记得了。就算那一点特别的亮光对我有重大的意义，在我看来，那也不过是个圆盘状的东西。而从这儿，你根本看不见哈伦世界绕着做轨道运行的那颗恒星。

或许这就是问题所在。

也或许正是因为我在那儿待过,那个人类传说中的家园。现在,抬头看着那颗发出微光的星星,我能联想到天文学上的一个单位,一个旋转着的世界:夜晚来临的时候,一个海滨城市隐入黑暗;太阳出来的时候,它又重见光明;某处停着一辆警车,而某个警督正喝着同样难喝的咖啡,或许正在想着……

够了,科瓦奇。

告诉你吧,你现在看到的光线是她出生五十年前从太阳发射出来的,而你现在正在幻想的躯体现在大概已经有六十岁了,当然,如果她没有重置躯体的话。别想了。

好吧,好吧。

我将杯中剩下的咖啡一口饮尽,冰冷的咖啡灌进肚子,我忍不住皱了皱眉。看看东边,黎明就要来了,我突然有一股冲动,那就是当黎明到达的时候,我不想再站在这里迎接它。我将咖啡杯外的隔热纸盒留在了矮墙上,转身穿过四散的桌椅走到最近的电梯门口。

电梯往下三层就到达我住的那楼层,我走过曲折的走廊,没有遇到任何人。我正从门上拉出连在一根细线上的视网膜扫描器,突然听到背后传来脚步声。在这个只有机器运作声的地方,我不由得紧张起来,迅速靠到另外一面墙上,右手握住身上唯一的一把手枪,这枪我习惯性地随身带着,就插在皮带后面。

我突然反应过来。

科瓦奇,你现在正在曼德拉大厦里,主管级别,未经许可连灰尘都上不来。他妈的淡定,知道吗?

"科瓦奇?"

坦尼娅·瓦尔达尼的声音。

我咽了咽口水，然后从墙后走出来。瓦尔达尼绕过走廊，站在对面看着我，她看上去好像正被什么事困扰着。

"对不起，我吓到你了吗？"

"没有。"我再一次拿起视网膜扫描器，当我握着卡拉什尼科夫手枪的时候，它又卷回了门里。

"你一整晚都没睡？"

"嗯。"我把扫描器对准自己的眼睛，门开了，"你呢？"

"我也差不多，几个小时前我努力让自己睡着，但是……"她耸耸肩，"太激动了。你们都弄好了吗？"

"招募新队员？"

"嗯。"

"都好了。"

"他们怎么样？"

"还不错。"

门里传来一串叮咚声，仿佛十分抱歉地提醒我们该进门了。

套间的大厅四面都是玻璃，我离开的时候将它们调成了半透明状态。城市的灯火星星点点地在雾蒙蒙的玻璃上闪烁，就像米尔斯港口渔船拖网里捕到的鱼虾，熠熠发光。瓦尔达尼站在装修精致的屋子中央，望向四周。

"我——"

"请坐，淡紫色的都是椅子。"

"谢谢，我还是不大习惯——"

"最先进的。"我看着她坐在其中一把的扶手上，椅子坐垫自动升起想要贴合她的身形，结果只能是徒劳，"喝一杯？"

"不用了，谢谢。"

"来根烟？"

"上帝,不用。"

"那么,设备准备得怎么样?"

"挺好的。"她点点头,好像自言自语,"不错,肯定够用。"

"很好。"

"你真的觉得我们准备好了?"

"我——"我甩掉脑中的幻影,走到另外一把椅子前,舒适地坐了下去,"我们只能在这儿等待事情向前发展,你知道的。"

"好吧。"

接下来我俩都保持沉默。

"你觉得他们真的会那样做?"

"谁?卡特尔?"我摇摇头,"如果还有其他选择,他们不会的。但是肯普会。听着,坦尼娅,这事有可能不会发生。但是,不管发生与否,我们都无能为力。现在一切都太晚了,战争就是这样,个体总是牺牲品。"

"那是什么?奎尔主义的警句箴言?"

我笑笑,"虽然不是原文,不过确实是这么个意思。你想不想知道奎尔关于战争都说了些什么?关于所有的暴力冲突的?"

她有些不耐烦,"不大想知道。不过,好吧,说说看。为什么不呢?告诉我一些以前没听过的。"

"她说战争其实就是荷尔蒙之间的争斗,主要是男性荷尔蒙。胜败并不重要,重要的是荷尔蒙的发泄。关于这一点,她还写过一首诗,当然是在她转入地下工作之前,这首诗——"

我闭上眼睛,让自己的思绪飘回哈伦世界:在米尔斯港口上方的山林里有一间安全的房屋,偷来的生物软件堆在一个角落里;空气中弥漫着香烟味,异装癖穿梭其间尽情欢乐;维多利亚·维杜拉以及她的手下——臭名昭彰的"蓝色小虫"漫不经心地谈论政治,不时把奎尔主义的名言和诗句拿来当笑话。

"你不舒服吗？"

我睁开眼睛，略带责备地瞟了她一眼，"坦尼娅，这些东西基本上都是用斯特里普亚普语写的，那是哈伦世界的一种贸易用语——当然你是听不懂的，我正在努力回忆阿曼格尔语（混合英语）的版本。"

"呃，你看起来好像很痛苦，不用为我这么费力。"

我举起一只手，"记起来了，是这样的。"

> 躯壳里的男人们
> 要么控制住体内的荷尔蒙
> 要么发出哀叹声
> 祈求别的才能
> （我们向你保证——足够多的负荷）
> 让血流成河
> 你们的勇猛让你们自豪
> 也将让你们失败，让你们完蛋
> 你们碰触过的一切也将完蛋
> （你们向我保证——足够小的代价）

说完我靠着椅背。她轻蔑地评价道：

"作为一个革命家，这立场还挺奇怪。她不是还领导过什么血腥起义吗？誓死推翻星际联盟的专制统治还是什么的？"

"确实，事实上是好几次血腥起义。她在夺取米尔斯港口的最后一场战役中失踪，但是没有证据证明她死了，他们也没找到存储器。"

"我真看不出冲进米尔斯港口的大门和那首诗有什么联系。"

我耸耸肩，"事实上，关于暴力的根源，她从来没有改变过自己的观点,就算是自己身处其中也一样。我猜她只是意识到暴力无法避免,所以只能从行动上进行改变,以迎合当下的形势。"

"听起来和哲学好像没多大关系。"

"是没什么关系。教条上来说,奎尔主义其实什么都不算。奎尔唯一提出的教条就是面对现实。她还想把这句话刻在自己的墓碑上呢。面对现实,意味着创造性地和它们打交道,不忽视它们,也不自欺欺人地把它们当作历史里的小麻烦。她常说你无法控制一场战争,尽管那时候,她自己也正发起一场战争。"

"听起来有点像失败主义者。"

"一点也不是,只是承认危险确实存在。面对现实。如果能够避免就不要发起战争,因为一旦开始,就会完全失去控制。当战争因着荷尔蒙的刺激向前发展,任何人能做的都只有尽量生存下去,坚持住直到安然度过这一切。活着,等着荷尔蒙释放完的那一天。"

"怎么说都好。"她打了个呵欠,看看窗户外面,"我可不擅长等待,科瓦奇。你以为考古工作可以让我马上恢复过来,是吗?"她虚弱地笑笑,"战争,还有拘留营——"

我猛地站起来,"我给你拿烟。"

"不用,"她一动不动,声音越来越坚定,"我不需要忘记,科瓦奇,我需要——"

她清了清喉咙。

"我需要你为我做点事,和我一起。你对我做过的,之前,我的意思是……你对我做过的事,"她低头看着自己的手,"效果是我没有……我没有意料到的。"

"啊,"我重新坐下,"你是说那个。"

"是的,那个。"她声音里带着一丝怒意,"我终于明白了,那是个情感修复过程。"

"是的,确实是。"

"是的,好吧,现在我就有情感需要修补起来,除了和你上床我想不出其他方法。"

"我不确定——"

"我不在乎,"她激动地说,"你改变了我,你修补了我。"她的声音平静下来,"我想我应该感激你,但是我不这么认为,我不觉得感激,只觉得自己被修好了。是你创造了现在的我。此刻我身体里又感到某种不平衡,我需要被修补。"

"听着,坦尼娅,事实上现在的你真的——"

"噢,那个。"她淡淡地笑笑,"我也知道自己现在不够性感,除非——"

"我不是那意思。"

"少数变态才喜欢皮包骨的麻秆儿,但是,修补必须进行,我们可以用虚拟场景。"

我不知道说什么好,感觉有点不真实,"你想现在就做?"

"是的。"又是淡淡的笑容,"我的睡眠已经受到影响了,科瓦奇。就现在,我真的需要睡一觉。"

"你有合适的地方推荐?"

"有。"听起来像是参加冒险游戏的小孩子。

"具体是哪里?"

"楼下。"她站起来,低头看着我,"你知道,作为一个就要和我上床的男人,你问了太多问题。"

楼下是这栋大厦的中间楼层,电梯里系统提示音告诉我们这是娱乐休闲的地方。门开了,呈现在我们眼前的是一个开阔的健身中心,健身仪器像庞大的虫子潜伏在没有灯光的阴暗里,我瞄到后面有十几个倾斜着的虚拟连接架。

"我们就在这儿?"我感觉不大好。

"不是,后面关着门的包厢,这边走。"

当我们从一排排的机器之间走过时,机器顶端和屏幕上的灯光闪烁了几下,等我们走到前头,灯光又暗下去了。自从我由屋顶下来走进这间洞穴一样的房间后,我一直觉得眼前这些机器就像珊瑚一样在身体四周蔓延生长。有时候,经历太多虚拟场景就会这样——断开连接后,大脑会有轻微的损伤,而且现实感也变得有点模糊。这多少令人有些不安,时而清醒,时而模糊,和疯子已经没有太多差别。

而显然,继续沉溺于虚拟场景是无法治疗精神失常的。

一共有九个包厢,每一间的墙上都有凸出的模块气泡,显示包厢的号码。7 号和 8 号砰地打开,门边上可以看到橘红色的微光。瓦尔达尼停在 7 号包厢前,门向外打开,橘红色的光令人愉悦地蔓延开来,然后变成了温和的柔光模式,不耀眼。她转过身看着我。

"进去吧。"她说道,"8 号和这一间连接好了,只要按下主菜单键上的'共振'就可以了。"

然后她消失在柔和的橘光里。

我走进 8 号包厢,墙壁和天花板上都装饰着移情画家的心理性幻想作品,在柔光模式下,它们看起来就像是一个个随意画下的鱼尾状旋涡,配上同样随机出现的斑点。但话又说回来,在我眼里,大多数移情画家的东西在任何光线下差不多都是这个样子。空气中的温度刚刚好,自动躺椅旁边立着一个样式复杂的螺旋式金属衣架。

我脱掉衣服躺在自动椅上,拿下头盔,按下闪着光的"共振"键,显示器启动。我只记得自己刚关掉身体反馈挡板选项,就进入了系统。

橘色的光越来越模糊,像雾一样,那些性幻想图像像是浮游在空中的复杂方程式,又或是某种池塘里的水生物。我还花了点时间思考那些艺术家是否本意如此——移情画家是奇怪的群体——然后橘色的光线逐渐隐去,雾气消散开去,我发现自己正站在一个顶部贴着黑色金属板的宽阔的隧道里。这里唯一的光源是朝两边无限延伸的红色二极管,几束光线闪烁着。

在我前面,橘色的雾气从某个洞口升腾起来,逐渐幻化成一个可辨认的女性轮廓。我入迷地看着,坦尼娅·瓦尔达尼逐渐在轮廓中出现,先是忽隐忽现的橘色雾气,然后是她的身形;她的身上一开始还有一些雾气遮盖,然后,当雾气散尽,她一丝不挂地出现在我面前。

低头看看自己,我发现自己同样一丝不挂。

第十六章

我从虚拟场景出来,鼻子里都是碱味,腹部黏糊糊的,上面沾着湿热的精液。蛋蛋有点疼,像被人踢了一脚似的。头部上方的显示器已经返回到待命状态,角落里有一个时间校验器跳动着,现实时间才过了不到两分钟。

我昏昏沉沉地坐起来。

"我操。"我清清嗓子,看了看四周。自动躺椅后面挂了一卷自动控制湿度的湿纸巾,显然就是为这种场合准备的。我撕下满满一把,擦干净自己。然后眨了眨眼睛,好让自己回到现实。

当瓦尔达尼停止颤抖后,我们在瀑布水池里又做了一次,虽然有些疲倦。

后来又在沙滩上做了一次。

回到装载板上的时候,又是一次,像是为了离开前最后一次的疯狂。

我又撕下一些纸巾,擦了擦脸,揉了揉眼睛。我慢慢地穿好衣服,收起智能枪,但是没插准,枪从腰带上滑到腹股沟之间,我皱起眉头。包厢的墙上有一面镜子,我看着里面的自己,努力理清虚拟场景中发生的事情。

特派探员的本能。

我曾经想都没想就将精神修补法用在了瓦尔达尼身上。如今她活蹦乱跳的,正是我当初希望看到的结果。对治疗对象倾注感情是这种疗法不可避免的副作用,但是又怎么样呢? 以特派员的办事风格,这么一点小问题根本算不了什么——在战斗中还有很多其他的事情需要担心,在事情成为一个问题之前,能做的就是继续向前。当然,像瓦尔达尼这种自己给自己开修复创伤的方子,然后真的去施行的例子也确实不多见。

我不知道这件事会怎么发展。

我不知道这种情况以前有没有发生过,我是连见都没见过。

我也不知道自己对她的感觉是什么。

看着镜子中的自己,我没有答案。

我先是耸耸肩,然后笑起来。我走出包厢,走过矗立着的机器,进入黎明前的黑暗。瓦尔达尼已经在外面一个开放式的机器架边上等候了,而且——

她不是一个人。

这个想法刺激着我那还不太灵活的神经系统,我感到疲倦而又痛苦。接着,一把太阳能喷射枪从后面抵住我的脖子,细长的圆形枪管,我应该不会弄错。

“朋友,不要乱动。”陌生的声音,虽然有些失真,但是我还是听出来这人带着赤道附近的口音,“否则你和你的女朋友就得一命呜呼了。”

来人很专业地把手伸到我的腰部,拔出卡拉什尼科夫枪,扔到房间的另一边。手枪砸到地毯上,发出一声闷响,然后滑了出去。

我努力分析。

赤道口音。

肯普军。

我看着瓦尔达尼,她的手臂无力地下垂,姿势有些奇怪。她身后的影子拿着一个微型手榴弹按在她脖子上。他穿着修身的黑色夜行衣,脸上带了透明塑料面罩,上面不时有波纹上下移动,将他的五官变得扭曲,只能看到眼睛上罩着两个小小的蓝色视窗。

他背上有一个背包,里面肯定装着潜入这里需要的所有工具,一定包括生物信号成像器、注入代码取样器以及安全系统破解器。

他妈的高科技。

"你们死定了。"我说道,故作镇静。

"朋友,你还挺幽默。"我身后的那位拽住我的胳膊,把我转过来。首先映入眼帘的是太阳能喷射枪的倾斜枪管,然后是同样的黑色夜行衣,同样的塑料面罩,再加上同样的黑色背包。他身后还站着两个双胞胎似的大个子,分别盯着房间的两端。他们的喷射枪随意地垂在手里,很容易让人掉以轻心。本来准备好好地打一场,但看到眼前的严峻形势,我顿失热情,像是拔了插头的 LED 显示屏一般没精打采。

要拖延时间。

"谁派你们来的?"

"听着,"代表开始讲话,声音咯吱咯吱响,模糊不清,"谁派我们来的不是重点,重点是,她是我们要的人。而你,不过是一堆会走路的碳原子,再敢放一个屁,连你也一起带走,省得拖泥带水。最好乖乖合作,否则我会让你那特派探员的大脑溅得到处都是。听清楚没有?"

我点点头,拼命地调节欢愉后疲倦的系统。我轻微地变换自己的姿势……

靠记忆力进行校准……

"很好,现在把手伸出来。"他左手垂到腰带上,拿出一把接触型电击枪,与此同时,他紧握喷射枪的右手仍然一动不动地指着目标。面罩扭出一个类似笑容的表情,"当然,一次一只。"

我朝他伸出左手,右手在身后悄悄握起,我驱走心中的无名怒火,握紧手心。

一个灰色的小装置套在了我的手腕上,装置闪着红光,显然已经充好电了。当然,这时候他不得不调整喷射枪的位置,否则在电击枪开火后,我的胳膊可能会像一根棒球棍那样狠狠地砸下去……

就现在。这声音如此细微,我的生化本能差一点都没分辨出来,周围回响着空调发出的细弱响声。

电击枪开火了……

没有疼痛,只有冰冷。用当地人的话来说,就是感觉被光束枪击中了一样。胳膊像死鱼一样垂了下来,尽管他调整了喷射枪的位置,但手臂还是差一点就撞到了枪上。他向旁边移了一下,动作不再那么紧张,面罩上又露出笑容。

"很好,现在,另一只。"

我也笑了,然后——

重力微技术——卡拉什尼科夫家族发明的武器操控技术的新突破。

——莽撞地开枪了。三次都射中他的胸腔,希望能穿透他穿的防弹衣,然后穿入他的背包。血——

只要距离足够短,拉什尼科夫AKS91连接枪会自动升起,然后直接飞入植入生物的手心。

——浸透了夜行衣,子弹射穿了他的胸腔,溅出的鲜血喷到了我的脸上。他摇晃了几步,喷射枪摆了几下,像是对他的同伴做出警告的手势。他的伙伴——

周围几乎悄无声息,发生器用了十秒钟输送好全部能量。

——还没反应过来。我朝他身后的两个开火,击中了其中一个。他们跃开,寻找掩护,然后向我开火,但每一枪都离我老远。

我拽着自己麻木的手臂,像拖着个背包一样,四处寻找瓦尔达尼和抓走她的家伙。

"妈的,别,伙计,我会——"

子弹射穿了扭曲着的塑料面罩。

子弹在三米之外射穿他的脑袋,接着钉入一架踩步机的悬臂里。他软塌塌地趴在那里,命丧黄泉。

瓦尔达尼跌坐在地,浑身像是没有了一丝力气。我迅速蹲下,躲过喷射枪射过来的子弹。这样,我和她正好脸对着脸。

"你没事吧?"我喘着气。

她点点头,脸贴着地面。她抽动肩膀,想要移动被电击枪击中的手臂。

"很好,你待在这儿。"我挥了挥那只麻木的胳膊,在机器之间寻找剩下的两个肯普军。

不见踪影。他们可能在任何地方,等着给我致命一击。

妈的。

我蹲在领头人的尸体后面,挨着背包。两发子弹射穿了背包,里面装的硬件变成碎片从破洞里漏了出来。

这时候,曼德拉安全系统终于醒了过来。

灯光亮起,从屋顶上传来警报声。昆虫似的纳米直升机从墙上的通风口涌进来,朝我们这边冲来。它们眨着玻璃珠一样的眼睛,呼啸而过。然后,直升机从几米高的地方一起朝机器间发射激光束,火力雨点般密集。

尖叫。

太阳能喷射枪在空中疯狂地扫射,被击中的直升机燃烧起来,然后像火中的飞蛾一样旋转着坠落。其他直升机发射出幅度更宽的激光束,扫了下去。

尖叫变成了哭泣。皮肉烧焦的臭味蔓延开来,我感到有点恶心,就像回到故乡的战场。

原本聚集在一起的纳米直升机四散开来,然后兴趣索然地飞走,最后两架在离开之前发射出散开的光束。哭泣声停止了。

寂静。

身边的瓦尔达尼跪坐在地上,看上去好像已经没力气站起来了,尤其是上半身。她眼神惊恐地看了我一眼。我用还能动的胳膊撑住地,让自己站起来。

"留在这儿,我会回来的。"

我习惯性地去检查尸体,同时躲开四散开来的纳米直升机。

面罩上的表情凝住了,正咧嘴笑着,塑料表面偶尔还有隐约的波纹闪过。我看着直升机杀掉的两个肯普军,发现有什么东西在他们脑后嘶嘶作响,接着有烟冒了出来。

"噢,糟糕。"

我跑回被我击中脸部的那个挂在机器上的尸体旁,发现为时已晚,他的情况也一样。他的脑壳底部已经烧得焦烂,脑袋斜靠在机器缓缓升起的支柱上,看来似乎躲过了直升机的猛攻。他的面罩被我的子弹击中,露出一个大洞,下面的那张脸咧着嘴虚伪地笑着。

"妈的。"

"科瓦奇。"

"来了,不好意思。"我收起枪,随手将瓦尔达尼拉起来。这时候,房间尽头的电梯门开了，一群拿着武器的安保人员拥了进来。

我叹了口气，"我们走吧。"

他们看到我们，安保队长举起枪。

"别动！举起手！"

我举起那只还能活动的胳膊，瓦尔达尼则耸了耸肩。

"伙计，最好照我的意思做。"

"我们受伤了，"我向她回话，"电击枪，其他人都死了，死翘翘了。这些坏人安装了存储器自毁系统，一旦任务失败就烧个精光。现在都结束了。去把韩德喊来。"

韩德倒是很快就现身了。他让手下将一具尸体翻过来，自己蹲下去用一只金属笔戳着烧焦的脊椎骨。

"酸性分子管，"他若有所思，"去年才推出的生物科技，没想到肯普军都已经有这东西了。"

"韩德，你有的他们都有，只不过是数量少点，就是这样。有时间多读读布兰科维奇。"我指的是那本《积极投资战争市场》。

"知道了，谢谢你，科瓦奇。"韩德揉揉眼睛，"不过我有战争投资专业的博士学位，应该还不需要看那些业余作家写的书。但我很想知道，你们俩一大早在这儿做什么？"

我和瓦尔达尼对视了一眼，她耸耸肩。

"我俩在做爱。"她说道。

"噢，"他说道，"这么快？"

"你这么说是什么——"

"科瓦奇，得了吧，你少装蒜了。"他站起来，朝站在旁边的安保队长点了点头，"好吧，把他们从这儿弄走，看他们的身体组织能不能和我们从费恩德街和运河上游弄回来的组织匹配。C221号档案，中央系统会给你们密码。"

我们看着他们把尸体抬上轮椅，然后推往电梯口。韩德发现自己正要把金属笔放回自己的夹克，赶紧将它递给走在最后面的一名保安队员，然后漫不经心地搓了搓手指尖。

"瓦尔达尼小姐，看来有人想你回去，"他说道，"来历不小的某人，当然这也证明我们在你身上的投资是正确的。"

瓦尔达尼轻轻鞠了个躬，颇有些讽刺的意味。

"还是在这儿安插了眼线的某人，"我严肃地说道，"就算背了一包的工具，没有内应的话，也是不可能进来的。你们这儿有内鬼。"

"是的，早晚会查出来的。"

"前天晚上，你是派谁去找从酒吧就开始跟踪我们的尾巴的？"

瓦尔达尼惊讶地看着我。

"我们被跟踪了？"

我指了指韩德，"他说的。"

"韩德？"

"是的，瓦尔达尼小姐，他说得对。有人跟踪你们，一直到范恩德街。"他看上去很疲倦的样子，然后小心翼翼地看了我一眼，"我想，是邓。"

"邓？你不是开玩笑吧？妈的，你们这么快就将殉职的员工又塞进新的躯壳里？"

"邓还有一具备用躯体，"他辩解道，"这是公司给安保队长的标配。而且在下载之前，他还有一个星期的虚拟假期，去找律师，当然也要找乐子。他是个称职的员工。"

"是吗？要不你现在就把他找来？"

我想起在辨认－评估虚拟场景中对他说过的话：你效忠的那帮男男女女要是知道我今夜给他们展示的是什么，只要能分一杯羹，让他们把儿女卖到妓院去都会愿意。比起来,你,我的朋友,根本,连个屁都不算。

一个没有足够经验的家伙,在刚被杀掉时,精神比较脆弱,也更能听进别人的建议。而特派探员绝对是说客中的说客。

韩德打开电话机。

"请把邓昭军叫醒。"他等了一会儿,"知道了,那么,试试那个吧。"

我摇了摇头。

"他都还没从死亡的创伤中恢复过来,你居然就让他参与相关行动?得了吧,把电话收起来,他肯定逃了。他出卖了你,肯定得在事情暴露前溜掉。"

韩德的下巴抽搐着,但是仍然把电话放在耳边。

"韩德,我可是告诉过你了。"他的眼睛斜着,满是怀疑。"好吧,如果能让你好受点,这事你可以怪我。我告诉过他曼德拉根本不在乎他,然后你和我们达成了协议,正好证明了这一点。可是为什么你又让他重生,还让他进来插一脚?"

"不是我派邓去的,去你妈的,科瓦奇。"他满脸怒气,尽量控制住不爆发出来,紧握电话的双手上骨节清晰可见,"而且你根本没资格告诉他任何事。现在,你他妈的给我闭嘴。是的,是韩德。"

"邓昨晚就乘坐自己的飞行器离开了大厦。午夜前消失在旧交易所中心。"

"这些天你们缺人手,嗯?"

"科瓦奇!"眼前这位主管突然把手收了回来,仿佛生怕碰到我。但是他眼神坚定,控制住自己的怒火,"我不想再听到这样的话,知道吗?不想再听到。"

我耸耸肩。

"没有人想听这些破事,这也是为什么这些破事频繁发生。"韩德呼了一口气,抑制住自己的情绪。

"妈的,我不想早上五点和你讨论什么《雇佣法》,科瓦奇。"他转过身,"你俩也最好行动起来,我们九点钟开始下载进登格里克虚拟场景。"

我从边上看着瓦尔达尼,她正幸灾乐祸地笑着,像个小孩。在她的捣蛋下,眼前这位曼德拉主管好像从背后长出了一双手。

走了十步,韩德停了下来,仿佛记起了什么。

"噢,"他转过身对我们说,"顺便说一下,肯普军一个小时前在索贝维尔空投了一颗掠夺者炸弹,高能量,百分之一百的杀伤力。"

我发现瓦尔达尼眼中升起怒火,但是她很快就转移视线,盯着地面,咬住嘴巴。

韩德站在那儿,看着我们。

"我还以为这个消息会令你们高兴呢。"他说道。

第十七章

登格里克。

天空看起来像块褪了色的粗斜纹布,蓝色的圆形天幕上高高地飘着条状的白色云朵。刺眼的阳光照射下来,我不得不眯起双眼。阳光温暖地照在我裸露的皮肤上,比前段时间略为强劲的风从西边吹拂而来。我们周围的植物盖上了一层黑色的辐射尘。

海岬上的索贝维尔还陷在火焰之中,升腾起的浓烟像蘸满油污的手指涂抹着粗斜纹布的天空。

"科瓦奇,还为自己自豪吗?"

坦尼娅·瓦尔达尼在我耳边说道。她从我身边走过,走上斜坡好看得更清楚。自从韩德告诉我们那个消息之后,这是她第一次和我说话。

我跟在她身后。

"你要为这个抱怨的话,应该去找约书亚·肯普。"我追上她说道,

"不管怎么样,别弄得好像自己事先不知道一样,你,还有其他所有人,都知道这事早晚得发生。"

"是,我不过还是有些无法接受。"

这一切是无法避免的。整个曼德拉大厦的屏幕都在反复播放着轰炸的经过。视频是由某个军事记录小组拍摄的,画面上先是静静地闪过一道刺眼的白光,然后是爆炸声,含糊不清的现场解说,掺杂着滚雷一般的巨响,接着是蔓延开来的蘑菇云,最后是可爱的定格 – 重放系统,反复播放着索贝维尔被毁的画面。

曼德拉人工智能将这些画面全部记录下来,然后帮我们重组,当然,虚拟场景中去除了原视频中烦人的画外音。

"苏贾迪,召集队伍。"

韩德的声音透过感应装置的耳麦像鼓声一样传来,接着是对表的声音。我有些烦躁,把耳麦从耳后扯了下来。身后传来渐渐靠近的一串脚步声,我无暇顾及,只是盯着坦尼娅·瓦尔达尼那一动不动的头和脖子。

"他们可真够速度的。"她说道,仍然看着海岬。

"就像那首歌唱的,没什么比这更速度的了。"

"瓦尔达尼小姐。"奥尔·汉森的声音,他原来闪烁着弧形强光的蓝眼睛在换了躯体之后变成了乌黑的大眼睛,"我们得去勘察爆破点。"

她强忍着才没笑出来,到嘴边的话又咽了回去。

"当然。"她只说了这么一句,"跟我走。"

我看着他们俩朝海滩走去。

"嗨,特派探员兄弟。"

我不情愿地转过身,看到披着毛利人躯体的伊维特·克鲁克香克摇摇晃晃地向我走来。她胸前挂着太阳能喷射枪,头上顶着一副射击眼镜。我等着,她加快步伐,很快就走到我身边。

"新躯体怎么样?"

她又绊了一次。

"这个——"她摇摇头,声音恢复正常,继续说道,"感觉有点奇怪,知道我什么意思吧?"

我点点头。我还记得自己第一次重生是在三十年前,当然,是主观上的时间,在客观上应该是两个世纪以前。虽然时间过去很久了,但那种感觉是永远不会忘记的,第一次重生后的震惊永远不会消失。

"妈的,有点太白了。"她从自己手背上捏起一块皮肤,嗤着鼻子说道,"我就不能像你一样,得到一副好看的黑皮肤躯体?"

"被杀的人可不是我,"我提醒她,"而且,等你进入辐射区的时候,你会很庆幸的,你这具躯体的抗辐射能力可是我这具的两倍。"

她皱了皱眉,"但是,最后辐射会毁了我们,不是吗?"

"不过是躯体,克鲁克香克。"

"你说得对,我要能像你这位特派探员一样冷酷就好了。"她突然笑起来,拔出喷射枪,颠倒过来,用一只纤细的手握住粗短的枪管。这动作让我有些尴尬。她看看发射管,然后眼睛直勾勾地看着我,问道:"有没有想过有一天你也可能披上这样的躯体?"

我陷入沉思。毛利人的战斗躯体四肢修长,两肩宽阔,胸部丰满;大多数都和眼前这具一样,皮肤苍白;为了保证性能,都是刚从克隆舱里出来的。但是这样的躯体一般都有着高颧骨、大眼睛、外翻的嘴唇和朝天的鼻子,这样的外形配上苍白的皮肤对女孩子来说确实过于粗犷了。即便是穿着宽松不显身材的变色铬合金连身服……

"你也会是这副样子。"她说道,"所以你最好现在就买好备用的。"

"不好意思,我刚刚正在思考你说的问题。"

"嗨,别放心上,我也不是那么不满意。对了,你以前在这地方打过仗,是吗?"

"几个月前。"

"怎么样?"

我耸耸肩,"人们朝你开火,空中到处是等着击中目标的炮弹。一般战争都是这个样子。为什么问这个?"

"我听说楔形军惨败了。是真的吗?"

"从我所了解的来看,确实是惨败。"

"既然形势上已经占了先,肯普为什么突然决定动用核武器呢?"

"克鲁克香克。"我开口后就发现自己不知道该怎么说下去。我想不出怎样让眼前这位披着年轻姑娘躯体的她明白。她只有二十一岁,和其他所有这个年纪的女孩一样,认为自己是全宇宙不朽的焦点。虽然她被杀了,但现在又复活了,这更是证明了自己的不朽。至于人生的其他部分,她到现在还不知道自己的世界观不仅仅是片面的,更是无关紧要的。

她等着我的答案。

"听着,"我最终还是开口了,"没有人告诉我们为什么要在这儿打仗,我们抓到的俘虏也不知道自己在这儿打仗的原因。于是从前段时间起,我不再奢望弄明白这场战争到底为了什么,如果你还想生存下去,我建议你最好也和我一样。"

她挑起一边眉毛,看来她还没有完全适应新躯体。

"看来你不这样认为?"

"当然不。"

"克鲁克香克!"尽管我已经把耳麦取了下来,但还是听到从她的通信器里微微传出马库斯·苏贾迪的声音,"你还要不要下来,像其他人一样为生存奋斗?"

"来了,队长。"她愁眉苦脸地看着我,然后往山坡下走去。几步

·

路之后，她停下来，转过身。

"嘿，特派探员兄弟。"

"怎么了？"

"关于楔形军惨败的事，没有什么特别的意思，我也只不过是道听途说的。"

我发现自己因为这位姑娘的敏感和细腻笑了起来。

"没关系，克鲁克香克，又不是什么大事。我不过是觉得你应该没兴趣听我这个老人家唠叨。"

"噢，"她也朝我笑笑，"不管怎样，我起码问过了。"然后她看着我的胯部，故意拿手挡住眼睛，"要不要我坐到你那话儿上去？"

"好啊。"

感应装置开始在我脖子后面嗡嗡作响，我将它放好，扯过麦克风。

"苏贾迪，怎么了？"

"如果不太麻烦的话，长官，"最后一个词让前面一句话的讽刺意味完全消散，"我部署这些士兵的时候，能不能请您暂时回避一下。"

"当然，不好意思，不会有下次了。"

"很好。"

我正要关掉感应器，坦尼娅·瓦尔达尼的声音传来，她小声地骂了一句。

"谁？"苏贾迪插话道，"孙？"

"妈的，我才不信。"

"长官，是瓦尔达尼小姐。"奥尔·汉森的声音传来，简洁、平静，盖过了我们考古学家的咒骂声，"你们最好都下来看看发生了什么事。"

我和韩德一齐跑向海滩，他把我甩下好几米远。在虚拟场景中，抽烟和肺部疾病的影响不会出现，所以，一定是对曼德拉公司投资事业的极度关心让他跑赢了我,真是值得表扬。其他人还没有完全适应自己的新躯体,所以被我们甩出老远。我们到达的时候,瓦尔达尼一个人在那儿。

她的姿势和我们上次通过虚拟场景到达这儿的时候一样,还是面朝着石头坠落的地方。有那么一会儿,我都不知道她在看什么。

"汉森呢?"我傻乎乎地问道。

"总之就是,"她回答,朝前挥了挥手,"他直接进去了。"

然后我看到了,坠落点有刚被炸开的痕迹,地上有一条大概两米宽的裂缝,一条小路向深处蜿蜒。

"科瓦奇?"韩德音调尖锐,故作轻松地问道。

"看到了。你们什么时候更新场景的?"

韩德走近了一点,看着被炸过的痕迹,"今天。"

坦尼娅·瓦尔达尼点了点头,"高轨道卫星地理扫描,是吗?"

"对。"

"这么说的话,"考古学家转过身,伸手去口袋里拿烟,"那我们在这儿什么也找不到了。"

"汉森!"韩德把手拢成喇叭状,朝裂缝中喊道,显然忘了自己还戴着感应装置。

"听到啦!"这位爆破专家的声音通过装置传来,甚至还超然地笑了起来,"这儿什么都没有。"

"当然什么都没有。"瓦尔达尼说道,像是自言自语。

"……看上去像是一块环形空地,大概有二十米宽,但是石头看起来有点奇怪,好像融在了一起。"

"太简略啦。"韩德朝着麦克风不耐烦地说道,"曼德拉的人工智能都能猜出来。"

"问问他环形中间有什么?"瓦尔达尼说道,她站在海风中,点燃香烟。

韩德重复了一遍问题,答案噼噼啪啪地通过装置传过来。

"有,看起来像是中央圆石,也可能是石笋之类的。"

瓦尔达尼点了点头,"那就是那扇门。"她说道,"可能是因为曼德拉人工智能从附近的某种地理探测器接收到了旧的回声探测数据,它尽量根据赤道上扫描到的数据进行重组,然后自动认为里面除了石头不可能有其他的东西——"

"有人来过这儿。"韩德说道,咬着牙。

"显而易见。"瓦尔达尼喷出一口烟雾,然后用手指了指,"噢,还有那个。"

离海滩几百米远的浅滩里停着一艘破旧的小型拖网渔船,它随着拍打在岸上的海浪前后摇摆着。后面的渔网铺在一边,看起来像有什么生物从里面逃窜出来。

天空变得浑浊。

离开虚拟场景比离开辨认－评估系统顺利许多,但突然回到现实,我的系统还是受到影响,像洗了个冷水澡一样,极度的寒冷让我浑身颤抖。我突然睁开眼睛,看到眼前移情画家的心理性幻想作品。

"噢,真不错。"我咕哝一句,然后在柔和的灯光中坐起来,伸手四处摸了摸,看衣服在哪里。

包厢的门打开,发出逐渐变弱的吱呀声。韩德站在门口,衣服都还没完全穿好,身后是正常亮度的灯光。我眯着眼睛看了他一眼。

"真的有必要这么着急吗?"

"科瓦奇,赶紧穿上衣服。"他一边说,一边关掉脖子后的装置,"我们有行动,我要大家今天晚上之前到达半岛。"

"你是不是有点反应过度——"

他已经转身准备离开。

"韩德,新队员还没完全适应新的身体——不,应该是根本没有适应。"

"我把他们留在里面了。"他朝后面摆摆手,"他们还有十分钟——虚拟时间是两天。之后我们把他们下载下来,然后就出发。要是有人比我们先到登格里克,他们一定会后悔的。"

"要是索贝维尔被炸的时候他们正好在那儿呢?"我朝着他喊道,突然感到愤怒,"他们可能已经后悔了,跟其他所有人一样。"

我听到他的脚步声逐渐消失在走廊里。曼德拉主管,衬衫扣起,外套搭在宽阔的肩膀上,朝前迈着步子。他蓄势待发,为曼德拉的伟大事业奋起。而我,赤裸着上半身,坐在那儿陷入莫名的愤怒。

第三部

破坏元素

虚拟和现实的差别很简单。虚拟场景中,你能肯定一切都是由一台强大的机器操控;而现实中,不存在这样的肯定。因此,你很容易产生错觉,以为一切还在掌握之中。

——奎尔克里斯特·菲尔康纳,《绝境行为法则》

第十八章

我们不可能跨越半个星球神不知鬼不觉地搞到一架星际联盟飞船,因此我们试都没有试。

曼德拉为我们订好了飞行特权,可以在卡特尔次轨道交通部门的带领下实现抛物线形降落。我们飞往兰德弗尔郊区一个不知名的降落点,核爆炸的热气下午才慢慢消散。一架崭新锃亮的洛克希德–米托马–星际联盟攻击船陷在混凝土里,就像被人扯掉钳子的熏黑的玻璃蝎子。阿梅利·翁萨瓦惊叹了一声。

"欧米茄系列。"她对我说道,就因为我走出飞船的时候刚好站在她身边。她一边说话,一边不自觉地拢了拢头发,将乌黑浓密的头发盘了起来,露出脖子后面的飞行共生插孔,接着用发卡把发髻松松地固定住。"这家伙能让你直接飞入集团的林荫大道,还不会烧焦旁边的树木,还能朝院正门发射等离子鱼雷,在他们开火前就能直接立起来升入轨道。"

"理论上而已。"我冷冷地说道,"这种行动只有肯普军才会执行,但如果你是个肯普军,你只能开开'莫瓦伊 10 号'那样的破铜烂铁。是吧,施耐德?"

施耐德咧嘴笑起来,"当然,想都不敢想。"

"不敢想什么?"伊维特·克鲁克香克也想知道,"做个肯普军?"

"不是,驾驶莫瓦伊。"施耐德告诉她,眼睛上下打量着她的毛利人战斗躯体,"做个肯普军其实也不是太糟糕,当然,宣誓时的吟唱确实够恶心的。"

克鲁克香克眨眨眼睛,"你做过肯普军?"

"他不过是开玩笑而已。"我说道,警告性地朝施耐德瞥了一眼。虽然这时候周围没有政府官员,但是提到肯普后,蒋建平的反应好像有些强烈,至于其他成员的立场,我们也不好判断。为了讨好身材火辣的女人而去挑起憎恶的情绪,这一点在我看来相当不明智。

另外,施耐德那天早上可没有去虚拟场景将自己的荷尔蒙都释放掉,因此不像我能够对这件事情保持心平气和的态度。

洛克-米特飞船的一个舱门缓缓开启,过了一会儿,韩德出现在入口处。他穿着变色铬合金战斗服,干净利落,在攻击船的主色调衬托下呈现出烟灰色。换下他平常穿的工作服,穿上和其他所有人差不多的战斗服,他这副样子看上去多少有些别扭。

"欢迎加入这该死的探险旅程。"汉森说道。

我们在门口等了五分钟,曼德拉授权的发射区才打开。阿梅利·翁萨瓦好像打算把整个飞行过程都用来在洛克-米特数据中心睡一觉,她给系统接通电源,脖子后和颧骨部位都插上电,然后就像陷入睡眠一样,眼睛紧闭。毛利女孩的身体向后躺着,看起来就像是殖民年代某个童话里的冰公主。她是所有人里面皮肤最黑,也是最为苗条的一个,她皮肤上的数据电缆看上去像是灰白的蠕虫。

退居在副驾驶座上的施耐德朝驾驶座投去渴望的眼神。

"你会有机会的。"我告诉他。

"是吗?什么时候?"

"当你在拉提莫成为百万富翁之后。"

他憎恨地看了我一眼,然后抬起一只穿靴子的脚,搁在了前面的控制台上。

"哈,妈的,哈哈。"

虽然闭着眼睛,阿梅利·翁萨瓦还是撇了撇嘴,刚才那句话在她听来肯定和永远都别想是一个意思。这群要前往登格里克的队员都不知道我们三个和曼德拉的协议,韩德只是把我们介绍成顾问,仅此而已。

"你觉得这东西能穿过那扇门吗?"我问施耐德,为了安慰他一下。

他头也没抬,"妈的,我怎么知道。"

"只是——"

"先生们,"阿梅利·翁萨瓦仍然双眼紧闭,"能不能麻烦你们让我在这儿静一静?"

"当然,科瓦奇,闭上你的嘴。"施耐德不怀好意地说道,"你怎么不回去和其他人坐在一起呢?"

回到主舱,我发现瓦尔达尼两边的座位都被占了,一边是韩德,另外一边是孙立平。因此我走到对面,坐在了卢克·德普雷的旁边。他奇怪地看看我,然后继续看着自己重生后的那双手。

"喜欢吗?"我问道。

他耸耸肩,"光泽度很好,但你知道,过去的我可没有这么庞大的身躯。"

"你会习惯的,睡眠很有帮助。"

他又奇怪地看了我一眼,"看来你很了解。你到底是哪方面的顾问?"

"前特派探员。"

"真的?"他身体动了动,"真是没想到,你得和我好好说说。"

我发现其他座位上的人也转了过来,这样他们就能偷听到我们的谈话。立马就臭名远播,这跟在楔形军时一模一样。

"说来话长,而且并不怎么有趣。"

"离起飞还有一分钟。"阿梅利·翁萨瓦的声音通过通话器传来,然后有些讽刺地说道,"我想借此机会,正式地欢迎各位来到我们的快攻飞船'纳吉尼号',同时提醒各位在座位上坐好,否则我不保证你们在接下来的十五分钟里还能四肢完好地活着。"

两排的座位都已经被激活,那些已经坐进去的人笑了起来。

"我看她有点夸张了。"德普雷说道,不紧不慢地将网状的连接带扣在护胸板的背带上,"这些飞船都有出色的补偿器。"

"谁知道呢,说不定一路上还会被人攻击。"

"科瓦奇,你说得有道理,"汉森从对面朝着我笑,"不过我们还是得乐观点。"

"只是早作防备。"

"你害怕吗?"蒋突然问道。

"经常。你呢?"

"恐惧是个麻烦,你得学会控制它,这也是一个合格的士兵必须做到的——放下恐惧。"

"才不是那样呢,蒋。"孙立平严肃地说道,"那样的话,结果就是一个死。"

快攻飞船突然开始倾斜,所有的重量都涌向胸部和腹部,我感觉自己的五脏六腑快要被碾碎了似的,血液从手脚倒流,呼吸困难,感觉自己快死了。

"妈的,上帝啊。"奥尔·汉森咬着牙挤出这几个字。

然后,情况稍微好转,很可能是因为我们已经进入了轨道,而且阿梅利·翁萨瓦一开始注入提升器的全部能量现在分出了一些给船上的重力系统。我侧过头,看着德普雷。

他发现自己咬到了舌头,血顺着嘴角滴落到指节上,他看着指上的血,表情凝重地说:"我还是觉得她有些夸张,真的。"

"下面开始保持轨道运行状态。"翁萨瓦的声音证明了我之前的推测。"在兰德弗尔高轨道同步防御伞的保护下,我们有六分钟的安全飞行时间,之后就没有任何遮蔽了,到时候我会时不时让飞船进行躲避式旋转,因此,你们别忘了收好自己的舌头。"

德普雷郁闷地点点头,举起手看着沾了血的指节,朝驾驶舱笑了笑。

"嘿,韩德。"伊维特·克鲁克香克问道,"卡特尔怎么不竖起五六个那样的高轨道同步防御伞,大面积覆盖,然后结束这场战争?"

对面一排坐在顶头的马库斯·苏贾迪微微一笑,没有说话,眼睛瞄了瞄奥尔·汉森。

"嘿,克鲁克香克。"在苏贾迪的暗示下,这位爆破专家尖刻地说道,"你知不知道'掠夺者'三个字怎么拼?你知不知道在低洼处,高轨道同步防御伞是多大的目标?"

"知道。"克鲁克香克固执地反驳道,"但是肯普的大多数掠夺者炸弹都在地面,只要同步防御放置得当……"

"这些话你可以去和索贝维尔的市民说。"瓦尔达尼说。大家突然间都不说话了,像子弹发射器上了膛一样,视线往过道的方向来回扫动。

194

"攻击就是从地面来的,瓦尔达尼小姐。"蒋终于开口。

"是吗?"

韩德清了清嗓子,"事实是,卡特尔还不能确定肯普在行星外部署了多少导弹侦察机——"

"妈的,不是吧。"汉森咕哝了一句。

"——但是,这时候在任何基地平台安装高轨道装置都无法保证——"

"有利可图?"瓦尔达尼问道。

韩德悻悻地笑笑,"低风险。"

"我们要离开高轨道同步防御伞了。"阿梅利·翁萨瓦的声音从通话器中传来,像个导游似的,语调平和,"可能会有些颠簸。"

当能量从飞船上的补充器分离出来的时候,我感觉自己太阳穴两边的压力在逐渐增长。翁萨瓦开始表演自己的飞行特技,绕着底下曲折的路线旋转飞行,然后下降,从出口处穿过。高轨道同步装置被我们甩在了身后,从现在开始,公司将不会再出面帮我们开路,我们得靠自己去到战场。

他们剥削、交易、不时地更换立场,但是这些你都能习惯。你能习惯他们那闪着光芒的公司大厦、配备纳米直升机的安保系统、卡特尔,还有高轨道同步装置,习惯他们那经过几个世纪的磨炼养成的非常人的耐性,以及自以为是的人类救世主情结。你习惯之后,还会感激他们让你在公司里获得一小块立足之地,还觉得这是神的恩典。

你习惯这些后,会觉得自己没有丝毫的勇气回到下面的人间地狱。

你习惯这些后,会感激不已。

可得小心了。

"越过前面的外缘就到了。"阿梅利·翁萨瓦的声音从驾驶舱传来。

飞船开始降落。

船上的补充器进入最低战斗模式，扣上背带前，我感觉飞船要开始做自由落体了。体内的生物机能不快地嘶嘶作响，仿佛随时准备玩命，手上的生物合金板也开始颤抖。翁萨瓦一定是想把飞船直接停到曼德拉的降落平台上，然后积聚起主驱动器的一切能量，以防肯普军的反侵入系统从卡特尔的交通运输系统中破解我们的飞行线路。我们之前就被警告过它的厉害。

她的方法似乎效果不错。

我们在离登格里克海岸两公里的海域降落，翁萨瓦利用水面对机身表面进行了冷却碰撞，这种做法是军队里的惯例。虽然在有些地方，一些环保团体对这种方法造成的污染深恶痛绝、反应激烈，但是我怀疑在"圣克宣四号"上没人会站出来说这事。对政治家来说，战争和使用亚致命剂①一样，有时候反而能够把事情变得简单、顺利。你不需要再左右权衡，只要战斗，胜利，然后凯旋归来，然后战争里发生的任何事都可以是合理的。一切都可以抹白，就像索贝维尔的天空。

"降落完毕。"翁萨瓦的声音传来，"初步扫描未发现其他交通工具的踪迹，我会从飞船的副翼走上海滩，但我还是建议大家在没有确认状况之前先留在座位上。韩德指挥官，我们接收到了一个以撒·卡雷拉的超空间传输发射视频，你可能有兴趣看一看。"

韩德和我对视了一下，然后伸出手拿起座位上的麦克风。

"播放视频时小心点，一共三个人进入，我、科瓦奇和苏贾迪。"

"明白。"

我取下头盔，然后把机密接收面罩罩在脸上，在一声解除扰频器

---

①一种军事药物，可以令士兵变得残暴，去执行某些原本违背士兵意愿的任务。此药物也能减轻生命体征，令使用者躲过探测器。

代码的刺耳颤音后，卡雷拉上线了。他穿着战斗服，一条暗白色的新伤疤从整个额头一直延伸到一边脸颊。他看上去很疲惫。

"这里是北部边陲控制中心，接收代号 FAL931/4，我知道你们的飞行计划以及任务，但是，我必须提醒你们，在当前的形势下，我无法为你们提供地面或者是近距离的空中支持。楔形军已经退回马森湖地区，我们将在那儿进行防御部署，直到发现肯普军有向我军进攻的意图和行动。只要他们有所行动，我军必将对其进行全面有力的打击。这很有可能是你们最后一次和核爆炸区以外的人进行有效的联系，除了这些战略因素以外，你们还必须了解卡特尔已经在索贝维尔地区部署了实验性的纳米维修系统，我们无法预测这些系统对不速之客会做出何种反应，从我个人来说，"他朝前靠向屏幕，"建议你们从次航道离开马森，离得越远越好，然后等待我下令该海岸重新成为战斗前线。时间应该不会超过两个星期。核爆炸研究——"他脸上闪过一丝厌恶的神情，仿佛刚刚闻到自己伤口腐烂的臭味，"并不值得你们付出如此巨大的代价，不管你们的雇主希望从中得到什么好处。这里附上楔形军的接收代码，希望你们慎重考虑我提出的撤退建议，否则，我也无能为力。你们好自为之。到此为止。"

我取下面罩，摘下耳机。韩德看着我，翘起一边嘴角微笑着。

"他的观点很难被卡特尔接受。他一直都是这么迟钝吗？"

"他就长着一张傻逼跟班的脸。当然，这也是他们付钱给他的原因。关于这个实验性的——"

韩德抬手做了个"制止"的手势，然后摇了摇头。

"我倒不担心，标准的卡特尔恐吓手段，这样就不会有生人闯入他们那些禁区。"

"真的是禁区吗？"

韩德又笑了笑。苏贾迪沉默不语，嘴唇紧闭。窗外，发动机发出刺耳的声音。

　　"我们到达海岸了,"阿梅利·翁萨瓦的声音,"离索贝维尔弹坑只有二十一点七公里。各位,要看照片吗?"

第十九章

一团凝固的白色。

有那么一瞬间,站在纳吉尼舱口的我,看着广袤的沙滩,以为下雪了。

"海鸥。"韩德还有点眼力,他跳下机舱,踢了踢地上盖着羽毛的一团东西,"核爆后的辐射杀了它们。"

平静的海面上,漂浮着斑驳的白色物体。

当殖民船第一次踏上"圣克宣四号"——还有拉提莫和哈伦世界,对很多当地居住者来说,这就是彻头彻尾的灾难降临。星际殖民主义免不了是一个毁灭的过程,高科技除了净化这个过程,没有起到什么其他作用。因此,人类可以像往常一样凌驾在任何生态系统之上,肆意践踏。从殖民船被建成开始,入侵行为无处不在,这似乎成了无法避免的事实。

大型飞船还没冷却下来，里面就已经开始有了动静。各个生长阶段的克隆胚胎被机器小心翼翼地从冷冻舱中搬出来，放入快速生长液囊，然后，大量激素注入液囊中，激发克隆体的细胞迅速生长，只要几个月，所有的克隆体都能完成发育。在星际飞行的后半段里，克隆体不断生长，然后被注入殖民先锋们的思想。这些后起之秀只等着醒来，然后替代那些先锋建立一个崭新的秩序。在编年史家笔下，这个故事跟探索机遇与冒险并存的黄金之地毫不相干。

在船内的其他地方，真正的破坏才刚开始，由环境改造机器打前锋。

任何与殖民化背道而驰的行为都会招来环境改造机器人的打击。早期殖民火星以及阿多拉奇安星球遇到的灾难证明，把一小片地球生态系统的样本移植到另外一个陌生的环境显然不是过家家那么简单。当火星上的空气第一次被地球化后，呼吸过那些空气的第一批殖民者几天后就死了。而待在船内的大多数人也都没能活下去，他们被一群群涌进来的小甲虫攻击，一种从未见过的、凶狠的甲虫。后来才知道，这些甲虫是地球上一种尘螨的后代，环境的巨变导致这些尘螨过度进化。

因此，重返实验室。

经过两代人的努力，殖民者才终于能够呼吸火星上的空气。

而阿多拉奇安的情况要更糟糕。"洛尔卡号"殖民船在火星殖民灾难前几十年就出发了，目的地是火星人宇航图上标示的最近的可居住星球。他们甚至把一罐莫洛托夫鸡尾酒投向燃料箱，以表示对飞船坚固内部的一次近乎绝望的攻击，对控制整个宇宙不容更改的物理学的公然挑衅，以及对刚解密的火星人档案的藐视。总之，几乎每一个人都认为他们注定要失败，连那些将自己的复制意识贡献给殖民数据库以及将基因献给胚胎银行的人，都对复制克隆后的自己的结局不抱什么积极想法。

阿多拉奇安,听起来像是一个实现梦想的地方,它是一个和地球一样空气成分由氮气和氧气构成的地方,一个洋陆比例更适宜人居住的地方,一个绿色和橘色构成的地方,一个植物茂盛的地方——人们可以在"洛尔卡号"的船身里饲养克隆牛羊,一个食肉动物可以用枪子儿就轻松干掉的地方。可能是因为那些殖民者太虔诚,或者是在到达之后,新的伊甸园让他们燃起了新的想法。总之,他们登陆后做的第一件事就是建了一个教堂,然后感谢上帝保佑他们仍然活着。

一年之后。

那时候,超空间传输技术还不够成熟,无法根据代码序列传递最简单的信息。最后,过滤后的信息通过光束一路发送到地球,听起来像是空荡荡的大厦底部一间上锁的屋子里传出的尖叫声。两个生态系统像战场上的两支军队相遇,然后开始血战,没有退路。当时在洛尔卡飞船上的上百万名殖民者,超过百分之七十的人在登陆后十八个月内丧生。

再次返回实验室。

而现在,星际殖民已经发展成了一门艺术。飞船登陆一个新的星球后,任何有机体都不能离开船身,生态改造器会先将整个原生态系统毁掉,之后,自动探测器会出去将新的星球翻检一遍,搜集样本。人工智能吸收样本数据,然后建立模型,以现实时间几百倍的速度根据理论上的地球环境让模型运作,标出可能存在的问题,根据这些问题,它会研究出相应的解决方案,利用基因技术或者是纳米技术,然后再整合所有信息,制定出一个完整的方案。方案施行之后,所有人都可以出去活动了。

从将近四十个已经殖民化的世界的原型里,你都能发现时不时有些充满优势的地球物种蓬勃繁殖,它们是地球上生物的成功典范——

生命力顽强、进化快、适应力强。其中大多数是植物、微生物以及昆虫，当然也有一些大型动物崭露头角，美利奴羊、灰熊还有海鸥是其中的佼佼者，它们都是不容易灭绝的物种。

拖网渔船周围的水面塞满了白色的鸟尸，沿海水域一片平静，不自然的平静。有小波浪拍在船身上，周围的尸体让拍打声听起来更加细微、更加邈远。

渔船一团糟。它正对着索贝维尔那边的油漆已经变成了焦黑色，爆炸后的热风烧掉了它的外层，露出光秃秃的金属，闪着光。好几扇窗户应该是同时爆裂的，甲板上好几堆脏兮兮的渔网被热气烧得熔化了，四周凸出的边角也烧焦了，如果当时有人站在舱外，肯定会因严重烧伤而丧命。

甲板上没有尸体，这一点我们在虚拟场景中已经知道了。

"这下面也没人。"卢克·德普雷的声音传来，他从中间甲板的旋梯上探出头，"这儿肯定好几个月都没人了，甚至一年。到处是被虫子和老鼠啃噬过的食物。"

苏贾迪皱皱眉，"有食物？"

"嗯，还很多呢。"德普雷从旋梯上跳下来，坐在舱口栏板上。在他那身变色铬合金制服适应周围的阳光前，有那么一秒钟，衣服的下半部看起来就是烂泥般的黑色，"像是一个大型聚会，但是事后没人打扫。"

"我就办过那样的聚会。"翁萨瓦说道。

下面传来嗖的一声，显然是太阳能喷射枪发射的声音。苏贾迪、翁萨瓦还有我同时紧张起来，德普雷咧嘴笑笑。

"克鲁克香克在杀老鼠，"他说道，"它们个头还挺大。"

苏贾迪收起武器，上下打量着甲板，比我们刚开始登陆的时候放松了一些，"德普雷，估计一下，大概有多少？"

"老鼠？"德普雷笑得更欢了，"很难判断。"

我尽量忍住不笑。

"船员，"苏贾迪不耐烦地摆摆手，"有多少船员，中士？"

德普雷耸耸肩，丝毫不因自己军衔低而低声下气，"我又不是厨师，船长，很难下判断。"

"我以前做过厨师，"阿梅利·翁萨瓦突然说道，"或许可以让我下去看看。"

"你待在这儿。"苏贾迪大踏步走到渔船边上，踢飞一只海鸥的尸体，"从现在开始，我希望在我下命令的时候，少些玩笑，多点行动。你就在这儿把这张网拉起来。而你，德普雷，你下去帮克鲁克香克清理老鼠。"

德普雷叹了口气，收起太阳能喷射枪，然后从背带上拔出另外一把手枪，上膛，然后瞄着天空。

"正是我拿手的。"他神秘兮兮地说道，然后重新爬下舷梯，拿着枪的手举过头顶。

感应装置噼噼啪啪响起来，苏贾迪低下头，听着。我把断开的感应器重新连接上。

"……安防布置已经到位。"孙立平的声音，苏贾迪之前任命她为另外一半队伍的指挥，带领他们和韩德一起察看海滩。而瓦尔达尼和施耐德，在苏贾迪眼里，不过是成事不足败事有余的家伙，所以没有给他们委派任何任务。

"怎么个到位法？"他问道。

"我们几个人散开，排成弧形哨岗埋伏在沙滩上端的空地，五百米的基线长度加上一百八十度的覆盖范围，弧形内或者是海滩上任意方向的任何可疑人物都无法遁形。"孙停了一会儿，然后带着歉意说道，"当然这只是指直接开火距离，几公里内的话，这个方法应该还是比较有效。我们尽力了。"

"关于，呃，此行的目标？"我插话道，"它是否完好无损？"

苏贾迪哼了一声，"它是否在那儿？"

我看了他一眼，苏贾迪以为我们不过是在瞎忙活，我的特派探员本能通过他的言行举止读懂了他的心思，像屏幕上一行行的标签一样，清晰明了。他以为瓦尔达尼说的那扇门不过是一个考古学神话，为了引起曼德拉的兴趣，引用了某种原先存在的模糊理论，再添油加醋一番。他以为韩德最后什么也得不到，除了一艘破船。而利欲熏心的公司，只要有任何好机会都想跑在最前面，于是冲动行事，犯下了这次错误。他以为队伍一旦到达目的地，将要面对的会是一些残酷的事实。虽然在虚拟场景中他没有多说什么，但是自始至终，他的言行举止都表明他丝毫不相信真的会有什么门。

这不能怪他，看看其他人的行为举止，队伍中几乎有一半的人都抱有同样的想法。要不是韩德许诺让他们复活，然后摆脱战争，并签下合同，他们早就当面嘲笑他了。

不到一个月前，我也差点儿对施耐德做了同样的事。

"是的，在。"孙的声音有些异样，就我看来，她并不是那些怀疑者之一，但是现在，她的声音里带着一丝畏怯，"这东西，我可从来没见过。"

"孙，门是开着的吗？"

"看起来好像还没有，科瓦奇中尉。细节的话，我想你最好问问瓦尔达尼小姐。"

我清了清嗓子，"瓦尔达尼，你在吗？"

"忙着呢。"她有些紧张，"你们在船上找到什么了吗？"

"还没有。"

"好吧，这儿也差不多。挂了。"

我又看了看苏贾迪，他眼睛注视着前方，这个毛利人的脸上并没有表现出什么。我嘟哝着关掉装置，走上前察看渔船甲板绞车，想看看它是如何运作的。身后的苏贾迪朝感应器喊着话，让汉森向他报告工作进度。

绞车和飞行器的装载器差不多，在翁萨瓦的帮助下，我们让机械运作了起来。苏贾迪刚好结束通话，他晃过来，正好看到吊杆慢慢地摆开，然后放下抓取装置，开始拉网。

把整个网都拉起来又是另外一回事了。我们整整花了二十分钟，而这时候克鲁克香克和德普雷都已经将老鼠清理完毕了，所以他们也加入了我们的行列。我们要把冰冷的、在水里长期浸泡后变得极重的网一点一点从船边拉起来，然后再一点一点放到海滩上，就算有他们帮着一起操作绞车，工作依然进展缓慢。我们当中没有一个人做过渔夫，这个过程显然是需要技术的，而这门技术我们都没有。我们滑倒了好几次。

而结果证明，这一切都是值得的。

渔网最底部绕着两具尸体。两人赤身裸体，膝盖和胸部还缠绕着闪着光的铁链，铁链让他们沉入海底。鱼已经将残肢啃噬得只剩下骨头和撕烂的油布一样的外皮。两个没有眼睛的脑壳并排悬在网里，他们脖子松软，脸上还挂着笑容，像是两个酒鬼耷拉着脑袋正在分享什么笑话。

我们抬头看着，看了好一会儿。

"猜猜看。"我朝苏贾迪说。

"得先仔细瞧瞧。"他走近，若有所思地抬头看着那些骨头，"他们被剥光衣服，然后被塞进网里，先是手，然后是脚，紧接着是两节铁链。不管这是谁干的，他希望他们永远消失在海里。不过这有些说不通。为什么要把尸体藏在这儿呢，难道就不怕索贝维尔有人逃出来，然后躲在这艘船里？"

"确实,但显然还没被人发现。"翁萨瓦指出。

德普雷转过身,手搭凉棚往前看了看,索贝维尔还在燃烧,"战争?"

我回想了一下最近发生的事件,然后往回计算了一下日期,"一年前,战争应该还没波及这么远的西部,但那时候确实已经开始往南部蔓延。"我朝烟雾环绕的索贝维尔点了点头,"他们肯定吓坏了,跑到这儿是来避祸的,不可能做会引来轨道射击的事,也不可能为了寻找地下某个会吸引远程攻击的东西。记得布特基纳里镇吧?"

"记忆犹新。"阿梅利·翁萨瓦说道,将通话线接在左脸颊上。

"那是一年前的事,当时消息传得到处都是。那架庞大的机器直接开进了港口。但事后没有一支平民救援队来过。"

"那到底为什么要把这两个家伙藏起来呢?"克鲁克香克问道。

我耸耸肩,"毁尸灭迹。防止航空调查局卷进来到处嗅。如果当时发现尸体,就有可能会引来当局的调查。当时肯普的大本营还没有完全失去控制。"

"印第戈城。"苏贾迪直截了当地指出。

"没错,但是最好别让蒋听到。"克鲁克香克笑起来,"我不过说岘港的那次是恐怖袭击,他就像要吃了我似的,妈的,我本来只是想恭维他一句!"

"呵呵。"我眼珠转了转,"重点是,没有尸体的话,这只是一艘被丢弃的渔船,在整个革命进程中不会引起任何人的注意。"

"但是如果这艘船被索贝维尔的人租用过的话,情况就不一样了。"苏贾迪摇了摇头,"甚至有可能已被买下,但它仍然算是当地财产。那两个家伙是谁?对了,会不会是古江来的渔船,科瓦奇?毕竟相隔不过十几公里远。"

"没理由肯定这艘船是当地的,"我朝平静的海面指了指,"在这样的海上,你完全可以从布特基纳里出发,一路向上,咖啡都不会洒。"

"确实,但是为了躲过航空调查局,也可以把尸体和其他乱七八糟的东西一起留在船上的厨房里,"克鲁克香克反驳道,"反正老鼠多得是。"

卢克·德普雷走上前,轻轻地把网扯过来,查看那两颗脑袋,"存储器不见了。"他说道,"把尸体扔进海里是为了毁掉其他能够证明身份的东西,我想,这比把他们留给老鼠要快捷得多。"

"这得取决于老鼠的食量。"

"你是专家吗?"

"说不定是一种丧葬仪式呢。"阿梅利·翁萨瓦说道。

"葬在渔网里?"

"这是在浪费时间。"苏贾迪大声说道,"德普雷,把他们放下来,然后包裹起来,放在老鼠够不到的地方。回纳吉尼之后,我们再用自动解剖验尸。翁萨瓦和克鲁克香克,我命令你们前前后后、仔仔细细搜查这艘渔船,不要错过任何蛛丝马迹,寻找任何可以告诉我们这儿曾经发生过什么的证据。"

"船头到船尾,明白了,长官。"翁萨瓦简洁明了。

"任何东西,只要能告诉我们点什么的都行。这两人身上的衣服或许……"他摇摇头,对新躯体的不适应让他有些恼怒,"任何东西,任何东西都不能放过,你们行动吧。科瓦奇中尉,你跟我一起走,我要检查一下海滩上的安防布置。"

"当然。"我微笑着,没有揭穿他的谎言。

苏贾迪根本不想检查什么安防,和我一样,他也看过孙和汉森的简历,他们两人做事不需要检查。

他要看的不是什么安防布置。

而是那扇门。

第二十章

施耐德向我描述过好几次，瓦尔达尼也曾经在洛伊斯匹诺吉那某个宁静的时光向我描述过一次；此外，为了说服曼德拉，她还特意去吴哥窟路上的一家制图店定做了一个 3D 图像；后来，韩德用曼德拉的机器，根据图像制作了与实物同等大小的虚拟场景，好让我们进去转转。

但这些跟眼前的这个显然天差地别。

它竖立在人造的山洞里，像是维度主义学派中的某种垂直的伸展物形象，又像出自于姆隆戈或是奥苏拜尔的高科技战场噩梦。眼前的建筑有一处怪异的折痕，像是六七只十米高的吸血蝙蝠背靠着背形成的一道防线。事实上，它看起来和"门"确实没有太多关联。柔和的灯光从顶端的石头缝隙里倾泻下来，整个建筑看起来像是弓着腰，等待着什么。

建筑的底部是一个三角形的结构，一边大概有五米高，底下的两个角形状很不规则，像是树根一样的东西，扎入地底。底座的材料是我曾经见过的一种火星建筑合金，如同浓黑密云堆积起的表面摸起来像是大理石或者缟玛瑙材质，但感觉带着些许轻微的静电。底下还有红色和绿色的科技字符雕刻版，颜色暗淡。雕刻版的底下画着奇怪的、不规则的波浪，这些波浪形图案在离地面大概一米五的地方，上面是逐渐变得混乱而模糊的符号——逐渐变得稀拉，也越来越潦草，下笔的人好像越来越犹豫。孙事后说过一句话，形容得很贴切：似乎连那些火星符号雕刻者，都害怕离上面那个自己创造出来的东西太近。

往上看，建筑随着高度的上升而更加急速地折叠起来，折叠的地方出现一排因挤压而形成的黑色合金尖角，以及向上的短尖塔一样的凸起。折痕间的空白处是乌云状的合金表面，这些乌云慢慢地消褪成脏兮兮的半透明色，而从这些透明的表面往里看，会发现里面继续折叠起来，至于折叠的方式，实在有些难以形容，而且看的时间越长，越感觉浑身不自在。

"现在信了吧？"我问苏贾迪，他站在我身边，正仔细地查看着。有好一会儿，他没有任何反应，当他开口的时候，我发现他声音有些沙哑，和之前通话器中孙立平的声音一样。

"这东西不是静止的，"他静静地说道，"它有感觉，会动，像是在旋转。"

"或许是的。"孙走过来和我们站在一起，命令其他人留在"纳吉尼号"边上，虽然所有人都很想进来，或者起码待在洞穴的附近。

"这应该是一个超空间传输连接口，"我一边说，一边走到一旁，想要摆脱眼前这个奇怪几何体对我产生的吸引，"如果这东西可以通往某处，那很有可能它自己就是超空间运转的，就算是关着时也依然如此。"

"也或许它是周期运转的，"孙提出自己的想法，"就像信号灯。"

不安。

苏贾迪的脸部突然抽搐起来,同样的恐惧同时也传遍我的全身。我们只身进入洞穴,将自己暴露在谷底,却没有考虑到万一眼前这个我们想要开启的东西向某个维度发出"外人闯入"的信号,而如果对于那个维度的物种来说,我们的战斗力只是小儿科的话,那真是要玩完了。

"这地方需要点光。"我说道。

咒语好像解除了。苏贾迪用力眨眨眼睛,看着头顶上射下的光线,可以看出光线已经逐渐变暗,夜晚就要降临。

"我们得把这儿炸开。"他说道。

我和孙警觉起来,互相看了一眼。

"把什么炸开?"我小心地问道。

苏贾迪用手指了指,"石头,'纳吉尼号'有前置的超感炮,可以进行地面爆破。汉森可以将这儿彻底清理干净,而且丝毫不损坏文物。"

孙咳嗽了一声,"我想韩德指挥不一定会支持这个提议,长官。他命令我夜晚来临前带一组安吉尔灯过来,瓦尔达尼小姐已经申请安装远程操控系统,这样她可以直接从——"

"知道了,中尉,谢谢你,"苏贾迪重新看了一眼洞穴,"我会和韩德指挥谈的。"

他大踏步地走了出去,我朝孙眨了眨眼。

"很高兴听到您这样说。"我说道。

我们回到"纳吉尼号"上,汉森、施耐德和蒋正忙着安装第一个快速部署泡沫防护罩,韩德撑在飞船装载舱的一角,看着盘腿而坐的瓦尔达尼在记忆板上画着什么。他无意间露出着迷的神情,看上去突然年轻了许多。"船长,有什么问题吗?"当我们走上舷梯的时候,他问道。

"我现在就要那东西。"苏贾迪竖起大拇指,朝脑后指了指,"大家出去集合,好好看着它,我会让汉森用超感炸弹把石头炸开。"

"想都别想。"韩德扭头继续看考古学家画东西,"现在暴露的话,太冒险了。"

"说不定还会弄坏门。"瓦尔达尼尖锐地说道。

"说不定还会弄坏门。"主管重复了一句,"船长,恐怕你们不能动那洞穴,我不认为现在这样有什么不妥,前人放置的支架看起来挺结实的。"

"我看过支架,"苏贾迪说,"黏合的环氧树脂无法替代永久性的建筑,另外——"

"看来汉森中士这回可是大开眼界了。"虽然韩德依旧温文有礼,但听得出他有些被激怒了,"但是,如果你真的担心的话,你可以随意调整当前的安排,只要你觉得有必要。"

"我是想说,"苏贾迪不卑不亢,"支架不是关键,我不担心坍塌的危险,我最担心的是洞穴里的东西。"

瓦尔达尼抬起头。

"船长,这倒好,"她欢快地说道,"一开始你不信,现在还不到二十四个小时,倒变成是你最担心了。你到底在担心什么?"

苏贾迪有些不悦。

"这个文物,"他说道,"你说是一扇门。你能向我保证不会有东西从另外一边穿过来?"

"这个,不能。"

"那你知不知道有什么东西可能会穿过来?"

瓦尔达尼笑笑,"这个,不知道。"

"那不好意思,瓦尔达尼小姐,军事常识告诉我,必须用'纳吉尼号'的重要火力时刻瞄准那扇门。"

"这可不是军事行动,船长。"虽然韩德仍然控制住脾气,但显然已经有些厌烦了,"我想这一点我在之前介绍的时候就说清楚了。你也是商业活动的一部分,而这次交易的明细要求,在签订相关合同之前,文物不能暴露在青天白日之下。根据集团宪章的相关规定,只有门后的东西贴上曼德拉的标签之后,才能按照你说的来做。"

"如果我们还没准备好门就开了,万一什么有敌意的东西穿门而过怎么办?"

"有敌意的东西?"瓦尔达尼将记忆板放在一边,显然来了兴致,"比如什么?"

"瓦尔达尼小姐,这一点你应该比我清楚。"苏贾迪冷冷地说,"而我只是想保证本次探险的安全。"

瓦尔达尼叹了口气。

"船长,他们不是吸血鬼。"她有些不耐烦。

"你说什么?"

"我指火星人,他们不是吸血鬼,也不是恶魔。他们不过是科技先进、长着翅膀的物种,仅此而已。那东西后面什么都不会有。"她朝石头的方向指了指,"就算是再过几千年,我们人类也造不出那东西。但如果放弃我们的军国主义倾向,或许还能。"

"瓦尔达尼小姐,你这是在笑话我吗?"

"你认为是就是,船长。我们,这里每一个人,如今都在核辐射下一步步走向死亡,而往那个方向十几公里的地方,昨天就有十万人蒸发。而这些,都是士兵干的好事。"她的音调开始提高,有些发抖,"这个行星百分之六十的土地上都在打仗,战况惨烈,大家甚至盼着早死早超生。在另一些地方,只要你干涉政治,拘留营就可以饿死你或者打死你。而这次行动机会,也是士兵给我们的。还需要我进一步解释我对军国主义的理解吗?"

"瓦尔达尼小姐，"韩德声音里有一丝以前从未有过的紧张，而舷梯下面的汉森、施耐德和蒋都停下手中的活，将视线转向说话声越来越大的这一边，"恐怕我们有点跑题了，我们说的是安全问题。"

"是吗？"瓦尔达尼悻悻地笑了笑，然后声音逐渐平缓，"好吧，船长。我来告诉你，在我七十年的考古生涯中，从来没有任何证据能够表明火星人有做过比你们在'圣克宣四号'的所作所为更加令人厌恶的事，还不包括用核武器毁掉整个索贝维尔这档子事。相信我，你坐在那扇门前，比坐在当下北半球的任何地方都要安全。"

大家都不再出声。

"或许你可以让'纳吉尼号'的主炮对着山洞，"我提议道，"效果一样，事实上，只要装好远程操控，效果会更好。只要有长着半米长獠牙的妖怪出现，我们可以炸了洞穴，把它们埋在底下。"

"好提议。"虽然是很随意的一句话，但听得出韩德正努力缓解苏贾迪和瓦尔达尼之间的矛盾，"看来这是最好的方法了。船长，你说呢？"

苏贾迪看出这位主管的意思，他敬了个礼，转身离开。当他走下舷梯，经过我身边的时候，我抬头看了看，他那张毛利人的脸上已经没有之前的麻木，这一次，他的心思都挂在脸上。

你可以在最奇怪的地方发现纯真。

走下舷梯后，他差点儿被海鸥的尸体绊倒，他踢了一脚，尸体飞出去，同时还有青绿色的沙子溅起。

"汉森，"他恶狠狠地说，"蒋，把这些死东西从沙滩上清理掉，我要你们把飞船周围两百米以内的垃圾全部清掉。"

奥尔·汉森挑起一边眉毛，然后装模作样地敬了个礼，苏贾迪没有看他，只是昂首挺胸地走到海边。

有点不对劲。

汉森和蒋用两辆重力车上的驱动清理海鸥的尸体,这种车是特意为此次探险准备的。他们绕着"纳吉尼号"四周进行清理,炸掉一堆堆膝盖那么高的羽毛和沙砾。营地逐渐成形,德普雷、翁萨瓦和克鲁克香克从渔船回来之后,他俩加快了速度。等天完全黑下来时,飞船四周的沙地里矗立起五个泡沫防护罩,它们大小相当,外层都是用的一样的变色铬合金,只不过每扇门上面不断闪烁着不同的房间号。每个防护罩里有两间带双层铺位的房间,两间房由一个中央起居室隔开,可住四个人。不过,有两个防护罩和其他的不同,大小只有其他的一半,一个用来作会议室,另外一个则是坦尼娅·瓦尔达尼的实验室。

我找到考古学家,她还在画画。

舱门开着。门是不久前用激光切开,再用环氧树脂焊接好的,所以还能闻到树脂的味道。我按下门铃,把头探进去。

"有什么事?"她问道,没有抬头。

"是我。"

"我知道是你,科瓦奇。你有什么事?"

"能出来一下吗?"

她停下手中的活,叹了口气,仍然低着头。

"我们现在可不在虚拟场景里,科瓦奇,我——"

"我可没说邀你上床。"

她迟疑了一下,然后不动声色地看着我的眼睛,"那也未尝不可。"

"那么我能进来吗?"

"请随意。"

我弯腰进去,走过她坐着的地方,穿过一堆记忆板打印出来的杂乱的稿纸,上面印着形式不一但内容相似的东西——潦草的科技符号序列。我正看着的时候,她用一条线划掉了正在画的东西。

"进展如何?"

"很慢。"她打了个呵欠,"有很多我已经不记得了,看来还需要给那些符号做个二次重组。"

我靠在桌边。

"你觉得大概要多久?"

她耸耸肩,"几天吧,然后还有测试。"

"要多久?"

"整个过程? 初步的加后期的? 我不知道。怎么了? 你的手开始痒痒了?"

我从门洞往外看,索贝维尔的火光将夜晚的天空照成暗红色,核爆炸刚过,而我们离得这么近,带辐射的各种原子都会朝这个方向过来,锶 -90、碘 -131[①] 以及数之不尽的其他元素。它们就像哈伦世界的大家族的继承人,打了兴奋剂聚到一起,发泄旺盛的精力,将米尔斯港口的码头闹得天翻地覆;它们穿着夹克,像披着沼泽豹的皮,浑身珠光宝气。这些不稳定的亚原子无孔不入,只要哪里能让它们肆意妄为,它们就去哪里,任何地方,任何角落。

我兴奋得颤抖起来。

"我只是好奇。"

"这是值得称赞的好品质,肯定让你和士兵们合不来。"

我打开桌子边上的一把折椅,坐了进去,"但是,我觉得你好像把好奇和同情混淆了。"

"真的?"

"对。好奇是猿猴的本性,还是虐待狂最大的特点。作为一个人类,好奇并不能让你更称职。"

"没想到你还知道这个。"

[①] 都属于放射性元素。

机智的回答。我不知道她在拘留营里是否被虐待过——我不在乎勾起她瞬时的激愤——我说话的时候她丝毫没有退缩。

"为什么你会变成现在这样，瓦尔达尼？"

"我告诉过你，我们已经不在虚拟场景中了。"

"当然。"

我等着。她站起来，走到房间另外一边靠墙的位置，那儿是一排远程监控显示器，从十几个略微不同的角度展示着那扇门。

"科瓦奇，你得原谅我。"她语气沉重，"今天我看到十万人丧生，就为了给我们小小的冒险开道。当然，我知道，不是我亲手杀了他们，但我无法不自责。要是我现在和你出去走走，我只知道空气里全都是人们的身体碎片。而且这还不包括今天早上你三两下就干掉的那些'革命英雄'。对不起，科瓦奇，我没受过这方面的训练，没办法视若无睹。"

"那你肯定也不想跟我谈今天从渔网里捞上来的那两具尸体。"

"有什么好谈的吗？"她没有抬头。

"德普雷和蒋已经完成对尸体的自动解剖了，但还是不知道是什么杀了他们。所有的骨头上都没有发现任何创伤，那接下来也就没什么可做的了。"我站到她身边，离显示器更近了些，"听他们说，还可以对骨头进行细胞测试，但我觉得这个方法也不会给我们答案。"

听到这话，她终于看向我。

"为什么？"

"因为不管是什么杀了他们，肯定都和这个有关，"我拍了拍其中一个显示器，那扇门的图像随之放大，"而这东西，我们完全不了解。"

"你觉得有东西在半夜三更的时候穿过了那扇门？"她鄙夷地问道，"是吸血鬼杀了他们？"

"有东西杀了他们。"我轻声说道，"他们是非正常死亡的，而且存储器也不见了。"

"这样的话，不就排除了吸血鬼的可能？取出存储器这么残暴的事情应该是人类的专利吧。"

"这可不一定，任何能够造出超空间平台的文明应该都有能力将意识数字化。"

"有确凿的证据吗？"

"用常识想一想。"

"常识？"她话语间又带着鄙夷，"一千年前说太阳显然是绕着地球转的常识？还是波格丹诺维奇创立中心理论时呼吁的常识？科瓦奇，常识是人类中心主义的产物，因为人类是这样的，就认为其他任何有智力、有技术的物种也会这样。"

"以上那些理论，我也听过很多有说服力的证据。"

"当然。谁没有呢？"她不耐烦地说道，"常识是留给常人的，对他们没必要浪费唇舌。科瓦奇，万一火星人的道德标准不允许重生呢？想过吗？万一死亡只是证明了你没有生的价值呢？就算你能够重生，可能也没有活下去的权力。"

"一个技术发达的文明，一个拥有星际文明的社会，会允许这种事发生？一派胡言，瓦尔达尼。"

"不，这是一个理论，功能相关的猛禽伦理学，布拉德伯里的费勒和吉本创立的。而且到目前为止，也没有充足的证据证明这个理论有什么错误。"

"你信这个理论吗？"

她叹了口气，重新坐到椅子上。"当然不信，我只是想说，你在这儿知道的比人类科学能给你的少不了多少。我们对火星人一无所知，而且还是在研究了几百年之后。我们认为自己的认知在任何时候都可能很容易就被完全推翻。至今为止挖掘出的文物，有一半我们根本不知道是什么，但还是把它们贱卖掉了。现在，说不定有某个拉提莫人还把一个比光速更快的秘密代码驱动器装在他妈的起居室墙上呢，"她顿了顿，"而且很可能还装倒了。"

我大笑起来，笑声打破了防护罩里的紧张气氛，瓦尔达尼无奈地笑了笑。

"我是认真的，"她抱怨道，"就因为我能打开这扇门，你就认为事情多少还在掌控之中。事实是你错了，在这儿，你不能臆断任何事情，你不能从人类的角度去思考。"

"好吧。"我也走到屋子中间，然后重新坐在椅子上。事实上，只要想想某种火星突击员穿过那扇门取走人类的存储器，然后将人类的意识下载进火星虚拟场景，想想他们会对人类意识做些什么，我的脊椎就开始难受。如果可以，我宁愿永远都不去想，"但是，是你让这件事情听起来像是一个吸血鬼故事的。"

"我只是想警告你。"

"好吧，你已经做到了，现在说点别的吧。除了你，还有其他考古学家知道这个地方吗？"

"除了我自己的团队？"她想了想，"我们是用兰德弗尔的中央处理器归档的，但是那已经是我们知道那是什么东西之前的事了。当时只把它列为一个石碑，功能不明的文物，但是正如我所说的，我们挖出来的东西基本上都是功能不明的文物。"

"你知道韩德说过兰德弗尔没有这件东西的相关记录吧？"

"知道，我看过报告，我的档案丢失了吧？"

"好像天助我也。一般的档案确实会弄丢，但那份可是自布拉德伯里① 以来最伟大发现的档案啊，它绝对不会弄丢。"

---

① 火星文明遗址首次被发现的地方，作者有向创作《火星编年史》的伟大科幻作家雷·布拉德伯里致敬的意思。

"我告诉过你,我们只是把它列为功能不明的文物,一个石碑,又一个石碑而已,我们发现它的时候已经在这边的海岸挖出了十几个结构类似的东西。"

"你们从来没有更新过档案吗? 就算是你知道这是什么东西之后?"

"没有。"她不自然地歪嘴笑笑,"协会因为我的维辛斯基倾向很不待见我,我带去的挖扒者也受到协会的各种刁难,被同僚看不起,而且学术期刊上总是没有他们的名字。一帮狗仗人势的家伙。当我们意识到这是什么东西时,我知道队里每一个人都在默默努力,争取做出成绩给协会来一记猛拳。"

"战争爆发后,也是出于这个原因,你们才把它埋了?"

"差不多,"她耸耸肩,"虽然有点幼稚,但是那时候我们都很愤怒。不知道你能不能理解,就因为你曾经在一场政治冲突中站错了边,你所有的研究心血、所有的理论成果,就全部被毁得一干二净。"

我脑海中闪过那场伊涅恩听证会。

"听起来倒不陌生。"

"我想,"她迟疑了一下,"我想还有其他的一些原因。你知道,当我们第一次打开那扇门的时候,我们乐坏了,聚在一起狂欢:兴奋剂,没完没了地说话,每一个人都谈着回到拉提莫之后起码能当个教授,他们还说本次的巨大发现肯定能让我当上地球荣誉学者。"她笑了笑,"好像我连欢迎会致辞都想好了。我不大记得那天晚上发生的事情,包括第二天早上的事情,全忘了。"

她叹了口气,笑容退去。

"第二天早上,我们才醒悟过来,开始认真考虑到底会发生些什么。如果当时我们留下相关记录,那么事情就不在我们的掌握之中了。协会早晚会派一个符合他们政治利益的专家过来,接管这个项目。而我们，顶多被人拍拍肩，然后打包回家。噢，当然，我们也可能获得学术上的成功，只是要付出代价。他们会允许我们出版，但是出版前必须接受他们的审查，以免文章中出现过多的维辛斯基倾向。当然，也会给我们工作机会，但是是为他们工作，做顾问。"这个词好像令她相当不爽，"别人的项目顾问，我们能够得到很好的报酬，他们会付钱让我们保持沉默。"

"那还不如不要他们的钱呢。"

她扮了个鬼脸，"如果想在某个虚伪的政治走狗手下工作，只要有我一半的经验和资质就够了，那样的话，我也会跟其他很多人一样去平原工作。我来这里的唯一原因就是想亲手挖掘。我想要一个机会证明自己是对的。"

"其他人也是这么想的吗？"

"后来是。开始的时候，他们之所以在我手下工作，就是因为当时其他人都不愿意雇挖扒者。如果连续几年都被别人瞧不起，你的人格会渐渐改变。幸好当时他们还很年轻，起码大多数都是，而年轻人血气方刚。"

我点点头。

"我们在网里发现的那两个人，会是你原来队上的吗？"

她看着远方，"我猜应该是。"

"当时队伍里大概有多少人？有谁能回来打开这扇门？"

"这个就不清楚了。有十几个都是协会的成员，可能其中有两三个有能力打开这扇门。可能是阿里博沃和翁，或是特卡克里恩卡拉伊，他们都很优秀。但是只靠他们自己？几个人凑到一块，根据我们的笔记一步步推算？"她摇了摇头，"科瓦奇，我不知道。时代不同了，团队也不一样了，我不知道其他人在不同的环境里表现会有什么不同，科瓦奇，我甚至都不知道自己如今能有怎样的表现。"

我的脑海里闪过她在瀑布下的样子,那是虚拟性爱场景中的一幕,虽然很不合时宜,但是那一幕在我心头缠绕着,我好不容易才理出自己的思绪。

"如果我没猜错的话,兰德弗尔的协会资料库应该有他们的 DNA 存档。"

"没错。"

"这样的话,我们就可以对骨头进行 DNA 匹配——"

"嗯,我知道。"

"——但是从这儿侵入兰德弗尔资料中心可不是一件简单事,而且说实话,我不清楚那样做有什么意义。我不想知道他们是谁,我只是想知道他们是怎么死在网里的。"

她打了个哆嗦。

"如果真的是我队上的,"她开口,然后又顿了一下,"科瓦奇,我不想知道他们是谁,我一点也不好奇。"

这一刻,我们的椅子靠得这么近,我只想过去抱着她。但是眼前的她突然变得憔悴,她弓着腰,和我们来这儿要开启的那扇门一样。如果我现在去碰碰她,那会是一种侵犯,像赤裸裸的性骚扰,或是,幼稚可笑。

冲动渐渐平息,退去。

"我得去睡一觉。"我站起身说道,"你最好也休息休息,苏贾迪希望天一亮就开始行动。"

她微微点了点头。她的注意力显然已经不在我身上,我猜,她已经陷入回忆中了。

我离开,把她留在那堆科技符号图纸的碎片之间。

第二十一章

　　我睡醒过来,脑子昏沉沉的,可能是因为核辐射,也可能是因为吃的抗辐射药物。微暗的光线透过防护罩的玻璃射进来,我依稀记起昨天晚上做过的梦……

　　你看到了吗? 楔形军之狼? 看到了吗?

　　塞梅代尔?

　　浴室隔间传来响亮的刷牙声,打断了我的回忆。我转过头,看见施耐德一手拿着毛巾擦干自己的头发,另一只手拿着电动牙刷用力地刷来刷去。

　　"早。"他嘴里还含着泡沫。

　　"早。"我坐起来,"几点了?"

　　"刚过五点。"他有些歉意地耸耸肩,然后转身一口吐在洗脸池里,"我不想起这么早,但是蒋在外面为火星艺术兴奋得上蹿下跳,我睡眠比较浅。"

我抬起头,仔细听了听。生化本能让我清晰地听到合成帆布屋子里传来沉重的呼吸声和身体做伸展运动的声音,"啪,啪,啪……"

"妈的,神经病。"我骂了一句。

"嘿,他在这堆人里可不是特例,我以为这是你们需要的品质呢。妈的,你招募的人有一半都是神经病。"

"好吧,但是好像只有蒋一个人有失眠的毛病。"我费力地站起来,皱了皱眉,好一会儿这具躯体才站直。或许这也是为什么蒋建平在外面闹腾的原因。躯体受损的话,睡眠就会受到影响。不管多么细微的损伤,都昭示着我们最后必然的死亡。就像随着躯体的老去,身体偶尔会有轻微的疼痛,这些征兆像倒计时的数字一样清晰明了。余生有限,时钟滴滴答答地走着。

奔跑声,啪!

"哈!"

"真讨厌!"

我用拇指和食指按了按眼球,"我起床了。你牙刷好没?"

施耐德递过电动牙刷,我从柜子里拿出一个新的刷头插上,启动,然后走进洗浴隔间。

洗漱,然后精神焕发。

我穿戴整齐,神清气爽,然后走出卧室进入中间的起居室。蒋好像消停下来了,他站在那儿,慢慢地从一边转到另外一边,好像在打一套防御拳。起居室里的桌子和椅子被搬到了一边,好腾出足够的空间。防护罩的出口打开了,光线从外面照进来,被沙砾映成蓝色。

我从柜子里拿出一瓶军事专用苯丙胺①饮料,拔掉拉环,一边喝一边看着他。

---

① 刺激剂的一种,能够增加人的机敏性,暂时减轻疲劳感并增加攻击性。

"有什么事吗？"他问道，一边把头扭向我的方向，一边挥出右臂做了一个格挡的姿势。前天晚上，他用刀片把自己那浓密的黑发剃短了，现在只剩下两厘米的短茬，露出一张轮廓分明、刚正不阿的脸。

"你每天早上都做运动？"

"对。"回答言简意赅。他继续防御，出拳，蹬胯，击胸。速度如闪电。

"挺棒的。"

"必须的。"接着又是致命的一拳，很可能正对着假想敌的太阳穴，然后他一边后退，一边防守，动作快捷迅猛，"技，多练则精；艺，多演则优；刀，锋则为刃。"

我点点头，"林。"

他的动作慢下来。

"你读过他的作品？"

"见过本人一次。"

他停下来，眯起眼睛看着我，"你见过林都丸？"

"我的年纪可比看起来要大得多，我们都去过阿多拉奇安。"

"你是特派探员？"

"曾经是。"

有一会儿，他好像不知道该说什么，他可能以为我是在开玩笑。然后，他抬起手，向我行了个抱拳礼，微微鞠了一躬。

"武先生，如果我昨天关于恐惧的混话冒犯到您，我向您道歉，我真是个傻子。"

"没关系，你没有冒犯我。不过是不同的行事风格而已。现在去吃早饭吗？"

他指了指被移到合成帆布墙边上的桌子，上面放了一个浅口碗，碗里放着新鲜的水果和全麦面包片。

"能和你一起吗？"

"这是我的荣幸。"

我们正吃着,施耐德回来了,他出去了足足二十分钟,不知道去哪里鬼混了。

"提醒你们俩,记得一会儿去主防护罩的会议室开会。"他转过头说道,然后消失在卧室隔间里。一分钟后,他又走了出来,"十五分钟后,苏贾迪让每个人都过去。"

然后,他又消失了。

蒋正要站起来,我伸出手,示意他坐下。

"不用紧张,他说了还有十五分钟呢。"

"我想洗个澡,换身衣服。"蒋有些拘谨地说。

"我会告诉他你正赶过来。拜托你先把早饭吃完,再过几天,你一吃东西就会反胃,所以,趁还吃得下,好好享受这些美味。"

他重新坐下,脸上表情有些奇怪。

"武先生,你介意我问你个问题吗?"

"为什么我不做特派探员了?"他的眼神证明我猜对了,"可以说是道德方面的原因,我去过伊涅恩。"

"我读到过相关内容。"

"又是林?"

他点了点头。

"好吧,林的表述差不多还算真实,但他没到过现场,所以他对整个事件的描述有些模糊,因为他没有资格评判。而我当时就在那儿,所以我有资格评判。他们设计骗了我们,没有人知道他们是不是故意的,但是我告诉你,这并不重要,重要的是我的朋友死了——彻底地死了——本来不应该这样的。这才是最重要的。"

"但是,作为一个军人,你必须——"

"蒋,我不想让你失望,但是我还是要告诉你,我不想再把自己当成一个军人,我想要改变。"

"那你想把自己当成什么人?"他的语气仍然彬彬有礼,但身体显得僵硬,也忘了盘子里的食物,"你想变成什么人?"

我耸耸肩,"这可不好说,不过肯定是变得更好。比如说,职业杀手?"

他的眼睛里燃起怒火,我叹了口气。

"如果冒犯你的话,不好意思。但是,这是事实,可能是你以及大多数军人都不愿意接受的事实。当你穿上那身制服,你就放弃了对宇宙,以及自己和宇宙的关系的思考权。"

"这是奎尔主义。"他一边说,一边向后靠在椅子上。

"或许吧,但这是事实。"我也不知道自己为什么会和眼前这个男人啰唆,或许是因为他那忍者特有的平静,而我想要打破这种平静;也或许是因为我一大早被这个家伙练功吵醒了,要报复一下,"蒋,问问你自己,如果你的上司让你去炸一个满是伤残儿童的医院,你会怎么做?"

"总有什么方法——"

"没有!"我厉声说道,自己都有些惊讶,"军人没有做决定的权力。蒋,看看外面,那些飘散出来的黑色东西里,掺杂着薄薄的一层脂肪分子,而在爆炸前,那就是人。男人、女人,还有小孩。就因为执行上司的命令,那些所谓的军人就让他们全部蒸发了。就因为他们挡了道。"

"那是肯普军干的。"

"噢,得了吧。"

"我不会执行——"

"那你就不再是一个军人了,蒋。军人必须服从命令,不管什么命令。从你拒绝执行的那一刻起,你就不再是一个军人,而是一个想签新合同的雇佣杀手。"

他站起来。

"我会想办法的。"他冷冷地说道,"请帮我向苏贾迪船长道歉,我恐怕得晚点儿到。"

"没问题。"我从桌上拿起一颗猕猴桃,直接咬了一口,"一会儿见。"

我看着他回到另外一间卧室,然后起身,走了出去。嘴里嚼着带皮的猕猴桃,一阵酸涩袭来。

外面的营地逐渐热闹起来。在去会议室的路上,我看到了阿梅利·翁萨瓦,她正蹲在"纳吉尼号"的一根支柱下面,而伊维特·克鲁克香克正帮她抬起水压系统,好让她做检查。瓦尔达尼还在实验室里睡着,剩下的另外三个女人最后分到了一个防护罩里,不知道是偶然还是有人故意如此安排,整个队的男人没有一个去申请剩下的第四个铺位。

克鲁克香克看到我,招了招手。

"睡得好吗?"我朝她喊道。

她咧嘴笑起来,"睡得死沉。"

韩德在防护罩的门口等着,他的脸整洁干净,显然刚刮过胡子,变色铬合金制服一尘不染,空气中传来一股香味,我猜是他头发的芬芳。他看上去就像是出席军官培训似的,我都想一枪打在他脸上。我和他打了个招呼。

"早。"

"中尉,早。昨晚睡得怎么样?"

"马马虎虎。"

防护罩里四分之三的空间做了会议室,剩下的部分则隔出来给韩德用。会议室里摆了一圈配有记忆板的椅子,苏贾迪正拿着一个地图放映器,投影出桌子大小的一片海滩及其周边地形,然后他在记忆板上贴标签,写备注。我走进去的时候,他抬起头看了我一眼。

"科瓦奇,正好,如果没有异议,我打算派你和孙今天早上一起骑车出去。"

我打了个呵欠,"听上去蛮有趣的样子。"

"当然,不是让你们去野游,我想在离这几公里的地方再布一层远程系统,好及时给我们反馈。孙在执行任务的时候需要有人掩护,所以你就去炮塔布置,顺便帮她看着点儿。我会让汉森和克鲁克香克从北部向内圈部署,而你和孙则从南边开始。"他朝我淡淡地笑笑,"看看你们能不能在中间会合。"

我点点头。

"幽默。"我找了个椅子坐下,"苏贾迪,你可要当心,那东西可是会上瘾的。"

沿着登格里克靠海的山坡,索贝维尔爆炸后的惨相看得更加清楚。火球在半岛的末端炸出一个大坑,海水朝里漫延,改变了海岸线原来的样子。弹坑周围冒着烟,烟升腾到空中。人如果站在山坡上,甚至可以看到烟雾中星星点点的火光,它们闪着暗红色的光,就像政治地图上用来标示潜在的冲突爆发点的信号灯。

而城市,城市的建筑,全部消失殆尽。

"你得把这些告诉肯普,"我向海边吹来的风说道,"他总是搞砸委员会的决策,不会有什么大作为,而且看起来,他要输了。然后,砰,他召来了天使之火。"

"什么?"孙立平好像还在思考着我俩刚布下的哨岗系统,"你在和我说话吗?"

"不,没有。"

"那你是自言自语?"她抬起头,"科瓦奇,这可不是什么好兆头。"

我嘟囔了一句,把枪套整了整。重力车停在野草地上,倾斜着,上面的太阳能喷射枪和陆地水平线保持平行。喷射枪一直来回移动着,行动追踪器感应到拂过草地的风和在索贝维尔大爆炸中不知怎么幸存下来的一些小动物。

"都弄好了。"孙关掉检查仪,看了看安好的炮塔,然后转过身远眺前面的山脉。炮塔顶部的超感应炮咔嗒一声,仿佛一下子活了过来,水压系统让整个炮塔蹲伏在地面,任何闯入这片山脊的活物都别想再活着回去。炮管下有晴天感应器缓缓地从护甲中伸出来,在空气中摇曳。整个装置看上去就像一只饿极了的青蛙,潜伏着,用一只瘦弱的前腿探着周围的空气,这多少有些滑稽。

我插上通话连接。

"克鲁克香克,这里是科瓦奇。你在吗?"

"当然。"这位快速部署突击员言简意赅,"科瓦奇,你们到哪儿了?"

"我们已经在6号防御点安好了炮塔,水压系统也装好了。现在正在前往5号点的路上,很快就能看见你们了。记得放好安全标识,让我们看到。"

"放松点,伙计,我可是靠这个吃饭的。"

"但上次就掉链子了,不是吗?"

我听到她哼了一声,"意外,伙计,都是意外。科瓦奇,你又死了多少次呢?"

"有那么几次吧。"我承认。

"因此,"她提高音量,嘲笑道,"你他妈的给我住嘴。"

"克鲁克香克,待会儿见。"

"要是我先看到你,休想。"

孙骑上重力车。

"她喜欢你,"她转头对我说,"只是告诉你一声,昨天晚上,阿梅利和我听到她一个劲儿地说想和你在一个上锁的逃生舱里鬼混。"

"很高兴你告诉我。但她没让你发誓保密吗？"

孙发动引擎，重力车的防风罩啪的一声在我们周围合了起来。"我想，"她若有所思，"我们三人里很快就会有人告诉你。她来自拉提莫的一个利蒙高地家庭，我听说利蒙姑娘想要谁的话没有不能到手的。"她转过头看着我，"这可都是她说的。"

我咧嘴笑了笑。

"她当然得动作快点。"孙继续说道，同时摆弄着操控装置，"几天后，谁还有欲望可言。"

我收回笑容。

重力车渐渐升起来，然后缓缓地沿着靠海那边的山脊滑行。旅途还算舒适，即便载着挂篮，飞行仍然比较平稳，而防风罩让谈话变得方便许多。

"你觉得那个考古学家真的能打开那扇门？"孙问道。

"如果有谁能够打开，必定是她。"

"如果有谁能够打开。"她若有所思地重复了一遍。

我想起自己为瓦尔达尼做过的心理修复，我必须打开她受伤的内部区域，然后像包扎伤口一样除掉被感染的死肉，再用绷带包扎起来。但真正让她从创伤中活下来的，是她那极其强大的内心。

当整个修复过程结束时，她哭了。但是她哭的方式很特别，两眼瞪大，像是努力不让自己睡着，然后眨着眼睛，眼泪从眼角流下来，她双手握拳，咬紧牙关。

我虽叫醒了她，但她是通过自己努力恢复理智的。

"不用担心，"我说道，"她能做到，绝对可以。"

"你对这件事表现出了非凡的信心。"孙的语气里没有任何讥讽，"对一个如此费力地把自己伪装成一个怀疑论者的男人来说，真是奇怪。"

"不是信心，"我立即反驳，"是了解，这两者差别很大。"

"但我知道特派探员本能可以让你们时刻改变自己的观点。"

"谁告诉过你我是特派探员？"

"你自己。"这一次，我从孙的话语里听出了笑意，"至少，你是这样告诉德普雷的，当时我正好在场。"

"你还挺机灵。"

"谢谢。那我的消息正确吗？"

"事实上，不大正确。你是从哪儿听来的？"

"我的家族来自匈奴之家，在那儿，我们给特派探员取了个中文名字，"她发了几个音，听起来像唱歌，"意思是把信仰变成事实的人。"

我嘟囔了一句，几十年前，我在新北京也听过类似的叫法。大多数殖民文化都会流传一些关于特派探员的传说。

"你好像不以为然。"

"其实，这样的翻译不大准确。特派探员有的不过是本能强化系统，你知道，就像你出门的时候虽然天气不错，但是你还是一冲动顺手拿了一件防雨外套，结果真的下雨了。这是为什么呢？"

她转过头来看着我，一边眉毛翘起，"运气？"

"可能是运气，但是更多的是你大脑和身体里的系统在你不自知的情况下潜意识地评估了周围的环境，然后将信息传递给超我[1]程序。特派探员训练只不过是利用并且强化了这一系统，让你的超我和潜意识更好地配合。这和信仰没有任何关系，只不过是一种潜在的感觉，你综合分析各种因素，然后把它们结合在一起，得出真相的大致框架。之后，你再返回去，补齐余下的空缺部分。几个世纪以来，虽然没有任

---

[1]代表良心、社会准则和自我理想，是人格的高层领导，它按照至善原则行事，指导潜意识，限制本我。

何外力帮助,有天分的侦探一直都是这样做的。而我们这个不过是超级强化版。"突然,我对自己口里说出的话感到厌烦。滔滔不绝地说着人体系统的运行方式,只不过是把自己掩盖起来,逃离一个道德真相——那就是你是以何为生的。"孙,告诉我,你是怎么从匈奴之家到这儿来的?"

"不是我,是我的父母。他们是签了合同的生物系统分析师,当匈奴合作社付钱以进驻'圣克宣四号'的时候,他们一起通过超空间传输到达这里。我的意思是,他们的意识。通过 DHF 传输,他们的意识被输入拉提莫的中国储备行定制的克隆躯体里。整个交易差不多就是这样。"

"他们还在这儿吗?"

她的肩膀微微塌了下去,"不在了,几年前他们已经退休回拉提莫去了。整个交易完成后,他们得到的待遇还挺不错。"

"你为什么没有和他们一起回去?"

"我在'圣克宣四号'出生,这就是我的家。"孙重新回头看着我,"我想你应该无法理解吧。"

"事实上,我能理解。我看过有人留在比这糟糕得多的地方。"

"真的?"

"当然,夏亚就是一个。右边!往右边!"

重力车朝下倾斜,然后平稳下来。虽然是新的躯体,但孙适应得还不错,反应迅速。我在座位上动了动,看着山间,双手伸向正在升起的太阳能喷射枪装置,将其调到手动发射的高度。如果程序没有进行精准的调适,移动中的全自动武器很难击中目标。何况我们也没时间精调了。

"有东西在移动。"我低下头对准麦克风说道,"克鲁克香克,我们这儿发现可疑物体。要一起吗?"

回复简单明了，"这就去，保持联系。"

"你看到了吗？"孙问道。

"我要是能看见，早就开枪了。扫描仪上有发现吗？"

"还没有。"

"噢，很好。"

"我想……"我们撞到一个山丘顶部，孙骂了起来，听着像是普通话。她将重力车倾斜，旋转，然后又上升了十米。越过她的肩膀，我看到了刚刚要找的东西。

"妈的，那是什么？"我小声问道。

如果忽略距离造成的视差，我会以为自己看到的是一窝刚孵出来的、用于治疗伤口的生物蛆。下面的草坪上，一堆灰色的东西扭动着圆滚滚的身体，和真的蛆一样，看上去又湿又滑，动作高度一致，就像互相搓洗的百万双小手。但是这儿的"生物蛆"如此之多，就算对圣克宣上前一个月的所有战争创口进行治疗，都还绰绰有余。我们眼前是蔓延了一米宽的生物群，它们像充好气的气球一样，正缓缓地朝山坡推进。重力车的影子映在它们身上，生物群表面迅速隆起，它们聚拢在阴影处，越堆越高，然后只听到轻微的砰的一声，就像气泡破裂的声音，然后它们就四散开来，回复了原来的队形。

"看，"孙静静地说道，"它好像喜欢我们。"

"妈的，这到底是什么？"

"你第一次问我的时候我还不知道是什么。"

她把车骑回我们刚刚起飞的山丘顶部，我将喷射枪的枪口对准了这些新游伴。

"你觉得这儿离它够远吗？"她问道。

"别担心，"我冷冷地说道，"只要它敢往这边挪一步，我一定把它炸个稀烂，我可不管那是什么。"

"好像有些欠考虑。"

"是吗？那么，就当我是苏贾迪好了。"

那东西，不管是什么，好像平静了下来，表面上也已经看不到我们的影子了。内部的扭动还在继续着，但是好像已经没有继续朝我们这个方向移动的迹象。我靠在喷射枪底托上，看着，怀疑自己是不是还在曼德拉虚拟场景里，而眼前的一切不过又是一个机械故障，就像那被乌云挡住的索贝维尔，当时还命途未卜。

隐约传来一阵嗡嗡声。

"另外那对二人组来了。"我望了望山脊的北部，发现另外一辆重力车的影子，它正在往这边来。克鲁克香克坐在后面，头发在空中飞扬。为了提高速度，他们将防风罩缩小成只够司机用的圆锥状，汉森伏在防风罩里，专心地驾驶。不知道为什么，这一幕竟让我心里泛起一股暖意，连我自己都有些吃惊。

坚守狼的基因，我对自己的心理变化有些气恼，永不动摇。

卡雷拉这个老家伙，还真有一手，到现在还不忘耍把戏，老东西。

"我们得让韩德看看这东西，"孙说道，"说不定卡特尔的档案库里会有相关资料。"

我回想起卡雷拉说过的话。

卡特尔已经部署好了。

我重新看着眼前这堆聚在一起的灰东西。

妈的。

汉森将重力车骑到我们旁边，车子振动了几下，停下来。他靠着把手，眉毛拧到了一起。

"他妈——"

"妈的，我们也不知道那是什么。"孙尖锐地打断他。

"不，我们知道。"我回答。

第二十二章

　　孙暂停住了放映中的视频,韩德依然面无表情地看着画面。其他人将视线从屏幕上移开,他们有的坐着,有的聚在防护罩的出口旁,但大家都注视着他。

　　"纳米技术,是吗?"汉森道出了大家心里的疑问。

　　韩德点点头。虽然他脸上没有任何表情,但特派探员的本能还是让我察觉到了他心头的怒火。

　　"实验性的纳米技术。"我说,"但那不过是唬人的玩意儿,韩德,你不用担心。"

　　"一般情况下确实不用。"他平静地回答。

　　"我以前就是搞军用纳米系统的,"汉森说,"但我从来没见过那样的东西。"

　　"你当然没。"韩德稍微放松了一点,他身体前倾,指了指全息影像,"这是新技术,你们看到的这东西没有固定形态,就是说这些纳米虫没有任何明确的功能。"

"那它们到底在做什么？"阿梅利·翁萨瓦问道。

韩德的回答让人们略带惊讶："什么都不做，翁萨瓦小姐，它们什么都不做。确切地说，它们靠核爆炸后的辐射为食，然后以一定比率繁殖，它们只是，活着。这是唯一设计好的参数。"

"听上去好像没什么恶意。"克鲁克香克有些迟疑。

我看到苏贾迪和汉森对视了一眼。

"没什么恶意，当然，目前来看是这样。"韩德按下记忆板上的一个按钮，影像消失，"船长，我想现在最好先不管这个，我猜它们就算有什么特殊的动作，安装好的传感器也会事先通知我们，对吧？"

苏贾迪皱起眉头。

"虽然任何会移动的东西都能被感应到，"他先是表示同意，"但是——"

"很好，那大家都回去干活吧。"韩德打断了他的话。

屋子里有人小声说了什么，还有人哼了一声，苏贾迪冷冷地示意大家安静。此时韩德站起身，穿过营帐，走回了自己的营房。奥尔·汉森朝主管的背影撇了撇嘴，其他人也跟着议论纷纷。苏贾迪再一次冷冷地盯着众人，示意大家闭嘴，然后开始分派任务。

我等着所有人离开。登格里克探险队的队员们正三三两两地往外走，最后几个也被苏贾迪推了出去。坦尼娅·瓦尔达尼在门口站了一会儿，朝我看了看，但施耐德在她耳朵边说了什么之后，他们俩也跟在大部队后头离开了。看到我还待在这儿，苏贾迪狠狠瞪了我一眼，最后也走了开去。几分钟后，我才站起来走向韩德的营帐，然后按下门铃，步入他的房间。

韩德正躺在床上，面朝着天花板，我进门也没让他挪开自己的视线。

"科瓦奇,你有什么事吗?"

我拉过一把椅子坐下,"少耍那些小把戏,这样对谁都好。"

"我可不觉得我最近对谁撒过谎,而且我会试着保持这个良好记录。"

"但你也没说多少实话。那些人本来就有怨言了,你还企图糊弄他们。这样做不合适,他们可不是白痴。"

"是,他们不笨。"他态度极为超然,就像一名正在给标本分类的植物学家,平静而淡漠,"但是拿钱就该办事,这点才是最重要的。"

我低头盯着自己的手,"我也拿了你的钱,但如果你敢对我耍把戏,我一样会撕开你的喉咙。"

沉默。我不知道自己的威胁是否奏效,反正他没有丝毫反应。

"那么,"最后还是我先开了口,"你准备好告诉我这个纳米系统来这儿的目的了吗?"

"无可奉告。正如我对翁萨瓦小姐说的,那些纳米物没有任何固定外形,因为它们根本什么都不干。"

"得了吧,韩德,如果它们真的什么都不干,你现在又为什么气鼓鼓的?"

他盯着天花板看了好一会儿,像是被上面的暗灰色线条吸引住了。我真想站起身,把他从床上拽下来,但是特派探员的本能告诉我不要轻举妄动,韩德正在思考。

"你知道——"他小声地说,"这样的战争有什么伟大之处吗?"

"让人们没空去瞎操心别的?"

他脸上浮起一丝淡淡的微笑。

"进化的潜能。"他说道。

这句话好像突然间给了他力量,韩德坐了起来,双脚悬在床沿外晃荡,手肘撑着膝盖,双手十指紧扣,眼神注视着我。

"科瓦奇,你对星际联盟摄政府怎么看? "

"你开玩笑吧。问这个干吗? "

他摇了摇头,"我没有想要你,更没想套你的话。对你来说,联盟摄政府是什么? "

"亡者之手,白骨森森,紧握危卵,却想孵蛋。"

"很有诗意的比喻,但是我没有问你奎尔是怎么看待摄政府的,我是问你怎么看。"

我耸耸肩,"我认为奎尔是对的。"

韩德点点头。

"是的,"他立马表示赞同,"她是对的。人类大胆运用了自己根本不了解的技术,就为了有朝一日能够征服其他星球;尽管最快的飞船也要花上五百年才能抵达另外一个星球,但我们却成功地在遥远的边地建立了社会。你知道这些我们都是怎么做到的吗? "

"这类演说我听得多了。"

"都是各色企业集团做到的,不是政府,也不是政治家,妈的,更不是这个只会口头上吹嘘敷衍的可笑联盟摄政府。企业的计划给我们指明方向,企业的投资为之买单,最后也由企业集团员工来完成建设。"

"让我们为企业集团鼓掌。"我开始鼓掌,干巴巴地拍了十几下。

韩德不加理会,继续说道:"但当这一切结束之后,又迎来了什么结果呢? 联盟政府的人过来,逼我们保持沉默,同时剥夺走我们作为移民的权力,接着更改协议,重新征税。我们只能任其宰割。"

"韩德,你这样说我很伤心。"

"科瓦奇,这一点都不好笑。你知不知道如果不是他们的威压,现在的科技可以有多发达? 你知不知道我们的移民速度可以有多快? "

"我读过类似的文章。"

"外层空间飞行、低温物理学、生物科技以及机器智能……"他弯曲的手指敲击着,把这些术语一个个报了出来,"十年之内就人类就可以实现看起来上百年后才能触摸的远景,整个世界会为科学疯狂。但是,一切都被联盟摄政府的协议给毁了,要不是因为他们,妈的,现在肯定已经有比光速更快的宇宙飞船了,我保证。"

"说起来容易。我想你忽略了一些历史细节,不过那不是重点。你是想告诉我,如果不是联盟摄政府的规章所限,你们很快就能结束这场战争了,是吗?"

"基本上没错。"他的双手在膝盖上比画着,"当然,官方不会报道这些消息,正如官方不会承认'圣克宣四号'周围到处都是联盟摄政府的无畏战舰。但是私底下,卡特尔的每一个成员都接到了命令,必须最大限度地推动与战争相关产品的开发,进一步,再进一步,直到极限。"

"就是在外面蠕动的那些东西?某种发展至极限的纳米技术产物?"

韩德咬咬牙,"SUS–L,智能超短寿纳米系统。"

"听上去挺有意思。这东西是用来干什么的?"

"我不知道。"

"噢,得了——"

"是真的,"他身体前倾,"我真的不知道。没有人知道。这是一项新技术,他们把这东西叫 OPERNS,一种开放式的环境反馈型纳米系统。"

"OPERNS 系统?这名字听起来真他妈可爱。还是武器?"

"当然是。"

"它如何运作?"

"科瓦奇,你没认真听我说话。"他突然显得兴致勃勃,"这是一个可以进化的系统,而且还是智能进化。没有人知道它是如何运作的。你可以想象一下,如果DNA分子拥有了基本的思考能力,地球上的生命会变成什么样子?想象一下,我们才花多久就进化成了现在这个样子,然后把这个进化速度再乘以一百万或者更多倍,因为它们每一代的寿命极短。上一次我在全息投影中看到它们的时候,那一代只存活了十分钟。这个系统能做什么?科瓦奇,我们刚开始研究它们能干吗时,就在高速曼德拉人工智能创造的虚拟场景中进行模拟,但结果每次都不一样。有一次还出现了像蚱蜢一样的机械炮,大小和蜘蛛坦克一样,但是可以跃至空中七十米处,下降的时候还能准确发射炮弹。还有一次出现了一片乌云,能够将任何与其接触的含碳物质全部分解。"

"哇,真他妈厉害。"

"不过这东西在这儿不会进化成那个样子——附近没有大批军队让它走上那条进化之路。"

"但这个系统的进化潜能应该很大吧?"

"没错,"眼前这位曼德拉主管也盯着自己的手,"我猜是这样。一旦被激活就开始进化。"

"在被激活之前,我们还有多长时间?"

韩德耸耸肩,"直到它触发苏贾迪布下的哨岗系统。一旦开火,它就会开始进化。"

"如果我们现在就去把它炸了呢?我知道苏贾迪正是这样想的。"

"用什么炸?如果我们用'纳吉尼号'里的超感炸弹,它一定会在短时间内进化,然后对付哨岗系统。如果我们用别的武器,它还是会进化,说不定会变得更加智能,更加难对付,接着废掉我们。这就是纳米武器。你没办法一个一个对付它们,总会有一些会存活下来。妈的,科瓦奇,实验室的研究结果表明,我们最多只能够消灭它们的百分之八十。但这东西就是这样进化的——它们总有一些会幸存下来，就是那些最强悍的混账东西。接着这些存活下来的纳米虫在繁殖之后，往往就进化成了下一次打败你的撒手锏。而如果试着把它们从群体中分离出来，那情况只会更糟。"

"总有关闭这个系统的方法吧？"

"是的，有。需要的不过是一个项目终结代码，但咱们没有。"

不知道是因为辐射还是药物，或者别的什么，疲惫感突然涌上身体。我眯起眼睛看着韩德。我想到了前一天晚上坦尼娅·瓦尔达尼对苏贾迪的长篇大论，但我觉得没必要浪费这种口水，因为对话目标不同。士兵、公司主管或者政治家只接受一种'对话'，那就是跳过去杀了他们，虽然有时候这也不能解决什么问题——他们留下的摊子总会有人忙不迭地接过去。

韩德清了清嗓子，"如果运气好的话，在纳米系统进化到有威胁之前，我们已经离开这儿了。"

"你不是说盖德是我们这边的吗？"

他笑了笑，"你可以这样认为。"

"韩德，你根本不信那些鬼话。"

他脸上的笑容褪去，"你怎么知道我相信什么？"

"OPERNS, SUS–L，你知道所有的称呼，你也知道虚拟场景的模拟结果，妈的，你清楚它们的硬件或者是软件。卡雷拉警告过我们要当心纳米技术部署，当时你连眼睛都不眨，可现在你居然害怕了，被吓傻了。你是不是有什么事瞒着我们？"

"真是不幸，"他站起来，"我已经把知道的都告诉你了，科瓦奇。"

我一拳打在他脸上，然后右手拔出枪，握在手中，蓄势待发。

"坐下。"

他盯着我手中的枪——

"别开玩——"

——然后看着我的脸,把话咽了回去。

"坐,下。"

他小心翼翼地坐回床上,"科瓦奇,你要是敢弄伤我,你什么也别想得到。你在拉提莫的钱,你通往另一个世界——"

"听我的声音你就知道,我现在可没心思去想那些。"

"科瓦奇,我有意识备份,就算你现在杀了我,也不过是浪费了一枚子弹,他们会让我在兰德弗尔复活,然后——"

"你肚子中过枪吗?"

他的眼睛瞪着我,然后闭了嘴。

"这些可是高冲击力的分裂子弹,近距离杀伤性火药。我想上次你应该看到邓和他的手下的下场了吧。这些子弹完整地进入人体,然后分裂成无数碎片,只要我在你肚子上开一枪,你就会极其痛苦地死去。不管他们是否让你重生,你都得先经历这一遭。我有一次就是这样死的,我敢打赌你不想体验那种滋味。"

"你要是开枪,苏贾迪船长不会轻易放过你的。"

"我让苏贾迪做什么他就得做什么,其他人也一样。会议上没有谁买你的账,他们可不想死在你那些纳米武器手中,我也不想。现在,希望我们能文明地结束这次谈话。"

他看看我的眼睛,然后看看我的站姿,想要窥探我的真实意图。他应该接受过心理感应训练,这是一种衡量他人内心的技能。但是特派探员的训练让我拥有了可以骗过大多数公司生物软件的内在能力,这种能力依靠的是一种以假乱真的心态。这个时候,连我自己都不知道会不会对他下手。

他看出了我真正的意图。或者,他突然想通了。不管怎样,我看到他的神色出现了一丝变化,于是收起了手枪。其实一秒之前我都还不知道事情会发展成什么样子。这是我的常态，一个特派探员的常态。

"这些话最好不要传出去，"他说道，"我会告诉其他人有关 SUS–L 的事，但是剩下的信息我希望你一个人知道就好，否则的话，后果不堪设想。"

我挑起眉毛，"有那么糟？"

"很可能。"他缓缓地说道，仿佛每个字都有千斤重，"主要是我太过乐观了，我们被算计了。"

"被谁？"

"不知道具体是谁，反正是竞争者。"

我重新坐下，"另外一个公司的？"

他摇摇头，"OPERNS 隶属曼德拉公司，我们雇佣 SUS–L 专家开发了它。虽说他们是自由职业者，但是这个项目一直受到曼德拉的监察。所以这事应该是曼德拉内部的其他主管干的，也就是我的同事，他们为了上位什么都做得出来。"

他吐出"同事"这个词时候的表情像是吃进了什么恶心的东西。

"你有很多那样的同事？"

他的表情有些痛苦，"科瓦奇，曼德拉可不是个能交到朋友的地方。有时候他们看似支持你，那不过是因为自己能从中渔利。其他任何时候，他们都想着让对方死无葬身之地。所有人都在相互算计。总之，恐怕我之前低估了麻烦的程度。"

"因此他们在这里部署了 OPERN 系统，希望你葬身登格里克，永无回头之日。但是这样岂不有些目光短浅？想想我们是为何而来的，我的意思是说——"

这位曼德拉主管摊开双手，"他们不知道我们为什么来此，相关数据封锁在资料库里了，只有我一个人能打开。而如果事先知道我们此行的目的，他们早就绞尽脑汁用尽方法和我争夺这次机会了。"

"所以他们想在这把你解决掉……"

他点点头,"没错。"

我现在明白刚刚他为什么不想在这儿吃子弹了。我上下打量着面前这个低着头的家伙——他不是突然想通了,而是在计算。

"那你的远程意识备份有多安全?"

"从曼德拉公司之外动手?基本上没戏。从内部?"他又看着自己的手,"那我就不知道了。我们离开的时候太匆忙,没来得及更换安全代码。"

他耸耸肩。

"时间永远不够,对吧?"

"我们还有一条路,那就是离开,"我向他提议,"反正卡雷拉给了我们撤退的联系代码。"

韩德僵硬地笑了笑。

"你想想卡雷拉为什么要给我们代码?卡特尔协议原本是禁止部署实验性纳米技术的,因此我的对手肯定是对战争委员会有影响的人物,也就是说,他知道楔形军以及任何为卡特尔战斗的军队或者个人的代码。别提卡雷拉了,那不过是他的一枚小棋子。我打包票已经有枚导弹蓄势待发了,虽然卡雷拉告诉我们代码的那一刻尚且安全,但等到我们使用,导弹就必然会被激活。"他的笑容扭曲,"而据我所知,楔形军的制导武器基本上百发百中。"

"确实,"我点点头,"基本如此。"

"那么,"韩德站起身,走到了床对面的窗户边,"现在你都知道了。满意了吧?"

一切都想通了。

"唯一能让我们全身而退的只有……"

"你说得对。"他眺望窗外,"详细报告我们的发现之物,同时得到标明该文物为曼德拉公司所有的财物序列号,才是回去的唯一出路。等到加官晋爵后,我要把那群狗日的一点点碾碎。"

我又坐了好一会儿,但他似乎关上了话匣子,于是我起身离开。看到韩德仍然看着窗外,我突然有了一丝同情。计算失误的滋味我品尝过,所以走到门口的时候,我停了下来。

"还有什么事?"他问道。

"你可以做做祈祷,"我告诉他,"说不定能让你好受点。"

第二十三章

瓦尔达尼没日没夜地工作。

她不停地捣鼓着那扇门，有时候气急败坏地敲敲打打，有时候则静坐如钟，研究着门上的符号，企图找出它们之间的联系。她将符号录入暗灰色的快速读取数据芯片中，像嗑了药的爵士钢琴师般，疯狂地弹奏敲打触控屏进行程序调整，接着通过自己组装的模拟设备下达开启命令，然后双臂交叉，看着全息图像中的控制板因为暴力破解失败而崩溃报错。接着，通过四十七台不同角度的显示器，她对那排符号进行了更深入的研究，企图找到线索。但进展始终不大。那些毫无规律可循的符号让她抓耳挠腮，最后只得整理记录，迈着沉重的脚步回到滩头，回到防护罩里，重新开始。

她在实验室的时候，我从不去打扰，只是站在"纳吉尼号"的储物舱里，借着居高临下的地形，偷看她弯腰忙碌的样子。生化系统能让我清晰地观察到她脸上时而飞扬、时而低落的神采。她会在素描板上

246

写写画画,更多时候则在键盘前敲敲打打。而当她进山洞调查时,我总是站到符号素描纸四散的实验室里,看着她在监控屏上的样子。

她的头发拢在脑后,老有几缕会不服帖地跑出来垂在额上,其中有一束还总是滑落脸庞。每次看到这里,我心头都会涌起一股奇怪的感受。

她不停地工作,我则注视着东升西落的阳光在她身上留下的不同阴影。

孙和汉森轮流监看岗哨遥控板。

而苏贾迪始终盯着山洞,不管瓦尔达尼在不在里头都一个模样。

剩下的人就围着半加密的卫星广播节目取乐。信号好的时候,他们就看肯普军的宣传频道;反之,则切换到官方频道。只要肯普出现,他们就会一边嘲笑,一边模仿;拉皮妮的征兵颂歌响起之时,他们还一边鼓掌,一边哼唱。但到后来,两个阵营界限逐渐模糊,他们谁都嘲笑,肯普和拉皮妮也有了各自的粉丝。拉皮妮出现的时候,德普雷和克鲁克香克会一起祷告;其他人则喜欢模仿肯普的演讲,一边吟诵,一边挥舞着双手,颇具煽动性。其他大多数时候,不管节目里在播放什么,都能引发大伙的哄堂大笑,就连蒋也加入了他们的队伍,时不时舒展眉梢,微弯嘴角。

韩德喜欢盯着大海,时而朝南,时而望东。

我则经常抬头,看着夜空中的点点星光,思考是否有人也正在注视我们。

两天后,哨岗沾上了纳米群的第一滴血。

超感炮弹开火的时候,我正在呕吐,骨头刺痛,胃部翻搅,感觉难受又无能为力。可怜了那顿早饭。

又炸了三炮,接着,寂静无声。

我擦净嘴角,按下洗浴间的清洗键,便赶到了外面的海滩上。天空一片昏暗,除了索贝维尔仍在燃烧的火光外,不见烟雾,也没有其他光源,更观察不到任何爆炸的迹象。

克鲁克香克已经在外头了,她手握光束喷枪,眼睛盯着山脉。我走到她身旁。

"你也听到了?"

"当然。"我朝沙地吐了口唾沫,脑袋还在嗡嗡作响,不知道是因为呕吐,还是因为超感炮开火的巨响,"看来我们得开战了。"

她斜眼看了看我,"你没事吧?"

"不过是吐了一回。别得意,过不了几天,你也一样。"

"多谢提醒。"

胃里又是一阵抽搐,似乎没有停下的意思,接着我的五脏六腑都跟着翻搅起来,超感炮向四周发射的小范围定位电波转到了我们这边。我咬咬牙,闭上眼。

"它们连珠炮一般发射,"克鲁克香克说道,"前三次是在追踪目标,最后一炮才正中靶心。"

"太好了。"

肠胃的不适感逐渐平息,我弯下腰,用力将呕吐时残留在鼻孔里的秽物喷出。克鲁克香克颇有兴致地看着我。

"麻烦你……"

"噢,不好意思。"她转向别处。

我将另外一个鼻孔也清理干净,吐了口唾沫,然后看着前方。仍然没有任何发现。脚边的鼻涕和呕吐物中都沾着血丝,感觉不大对劲。

妈的。

"苏贾迪呢?"

她指了指"纳吉尼号",飞船前端的下方有一个弯曲的活动舷梯,苏贾迪和奥尔·汉森正站在上面,显然在讨论飞船前端炮弹发射的相关问题。阿梅利·翁萨瓦则坐在附近海滩的矮丘上。德普雷、孙和蒋要么还在船上的厨房里用餐,要么就是跑去别处找乐子消磨时间了。

克鲁克香克手搭凉棚,望着舷梯上的两人。

"看来我们船长望眼欲穿的时刻终于来临了。"她若有所思地说道,"自从我们来到这里,他每天都把所有的枪支全部擦一遍。看,他正在笑呢。"

我强忍住恶心,朝舷梯费力地走去。苏贾迪看到我后,在舷梯边缘蹲了下来,他脸上似乎没有所谓的笑容。

"看来我们时间不多了。"

"还不至于,韩德说过,那些纳米物得进化好几天才能够对付我们的超感武器,而我们的任务已经完成了一半。"

"希望你那位考古学家也这么认为。最近和她谈过吗?"

"你觉得呢?"他撇撇嘴。自从知道 OPERN 系统的事后,瓦尔达尼基本上一言不发,就连吃饭也是完事就闪人,用一个"不"字拒所有人于千里之外。

"我需要了解她的工作进度。"苏贾迪说。

"这就去办。"

我朝沙滩上方走去,经过克鲁克香克身边时,我模仿她的手势,和她来了个利蒙式握手。习惯性的微笑似乎让我胃里的翻搅消退了一些。特派局教会了我一件事——日常行为有时候可以触动内心最深、最软的地方。

"可以和你谈谈吗?"当我走到阿梅利·翁萨瓦身边时,我问道。

"当然,不过请先等我归来,我想知道那位蜗居女士近况如何。"

她并没被我逗笑。

我在山洞里的躺椅上找到了瓦尔达尼,她正怒目圆睁,盯着那扇门。头顶上,是块延展开来的镶边屏幕,正排列着那些序列符号。但这些数据全部都被她挪到了面板的左下角,头顶正上方的屏幕里反而空空如也。那些数据的光苍白而脆弱。这种工作方式可并不常见——大多数人都习惯于把数据铺满整个屏幕——就像挥手把桌子上的东西全部甩到地上,只不过扫落的是数据而非实物。我在实验室的监视屏上经常看到她这样做,这愤怒反倒显出了她的几分优雅,我喜欢看她这样。

"希望你不要明知故问。"她说道。

"那些纳米物攻到了哨岗防线。"

她点点头,"是吧,感觉得到。我们还有多久? 三天? 四天?"

"韩德说外面还能撑四天,因此你不用给自己太大压力。"

她虚弱地笑笑,我心里涌起一股暖流。

"进展如何?"

"科瓦奇,都说了别明知故问。"

"不好意思。"我发现一个行李箱,便坐了上去,"但苏贾迪已经急不可耐地在计算攻击范围了。"

"我看我最好还是少去惹他,还是好好研究开门的事得了。"

我自己也笑了起来,"明智之举。"

沉默。我的注意力被那扇门吸引过去。

"门就在这儿。"她开始喃喃自语,"波长正确,声音和画面相符,计算也没有失误,到现在为止,都是对的。我知道程序,而且,我记得我们上次就是这样把门打开的。妈的,应该行得通才对。难道是我漏了什么,还是忘记了什么?"她的脸抽搐着,"被该死的拘留营虐待后搞忘了。"

她有些歇斯底里,接着便不再说话,回忆对她来说是一件痛苦的事。我试着帮她理清思绪。

"如果有人比我们先到了这里，有没有可能是他们以某种方式改变了相关设置？"

她沉默了一会儿，我耐心等着。终于，她抬起头。

"谢谢你，"她清了清嗓子，"呃，给我打气。但是你知道，那是不可能的，只有百万分之一的概率。一定是我自己遗漏了什么。"

"看来不是没可能？"

"科瓦奇，一切皆有可能。但就现实而言，我们不去考虑这个可能，因为没有人类能够做到。"

"但是你也曾经打开过它。"

"是的，科瓦奇。一只狗用后腿站起来也能把门打开，但是你什么时候看到一只狗能够把门上的铰链拿下再重新挂上去了？"

"好吧。"

"这涉及能力的问题。我们学会了应用火星人的科技——看懂宇航图、激活风暴庇护所、运行恩克鲁玛之地上发现的火星地铁系统——而所有这些，任何一个普通的火星成年人闭着眼睛都会，因为这些都不过是最基本的技能，就像开车或者是住在房子里一样简单。而这个——"她指了指立在仪器另一边那俯首躬身的塔状物，"这个才是火星人最尖端的科技产物，我们挖了五百年；挖遍三十多个世界，只找到这么一处。"

"说不定是我们找错地方了。双手撕扯着闪亮的塑料包装盒，而那块原以为装在里面的精密电路板其实正被自己踩在脚下。"

她冷眼盯着我，"你当自己是谁？突然变成维辛斯基主义者了？"

"在兰德弗尔的时候，我读过他写的一些东西。虽然很难找到他晚期的作品，不过曼德拉的数据库资源还挺丰富的。就我看来，维辛斯基似乎认为协会的文物搜寻协议不过是一纸空文。"

"那时候的他还比较愤世嫉俗，一个人一会儿要做纯粹的空想家，一会儿又要变成心无杂念的反对派,那可不容易。"

"他预测到了门的存在,不是吗?"

"可以算吧。他的团队在布拉德伯里发现的一些档案中有相关暗示,好几次提到了'一步之外'的东西,协会认为那是一个抒情诗人对超空间传输科技的比喻说法。那时候,我们也不知道这个词是什么意思,火星人的诗歌和天气预报在我们看来没什么差别。而协会希望能从中挖掘出一些意义,于是'一步之外'就是指超空间传输技术的说法一下就被无知的人们接受了。因为如果这个词是指任何人都没设想过的某种科技,那这项技术肯定对任何人都没用。"

洞穴突然开始震动,尘土从临时搭建的支架周围抖落下来,瓦尔达尼抬头看了一眼。

"呃——噢。"

"你最好小心点。虽然汉森和孙认为这个洞穴比内圈的哨兵系统更能承受住震动。"我耸耸肩,"但不要忘了,他们都曾经犯过致命性的错误。我等会儿去弄个舷梯来,检查一下顶上是否结实,免得在你刚好成功的时候掉下来砸烂你的脑袋。"

"谢谢。"

我不置可否,"听着,你以前打开过这扇门,这次也一定可以,时间早晚而已。"

"但我们时间不多了。"

"告诉我,"我启动特派探员的快速反应本能,想帮她摆脱低落的情绪,"如果这真的是火星人最尖端的科技产物,你以前的团队是如何破解的呢?我的意思是……"

我抬手做了个"请求"的动作,希望她能解释一下。

她再一次疲惫地笑了笑,我突然想知道核辐射和抗辐射药物到底对她的身体造成了多少损伤。

"你还是没听明白，是吗，科瓦奇？我们说的可不是人类，而是和我们不同的东西，他们不会像我们一样思考，维辛斯基把这叫作民主开放式科技使用权。就像风暴庇护所一样，任何人都能够进入——任何一个火星人，也就是说——如果你自己的同胞无法进入，这个造出来的东西又有什么用呢？"

"你说得对。这点跟人类完全不同。"

"这也是为什么维辛斯基当初会和协会闹翻的一个原因，他写了一篇关于风暴庇护所的论文，文章指出庇护所运行的科学原理其实非常复杂，但是建成之后，原理简单与否已经不重要了，控制系统设计简单就行，简单到我们都能操纵自如。他把这叫作物种团结一致的标志，他同时指出，火星人的统治是在殖民战争中倒台的观点不过是唬人的鬼话。"

"他似乎不知道什么时候该闭嘴，嗯哼？"

"的确。"

"他到底想说明什么？如果火星人不是自毁于殖民战争，难道是在和另外一个物种的战争中灭亡的吗？另外一支我们尚未发现的智慧生物吗？"

瓦尔达尼耸耸肩，"或许吧，指不定没有战争，他们只是离开了这个星系，去了别处。维辛斯基总是无法深入论证问题，他喜欢打破旧传统，关心如何揭发协会犯下的各种白痴罪行，却没有建立自己的理论。"

"一个如此聪明的人居然会做这样的傻事，真是让人惊讶。"

"至少他非常勇敢。"

"没错。"

瓦尔达尼摇了摇头，"不管怎样，重点在于，任何我们发现的遗迹，只要能理解其原理，就能进行操控。"她指了指门周围的一排仪器，"我们现在必须模拟火星人喉腺里发出的光以及他们的声音。只要能理解其中的原理,门就能打开。你问为什么我们上次能开门,但其实门本来就是用来打开的,任何需要穿越到别处的火星人都能开启。我相信在这些仪器的帮助下,只要时间足够,人类也做得到。"

看来她已经重新燃起斗志了。我缓缓地点点头,从行李箱上下来。

"你要走了吗?"

"我和阿梅利还有几句话要说。要帮忙带句话吗?"

她奇怪地看了看我,"不需要,谢谢。"她伸了伸懒腰,"我还要在这儿待上一阵,研究几组序列,弄好后我就去吃饭。"

"很好,那一会儿见。噢,"我走到洞口,停了下来,"我该怎么跟苏贾迪说呢? 总得给个说法吧。"

"告诉他我两天之内会打开这扇门。"

"真的?"

她笑了笑,"假的,很可能时间不够,但说归说。"

韩德一刻也没闲着。

他的营房地板铺满了沙子,形状复杂,房间的四角则点着黑色的蜡烛,缭绕的烟雾使屋子里满是味道。这位曼德拉主管盘腿坐在沙堆的一端,双手捧着一个浅口铜碗,被割破的拇指正朝碗里滴着血。铜碗中央放着一块雕有图案的骨头。他貌若神游物外。

"韩德,你他妈的在干吗?"

"我告诉过苏贾迪,任何人不得来打扰。"

"是的,他是这样跟我说的。但是你他妈的到底在干什么?"

韩德没有回答,但我已经看透了他的心思。此刻的他情绪很糟,处于爆发边缘,这可正合我意。我在一步步走向死亡的过程中正骨头发痒,巴不得干上一架。几天前我对他的同情心也不知道被抛到了什么地方。

或许他也猜出了我在想什么,于是抬起左手往下比了比,接着缓了缓脸上僵硬的表情,放下碗,舔掉了拇指上残余的血痕。

"科瓦奇,我可没指望你能明白。"

"让我猜猜看,"我望向四周的蜡烛,烟味浓郁、辛辣,"你想借助某些超自然的力量让我们摆脱现在的窘境。"

韩德转过身,掐灭了身后离自己最近的蜡烛,然后重新恢复了曼德拉主管该有的沉着冷静。他不紧不慢地说道:"科瓦奇,你还是和往常一样,对自己不能理解的事情像黑猩猩一样敏感。如果真有什么仪式能够唤来灵界的帮助,我倒乐意一试。"

"其实,大体上,我能够理解。你现在做的就是一笔交易,物物交换,一点鲜血换取一些神的帮助。韩德,你不愧是商人,真有买卖的头脑啊。"

"科瓦奇,你来干吗?"

"只想好好谈谈,我在外面等着。"

我退回到会议室,发现手正轻微地颤抖着,这多少令我惊讶,兴许是掌心的生物传感器探测到了什么。以前身体正常的时候,传感器总是让任何威胁都无处遁形。而现在,它们和我的身体一样,正逐渐被辐射吞噬。

双臂的皮肤下仿佛有什么东西在不断地抓挠,韩德屋里的烛火味道像碎湿布一样卡在嗓子眼。我开始咳嗽,想把喉咙里的东西给呛出来,我咳到太阳穴嗡嗡响,连呻吟都不似人声才止息,终于,我清了清嗓子,坐到了会议室的椅子上,看着自己的手,颤抖终于停住了,这感觉真是痛苦。

曼德拉主管五分钟之后才出来,他已经卸去了刚刚的奇装异服,以前那个精明能干的马提亚·韩德又回来了。他的一只眼睛下面已经出现了蓝色的斑点,皮肤也泛着淡淡的灰白色,但是他的眼神里没有核辐射造成的恍惚和麻木,看来他用生化系统将其控制得很好,看不出已是濒死之人,只有启动特派探员本能,我才能勉强发现一些蛛丝马迹。

"科瓦奇,最好是好事。"

"恐怕不是。阿梅利·翁萨瓦告诉我说,'纳吉尼号'的自带监控系统昨晚关闭过。"

"什么?"

我点点头,"是真的,关闭了五六分钟,这也不是什么大问题——翁萨瓦说你可以告诉大家这不过是一次例行检修,因此不用太担心。"

"噢,神啊。"他看着外面的海滩,"这件事还有谁知道?"

"你、我,还有阿梅利·翁萨瓦。她告诉了我,然后我告诉了你。或许你可以告诉盖德,看看他能不能帮你。"

"科瓦奇,别拿我取乐了。"

"韩德,是时候决定信任名单了。翁萨瓦应该没有嫌疑——否则的话,她没理由先告诉我。我自己也没什么可怀疑的,至于你,咱们在一条船上。除此之外,我不敢说还有谁可以相信。"

"她检查过飞船吗?"

"她说自己除了飞行之外,时时刻刻都在对飞船做各方面的检查。但我现在更担心船舱里的仪器。"

韩德闭上眼睛,"嗯,很好。"

"安全起见,我建议翁萨瓦带我们俩上去看看,跟其他人就说我们是去看望那些纳米朋友。我们去检查一下外部状况,而她可以检测内部系统。就今天傍晚吧——哨岗的超感炮刚炸过纳米群,其他人应该不会起疑。"

"可以。"

"同时我也建议你随身带着这东西,而且别让任何人看见。"我拿出翁萨瓦给我的电击枪,"很精致,不是吗？海军专用配备,从'纳吉尼号'驾驶座旁边的紧急备用箱中找到的。这东西原本的作用是防止叛变。而且,万一你不小心打错了人,伤害也最小。"

他朝口袋里伸手,居然掏出了一把制式相同的枪支。

"啊哈,看来你早有准备。"我将小型电击枪塞回夹克口袋里,"我们去找翁萨瓦谈谈,她已经准备好了,我们三个联手,应该可以阻止事态恶化。"

"希望吧。"他重新阖上眼睛,用拇指和食指揉了揉眼角,"希望如此。"

"看来肯定有人不希望我们穿过那扇门,是吧？你是不是烧错高香了？"

外面又传来超感炮发射的声音。

第二十四章

　　阿梅利·翁萨瓦带着我们在五米的高空盘旋了一会儿,然后开启了自动驾驶。我们三人蜷缩在驾驶舱的全息显示屏周围,就像聚在篝火旁的猎人。三分钟过去了,"纳吉尼号"的所有系统依然运转正常,没有出现什么问题。翁萨瓦像憋了很久似的,长长地呼了一口气。

　　"看来不用担心,"她有些犹疑地说道,"虽然不知道是谁在捣鬼,也还不清楚他的目的,但他肯定不想和我们一起葬身此地。"

　　"这个,"我冷冷地说道,"要看他有多忠心了。"

　　"你觉得蒋——"

　　我赶紧举起手指放在唇边,"别说名字,现在下判断还为时过早。而且你得祈祷这位搞破坏的朋友对他们的回收小组还有点信心。就算飞船真的发生什么事,至少我们的存储器都还在,不是吗?"

　　"当然,除非燃料箱里安了炸弹。"

　　"那么,"我转身看着韩德,"我们开始吧?"

很快我们就找到了问题所在。当韩德掀开控制室的储物罐时，一股浓烟冒了出来，我们被直接赶到了乘员甲板的舱口处。我赶紧伸手抓过紧急隔离板，砰的一声合上，然后躺倒在甲板上，眼泪直流，恨不得把肺也咳出来。

"天啊，妈的。"

阿梅利·翁萨瓦突然出现在我面前，"你们是不是——"

韩德微微点了点头，招手让她赶快退回去。

"腐蚀性手榴弹，"我喘着气，擦了擦眼睛，"肯定是直接扔进去然后锁上的。阿梅利，看看里面原本有什么。"

"给我点时间。"驾驶员回到驾驶舱，开始浏览载物清单。她读了出来："基本上是医用的东西，自动外科治疗系统的备用插件，还有一些抗辐射药物、辨认 – 评估系统、一件创伤动力服，噢，还有曼德拉所有权浮标。"

我朝韩德点点头。

"被我猜中了。"我挣扎着坐起来，靠在船壁上，"阿梅利，你看一下其他浮标放在哪里啦？把控制舱的通风口打开，然后再开舱门。再不来点新鲜空气，我就要死了。"

我发现头顶上有一个饮料柜，就伸手进去拿了一些，顺手递给了韩德一罐。

"喝吧，这东西能把你刚刚吸入的合金氧化物冲下去。"

他接住饮料，一边咳嗽，一边笑。我也咧了咧嘴。

"这么说——"

"这么说，"他打开饮料罐，"我们在兰德弗尔的尾巴跟来了这里。你觉得有没有可能是外面的人昨晚溜进了我们的营帐，然后干的这些？"

我想了想，"这不大可能，外面有匍匐前进的纳米系统，两圈哨兵系统，还有覆盖整个半岛的致命性核辐射。除非是脑子有问题，否则没人会想要溜进来。"

"那些攻进兰德弗尔曼德拉大楼的肯普军就是这种玩命的家伙，他们脖子后自带了存储器烧毁系统。那可是真正的死亡啊。"

"韩德，想和曼德拉公司作对，就得那样。我敢打赌，你们的反间谍仪器里安装了很不错的审讯软件。"

他没有理会我，自顾自想着心事。

"如果是那帮攻进曼德拉大厦的家伙，对他们来说，昨晚偷偷潜入'纳吉尼号'并不是什么难事。"

"不管是不是，肯定有内鬼。"

"我们就当有吧。但是是谁呢？你的人还是我的人？"

我抬起头，朝驾驶舱大声喊道。

"阿梅利，你启动自动驾驶，然后到这儿来一下，我可不想背后说人坏话。"

过了一会儿，阿梅利·翁萨瓦站在了舱口，看上去有些不自在。

"启动了。"她说道，"我，呃，听着呢。"

"很好。"我示意她过来，"按照正常的逻辑推理，你现在是我们唯一能信任的人。"

"谢谢。"

"他只是说逻辑上，"自从韩德的祈祷仪式被我打断后，他的心情就没好过，"翁萨瓦，现在可不是在夸奖你。但是你告诉了科瓦奇飞船出故障的事，所以多少应该是清白的。"

"除非我知道早晚有人会打开盖子，而我不过是故意告诉科瓦奇，然后掩盖自己的真实身份。"

我闭上眼睛，"阿梅利……"

"科瓦奇,你的人还是我的?"这位曼德拉主管有些不耐烦了,"到底是哪一个?"

"难道是我的人?"我睁开眼睛,把玩着饮料罐上的标签。自从翁萨瓦把这件事情告诉我之后,我前前后后想了好几遍,已经理出了一些头绪,"施耐德曾经是飞行员,他完全有能力关掉飞船自带的监控器,瓦尔达尼则根本做不到。但不管怎样,对方必须给他们提供更优渥的条件才行。"我停下来,然后瞅了一眼驾驶舱,"比曼德拉公司给出的条件更优渥,这实在是有些无法想象。"

"经验告诉我,政治信仰往往比经济利益更能驱使一个人。他们中有没有谁是肯普军?"

我想起自己认识施耐德的经过。

我他妈的再也不想看这种事了,我要离开,不管代价是什么。

然后是瓦尔达尼。

今天我看到十万人丧生……要是我现在和你出去,我只知道空气里全都是人们的身体碎片。

"据我所知,应该没有。"

"瓦尔达尼进过拘留营?"

"韩德,这个行星上有四分之一的人都他妈的进过拘留营,这可不是什么稀奇事。"

或许我的语气没有像自己所希望的那样超然,韩德听出了怒意,退让了一步。

"好吧,我的人。"他有些愧疚地看了看翁萨瓦,"他们不过是随意挑选出来的,而且下载进新躯体才不过几天而已,但是这期间,肯普军应该没有任何机会能够接触他们。"

"你相信塞梅代尔吗?"

"他只关心自己,其他的都不在乎。但他聪明得很,知道自己该站在哪边,而肯普军是赢不了这场战争的。"

"我猜肯普也知道自己赢不了这场战争,但是这并不影响他对战争的信仰。政治信仰高于经济利益,记得刚刚提到的吗?"

韩德转动着眼珠。

"好吧。那会是谁?你把赌注押在谁身上?"

"还有一种可能性你没想到。"

他瞥了我一眼,"噢,得了吧,别告诉我说是长着半米长獠牙的妖怪干的,苏贾迪才会这么说。"

我耸耸肩,"这取决于你怎么看。别忘了,我们还捞上来两具身份不明、存储器被挖掉的尸体,我们不知道在他们身上发生了什么,但他们应该是也被派来开启这扇门的,和我们要做的一样。"我用大拇指敲了敲机舱甲板,"两次毫不相干的探险,时间不同,中间大概还事隔一年……唯一的联系就是门后面的那东西。"

阿梅利·翁萨瓦抬起头,"瓦尔达尼之前的挖掘工作有没有遇到什么问题?"

"应该没有。"我坐直身子,努力理清自己的思绪,"但是谁知道这扇门在什么时段才会有反应呢。说不定打开过一次,使用者就会被记录。如果你是个长蝙蝠翅膀的大个子,那就什么事也没有。但如果特征不匹配的话,它可能就会释放出某种……我不知道,可能是某种在空气中缓慢传播的病毒。"

韩德哼了一声:"你觉得这病毒能做什么?"

"我也不知道,说不定病毒会渗透你的大脑,控制你的心智,让你神经错乱,捅掉自己的伙伴,再把他们的存储器挖出来,然后把尸体扔进一张渔网里,最后再毁掉探险仪器。"他们俩奇怪地看着我。"行了,我知道自己在说什么,我不过是举例而已。但是想想看,外面的纳米系统正在慢慢进化出对付我们的战斗武器,而我们还要应付那扇门。

据保守估计,人类这个物种,大概只落后于火星人几千年,我们怎么会知道他们留下了什么样的防御系统呢。"

"商人的天性告诉我,科瓦奇,你纯粹是在放屁,科技越发达,效率越高,和火星人比我们不过是猴子。而你觉得火星人的防御系统居然得要花上一年才能慢慢生效? "

"韩德,谢谢你承认了自己是只猴子。任何事,包括效率,在你眼里都只不过是利益的代名词而已。但实际上,一个系统的效率可不需要金钱来进行评估,它只要运作得好就行了。武器系统尤其如此。看看窗外的索贝维尔,你能从中赚到一毛钱吗? "

韩德耸耸肩,"这得问肯普,是他干的。"

"那么换个角度,核武器在五六个世纪前只有一个用途,那就是威慑民众,那时候人们对核战怕得要死。但现在我们可以随意使用核武器,就像把玩玩具一样把索贝维尔炸个稀巴烂。因为我们知道了核爆后该如何清理现场,我们的应对策略让核武器得以实现其真正用途。今天如果要威慑民众,我们会选择基因或者是纳米武器,这就是人类的做法,这就是人类的进步。试想,如果火星人的战争也会带给他们极为可怕的后果,他们是不是也会使用威慑武器呢? 那又会是种什么玩意儿? "

"某种可以把人变成杀人狂魔的东西? "韩德怀疑地看着我,"一年后也没扩散出去的玩意儿? 得了吧。"

"但要是它无法被阻止呢? "我轻声说道。

没有人说话,我看着他们然后点点头。

"要是真有这些东西从门的另一边过来,进入了我们的大脑,扰乱了我们的行为模式,最后把所有人都给感染了呢? 速度并不重要,重要的是那病毒有可能把整颗星球的人都吞噬掉。"

"撤——"话一出口,韩德就反应过来,于是住了嘴。

"你不能撤退,因为那东西会跟着你扩散到别的地方去,任何你去过的地方。唯一能做的就是封闭整个星球,然后看着它灭亡。可能是一代人,也可能是两代人,妈的,再没别的办法。"

沉默再次袭来,像湿冷的床单,把我们罩住。

"你觉得会有那样的东西在'圣克宣四号'上蔓延?"韩德终于开口问道,"那样的行为性病毒?"

"最起码可以解释战争爆发的原因。"翁萨瓦颇具幽默地回了一句,我们三个人同时笑起来。

紧张的气氛缓解了下来。

翁萨瓦从驾驶舱急救箱中拿出了两个紧急氧气面罩,韩德和我重新回到控制室,我们打开了另外八个储物罐,身体尽量离得远远的。

有三个已经被严重腐蚀,无法修复。第四个部分受损——扔在里面的手榴弹可能出了问题,所以全部物件只腐蚀掉四分之一。我们还在里面找到了一些碎片,看起来是来自"纳吉尼号"上储藏的武器。

妈的。

三分之一的抗辐射药被毁。

为此次探险准备的自动系统备份软件也没了。

能用的浮标只剩下一个。

我们回到船舱甲板上,拉出椅子,取下面罩,一言不发地坐着。肯定有哪个登格里克探险队员和储物罐一个样,毛利人的肉体外壳结实坚硬。

但内心已经腐蚀烂了个透。

"怎么告诉其他人?"阿梅利·翁萨瓦问道。

我和韩德交换了一下眼色。

"这不难。"他说道，"操，就我们三个知道这事，宣称是起事故吧。"

"事故？"翁萨瓦颇为惊讶。

"他说得对，阿梅利。"我看着外面，忧心不已，真希望能快点查清这一切，找出答案，"现在没必要告诉大家，我们知道就行了。等事情包不住，再说是动力组泄露，理由是曼德拉公司过于吝啬，给了我们一些过期的设备，他们会相信的。"

韩德没有笑。我能理解。

这事烂透了。

第二十五章

阿梅利·翁萨瓦让飞船在纳米群上空绕了一圈之后才降落。之后，我们就回到了会议室。

"这些是蛛网吗？"不知谁问了一句。

苏贾迪将图像放到最大。灰色的蜘蛛丝，长达百米，宽数十米，覆盖了遥控超感炮所及范围之外的山谷和低地。无数只四脚蜘蛛一样的东西在网上爬来爬去，并且，可以观察到网下的活动更加剧烈。

"这进化速度可真快。"卢克·德普雷一边说，一边嚼着苹果，"但是在我看来，没什么攻击性。"

"暂时而已。"韩德说道。

"要不就这样把它们了结了吧。"克鲁克香克向周围的队员提议，"与其长时间干坐着看这堆狗屁东西，还不如用 MAS 迫击炮轰过去，让那些家伙知道这地方谁才是头。"

"伊维特，别忘了，它们会进化出应付的办法。"汉森边说边看着外面。大家似乎都相信了动力组泄露的说法,但只剩一个浮标的事实仍然让汉森忧心忡忡。"它们会学习、适应,然后反过来对付我们。"

克鲁克香克生气地摆摆手,"让它们学好了,起码能为我们争取更多的时间,不是吗?"

"这话倒正合我意。"苏贾迪站起来,"汉森、克鲁克香克,吃完饭后,装上等离子核心碎裂弹,我要看到那些东西被烹成一堆灰。"

苏贾迪说到做到。

在"纳吉亚号"的厨房早早吃过晚饭后,所有人都聚到了沙滩上,等着看好戏。汉森和克鲁克香克将可移动火炮系统安装好,把阿梅利·翁萨瓦在空中俯拍的照片载入了火炮定位器,然后统统退到后坐力影响范围之外。火炮系统发射出的等离子核心碎裂弹越过山脉,砸在了蛛网上的不明物体上,火光四溅。

我和卢克·德普雷待在渔船的甲板上,我扶着栏杆,一边抿着瓶在冷冻柜里发现的索贝维尔威士忌,一边欣赏眼前的景象。

"真壮观!"德普雷朝焰色满布的天空举杯。

"也够粗暴。"

"没办法,战争嘛。"他用奇怪的眼神瞄着我,"身为特派探员的你居然会多愁善感。"

"前特派探员。"

"好吧,前特派探员,听说特派局的人都聪明得很。"

"那得看情况。他们也有心慈手软的时候,在阿多拉奇安和沙尔雅的时候就是。"

"还有伊涅恩。"

"没错,还有伊涅恩。"我盯着酒杯里的残渣。

"伙计,这就是最大的问题,如果能再聪明一些,战争一年前就该

结束了。"

"是吗？"我举起杯子，他点点头，也举起杯来。

"当然，只要派一支战术用特勤部队到肯普的大本营去，把那混蛋冷冻起来，行了，战争结束。"

"德普雷，你想得太简单了。"我重新满上杯子，"别忘了他还有妻子，还有同伴。他们怎么办？"

"当然，连他们一起冻起来。"德普雷举起杯子，"干杯！可能你还需要把他手下的小头目做掉。但那又怎样？一个晚上足以搞定。只要两三个小分队，协调配合一下，大概只要花费……怎么啦？"

我一口干了杯中的酒，撇撇嘴，"我看上去像一个会计吗？"

"我只知道只要派几支战术水用特勤部队到战场上就行了，管他花费多少，那样战争在一年前就结束了。当然，有一些人会真死，但起码局势不会如此混乱。"

"确实。或者双方用智能系统作战，所有的人都撤出星球，等它们打完了再回来。那样就只是损失些机器，不会造成任何人员伤亡。可惜双方都没这么做。"

"是啊。"德普雷黯然地说，"对上头来说代价太大了，一条命根本不如机器值钱。"

"德普雷，亏你还是个暗袭部队的杀手，怎么这么娘娘腔？喂，我这么说你不会介意吧？"

他摇摇头。

"我了解自己是什么样的人，"他说道，"这是我自己选择的路，因为我就只会这个。但在察提察，我看够了死亡——无数的小男孩和小女孩也被卷进了里头，他们还没到法定参军年龄。这不是他们的战争，他们不该死得这么惨。"

我突然想起自己曾带领过楔形军野战排，在离这儿几百公里远的西南方,与敌人激烈交火过。郭婉怡的双手和眼睛都被智能手榴弹炸成了烂肉,一起化作碎片的还有艾迪·穆哈托的四肢和托尼·洛马纳科的脸。相比别人,他们还算是幸运的。战争之中,很难说军人是无辜的,但也没谁想死得这么惨。

沙滩那一头,炮弹爆炸的火光消失了。我眯起眼睛看着克鲁克香克和汉森,他们的身影在悄然降临的夜幕下显得模糊不清,但能看出来他俩一直站着,直到火光彻底熄灭。我喝了光杯中的酒。

"完工了。"

"你觉得会有效果吗?"

我耸耸肩,"正如汉森所说,拖延一点时间而已。"

"它们将进化出类似迫击炮的攻击能力,还可能因此学会如何抵御光束,因为两者的热效应是同理的。它们还从咱们的哨岗系统那儿了解了超感武器。你猜这么一来我们还剩点什么?"

"尖头棍?"

"我们快打开那扇门了吧?"

"这可别问我,瓦尔达尼才是专家。"

"你看起来和她关系挺好的。"

我叹了口气,望向远方,不再说话。夜幕笼罩着海湾,水面一片漆黑。

"你打算继续待在这外面?"

我向着眼前黑暗的天空以及那片残余的红光重新举起斟满的杯子。

"我在这儿挺自在的。"

他突然笑出声来。"要知道,我们喝的酒可是价值连城啊,虽然味道不怎么着。我是说,"他朝索贝维尔曾经所在的地方指了指,"这东西再也生产不出来了。"

"是啊,这杯敬索贝维尔! 我说,干脆我们把这瓶都喝了吧。"

之后,我们没怎么交谈,瓶子里的酒也逐渐见底。拖网渔船周围夜色渐浓,世界好像只剩下甲板和云雾之上的几点星光。我们坐在甲板上,背靠驾驶舱。

不知道为什么,德普雷突然问我:"科瓦奇,你真的是在水柜里长大的吗? "

我抬起头看着他。他说的水柜是指培养槽。其实,很多人都有这种错误的想法,我去过的好几颗星球上,人们甚至用"水柜头"来骂人。但听到这话从一个特种兵口中说出来感觉还是……

"不,当然不是。你呢? "

"我他妈的当然不是。但是特派探员——"

"是啊,特派探员。他们把你逼到墙角,在虚拟场景中撬开你的脑子,再往里头塞进一堆乱七八糟动过手脚的东西,那些玩意儿等你清醒后绝对不想要。但是除此之外,我们也是活生生的人,现实世界中成长的经历可以让人随机应变,这点非常重要。"

"这可不一定," 德普雷摇了摇手指,"他们可以建立虚拟场景,让其快速运转,让你们真觉得自己度过了一个童年什么的,然后再把你们下载到克隆躯体里。这样你根本就不知道自己是不是被人类抚养长大的,说不定你就是一个克隆人。"

我打了个哈欠,"是啊,是啊,这么说的话,你也一样,我们所有人都一样。每次重生之后你都会带着这个疑问,每次超空间传输之后也是。不过,你知道我是怎么确定自己是在现实世界中长大的吗? "

"哦? "

"因为我那操蛋到极致的童年,他们根本模拟不来。我年轻时愤世嫉俗,性格暴烈,还会反抗权威,情绪阴晴不定。实际上,卢克,就是他妈的克隆士兵把我逼成那样的。"

他笑了起来，这情绪感染了我，因为我也跟着笑了。

"就是这些东西让你这么想的。"他止住笑，开口说道。

"哪些？"

他朝周围示意，"所有这些。这片海滩如此平静、如此安详。但说不定其实是个军事虚拟场景，伙计。或许我们已经死了，然后被关在这里，直到他们心血来潮决定把我们下载到别处去。"

我一笑置之，"那就趁还在这儿时及时行乐吧。"

"你高兴待在一个虚拟场景中吗？"

"卢克，和过去两年间所发生的一切相比，我真的比较愿意和其他被诅咒的家伙一起待在这个地方。"

"还是充满了浪漫主义的色彩，但是我说的是军用虚拟场景。"

"不过是术语不同罢了。"

"你觉得自己被诅咒了？"

我又灌下几口威士忌，酒精的灼烧让我整张脸皱成了一团，"卢克，我不过是说句玩笑话，放松放松而已。"

"早这么说就好了。"他的身体突然前倾，"科瓦奇，你第一次杀人是什么时候？"

"这可是个人隐私。"

"我们可能死在这片海滩，我是说真死，永无复生希望的那种。"

"如果你觉得这里是虚拟场景的话，那就只是杞人忧天而已。"

"可真要像你说的那样，我们面临真死呢？"

"那我也没必要跟你掏心窝。"

德普雷拉长了脸，"扯点别的吧。你和那考古学家上过床？"

"十六岁。"

"什么？"

"十六岁，我那时候只有十六岁。但根据地球的标准应该是差不多十八岁,哈伦世界的轨道运行速度慢一些。"

"那么小。"

我沉吟片刻,"不,年纪刚好。我十四岁就加入了黑帮,那会儿就好几次差点儿失手杀人了。"

"黑帮火拼?"

"那次弄得一团糟。我们本想算计一个毒贩,结果他比估计的要难对付得多,我的同伙都逃了,就我被抓了个现行。"我盯着自己的双手,"可惜他也低估了我。"

"你挖出了他的存储器?"

"没,我逃走了。听说他重生后还想找我报仇,但那时候我已经加入特派局了,他胆子还没大到敢和军队乱来的地步。"

"是军队教会你怎么让人真死的?"

"我相信,即使没加入军队,我早晚也会自学成才。那么来说说你吧,你的经历也和我一样混乱吗?"

"噢,不。"他轻声回答,"我生在拉提莫城,家族和军方有一些渊源,我妈是星际联盟摄政府的海军上校,祖父是海军准将,我还有一对弟妹,他们也都在军队里。"他讪讪地笑起来,克隆躯体的牙齿闪着光泽,"可以说我们生来就是干这行的。"

"特种部队对你的家庭背景怎么看?你没当上军官是不是很失望?无意冒犯。"

德普雷耸耸肩,"当兵有当兵的好处,没人在乎你是怎么干掉敌人的。至少,我母亲就这么认为。"

"什么时候第一次杀人的?"

"在拉提莫,"他又笑了笑,开始回忆,"比你大不了多少。当时碰上苏弗里埃尔起义,我们的侦察队要经过一片沼泽地,我正走到一棵树前,然后砰的一声,"他双手握拳,拢在一起,"开枪的敌人就在不远处,我没等自己意识过来就扣动了扳机。他被震出十米远,而且被炸成了两半。我呆呆地看着,不知道发生了什么,也没意识到就是自己开枪杀了那男人。"

"你把他的存储器取出来没?"

"噢,当然,之前就受过这方面的专门训练。我们还能让人从各种致命的伤痛中恢复过来,然后对他们进行审讯,最后再把记录抹得干干净净。"

"有趣。"

他摇了摇头。

"那次我只觉得恶心,"他承认道,"非常恶心。侦察队的其他人都笑话我,只有中士过来帮我一起把存储器取了出来,他还帮忙收拾,告诉我不要担心。最后其他人也跟着过来帮我了,而我,呃,慢慢地就习惯了。"

"而且还挺拿手。"

他看着我的眼睛,似乎觉得我俩同为天涯沦落人。

"苏弗里埃尔事变之后,我受到表彰,还被推荐去执行秘密任务。"

"你有没有碰到过卡勒富尔兄弟会的人?"

"卡勒富尔?"他皱起眉头,"他们在南边兴风作浪,就是比苏和海角那边——听说过吗?"

我摇摇头。

"比苏一直是他们的基地,但他们到底是为谁而战一直是个谜。反正有卡勒富尔的霍根曾经在海角向起义者开枪过——当然,我自己也杀过一两个——而且他们还大力帮助我们。他们给我们提供情报、药物,有时候还有宗教服务。很多高级军官都和他们如胶似漆,就连司令官在开战前都很乐意得到霍根的祝福。你和他们打过交道吗?"

"在拉提莫城的时候,打过几次照面。不过只是点头之交,没有什么实际接触。不过韩德也是一个霍根。"

"真的？"德普雷面色凝重，"真有趣。他看起来不像个神棍。"

"确实不像。"

"如果真的是这样，那他藏得可真深。"

"嗬，特派员兄弟，"有人从左舷栏杆处朝我喊了一声，尾音后还伴随着发动机低沉的隆隆声，"在船上？"

"克鲁克香克？"我从沉思中抬起头，"是你吗，克鲁克香克？"

一阵笑声传来。

我挣扎着站起身，走到栏杆边朝下望。施耐德、汉森和克鲁克香克都在那儿，挤在一架悬停着的反重力车里。带着瓶瓶罐罐，还有其他聚会时的必需品，反重力车被压得摇摇晃晃的。他们显然已经在沙滩上狂欢了好一会儿。

"你们最好上船来，免得把自己灌死了。"我说道。

他们还带来了音乐，播放器被丢在甲板上后，夜晚的宁静就被利蒙高地的萨尔萨舞曲取代了。施耐德和汉森拿出从曼德拉大厦带来的香烟，点燃，然后自顾自地抽了起来，烟草味在悬挂的渔网和船桨间缭绕。其他人则接到了克鲁克香克派发的雪茄，那上头上印着印第戈之城的标志——废墟和绞刑架。

"这不是违禁品吗？"德普雷用指间翻动着雪茄，注意到了上面的图案。

"赃物。"克鲁克香克咬掉茄帽，把烟叼在嘴里。雪茄的火光映在了她的脸上。这个毛利人坐在甲板上，前突后翘的身材格外性感撩人，不过我假装不为所动。

"好吧，"她说着从我手里抢过酒瓶，"是我们打扰了。"

我发现口袋里还有一盒皱巴巴的"兰德弗尔之光"，于是用上面的点火片擦燃雪茄。

"你们来之前,我们这儿的聚会可没这么吵。"

"我知道,你们两个老家伙是在比谁杀的人多吧?"

雪茄慢慢地燃了起来。"克鲁克香克,这东西从哪儿弄的?"

"曼德拉里一个军需补给员给我的,我可没偷没抢。我们在军械库里做个交易而已。"她眼睛骨碌碌地转着,颇有些得意,"从炮击结束到现在已经过了一个小时。告诉我,你们刚刚是在比谁杀的人多吗?"

我看了看德普雷,他忍不住笑了出来。

"不是。"

"那就好。"她朝天空吐着烟圈,"我恨透了杀戮。把我们投进战场的都是群没脑子的傻瓜。我是说,杀人并不难,谁都能做到,不过是逐渐克服心里的恐惧而已。"

"而且,杀得越多技术越好。"

"科瓦奇,你这是拿我开涮吧。"

我摇摇头,喝光了杯中的酒。这个年轻的姑娘和几十年前误入歧途的自己几乎一模一样,看到她多少让我有些感伤。

"你来自利蒙,对吧?"德普雷问道。

"生于高地,长于高地。怎么了?"

"那你一定和卡勒富尔的人打过交道啰?"

克鲁克香克吐了口唾沫,瞄得还挺准,正好飞过栏杆间的缝隙落入海中。"那些混蛋?当然。每个冬天的二十八号,他们都通过电缆轨道飞来窜去,劝说别人加入他们的组织。不从?烧了你的村庄!"

德普雷看了看我。

我说道:"韩德参加过卡勒富尔兄弟会。"

"看不出来。"她吐着烟圈,"妈的,怎么可能看出来嘛?他们不做礼拜的时候和普通人没什么两样。但你知道他们是怎么大肆诋毁肯普的。"她停了一下,警觉地环顾四周。在"圣克宣四号",你必须时刻防备政府军,这习惯深入骨髓,就和打针前必须先看看剂量一样自然。"但至少肯普不会强迫所有人都去追随他的信仰。所以后来听说,他们被赶出了印第戈城。这些消息是我在利蒙了解到的,那还是大封锁前的事。"

"嘿,"德普雷挖苦道,"你知道吗?我倒是觉得肯普那个自大狂和他们有的一拼。"

"我听说奎尔主义者也是那样,根本容不下其他宗教。"

我哼了一声。

"呦,"施耐德挤了进来,"你们刚才说的话我可听到了。奎尔说什么了?'如果哪个邪恶神灵责难你,就用唾沫淹死他'之类的话?"

"肯普可不是他妈的奎尔主义者。"奥尔·汉森斜倚着栏杆,垂下的那只手将烟斗递了过来,同时若有所思地看着我,"对吧,科瓦奇?"

"这可不好说,起码他借鉴了奎尔的某些想法。"我左手夹着雪茄,用右手接过烟斗深吸了一口。那味道溜进我的肺里,像一张冰凉的床单正在舒展开来一样慢慢地翻腾。虽说没有"娇兰二十号"那么轻缓,但至少不像雪茄那么呛口,那烟就像一对冰翅膀在我的胸腔里扇来扇去。我咳嗽起来,用雪茄朝施耐德指了指,"你刚说的那句鬼话不过是仿奎尔的山寨货。"

这句话惹毛了施耐德。

"噢,得了吧——"

"怎么?"

"我敢对天发誓,那可是她的临终之言。"

"施耐德,她没死。"

"这个,"德普雷语带讥讽,"就看你信不信了。"

周围一阵哄笑,我举起烟斗又吸了一口,然后把它递给汉森。

"好吧,我们无法确定她是否真的死了,只知道她失踪了。但是所谓临终之言只能是临死卧床时说的话。"

"说不定是她在告别演说里讲到的。"

"说不定就是一团编造的狗屎!"我站起来,步子有些不稳,"你想引用她的话是吧? 那我就来告诉你她到底说了什么。"

"好!!!"

"开始吧!!!"

他们迅速让开。

我清了清嗓子,"她说,我不会找任何借口。这句话出自《起义笔记》,可不是某人杜撰的什么临终之言。当时她无法招架敌方的微型炸弹,于是决定撤出米尔斯港口。那时,哈伦世界几乎所有政府机构的负责人都在电视上谴责奎尔,说上帝会因双方的死伤责难于她。于是她才说出以下这番话:我不会找任何借口,尤其对上帝。他和其他暴君没什么两样,与其朝他吐唾沫浪费口水,还不如留着去谈判。我们之间的协议很简单——我不责难他,他也别惹我。这是原话。"

掌声响起,像鸟群掠过整个甲板。

掌声逐渐平息后,我看向周围的人。汉森好像想起了什么,他眯着眼睛静静的叼着烟斗。而在别人鼓掌时不停吹着口哨的施耐德,此刻正靠在克鲁克香克身上,动作轻浮。这位利蒙高地的女士斜眼看着他,脸上挂笑。卢克·德普雷则站在他们对面,表情难以捉摸。

"来首诗。"他低低地说道。

"是啊,"施耐德跟着起哄,"歌颂战争的。"

不知道为什么,我想起了那些躺在医疗飞船甲板上的部下。洛马纳科、郭还有穆哈托,他们把浑身的伤病当作是军功章,仍然坚定不移地等着我带他们重返战场,一群嗜血的狼崽子。但错不在他们。

我的手比他们脏多了。

沿着渔船的栏杆走到船头，我斜倚其上，深深地吐纳，仿佛那儿有未经污浊的空气。"诗歌我从来没学过。"我撒谎道。前方的地平线上，火苗正逐渐熄灭，我一会儿看看火光，一会儿端详着手中雪茄的余烬。

"奎尔主义对你影响不浅啊。"是克鲁克香克的声音，她挨着我靠在栏杆上，"不愧是从哈伦世界来的，哈？"

"不是你想的那样。"

"什么不是？"

"奎尔他妈的就是个疯子，短短一年就让无数人真死，就连星际联盟的海军陆战队都自叹不如。"

"确实令人印象深刻。"

我看着她，不由自主地微笑起来，然后摇摇头，"噢，克鲁克香克，克鲁克香克。"

"怎么了？"

"总有一天你会想起我们今天的对话，总有一天，可能是一百五十年后，你会和我处在同一个位置。"

"或许吧，老家伙。"

我再次摇了摇脑袋，仍然笑着，"你得听从自己的本心。"

"那是当然，我十一岁起就自力更生啦。"

"老天，几乎十年了。"

"科瓦奇，我今年二十二岁。"她凝视着漆黑的水面，像是在自言自语，海面上点点星光闪烁，"而我军龄也有个五年了，头三年在接受战术训练，后来则应征加入了海军陆战队，我们班八十多个入伍士兵，结业的时候我排名第九，十九岁的时候，我升成了下士，二十一岁就当了军士。"声音里的锐意和她脸上的微笑反差极大。

"然后死在了二十二岁。"我并没想要挖苦她，但这话说得欠考量。

克鲁克香克缓缓吸了口气，"伙计，你今天心情很糟吧。是啊，死在了二十二岁。但是，我还是回来了，和这儿的其他人一样，回到了游戏中。科瓦奇，我是个大姑娘了，能不能别他妈的把我当个小妹妹。"

我挑起一边眉毛，突然意识到她所言不虚。

"你说了算，大姑娘。"

"好吧，我知道你刚刚在看着我。"她用力地嘬了一口雪茄，然后朝海滩吐着烟圈，"老家伙，你意下如何？在核辐射把我们毁了之前，抓住机会？及时行乐？"

另外一段有关海滩的记忆像潮水般涌来。恐龙脖子一样高耸的棕榈树屹立在白色的沙滩上，坦尼娅·瓦尔达尼在我的腿间移动。

"我不知道，克鲁克香克。此时此地，好像不大适合。"

"那扇门把你吓傻了？"

"我不是那个意思。"

她摆摆手，"随便，你不会真的认为瓦尔达尼能打开那东西吧？"

"不管怎么说，她以前打开过。"

"是啊，可是她看起来就是个废人，伙计。"

"克鲁克香克，你哪天迟早会被军事拘留的。"

"科瓦奇，得了吧。"她的语气让我很是厌烦，"伙计，我们可没有拘留营，那是这垃圾星球的特产，只有这里的政府才会干这样的好事。"

我怒火中烧，"克鲁克香克，你他妈的知道个屁。"

她眨眨眼睛，有些不知所措。之后则努力控制着自己的情绪。

"呃，我知道卡雷拉楔形军的名声，听说他们总是用残暴的手段处死囚犯。所以在指责我之前，你最好先照照镜子。"

她转身朝向大海，我有些不知所措。这种感觉很不舒服，我移到她身边，倚在栏上。

"对不起。"

"得了吧。"

"不，真的对不起，我过激了，可能是因为这鬼地方正在要我的命。"

她的嘴角泛起微笑。

"我是认真的，虽然我以前也经历过死亡，次数比你想象的还要多。"我甩甩脑袋，"但从没哪次的死亡过程会这么漫长。"

"显而易见。而且，你还迷上了那位考古学家，对吧？"

"有那么明显？"

"妥妥儿的。"她看了看手里的雪茄，把燃烧的部位掐掉，又将剩下的部分塞进前胸口袋，"我没有怪你的意思，她很聪明，脑子里尽是些稀奇古怪的东西，那些在我们看来不过是鬼故事或是数学之类的玩意儿让她充满了神秘感，连我也想一探究竟。"

她往看了看四周。

"有些惊讶吧？"

"有那么一点点。"

"好吧，别嫌我唠叨。但我见到门的第一眼，就知道了这是一生难求的机会。光是看着它，我都会有这感觉。能理解我的意思吗？"

"明白。"

"而且，"她指了指暗淡的海水彼岸那泛着淡淡粉蓝色光芒的海滩，"不管我们今后做什么，进入门的另一边都会改变我们的余生。"

她看着我。

"你知道，这种感觉有些奇怪。我死了，然后又复活来到了这里。我不知道是否应该感到恐惧，但是，伙计，我一点都不害怕，相反还期待得很。我想到门的另一边去。"

我们之间的空气里似乎出现了某种温暖的磁场，不断地吸纳着她说的每句话，她脸上变化的表情，还有急湍一般飞逝的时光，磁感越来越强。

她又笑了起来,但是那表情转瞬即逝。

"科瓦奇,那头见。"她喃喃地说道。

我看着她头也不回地重新加入甲板那头的聚会。

武·科瓦奇,看你干的好事。你还能再笨点吗?

这也情有可原,毕竟我正受着死亡的折磨。

你们所有人,都得死,科瓦奇,所有人。

渔船在水面晃动,头顶的渔网咯吱作响,我想起了之前捞起来的尸体,它们绕在网里,像躺在吊床上的新佩斯特艺妓。想到这里,我看了看甲板另一端的队友,突然发现他们毫无防备,如果意外发生,简直不堪一击。

又是那些化学物质在作祟。

这具旧躯体的生化系统遭到了过多的辐射,开始产生幻觉了,而幻觉总是在你最不需要的时候冷不丁地冒出来。

不管怎样,我会得到一切,新的丰收就要开始。

我闭上眼,头顶的渔网仿佛在窃窃私语。

我本来在索贝维尔的街头忙些事情,但是——

滚!

我把雪茄按在栏杆上碾灭,转身,迅速朝甲板舷梯走去。

"嗬,科瓦奇?"施耐德叼着烟斗,抬起头,眼神迷离,"伙计,你去哪儿?"

"方便。"我转过头,跌跌撞撞地冲下扶梯,一步半米。我走到楼底,黑暗中撞到一扇摇晃的舱门,我下意识地启动了生化系统,摇摇晃晃地推门走进了那狭小的空间之中。

墙上的照明砖发着微光,透过严丝合缝的灯罩将房间点亮,刚好可以让我看清屋里的摆设。里面有张床,床架和地板焊在一起,对面是置物架。另外一边是陷在凹壁里的工作台。我鬼使神差般地走到客舱尽头，靠在桌子的仪表盘上。仪表盘的屏幕微亮着打出紫蓝色的光线，我闭上眼睛，让这光斑隔着眼皮不停闪烁。之前抽的烟斗里有什么东西，它此刻正像蛇一样在我的体内吐着信子。

看哪，楔形军之狼，看到没？新的收获是怎么开始的？

塞梅代尔，你他妈的从我的脑中滚出去。

我可不是吹牛，塞梅代尔不过是我上百个名字中的一个……

不管你是谁，早晚会有一发子弹轰爆你的脑袋。

是你让我到这儿来的。

我可不这样认为。

我仿佛看见一具尸体，在网里潇洒地偏着头，乌黑腐烂的嘴唇正嘲讽地讥笑着。

我本来在索贝维尔的街头办些事情，不过现在都了结了。所以可以来这儿忙活啦。

你错了，当我需要你的时候，自然会来找你。

科瓦奇－瓦奇－瓦奇－瓦奇－瓦奇……

我眨眨眼睛，数据屏上的光让我眼前一亮。背后有人。

我绷紧肌肉，眼睛盯着桌子上方的墙壁，暗淡的金属墙面反射着显示器发出的蓝光，墙壁上坑坑洼洼的，还有多处磨损。

身后的影子动了——

我深吸一口气。

——近了——

我迅速转身，准备给来人致命一击。

"妈的，科瓦奇，你想吓死我啊。"

离我只有一步之遥的是克鲁克香克，她双手放在背后，显示器的亮光让我隐约看到了她脸上那难以捉摸的笑容，还有变色夹克下的无缝式衬衫。

我吁了一口气,把刚刚因为紧张而大量分泌的肾上腺素压了下去。

"克鲁克香克,你他妈的来这里干吗?"

"科瓦奇,应该是你他妈的来这里干吗?你不是说要去方便吗?难道是想尿在那些数据盘上?"

"你为什么要跟踪我?"声音从紧咬的齿缝间漏出,"难不成是想帮我把一把?"

"我不知道。你喜欢被人把吗,科瓦奇?还是你只喜欢虚拟做爱?那才是你的习惯?"

我闭上眼睛好一会儿,塞梅代尔从脑海中消失了,但心情依然沉重。然后我睁开眼睛,她还在直视着我。

"克鲁克香克,如果你再这么说下去的话,可别怪我不客气。"

她笑了笑,一只手漫不经心地解开无缝衬衫,接着弯起拇指,将衣服拨开,露出了下面的乳房。她低下头看着自己的新躯体,仿佛沉醉其中。

接着她懒懒地说道:"特派探员先生,该不是只有我在看吧?"

她抬头注视着我。之后的事情便一发不可收拾。我们贴在一起,她的腿隔着柔软的制服在我腿间滑动,温暖而热烈。我们抱在一起,同时低头看着挤在我们身体之间的乳头,看着我抚弄的手指。她带着粗重的呼吸,伸手解开我的腰带,滑了进去。

衣衫凌乱的我们相拥相搂,干脆顺势躺倒在旁边的床上,一股咸湿和霉潮味蔓延开来。克鲁克香克伸出穿着靴子的腿,砰的一声踢到了门上,甲板上的队员们应该都听到了。我把脸埋在克鲁克香克的头发里,笑了起来。

"可怜的老简。"

"哈？"她的手停下来。

"我想啊,他一定很伤心。你知道,从兰德弗尔出发以后,他就对你有意思了。"

"听着,只要是正常的男人,看到我这双美腿后都会对我有意思的。我才不会——"她开始抚摸我,几秒钟之后才继续道,"放在心上呢。"

我深吸一口气,"好吧,我也不会。"

"那很好。"她俯下身子,"现在那位考古学家就够他应付的了。"

"什么？"

我想要坐起来,但克鲁克香克心不在焉地把我推倒。

"没什么,你就乖乖待在这等我把正事办完吧。我本来不准备告诉你的,但既然……"她指了指自己正在忙着的事,"那我猜你应该能接受。我有好几次看到他们俩一起溜出去,而施耐德回来后总是笑得合不拢嘴,我猜你肯定知道是怎么回事了吧。"她耸耸肩,继续抚摸,"呃,他也不难看,白人中算不错的了。而瓦尔达尼,她很可能有些饥不择食。科瓦奇,喜欢我这样吗？"

我发出一声呻吟。

"你们这些家伙。"她摇摇头,"标准的毛片段子总能奏效。"

"进来吧,克鲁克香克。"

"啊哈,没门儿,这些等一会儿再说。我想看你欲壑难填的样子。"

又是喝酒又是抽烟,还有核辐射的影响,但她居然那么精力旺盛。塞梅代尔仍在我的脑海深处盘旋,而现在,我又想起了对施耐德投怀送抱的坦尼娅·瓦尔达尼。

与此同时,还什么东西也从大脑里释放了出来。

我无力地躺倒在狭窄的床上,感觉船舱开始摇晃,驶向了无忧无虑的未来。

我又有了感觉,这次因为克鲁克香克滑溜溜的大腿骑跨了上来,她整个人都坐到了我的胸口。

"现在,特派探员先生。"她一边说,一边用双手捧起我的头,"让我们看看你能做什么。"

她的十指放在我的脑后,像乳母一样让我的脸埋在了她的腿间,轻轻地摇晃起来。而她身上散发出的则是木材微燃的香味,她的呻吟听起来就像来回拉动的锯条。我能感觉到她高潮的临近。她的双手紧紧抓着我的脑袋,仿佛一松手就会坠入深渊。她急促地喘气,声音越来越大。

楔形军之狼,你别想那么轻易就摆脱我。

克鲁克香克抬起臀部,浑身僵硬,进入了高潮,她朝着船舱里潮湿的空气高声叫喊。

没那么容易。

她颤抖着,这才松开手向后倒在我身上。而我坐在湿冷的床单上。

我被困在这儿了,而且——

"现在,"她说着,一只手顺着我的身体游走,"让我们看看……噢。"

你可以从声音里听出她的惊讶,但是她把失望那部分掩藏得很好。

看到没?新的收获是怎么开始的?你可以逃跑,但是——

他妈的从我脑子里滚出去。

我用手肘将身体撑起来,面部肌肉像是绷带,僵硬得不得了。而燃起的欲火逐渐熄灭,我想要挤出一抹笑容,可是塞梅代尔让我笑不出来。

"对不起,看来身体已经被核辐射击垮了。"

她耸耸肩,"嘿,科瓦奇,肉身而已,你不用太介意。"

我皱起眉头。

"噢,妈的,对不起。"她的脸混合了滑稽和挫败的神情,跟原来在虚拟场景面试中看到过的一样。而这样的表情出现在毛利人的脸上更显荒诞。我起初是面露喜色,然后哈哈大笑,我想自己终于成功地放松了。

"啊哈,"她也发现了我的变化,"想不想再试试? 不用多久,反正我里面已经全湿了。"

她向后滑,坐在了我身上,借助数据显示屏的微光,我饥渴地盯着她的两腿间。她牵引着我进入她的身体,像给枪上膛一样,脸上充满自信。

虽然热情不减,而且随着她那紧绷又苗条的身体的上下移动,进展还算顺利,但却绝对算不上完美,而这也似乎逐渐感染了她,看得出来克鲁克香克的兴奋度已经下降了不少,到最后只是想要靠技术完成已经开始的一切。

你看到新的——

我努力甩掉脑海深处的声音,全力配合着她的动作。一开始不过是例行公事,注意力都集中在姿势和努力挤出的笑容上。她抓起我另外一只手,按在了她的胸部,没过多久,就达到了高潮。

可我却没有。但她满足后那绽放的笑容、淋漓的汗水,以及我们的拥吻,让我的性福变得不那么重要。

不是完美的云雨之事,不过起码让我暂时忘了塞梅代尔。之后,克鲁克香克穿上衣服,回到了甲板上。外面传来一片掌声和起哄般的喧哗。我则留在阴暗的船舱里,等待着它。但它没有再出现。

这是我在"圣克宣四号"头一次感觉到胜利。

第二十六章

醒过来的时候,我觉得脑袋像被职业拳击手重殴了一记。

我打了个哆嗦,转身,想继续入睡,但一阵恶心随之而来。我遏制住呕吐的冲动,用手肘撑起身体,眨了眨眼睛。朦胧的阳光打进阴暗的船舱中,原来舱顶有个前晚没有注意到的窗口。船舱另一边是数据盘,正在将桌上放射性气体仪上的数据输入左上角的数据显示屏。舱壁后有声音传来。

检查功能。我仿佛听到了弗吉尼亚·维杜拉在特派探员训练时的讲话。你们要担心的不是躯体上的伤痛,而是功能上的损耗。疼痛可以利用,也可以抑制,伤口只有在损伤内脏的时候才需要担心。别怕流血,那不是你们的血,你们不过是暂时寄宿于这个躯体,只要别丧命,你们很快就能得到一具新的肉身。别担心伤痛,检查你们的功能。

大脑像被谁从里面锯成了两半,接着燥热袭来,汗水仿佛直接从后脑勺的某个裂口里淌了下来。胃爬到了嗓子眼,肺部也如同蒙了雾。

我浑身生疼,感觉自己像刚被极高电量的电击枪击中过一样。

功能!

感谢你,弗吉尼亚。

我不知道这种宿醉加上濒死的感觉还要持续多久,也没多余的心思去计较。我小心翼翼地坐在床沿,这才注意到自己仍然一丝不挂。我翻翻口袋,拿出战场医用注射枪和抗辐射胶囊,掂了掂透明的胶囊,我有些迟疑,注射很可能让人产生呕吐反应。

我继续翻口袋,找到了军用止痛药,掰下一颗,捏在手里看了一会儿,然后又掰了另一颗。察看注射枪枪口的时候,我感觉自己的身体机能在逐渐恢复。清掉了后膛,我又填上了那两颗晶莹剔透的止疼胶囊,然后上膛,磁场充电。

注射枪传出尖锐的呜呜声。我头痛欲裂。不知道为什么,脑海里充斥着各种数字——它们正在房间一角的数据盘边缘闪动。

注射枪充电完毕,闪着红光,后膛的胶囊已经被转化成了军方的标配造型。这些长了翅膀似的尖锐物,将会像上百万把待命的匕首,一齐从枪管中发射出去。我用枪口抵着手肘内部,扣下扳机。

一道柔和的红光从我脑海掠过,变成了粉色和灰色的斑点,疼痛逐渐消失。楔形军的东西果然不错,但只有卡雷拉的战狼们才能获得最上等的药物。我开始傻笑,注入身体中的内啡肽让我晕眩了好一阵,然后才伸手摸索着拿起抗辐射胶囊。

弗吉尼亚,我他妈的感觉自己功能好极了。

我把止疼药的胶囊壳从枪里倒出来,重新装填上抗辐射药,推上枪膛。

科瓦奇,看看你自己,你就要死了,细胞也将分崩离析,只能靠药物苟延残喘。

这话听起来不像是弗吉尼亚·维杜拉说的,那就一定是塞梅代尔,阴魂不散的家伙,又回来了。我甩甩头,将注意力集中在身体上。

几天后你就能得到新的躯体,很快就能脱下这身……

是啊,是啊。

我等着呜呜声响起,红光再次划过。

注射。

功能好他妈的极了。

之后,我不紧不慢地穿上衣服,循声来到了船上的厨房。除了施耐德,昨晚聚会的成员都在。他们正享用着早餐,我的出现引起了一阵骚动,他们甚至鼓起掌来。克鲁克香克笑容满面地用臀部顶了顶我,还递给我一杯咖啡。但那瞳孔告诉我,她也刚注射了军用药。

"你们几个什么时候过来的?"我一边问,一边坐了下来。

奥尔·汉森检查了一下自己的视网膜显示屏,回答道:"大概一个小时前,卢克说他来做早餐,我就去了趟营帐,把要用的东西拿了过来。"

"施耐德呢?"

汉森耸了耸肩,叉起食物送到嘴里,"他跟我一起回的营区,但待在那儿没过来。怎么了?"

"没什么。"

"给。"卢克·德普雷递过来一个盘子,上面堆着煎好的鸡蛋,"补充补充能量。"

我吃了几口,但是没什么食欲。虽然疼痛是感觉不到了,但麻木更令人不安,核辐射已经开始了对细胞的侵蚀。我这几天胃口极差,早上根本无法咽下食物。就算把煎蛋切成小片,但最后我还是留下一大半没吃。

德普雷假装自己没看到,我知道这让他有些受伤。

"那些小家伙是不是还在燃烧?"

"还有烟,"汉森说道,"但已经烧得差不多了。你还吃不吃?"

我摇摇头。

"那给我好了。"他端起我的盘子,把煎蛋全部拨到自己的盘子里,"一定是你昨晚喝了太多酒。"

"奥尔,我就要死了。"我有些生气。

"是啊,或许吧。不过也可能是烟抽多了的缘故,我父亲曾经告诉过我,永远不要既抽烟又喝酒,否则有的受。"

桌子另外一边传来通信连接的提示音,不知道谁把开着的通信装置扔在了那儿。汉森嘟哝了一句,伸手拿起通信器,放到耳边。

"我是汉森。好的,"他边听边答,"好,五分钟。"接着脸上浮起一丝笑意,"好,我会告诉他们的,十分钟,好的。"

然后他把装置扔在餐盘间,扮了个鬼脸。

"苏贾迪?"

"一言命中。得飞过去看看那些纳米群。噢,对了,"他再次笑起来,"他还说别关掉通信器,否则就他妈的等着受罚吧。"

德普雷笑出声来,"这是他妈的原话吗?"

"不是,是我他妈的帮他翻译了一下。"汉森把叉子扔进盘子里,站起身。

领导队伍在任何时候都是项技术活。而且当队员们都是些天不怕地不怕,还从鬼门关回来了至少一次的大兵时,当他们的领导简直就是噩梦。

但苏贾迪做得不错。

我们先后进入会议室,找位置坐了下来。但他只是面无表情地看着。每个座位配备的记忆板上都放着一颗食用型止痛药,看到这东西,大家开始交头接耳,有人甚至发出一声惊呼,不过苏贾迪瞪了一眼后,周围便立即安静下来了。他开始发言,声音就像餐厅里的机器人红酒推销员。

"在座各位,如果有人还在宿醉中,最好现在就给我醒过来。我们的一个外围哨卡已经被攻破,还不知道它们是如何做到的。"

这几句话获得了预期的效果,人群恢复了安静。我感到体内的内啡肽在逐渐褪去。

"克鲁克香克和汉森,你们乘反重力车去查看一下,只要发现有动静,任何动静,马上回来报告。另外,你们还要把哨卡处的残骸带回来分析。翁萨瓦,启动'纳吉尼号',随时待命。其他所有人,带好武器,待在我能找到你们的地方。还有,记得戴上通信器。"他转向坦尼娅·瓦尔达尼,后者缩在会议室后面的椅子里,裹着大衣,神情被太阳镜遮了起来。"瓦尔达尼小姐,什么时候能打开那扇门?"

"可能是明天,"无法看出太阳镜后的那双眼睛到底注视着哪里,"运气好的话。"

有人哼了一声,苏贾迪不加理会。

"瓦尔达尼小姐,我想不用再提醒你,我们的工作已经受到威胁了。"

"当然,我了解。"她站起来向出口走去,"我回山洞。"

会议就这样结束了。

汉森和克鲁克香克在半小时内就回来了。

"什么也没有,"爆破专家对苏贾迪说,"没有残骸,没有焦痕,没有任何机器损坏的迹象。"他扭头望向身后刚刚检查过的地方,"实际上,没有任何迹象表明那些鬼东西曾经出现过。"

营帐里的气氛瞬间紧张起来。大家沉默不言,情绪低落,强迫着自己按照职业习惯去检查武器。汉森拿出腐蚀性手榴弹,拨弄着它们的导火线;克鲁克香克卸下了可移动火炮系统;苏贾迪和翁萨瓦则消失在“纳吉尼号”的驾驶舱里,施耐德迟疑了一会儿,也跟了进去;卢克·德普雷和蒋建平一边激烈地争吵,一边沿着海岸线向下走去;而韩德返回了自己的防护罩,估计会更加卖力地拜他的神魔。

我和孙立平一起坐在海滩的岩礁上度过了接下来的辰光。我希望在止痛药失效前,宿醉感就能从身体里消退。今天天气不错,蓝天的范围正在从西南角往这边蔓延,昨天那漫天的灰色已经被划开了几条口子。东边索贝维尔的浓烟也随流云散去,内啡肽下残余的朦胧迷离感竟然令眼前的景色看起来无比柔和。

纳米群燃烧的残雾已经烟消云散。我把那个方向指给孙看,但她只是耸耸肩,一副生死由命的模样。

“你担心吗?”我问道。

“当前的状况?”她似乎思考了一会儿,“我想我经历过更危险的。”

“当然,你都已经死过了。”

“呃,算是吧,但是我不是那个意思。虽然那些纳米系统是挺棘手的,马提亚·韩德也的确有理由害怕,但那些东西应该还进化不到能把‘纳吉尼号’从天空扫下来的地步。”

我想起韩德介绍OPERN系统时曾经提到过的蚱蜢机械炮,当然他并没有向其他队员透露这点。

“你家人知道你的职业吗?”

她仿佛有些惊讶,“当然,要我参军的就是我父亲。他告诉我,参军就不用自己付钱提高生化系统了,而军队向来不缺钱。他要我先想好自己喜欢干什么,然后再让军方付钱雇你干这个。当然,他也从没想过这儿会爆发战争。那可是二十年前的事了,那会儿谁能预料到今天呢?”

"是啊。"

"你的呢？"

"我的什么？我父亲？不知道，我八岁起就没见过他，主观上的时间大概是四十年前，客观上应该是一百五十多年前。"

"我很抱歉。"

"千万别。他离开后，我的生活可好多了。"

"他现在应该会为你自豪吧？"

我笑了起来，"绝对。那老家伙很痴迷暴力，职业拳击比赛每期必看。当然，他自己没有接受过正规训练，所以只好拿手无缚鸡之力的女人和小孩练手。"我清了清嗓子，"不管怎样，看到我这个样子，他一定很自豪。"

孙沉默了好一会儿。

"你母亲呢？"

我看着远方，努力回忆。特派探员拥有完整的记忆系统，但它的一个副作用就是让你安装系统之前的所有记忆都变得模糊而残缺。你就像坐着不断加速的火箭远离自己的过去。虽然在当时这正是我想要达到的效果；但活到了今天，我却开始略略后悔——有些想牢记的事也已经消失在了脑海里。

"我参军的时候，她挺高兴的。"我缓缓说道，"我穿着制服回家，她特意为我办了个茶话会，还邀请了社区里的所有人。我猜她确实为我感到骄傲。当然，参军后赚的钱也很好地改善了家里的困境。自从父亲离开，她要养活我们三个呢——我还有两个妹妹——就算她再尽力，家里有时还是揭不开锅。等到我完成基础训练后，家里的收入就是以前的三倍了，在哈伦世界，星际联盟摄政府付给士兵的钱还挺可观——为了和山口组以及奎尔主义者竞争，他们不得不抬高价格。"

"她知道你在这儿吗？"

我摇摇头。

"我离家太久了。在特派局的时候,他们会把你派到任何地方去,但不会包括你的家乡,因为怕碰到熟人下不了手。"

"没错,"孙点头道,"惯用的预防措施,可以理解。但是你都已经不是特派探员了,还是没回家过吗?"

我苦笑了一下。

"哈哈,以罪犯的身份还乡吗? 卡雷拉可不会放你走,要离开只能是当逃兵。再说,我母亲早已改嫁他人,还是个联盟摄政府的征兵官,所以家庭重聚看起来,呃,有些不合时宜。"

孙依然沉默,仿佛一直在观察下面的海滩,等待着发生点什么。

"这儿很宁静,不是吗?"我没话找话扯了一句。

"表面看来是这样,"她点点头,"但是,处处暗潮汹涌。我们心里都清楚,这儿正发生一场激战,而我们快输了。"

"是啊,快给我打打气。"

她微微笑了一下,"我不是故意打击你。但一边是被毁灭的城市,另外一边是被禁闭的超空间大门,山的那头有一群虎视眈眈的纳米生物,空气中还充满了致命的核辐射,我实在看不出这一切有多安宁。"

"嘿,你还存心……"

她露出了微笑,"科瓦奇,这就是我受的训练。我一生都在和机器打交道,让它们帮助自己感知一些正常情况下无法察觉的东西。你如果以此为生,也能渐渐发现宁静背后的风暴。你看,那边是风平浪静的大海,阳光照在海面,似乎很平和。但实际上,水里有上百万的生物正在为食物生死相搏,看,大多数海鸥的尸体都已经因此消失不见了。"她扮了个鬼脸,"这些提醒了我不要轻易下水游泳。还有,你觉得阳光温暖宜人不是吗? 但里头恐怕充斥着致命的亚原子粒子,任何没有进化出抵御这粒子能力的生物都会死。当然,这儿的所有生物,包括你我在内,都完成了此项进化。我们的远古太祖为此付出过巨大的代价。"

"空即是色,哈?听上去像和尚布道。"

"我可没在坐而论道。但世间的确没有绝对的宁静,所有你看到的这些平和,背后都隐藏着疯狂,它们总会在某个时候显山露水。"

"既然如此,你就干脆留在军队里得了。是这样吧?"

"我留在军队是因为有一纸合约在,我的服役期至少还有十年。而且,如果要我说实话,"她耸耸肩,"就算过了十年,我大概也还会留在军中,尽管那时候战争应该早已结束了。"

"战争永不停歇。"

"起码不会在'圣克宣四号'上。一旦打垮肯普,政府必然会加强控制,警方的行动会更加频繁,他们绝不会再让事情变得像今天这样不可收拾。"

我想起曼德拉公司最近正忙着办理的无限制许可证申请,还有韩德知道这个消息时候的得意表情。

我高声回了一句:"警方的行动一样也可以置你于死地。"

"我又不是没死过,但是看看,还不算太糟嘛。"

"好吧,孙。"一股倦意袭来,我胃部又开始翻搅,眼睛酸胀,"我放弃,你的确能说会道,要是你去找克鲁克香克布道的话,她肯定会买账的。"

"伊维特·克鲁克香克才不需要鼓励呢,她够年轻,知道如何享受生命。"

"是啊,或许你是对的。"

"你大概认为我不过是个狗杂种,但我并非故意。你看,从来没人强征我入伍,成为职业军人是我自己的选择。"

"是啊,现在你这样的人……"话还没说出口,我突然看到施耐德从"纳吉尼号"的前舱跳了下来,朝海滩狂奔。"他要去哪儿?"

从岩礁往下看,坦尼娅·瓦尔达尼正朝着海边走去,她步履有些奇怪,外套一侧还发着蓝色的微光,那一块一块的光斑,似乎在哪里见过。

我站起来,启动生化系统。

孙伸出手,搭在我的胳膊上,"她是不是——"

是砂石。洞穴里潮湿的蓝色沙砾结晶,这么说——

她向下倒去。

瓦尔达尼被自己伸出的左腿绊到,身体打了个旋,然后就直挺挺地倒了下去。姿势毫无优雅可言。我迈开大步,飞身跃下岩礁,生化系统计算出了应有的步幅,每一下都只轻轻点地,然后便在滑倒之前伸出另一足。在瓦尔达尼触地的瞬间,我刚好跳到沙地上,比施耐德早几秒赶到了她身边。

"我看到她走出洞穴,摔倒了几次。"他也跑了过来。

"快把她——"

"我没事,"瓦尔达尼甩开我,用手肘把自己撑了起来,她看了看施耐德,又转面朝我。我这才注意到她已憔悴得不成人形。"你们俩听着,我没事,谢谢。"

"发生什么了?"我平静地问道。

"发生什么了?"她咳嗽一声,朝沙地吐了一口唾沫,痰里都是血丝,"我和这里的其他人一样,马上要去见阎王了。就是这样。"

"你今天别忙了,"施耐德迟疑一下说道,"最好休息一下。"

她鄙夷地看了施耐德一眼,慢慢站起。

"噢,是啊。"瓦尔达尼挺直身体,咧嘴而笑,"忘了说,门打开了,被我炸开的。"

我看到她满嘴是血。

第二十七章

"我什么也没看到。"苏贾迪说道。

瓦尔达尼叹了口气,走到其中一个控制台旁操作了一番,有块可伸缩的镶边屏幕垂了下来,立在我们之间,上面显示出的是火星人那令人惊叹的科技塔门。随着另一块显示屏的启动,山洞角落里的灯亮了起来,闪着刺眼的蓝光。

"就在那儿。"

伸缩屏中的一切都好像笼罩在冷冷的紫光中,传送门顶端则闪烁着另一种色调,而且越来越强,盖过了先前的光芒,那东西看起来像一簇簇旋转蔓生的樱桃。

"那是什么?"我身后的克鲁克香克问道。

"那是在倒计时呢。"施耐德仿佛在很不屑地谈论一个谁都知道的常识,虽然他确实已经见识过一次了,"对吧,坦尼娅?"

瓦尔达尼疲惫地笑了笑,倚靠在操控台上。

"可以确定的是,火星人对蓝色光谱有更敏锐的感知,他们很多视觉标记都是用的紫外线波段。"她清了清嗓子,"他们能用裸眼看到紫外线。而这个视觉标记的意思基本上是:远离此处。"

我入迷地盯着。尖塔顶部的光斑仿佛燃烧了起来,然后开始熔化,快速地从顶部流到底部,光柱本身也噼啪作响,火花溅起,进入边缘之间开裂的褶缝中。但我感觉有些不对劲,这些火花在裂缝中蔓延的距离有些太长了,这在三维空间里根本就不可能。

"晚点还会出现其他可见光。"瓦尔达尼说道,"离开启时间越近,光波越长,原因至今还没弄清。"

苏贾迪转过身,镶边屏幕上的光映到他脸上,可以看出他有些不大高兴。

"还要多久?"他问道。

瓦尔达尼抬起手,朝控制台上的倒数计时器示意,"一般情况下大概要六个小时,现在还没到。"

"老天,太美了!"克鲁克香克惊叹。她站在我旁边,出神地看着屏幕上的尖塔以及发生在其上的一切。通过反光,我看到她的脸上写满了惊讶。

"船长,最好把浮标拿来,"韩德也入迷地注视着眼前的景象,自从祈祷被我打断后,他还是第一次露出这种神情,"还有发射架,我们得把它射到门里去。"

苏贾迪转身背对着大门,"克鲁克香克,克鲁克香克!"

"长官?"利蒙姑娘眨眨眼睛,勉强收回视线。

"回'纳吉尼号'去,帮汉森准备好要发射的浮标,然后告诉翁萨瓦为今晚的飞行和降落制定好路线,看看她能不能消除干扰,联系在马森的楔形军,告诉他们我们要离开了。"他看了看我,"如果这个时候被他们给干掉,那才真叫死不瞑目。"

我望了一眼韩德,想知道他会怎么处理此事。

看来是我瞎操心了。

"船长,现在别和他们联系,"主管的声音有些心不在焉——你一定认为那是因为他把注意力都放在倒计时上了——但是随意的音调掩盖不住他不容置疑的命令语气,"等我们确定好撤退时间再通知他们不迟,先让翁萨瓦把飞行路线计划好就行。"

苏贾迪不笨,他听出了韩德话里有话,于是看了我一眼,眼里满是疑问。

我耸耸肩,决定还是跟韩德站在同一条战线上。毕竟,要是不可靠,还配叫特派探员吗?

"苏贾迪,你想想,他们知道你在飞船上的话,一定会朝我们开火的。"

"如果是卡雷拉的楔形军,"韩德的语气冷冰冰的,"只要和卡特尔订下过协议,就不会这样做。"

"是卡特尔而不是政府?"施耐德揶揄道,"韩德,我原来还以为这场战争是场内战呢。"

韩德不耐烦地扫了他一眼。

"翁萨瓦,"苏贾迪将麦克风调到公共频道喊道,"你在吗?"

"听着呢。"

"其他人呢?"

我耳边的麦克风里陆续传来四个人的回应,汉森和蒋十分警觉,德普雷简洁有力,孙介于他们之间。

"制定飞船离开和降落的路线,目标兰德弗尔。不出意外的话,我们七小时后起飞。"

耳边响起一阵欢呼。

"这段时间内,大家要想想我们在次轨道回程飞行时可能会遇上的状况。但是在我们起飞前不要和外部有任何联系,明白了吗?"

"要悄悄地准备。"翁萨瓦答道,"明白。"

"很好。"苏贾迪朝克鲁克香克点点头,利蒙姑娘大步走出山洞。"汉森,克鲁克香克会去帮你把所有权浮标准备好。好啦,其他所有人,保持警惕。"苏贾迪稍微放松了一些,然后转身面对考古学家,"瓦尔达尼小姐,你看上去不大好。还有工作没完成吗?"

"我——"瓦尔达尼弯下腰对着控制台,"没什么,都做好了。就等你下令重新关闭这鬼东西。"

"噢,那没必要。"韩德冲着这边高声回答。他正仰观着眼前的巨物,显然已经把自己当成了所有者,"只要放好浮标,我们就可以去通知卡特尔,让他们派一整支队伍过来。只要有了楔形军的支持,这地方很快会成为停火区。"他笑了起来,"很快。"

"别忘了肯普。"施耐德说道。

"不管怎样,瓦尔达尼小姐,"苏贾迪有些不耐烦,"我建议你最好回'纳吉尼号'去,让克鲁克香克用野外医疗程序给你好好检查一下。"

"呃,多谢。"

"我没听错吧?"

瓦尔达尼晃悠着脑袋站直身子,"我觉得,总该有人代表我们大家对你说声谢谢。"

她头也不回地离开了,施耐德看了看我之后也跟了出去。

"苏贾迪,你终于获得屁民的认可了。原来有人谢过你吗?"

他冷冷地盯着我,"你还留在这干吗?"

"这儿风景不错。"

他没有说话,只是哼了一声,然后重新望向那扇门。可以看出来他并不喜欢这东西,不过这情绪等到克鲁克香克离开后才流露出来。他站姿僵硬,如同已经筋疲力尽的角斗士。

我将手抬到眉毛的高度,迟疑了一会儿,然后轻轻在他肩膀上拍了拍。

"苏贾迪,别告诉我你被这东西吓到了,一个敢面对道格·韦廷和他一整支军队的男人不应该感到害怕。那时候的你可是我心目中的大英雄。"

就算觉得我这话滑稽可笑,他也没有表示出来。

"放松点,不过是台机器而已,就和起重机一样,和……"我找不出合适的比喻,"就是一台机器,仅此而已,几个世纪之后我们自己也能造出来。要是一直能得到合适的躯体,你甚至可以活到亲眼见证的时候呢。"

"你错了,"他冷冷地说道,"它跟人类的造物完全不一样。"

"噢,见鬼,你不会想要跟我谈什么神秘主义吧?"我转向韩德,结果发现他站在那里根本不理睬我,我顿时有了种孤立无援的感觉,"当然,那不是人类的东西,我们没法造出来,火星人才可以。但是他们不过是另外一个物种,可能比我们聪明,可能比我们先进,但是他们也不是神,不是魔鬼,对吧?不是吗?"

他转过身,对我说道:"我不知道。谁知道呢?"

"苏贾迪,我发誓你现在说话的语气和杵在那边的白痴没任何区别,你眼前的这东西不过是一种技术。"

"不是,"他摇摇头,"我们一定会后悔跨出这一步的,难道你感觉不到吗?难道你不觉得有什么正等着我们上钩吗?"

"不,我只感到了自己的期待。不过既然这东西快把你吓尿了,那我们不如去研究一下能做些什么建设性的工作。你意下如何?"

"听起来不错。"

韩德好像非常喜欢待在这儿,他目不转睛地看着他的新玩意儿,因此我们干脆把他留在了那里,自己走出了洞穴。苏贾迪的紧张多少影响到了我，当我们拐过的第一道弯将那扇被激活的门挡在视线之外后，我分明感觉到有什么东西正抵在我的脖子后面，就像背后有把上了膛的手枪。就算对方向你保证过不会走火，你也知道那东西随时能将你炸得稀巴烂。世上的任何程序都有掉链子的时候，凡事总有意外，就算是友军的枪炮，有时候也能置你于死地。

我们走到出口处，外头阳光明媚，好像从黑夜走进了白天。黑暗似乎想要将什么东西封印在洞内。

我迅速将这个想法甩到脑后。

"现在高兴了吧？"我一边往外走，一边刻薄地问道。

"等把浮标放好，远离那东西后，我才高兴得起来。"

我摇摇头，"苏贾迪，我有些不懂你。兰德弗尔离六个挖掘点的距离都很近，可以说整个星球上到处都是火星人留下的废墟。"

"我原本来自拉提莫。兰德弗尔不过是任务公派。"

"好吧，拉提莫，但那地方也满是火星遗址。我们的任何一个殖民星球曾经都属于那些外星人，你想啊，要不是他们的宇航图，人类八辈子也不会上这里来。

"正是。"苏贾迪突然停步，朝我扭过头，自从上次他坚持把石头炸开，这是我第一次看到他真情流露，"你想知道这意味着什么吗？"

我朝后仰了仰，惊讶于突然紧张起来的气氛，"你说来听听。"

"科瓦奇，这意味着我们根本不应该来这儿。"他的语调低沉、迫切，我从前没有听过，"我们不属于这里，我们还没准备好。发现那些宇航图就他妈的是个错误，如果靠我们自己的力量，得花上好几千年才能找到这些星球，然后来殖民。我们需要这几千年的时间，科瓦奇，我们需要那些时间在星际空间真正站稳脚跟，而不是被一个我们根本不了解的失落文明牵往死路。"

"我不认为——"

他不给我任何反驳的机会,"看看考古学家用了多久才打开这扇门,看看那些我们根本还没弄明白的残败遗迹,我们居然被这些东西指引着发展到了今天。可以确定的是,火星人对蓝色光谱有更敏锐的感知。"他有些粗鲁地模仿着瓦尔达尼的语气,"她根本什么都不知道,其他人也一样。我们都只是在猜谜,对自己在做的事不清不楚,科瓦奇,我们在这儿徘徊,在茫茫宇宙中寻找一丝确定性,犹如在黑暗中胡吹着口哨。事实就是,我们他妈的完全在胡搞,我们根本不应该来这里,我们不属于这里。"

我长长地吸了一口气。

"呃,苏贾迪。"我一会儿低头看看地面,一会儿抬头看看天空,"你最好现在就开始存钱,以便今后能够通过超空间传输回地球。虽然那地方已经破败不堪,但是我们就来自那里。我非常肯定我们属于那里。"

他微微笑了笑,然后重新换上了那副长官嘴脸,之前的情绪消失了。

"太晚了,"他静静地说道,"已经来不及了。"

汉森和克鲁克香克传来消息,他们已经把曼德拉公司的浮标从"纳吉尼号"上搬下来了。

第二十八章

过了整整一个小时，克鲁克香克和汉森才把曼德拉公司的浮标准备好，之所以花了这么久，都是因为韩德。他走出洞穴后，让他俩把系统运行了三遍才满意。

当他们第三次启动电脑进行定位时，韩德有些生气地说："看，浮标会固定在半空中，只要定好路线，任何东西都无法将其改变。除非里面变出艘飞船把它给吞了，否则应该没有什么问题。"

"但问题是一切皆有可能。"韩德继续嘀咕，"再启动一次备用的大型探测器，要确保运行正常。"

汉森叹了口气，而克鲁克香克站在浮标两米外的另一端，只是笑了笑。

我帮着她把发射架从"纳吉尼号"上卸了下来，将其拴在色彩张扬的黄色底座上。汉森完成了剩下的系统检测，然后合上这个圆锥形浮标上的控制板，亲切地拍了拍装置侧面。

"一切就绪,只等升空。"他说道。

安装好发射架后,我们喊蒋建平过来帮着把浮标小心地放了上去。按照最初的设计,浮标本是从鱼雷管射出的,所以此刻它蜷缩在这么小的发射架上,看上去很有些怪诞,仿佛随时会一头栽到地上。汉森前前后后调节好发射架,又绕着它转了好几圈检查支柱。最后才取下遥控器,放入口袋,打了个哈欠。

"谁想一起去看看能不能收到拉皮妮的节目?"他问道。

我之前已启动了与洞穴中倒计时同步的计秒表,此刻又检查了一下视网膜上的时间显示,发现还剩四个多小时。透过眼角处那闪烁着绿光的数字,我看到浮标朝前一栽,从支架上翻了下去,结结实实地掉在了沙地上。我看了看汉森,咧嘴一笑。

"噢,老天。"克鲁克香克也看到了,她走到支架旁,"你们俩别只站在那傻笑,过来帮我——"

话音未落,她被击中了。

很久之后,我才能不带感情地回忆起这一幕——当时我离得最近,正准备转身去给她搭把手。我看见她被击中腰部,身体自下而上被撕成碎片,残肢飞到空中,鲜血四溅。她的一只胳膊和躯干的某部分从我头顶飞过,一条腿则向我刺来,脚尖正好擦过我的嘴角。她的头被缓缓地抛向空中,长长的头发下面是断面参差不齐的脖子和一部分肩膀。它旋转着,像是翻飞的军旗。接着,血如骤雨一般浇在我脸上。我口中泛起一股血腥味。

我听到自己在尖叫,声音很遥远,好像是一声含义模糊的"不"。

身边的汉森卧倒,同时拔出光束喷枪。

我知道——

"纳吉尼号"上传来尖啸声。

——就是那东西——

谁往我们这儿扔了颗炸弹。

——干的。

发射架周围的沙地里有东西在动，是六条带倒钩的电缆状触手，其中一条刚刚把克鲁克香克撕成了两半。这些浅灰色的东西在阳光下闪闪发亮，还发出单调低沉的嗡嗡声，令人双耳发颤。

它们抓住支架，用力撕扯，我听到金属裂开的声音，一颗螺栓从底托上跳起，像子弹一样呼的一声从我身边擦过。

不断有炮弹袭来，它们一个接着一个轰隆作响。我看到火光闪烁，但是那些触手仍旧毫发无损。汉森从我身上跨过，手枪举到肩头，不停地开火。我突然听到咔嗒一声响。

"回来！"我朝他喊，"他妈的给我回来！"

我的手握紧卡拉什尼科夫手枪。

但已经太晚了。

汉森一定是仗着身上有防弹衣，或者认为自己的躲闪速度够快，直接朝那些触手进行着扫射，火力上他占优势。一般情况下，"马克11号"喷枪能切开钛钢，就跟利刃剜肉一样轻而易举。而在距离足够近时，它甚至可以直接将对手汽化。

但那些触手早有准备，他脚下的沙砾突然溅起，一条新的触角蹿上地面，把他膝盖以下的部位瞬间截去。我的枪口随之上下移动。汉森尖叫起来，是野兽般的嘶吼，他倒了下去，手里的枪仍在开火，在身体四周扫出一道道长长的浅坑。粗短的触手扬起，雨点般抽打在他身上。尖叫戛然而止，血液喷射，如同火山喷发。

我冲过去，射击。

手枪发泄着我胸中的怒火，通过掌心电路板提供的生物反馈，我可以获取很多信息，比如要运用高冲击强度、要填装高爆弹、弹匣又空了等等。我在愤怒中瞥到眼前有一个扭动的东西，就用科拉什尼科夫手枪对准它疯狂地开火。生物反馈让我百发百中。

被斩断的触手残肢掉在沙地上，像离水的鱼儿一样做着垂死挣扎。

两把手枪的子弹都打完了。

弹匣弹出，仿佛饥渴的大嘴。我把枪牢牢抵在胸前，一颗颗子弹在磁力的作用下被吸入弹匣，手枪又变得沉甸甸的。我重抬起双手，左右开弓，寻找目标，瞄准，射击。

有的夺命电缆已被斩断，还有的还在沙地上向我蜿蜒匍匐而来。疯狂扫射之下，那些残肢如同厨刀下的碎菜叶。

弹药再一次用尽。

重新装填。

用尽。

装填。

用尽。

装填。

用尽。

装填。

用尽。

我最后一次把枪抵在胸口准备填装弹药，却听到了弹药已经用尽的咔嗒声。周围的触手已经全数被斩断，在地上奄奄一息地扭动着。我扔下弹药用尽的手枪，从坏掉的发射架上随手抓起一截钢棍，高举过头，然后砸下。离得最近的电缆残肢颤抖着碎裂开来。举起，砸下。残肢裂开。举起，砸下。

我再一次举起钢棍的时候，看到了克鲁克香克的脸，她仿佛正抬头望着我。

她的脑袋已经落到了沙地上，长而纠结的头发半遮掩着惊恐的双目。她的嘴半开，仿佛有些话要对我说。而痛苦的表情永恒地凝在了她脸上。

耳边的嗡嗡声突然停下了。

我扔下棍子。

看着身边还在轻微抽搐的电缆，我终于恢复了理智，这才发现蒋正站在我身边。"给我弄个腐蚀性手榴弹来。"我开口道，声音陌生得仿佛不是自己。

"纳吉尼号"停在海滩上空三米处，两边的舱门已打开，探出填满弹药的机枪。德普雷和蒋趴在枪后头，远程感应器屏幕的微光照得两人脸色苍白。因为时间紧迫来不及安装自动系统，目前只能人工操作。

他们身后堆满了从防护罩里匆忙搬出的物件，包括武器、弹药、食物罐以及衣物——任何在机枪的掩护下可以拿起就跑的东西。那个浮标还躺在船舱的另一头，随着阿梅利·翁萨瓦对"纳吉尼号"高度的调整而前后微微地挪移。在马提亚·韩德的坚持下，浮标是第一个从下面那块危险异常的开阔沙地上被取回的东西。

它很可能损坏了。圆锥形的外壳已经开裂，控制板也从铰链上掉了下来，露出里面像残破内脏一般的结构。真像一具——

别想了。

还剩下两个小时，这个数字刺得我眼睛生疼。

伊维特·克鲁克香克和奥尔·汉森也被搬回了船上。这得归功于人体残肢回收系统，它本身是一具起重机器人，会在洒满鲜血的沙地上小心翼翼地前后检查鉴定，只要有什么可疑发现，就会将其吸入内部，进行 DNA 鉴定，再分别吐进两个蓝色的尸袋中。机器人身上一共有六个这样的尸袋，它们都从后部的导管中延伸出来。那机器对残尸进行分类时发出的声音让我想吐。回收工作完成后，它取下尸袋，用激光封好,贴上标签。苏贾迪面无表情地扛起袋子,放进船舱后面的尸体存放柜里。袋子里的东西看起来跟人类躯体没有一丝一毫的联系。

没有发现他们两个的存储器。阿梅利·翁萨瓦又检查了一遍,想寻出些蛛丝马迹。但目前看来,留下的尸块都是些有机物。连汉森和克鲁克香克的武器也消失了。

我不再盯着尸体存放柜的那个锁眼看,转而向二层走去。

船员甲板层的尾舱里,孙立平正在用显微镜研究一截包裹在层压塑料里的纳米物样本。苏贾迪和韩德站在她身后,而坦尼娅·瓦尔达尼则缩在一个角落里,双手抱胸,脸上的表情无法捉摸。我在离他们有些距离的地方坐下。

“你来看看,”孙看到我,清了清嗓子,“和你说得一样。”

“那就没什么好看的了。”

“你是说这东西是那些纳米物?”苏贾迪问道,仿佛不敢相信,“不是——”

“苏贾迪,妈的,那扇门都还没打开呢。”我都能听出自己声音里的怒火。

孙重新低下头,专注于显微镜的显示屏,找到了让自己置身事外的好方法。

“这是一种交织结构,”她说道,“但是每个部分并没有直接相接,而只是通过某种动力场连在了一起。就像是,我不知道这样说对不对,某种镶嵌在一起的强磁场系统。每个纳米物都带有一种场力,不同的场力注定了它在整个镶嵌网络里自身的位置。光束喷枪无法烧死它们,虽然你要是瞄得够准,能汽化掉当中个别的纳米组织,但却无法毁掉整个结构,而且其他纳米物早晚会替代已经死掉的细胞。所以,整个纳米群算是一种组织严密的系统。”

韩德低下头，好奇地看着我，"你之前就知道了？"

我盯着自己依然微微颤抖的双手，手掌皮肤下的生物板还在紧张地运行着。

我努力让颤抖平息下来。

"刚刚交火时我看出来的。"我抬起头望着他说道，这才发现瓦尔达尼也正望着我。"这要归功于特派探员本能。我们之前用高温等离子火焰烧过它们，所以光束喷枪不再有用了，进化后的它们必定不怕高温。它们对光束武器也免疫了。"

"那我们的超感哨岗呢？"苏贾迪问孙。

她摇摇头，"我刚刚试爆了一次，结果岗哨没任何反应。肯定是被纳米物弄失灵了，还不如喷枪管用。"

"现在只能靠固体炸药了。"韩德若有所思地说道。

"没错，但那撑不了多久。"我站起身，打算离开，"只要给一点点时间，它们就能进化出应对的方法。对了，其实我们还有腐蚀性手榴弹，但个人建议这个手段还是先保留着。"

"科瓦奇，你去哪儿？"

"韩德，如果我是你，我会让阿梅利把飞船升得再高一点，一旦纳米物知道敌人离开了地表，很可能会进化出长臂。"

我走出去，很想脱了衣服回床上好好睡一觉，却发现自己不由自主地走回下面的船舱。机枪上的自动定位系统已经安装好，卢克·德普雷站在武器对面的舱口，抽着克鲁克香克的印第戈雪茄，望着三米之下的海滩。蒋建平在甲板的另一端，他盘腿坐在尸体存放柜前。舱里气氛紧张，死寂一片，就算是条铁汉子也不免难过起来。

我靠在舱壁上紧闭双眼。黑暗前的一瞬，计秒表的余光在我眼前跃动了一下：一小时五十三分。倒数继续。

我脑海中闪过克鲁克香克的影子，笑着的她，聚精会神地执行任务的她,抽着烟的她,高潮时的她;但各种各样的画面统统变成了飞散的碎片——

别想了。

身边传来衣服摩擦的沙沙声,我抬起头,蒋站在我面前。

"科瓦奇,"他蹲下来,开口道,"科瓦奇,很遗憾,她是一个优秀的士——"

我右手飞快地拔出枪,枪管顶着他的额头,他惊讶地瘫坐下去。

"蒋,闭嘴。"我咬着牙,深深地吸了一口气,"你他妈的再多说一个字,我就一枪打爆你的头,用你的脑浆给卢克上上色。"

僵持中,我觉得手里的枪有千斤之重,全靠着生物板为我撑着才没掉下。最后,蒋退让了,我重又一人独处。

一小时五十分,时间在我脑海中闪烁。

第二十九章

倒计时还剩一小时十七分时,韩德召开了紧急会议,虽然时间紧迫,但他还是允许大家先发泄发泄自己的情绪。我离开后,上层甲板叫喊声不断,在船舱里都能依稀可辨,不过我没有启动生化系统,不清楚具体内容,只知道这声音持续了很久。

船舱里不时地有人走进走出,但是所有人都离我远远地,我也没力气更没兴趣抬头看。唯一阴魂不散的只有塞梅代尔。

我不是告诉过你我会来这吗?

我闭上眼睛。

看到我的力量了吗,楔形军之狼?现在你的斗志在哪里呢?它去什么地方了?

我不会——

你想找出我吗?

你给我等着。

笑声,就像成堆的存储器倾泻而下。

"科瓦奇?"

我抬头,是卢克·德普雷。

"你最好上去看看。"他说道。

之前传来的叫喊声好像已经平息。

"我们不走。"韩德看看四周,静静地说道,"我再说一遍,在把门那头的东西标上曼德拉所有权之前,谁也别想离开。你们的合同规定'采取任何可行性手段完成任务',这是最高原则。我不管苏贾迪船长要你们做什么,但只要还有一丝希望,就不准离开。否则,你们就等着被扔回灵魂市场去吧。都清楚了吗?"

"你到底什么意思?"阿梅利·翁萨瓦在驾驶舱里喊道,"现在唯一能做的就是谁来亲手把那该死的浮标抬上海滩,然后再把它投到门对面去。我们甚至都不知道这扇门还能不能运作。这做法可不像什么可行性手段,根本就是自杀,连存储器都难保。"

"我们可以监测纳米物——"韩德刚开口,话语就被愤怒的反驳声盖过,他也被激怒了,举起双手挥舞起来。直到苏贾迪发出命令,大家才稍微安静了点。

"我们是军人,"蒋冷冷地说道,"不是肯普的神风战士,这么做根本就是自寻死路。"

说完他有点不知所措地看看四周,似乎在为自己说出的这番话而感到惊讶。

"从你们牺牲在岘港平原的那一刻起,"韩德说道,"就应该知道自己没有讨价还价的余地了。你们的生命不属于自己,它们是我买来的东西。"

蒋毫不掩饰自己的鄙夷,"我是为了自己的属下而放弃生命的,可不是为了交易。"

"噢,得了吧。"韩德双眼望着天花板,"你这该死的笨蛋。知道为什么会有战争吗?知道是谁在为岘港的攻击买单吗?好好想想,你原本就是为我而战,为企业集团而战,以及为集团控制下的他妈的傀儡政府而战的。"

"韩德,"我走上舷梯,踏进船舱中央,"你兜售的集团理论越来越不管用了,还是省省吧。"

"科瓦奇,我没有——"

"坐下吧。"这三个字划过我的舌尖,尝起来满是烟灰的苦道,但韩德听出了内中乾坤,于是依言坐下。

不出意料,他们都把脸转向了我。

别再这样了。

"我们哪儿也不去,"我说道,"也不能去。我和你们一样,想离开这里,但是在放好浮标前,我们不能走。"

又是一轮高声反对,但我只是静静地等待,丝毫不想去平息他们的怒火。最后还是苏贾迪帮我镇住了场面,但交头接耳之声依然不绝于耳。

我转向韩德。

"是时候告诉他们 OPERN 系统是怎么回事了。"

他目瞪口呆地看着我。

"好吧,我来告诉他们。"我看了看四周,这一次大家才算真的安静了下来,他们都静静地听着。而我指了指韩德,"我们这位赞助人在兰德弗尔有一些内部敌人,那些纳米物就是他们放的,目的是让韩德人间蒸发,不过暂时还未如愿。兰德弗尔那边并不知道这里的进展。可只要我们离开,他们就会确认我们依然存活,我敢打赌还没到回去的半路,飞船就会被他们拦截下来。我说得对吧,马提亚?"

韩德点点头。

"那楔形军代码呢？"苏贾迪问道，"没用？"

听到这个，其他人都开始七嘴八舌地闹腾起来。

"什么楔形军代——"

"连接认证码？多亏——"

"怎么我们都不——"

"所有人都给我闭嘴！"我吼道。惊讶的是，他们居然都乖乖地静了下来。"楔形军司令部给了我们一个紧急情况下使用的连接代码，你们还不知道是因为——"我脸上露出一丝笑容，像一道弯起的伤疤，"你们没必要知道。现在你们听说了这事。或许还有人会觉得这个代码能保障我们安全撤离。不过，韩德，要不你来解释一下这里面的玄机？"

他低头盯着地板，过了好一会儿才抬起头，仿佛下了很大的决心。

"楔形军听命于卡特尔，"他开口了，像在做演讲，"而无论是谁部署了 OPERN 纳米系统，事先都必定以某种形式获得了卡特尔的许可，因此，他们也肯定知道以撒·卡雷拉的行动授权代码。以此推算，拦截我们的不会是别人，正是楔形军。"

卢克·德普雷靠着舱壁的身体动了动，"科瓦奇，你不就是楔形军吗？我不信他们会杀自己人，他们可不是靠自相残杀出的名。"

我瞥了一眼苏贾迪，他的脸紧绷着。

"不幸的是，"我说道，"这位苏贾迪因为杀了一名楔形军军官正在被通缉，而和他待在一起的我，无疑也是名叛徒。韩德的对手只需要给卡雷拉一张此次探险的人员名单就行了，到时候我也无能为力。"

"你就不会虚张声势？特派探员最拿手的不就是这个吗？"

我点了点头，"我会试试看的，但是别抱太大期望。而且还有一个更简单的方法。"

原本喋喋不休的争论戛然而止。

德普雷斜着头，"那是？"

"唯一能让我们全身而退的，就是将浮标安放好，或者其他什么能声明所有权的东西。只要保证了曼德拉所有权，所有的问题都迎刃而解，我们也能安全返回。否则一切都没有意义，韩德的好伙伴们一旦知道了我们发现的是什么，就会立即冲向这里，干掉我们然后安放自己的浮标。要避免那样的后果，我们必须采取行动。"

气氛极其紧张，连空气都波动起来。他们都看着我，都他妈的看着我。

请，别再这样了。

"那扇门一小时之后就会打开，我们要做的是，用超感武器把周围的石头炸开，直接飞进那扇门，把他妈的浮标安好，然后回家。"

我站在那儿等着，周围开始闹腾起来，但我知道马上又会重归宁静。他们会服从命令的，等他们也了解到韩德和我已知的事实，就会明白这是唯一的办法，想要回家，只此一途。如果有任何人不明白——

我紧张得颤抖起来，仿佛有狼嚎灌入了我的耳膜。

如果有任何人不明白，那就开枪崩了他。

孙的特长是机器系统和电子爆破，没想到她在重型火炮方面也是个难得的高手。她先用超感炮在悬崖周围选定几个目标进行了一番试射，然后阿梅利·翁萨瓦就把"纳吉尼号"开到洞穴入口上方的五十米处，启动了飞船前端的防护罩以挡住溅起的碎石。

孙开始朝石堆开火。

那声音就像铁丝刮在柔软的塑料上，就像秋天的萤火虫在退潮后的沙洲进食野草，就像坦尼娅·瓦尔达尼在兰德弗尔色情酒店从邓昭军的存储器上清除脊椎。所有这些撞击声、碎裂声以及刮擦声混合在一起,变得越来越大,像是末日审判的前奏。

整个世界都在四分五裂。

我在底层船舱看着屏幕,两边就是自动机枪,后面是尸体存放柜。之所以待在这里,是因为驾驶舱实在没有多余的空间,而我又不想和其他人一起留在船员舱内。我坐在甲板上,像个局外人似的盯着屏幕,整个过程正在被完整直播。石头变色,裂开,在巨大的冲击力下化成碎片,接着坍塌下去。超感光束持续着朝碎石堆扫射,一团团浓烟升起。爆炸后的余震让我胃部翻江倒海。虽然孙已经选择了低强度发射,而且还用防护罩将武器舱罩起来以尽量减少后冲力,但是光束扫射以及石头碎裂的尖锐声音还是通过两扇开着的舱门传了进来,有种耳朵里插进手术刀的感觉。

我又想起了克鲁克香克惨死的样子。

还有二十三分钟。

超感炮停止发射。

透过翻腾的烟尘,隐约可见那扇门耸立原地,如同矗立在暴风雪中的大树。瓦尔达尼说过,任何她所知道的武器都无法对那扇门造成损伤,但孙一看到那扇门,还是立马就关闭了"纳吉尼号"的武器系统。现在,烟尘逐渐散去,可以观察到考古学研究仪器在超感炮轰击的最后几秒变成了碎片,散落一地。但废墟之中那个文物依然完好无损。

一股敬畏之情油然而生,我突然想起了苏贾迪说过的话。

我们不属于这里,我们还没准备好。

我耸了耸肩,不再去想。

"科瓦奇?"阿梅利·翁萨瓦些微颤抖的声音从通信器中传来,看来对这个古老文明产物紧张的人不止我一个。

"在。"

"我要关上甲板舱,你离门远点。"

　　机枪架顺溜地滑进甲板，舱门合上，一片漆黑。过了一会儿，船舱里的灯光闪烁着亮了起来，泛出冷冷的白光。

　　"有动静。"孙警觉地喊道，她打开的是公共频道，我听到通信器中先后传来其他人倒抽一口气的声音。

　　翁萨瓦让"纳吉尼号"向上攀升了几米，飞船轻微地摇晃着。我靠着舱壁稳住自己，不由自主地观察着脚下的甲板。

　　"不在我们下面，"孙似乎关注着我的一举一动，"我猜那些东西的目标是那扇门。"

　　"妈的，韩德，一共有多少？"德普雷问道。

　　我猜那位曼德拉主管回答之前必定耸了耸肩。

　　"我丝毫不怀疑 OPERN 系统的生长潜能，据我所知，它们可以覆盖整片海滩。"

　　"我觉得不大可能，"孙平静地说道，像是正在实验室里忙活着的技术员，"如果有那么多的话，远程传感器一定能探测到，而且，如果它们横向蔓延，必然会触动剩下的哨岗。我猜那些东西应该是将哨岗打开了一个缺口，然后排队溜进来的——"

　　"看，"蒋说道，"在那儿。"

　　我看着头顶的屏幕，纳米群正从门附近满是碎石的地表伸出触手，它们之前可能已经试着往上爬过了，但是没能成功。我看到触手在离底座边缘还有整整两米的地方就发动了攻击。

　　"妈的，我们该下去了。"施耐德说道。

　　"不，等会儿。"瓦尔达尼的声音里好像带着一丝得意，"先瞧瞧。"

　　那些触手似乎无法攀附那扇门，它们不停地打滑，仿佛门上浇了油。这样重复了六七次后，沙地里突然伸出一只更长的触手，朝上竖起六七米，绕在了尖塔的下半部。我倒吸了一口气，如果被抓的是"纳吉尼号"，我们已经完了。

新的触手弯曲着,逐渐收紧。

接着,断裂。

一开始我以为是孙不顾我的指示,又启动了超感武器,然后才想起,纳米物已经免疫了超感武器。

其他的触手也跟着不见了。

"孙?发生了他妈的什么?"

"我也想知道。有什么地方出现了逻辑失误。"长期和机器打交道的孙,说话口吻都有些机械化。

"它把它关闭了。"瓦尔达尼简单地说了一句。

"把什么关闭了?"德普雷问道。

现在我能听出来考古学家的笑声,"那些纳米物依靠磁场相连,而那扇门关闭了磁场。"

"孙?"

"瓦尔达尼小姐是对的,文物附近检测不到磁力,也不见其他动静。"

听到孙确定的声音,大家都稍微松了一口气。接着,通信器里传来德普雷仿佛思虑了很久的声音。

"接下来,我们要穿过那扇门吗?"

相比较之前发生的事情,和之后我们在门另一边的遭遇,门上倒计时变为零的那一刻,场面反而平淡无奇。从倒计时两分半钟的时候开始,我们就通过瓦尔达尼设置的屏幕看到了向下蔓延的紫外光正逐渐转化为肉眼可见的液态紫色线条,它们在尖塔的边缘上下跳动,看起来犹如在曙光中闪烁的降落指示灯,没什么特别。

还剩十八秒,尖塔的褶皱里有了动静,气流像翅膀一样颤动着。

还剩九秒,尖塔顶部出现一个深黑色的圆点,犹如一滴闪闪发光的高级润滑油，而且不断自转。

　　还剩八秒，圆点扩散到尖塔底部，然后又从下至上蔓延。接着，底座消失不见，沙地下陷了大约一米。

　　黑暗中，星星正发出微光。

第四部

无法解释之现象

要谨防那些我们斗不过的人。这不是宗教,是常识。

——奎尔克里斯特·菲尔康纳,《革命之形而上学》

第三十章

我不喜欢太空,它容易让人大脑混乱。

这与身体机能无关。人们在太空中容易犯错——比在海底或者"格里梅五号"的有毒大气环境中更容易。虽说真空可以让你飞檐走壁,那感觉很不错。正常情况下,发懵、健忘以及惊慌都不会要你的命,但在不允许任何失误的太空里,这都极可能导致死亡。

哈伦世界的火星防御轨道位于地表之上五十万米处,只要发现任何比六架直升机体积更大的飞行器,它就会立即开火将其轰下——虽说也不是没有漏网之鱼。出于这个缘故,哈伦世界的人都很少上太空,恐高症就和大肚子的孕妇一样常见。十八岁的时候,我作为星际联盟摄政府的海军士兵,第一次穿上了太空服,看着脚下无止境的空间,顿时大脑一片空白,止不住地抽泣。

特派探员训练让人学会控制各种恐惧,但是我依然知道自己难以克服恐高的感觉,本能反应可不是训练训练就能消磨殆尽的。有那么两次我甚至害怕得要死。一次是在罗伊科高轨道,当时我和兰德尔的太空突击队一起被派到阿多拉奇安的外层月球执行任务;还有一次是在星际空间深处,那儿离最近的恒星都有好几光年的距离,我和一群建筑开发公司的打手在一艘被劫持的、名叫米维特塞梅迪的殖民驳船附近厮杀,殖民船上的武器始终瞄准我们。米维特塞梅迪的那次交火糟糕透顶,现在想来还是噩梦连连。

朝着门后慢慢开启的空间,"纳吉尼号"向下滑去,所有的人都屏住了呼吸,直到进入后大家才松了口气。我从座位上站起来,直接朝驾驶舱走去。重力发生了变化,轻飘飘的。虽然从屏幕上就可以看到外面的星野,但我还是想透过飞船前端的钢化透明合金看看真实的景象,因为这样就可以切实感受外面的环境,进一步激发原始本性。

原则上来说,飞船进入太空后不能打开连接舱。但是此刻没人反对我的做法。只有阿梅利·翁萨瓦奇怪地看了我一眼,但也没说什么。说起来,她还是人类历史上第一个从离地表六米的空中直接进入太空深处的飞行员呢,我猜她此刻沉默不语是因为脑子里正想着别的什么事。

我从她的左肩朝前望去,然后视线向下,双手紧紧抓住驾驶座的椅背。

恐惧。

大脑开始熟悉地转换,里面有些部分被封锁了起来,剩下的部分则激发出了极高的潜能。看来特派探员本能启动了。

我吸了一口气。

"你可以待在这里,请坐吧。"翁萨瓦一边说,一边关闭了反重力场控制器——星球的重力场突然不见,这些控制器正在空忙活。

我爬上副驾驶的座位坐好,摸索起安全带。

"有什么发现吗?"我故作镇静地问道。

"星星。"回答简洁明了。

我等了一会儿,让自己适应眼前的景象。我看向远方,在绝对黑暗的空间里寻找边际。眼角有些发痒。

"我们大概飞了多远?"

翁萨瓦用手指敲了敲导航仪。

"根据这个?"她低低地吹了声口哨,"整整七亿八千万公里。你信吗?"

我们此刻位于班汗的轨道内,班汗是圣克宣星系外围一团巨大但又平淡无奇的气体。它的黄道外三亿公里处,有一圈旋转的石头,它们太过巨大,无法列入碎石带的范畴,但它们也未聚成行星过。而"圣克宣四号"远在班汗另一个方向的几亿公里外,那是我们四十秒前的所在地。

叹为观止。

好吧,超空间传输也可以瞬间把你传送到无比遥远的另一处,但首先传送者得被数字化,然后还需要在另外一边被加载到新的躯体里。这一切需要准备大量的时间和设备,两者缺一不可。

但这次,我们只不过是跨过了一条线,只要我愿意,完全可以穿着太空服直接跨进来。

我又想起苏贾迪说过的"我们不属于这里"的一番言论,感觉脖子有些发麻。特派探员的生化本能很快压抑住了这感受,但恐惧感始终未彻底消失。

"飞船无法前行。"翁萨瓦低声说着,仿佛在自言自语,"有东西把我们吸住了,大家小心。噢,天啊。"

她压低的声音让最后两个字化作了耳语。我看了看她刚刚放大的屏幕,因为在陆地待久了,我的第一反应是飞船进入了一片阴影中。等我明白前面既没有山脉,也没有任何可以产生影子的光源时,才开始浑身发冷,翁萨瓦肯定也一样。

头顶的星星一颗接一颗地消失了。

它们就那样悄无声息地消失不见,速度极快,仿佛被某种庞然大物一口吞噬,而且,那东西看起来就在我们头顶几米之遥。

"就是这艘飞船。"我一边说,一边打了个寒战。

"距离……"翁萨瓦摇了摇头,似乎不敢相信,"竟然有五千米,也就是说——"

"宽度二十七千米,"我接口道,"长度五十三千米,外部结构延伸有……"

我没有说下去。

"庞大,非常庞大。"

"不对。"瓦尔达尼的声音从我身后传来,"看到边缘那些锯齿了没？ 每一个锯齿就差不多有一千米深。"

"原来这儿的座位这么紧俏,我还不如卖票赚钱呢。"翁萨瓦有些生气,"瓦尔达尼小姐,麻烦你回客舱去坐着好吗？"

"不好意思,"考古学家喃喃道,"我只是——"

警报断断续续地传来,驾驶舱里的空气一片紧张。

"有情况。"翁萨瓦把"纳吉尼号"拉了起来。

如果周围有重力场,这样的操作会带来严重的后果,但是此处只有飞船生成的类重力。飞船立起来的那一刻感觉挺特别,就像天使港口的魔术师表演瞬移。

空间战斗残余？

我看到一枚像是导弹的东西,翻滚着从视窗的右边飞来。

战斗系统启动、待命的声音传来。

身后的客舱传来叫喊。

我绷紧筋肉,特派探员的本能反应越发强烈,我已经做好被撞上的准备——

等等。

"好像有些不对劲。"翁萨瓦突然说道。

你不可能在太空里看到导弹。就连人类制造的导弹,其移动速度之快也不是肉眼所能窥视的。

"无撞击危险。"作战电脑弄清了情况,合成音里头反而带了点失望的意味,"无撞击危险。"

"那东西几乎没怎么动。"翁萨瓦打开新的视窗,摇了摇头,"轴向速度为……啊,伙计,那东西不过是浮着而已。"

"可能是机械部件,危险依然存在。"我一边说,一边指着光谱扫描红色区域上的一个小箭头,"不能把它当石头一样放松警惕。"

"但那东西没启动,完全不见有动静,让我运行——"

"要不将飞船放平,倒回去?"我大脑里快速地计算了一下,"大概只隔了一百米,那东西指不定会撞上挡风玻璃。翁萨瓦,打开外部探灯。"

她看着我,眼神里有鄙视也有厌恶。一般来说,飞行员不能这么情绪化,但现在她体内的肾上腺素居高不下,这东西容易让人脾气暴躁,而我也一样。

"过来了。"她终于说道。

窗户外面,环境探照灯亮了起来。

这也许并不是个好主意。瞭望窗的钢化透明合金本身适用于太空战斗,大多数东西都无法对其造成损伤,高速位移的陨尘算是最为危险的一种,但它也顶多只能在表面上留几个凹坑而已。但如果那玩意儿凑巧撞到了"纳吉尼号"外露的探头,总归不是好事。

身后的坦尼娅·瓦尔达尼突然尖叫起来。

那东西因为外面的严寒和真空而变得枯黑开裂,但大家都依稀分辨出了那是人类的尸体,它穿着过去登格里克海岸边常见的夏装。

"老天!"翁萨瓦再一次低声叫道。

一张漆黑的脸面无表情地望着我们,空洞的眼窝下挂着几缕眼珠爆裂后形成的冰柱。嘴唇上全是冰霜,当初它的主人必然曾因为身体爆裂而痛苦地喊叫过,尽管如今已然沉默。大得有些离谱的夏季衬衫下,身体肿胀不堪,我猜是爆裂的内脏让肚子膨胀了起来。他双腿前后弯曲着浮了过来,张开的五指撞在了瞭望窗上,另外一只手则甩在脑后。不管他是谁,毫无疑问死于太空。

在坠落中死亡。

身后的瓦尔达尼抽泣着。

嘴里念着一个名字。

探照灯又发现了几具尸体,他们飘浮在船身上一个三百米深的凹槽里,挤在像对接口的地方。一共四人,都穿着廉价的套头太空服,其中三个因氧气耗光而死,估计在被关在门外后依然支撑了六到八个小时。另外一个则没能活那么久,他的头盔上有一个贯穿左右的洞,大概五厘米宽,工业激光切割器可以造成类似的伤口,而他的右手腕上正拴着一个。

翁萨瓦再次将配有自动抓取功能的回收机器人派出。机器人用手臂抱起尸体,送回了"纳吉尼号",动作灵活敏捷。之前托马斯·达萨那彭萨库尔那具枯黑爆裂的身体也是这样被从舱门边轻巧地取回的。只不过,这次的躯体都包在白色的太空服中,整个过程就像是太空葬礼的回放。最后,弄回的尸体全部停放在了"纳吉尼号"中央的气闸舱中。

瓦尔达尼显得急不可耐,翁萨瓦给气闸舱通风的时候,她便和我们一起到了客舱,看着苏贾迪和卢克·德普雷将穿着太空服的尸体扶起,并且解开了第一具尸体的头盔。此情此景让她再次哽咽,然后跑到客舱的另一端不断呕吐,空气中传来胃液的酸臭味。

施耐德跟了过去。

"这位你也认识?"我看着那张脸,知道自己在明知故问。那是一位四十来岁的女人,脖子从太空服的头部位置伸出,瞪大的双眼满是怨恨。她的脑袋被僵硬地放在了甲板上。虽然客舱已经通风,但一股臭味还是很快在空气中蔓延开来。如果这个女人和之前在渔网中发现的两人是一起工作的,那她在这儿至少已经飘荡了一年。

施耐德替考古学家回答道:"阿里博沃——法兰托恩·阿里博沃——登格里克文物挖掘的符号专家。"

我朝德普雷点点头,于是他为其他几具尸体也解下了头盔,他们排成一列,头微微抬起,面朝我们,仿佛仰卧起坐正做到一半。施耐德解释说他们是阿里博沃和其他的三位同伴。四人中只有自杀的那位闭着眼睛,神态宁静祥和,要不是那个他亲自给自己开的洞,你会以为他不过是在酣睡。

我很想知道,如果换做是自己落到那种境地又会如何——身后的门已关,只能在黑暗中等死,就算有救援船,那也是几个月后来收尸的,唯一能做的只有在无止境的黑暗里期待奇迹发生。

我不知道自己有没有坚持下去的勇气。

抑或是自杀的勇气。

"那是翁,"施耐德回来站在我身边,"不记得名字是什么了,也是一位符号理论家,其他的人我也不认识。"

我看了看甲板的尽头,塔尼亚·瓦尔达尼靠着舱壁,双手环抱自己,缩成一团。

"你可别去烦她。"施耐德面有晦色。

我耸耸肩,"好吧。卢克,你回气闸舱去,在达萨那彭萨库尔的身体软化前将他装进袋子里，其他人也一样，我会和你一起处理。孙，能不能对浮标进行全面检查？苏贾迪，你去帮她一把，我想知道那鬼东西还能不能用。"

孙使劲地点了点头。

"韩德，你最好想想别的方法，如果浮标不能用，我们需要一个后备方案。"

"等等。"施耐德打断了我，自从遇见之后，这是我第一次看见他真正害怕，"我们还不离开？看看这些人的遭遇。难道还要留在这儿？"

"我们不知道这些人遭遇了什么，施耐德。"

"那还用说吗？那扇门有问题，是它把他们关在了里面。"

"你说的都是废话，简。"耳边传来瓦尔达尼尖锐的声音，看来她又恢复了力气，这语调让我心里一暖。我看着她重新站起，擦掉了眼泪和呕吐时溅到的污秽，"上次门打开后，持续运行了好几天，我输入的序号没有任何问题，那时候没有，现在也不会有。"

"坦尼娅，"施耐德突然觉得自己遭到了背叛，他摊开手，"我的意思是——"

"我不知道这儿发生了什么，"她恶狠狠地从牙缝里挤出后面这句话，"不知道阿里博沃的符号序列出了他妈的什么问题，但这种事肯定不会发生在我们身上，我知道自己在做什么。"

"瓦尔达尼小姐，不好意思，"苏贾迪看了看周围正聚集起来的队员，盘算着有多少人会支持自己，"你自己也承认我们对这个文物的认识还不全面，我不知道你凭什么保证——"

"我是一位考古协会专家，"瓦尔达尼走到排列着的尸体旁，眼冒怒火，仿佛恨他们不争气，竟然会全部命丧黄泉，"而这个女人不是，翁小东不是，托马斯·达萨那彭萨库尔也不是。这些人不过是挖扒者，或许有些天分，但能力还远远不够。我在火星考古方面有七十多年的经验,如果我告诉你那扇门没问题,那就一定没问题。"

她双目如炬,而脚下是那些人的尸体。这一次,没有人提出异议。

索贝维尔的核辐射逐渐消耗着身体,我感到越来越虚弱。处理好那些尸体所耗费的时间比我预估的要长,起码不是一位卡雷拉楔形军军官该有的速度。当尸体存放柜缓缓合上时,我已经筋疲力尽。

不知道德普雷是否也一样,但外表看不出来,也或许是因为毛利人的躯体更耐辐射吧。他朝施耐德走了过去,而后者正在给蒋建平表演重力绳的小把戏,我犹豫了一会儿,转身走向舷梯,打算去上层甲板看看坦尼娅·瓦尔达尼在不在前舱。

考古学家不知去哪里了,韩德倒是在房间里,他正在主屏前看着在我们下方浮动的火星巨舰。

"还得花些时间才能适应它的存在,对吧? "

他指着屏幕,声音里有掩饰不住的贪婪。"纳吉尼号"的环境探照灯能照亮方圆几百米内的物体,但就算外边一片漆黑,你也依然能感觉到它的存在。它在星野中蔓延开来,无穷无尽的曲面沿着奇特的角度蜿蜒伸展,不时还有气泡般的附属模块幽幽转过,让你得以对飞船的外缘惊鸿一瞥。有时你会觉得自己看到了巨舰的尽头和远方星星的闪烁,但那光芒总是转瞬即逝,摇摆不定;有时你还会以为自己瞥见了星野,可这不过是因为眼花,实际上那是由阴影和更深的阴影交叠而成的船体。康拉德哈伦战舰是人类所建造出的最大的可移动物体,但两相比较之下,它只能算是"泰坦尼克号"上的救生筏。火星飞船之大,连整个新北京的面积也望尘莫及,我们没有谁曾料到过会遭遇这样的庞然大物。"纳吉尼号"悬在飞船上方,就像是飞翔于大型货轮上空的海鸥,不过是一路同行的小小客人。

我坐在韩德对面,转动座椅对着屏幕。双手和脊椎还在微微颤抖,移动那些冰冷的尸体可不是什么暖身的工作。我把达萨那彭萨库尔装进袋子里的时候,他珊瑚一样拉出来的眼球发生了断裂,滑落我手心,然后掉到了袋子里,那滑动的声音真叫人恶心。

那种细碎的声音,让我想到了死亡以及死后的悲剧下场,之前对大型火星飞船的敬畏因此一扫而空。

"不过是艘放大版的驳船。"我说道,"理论上来说,我们也可以造出这么大的飞船,只不过拉动起来会特别费力。"

"所以显然不是。"

"显然不是。"

"那你觉得这是什么? 一艘殖民飞船? "

我耸耸肩,故作轻松,"造这么大的东西理由无非就那么两个: 要么用来往某处运送什么东西,要么自己住在里面。如果是后者的话,住在这种鸟不拉屎的地方有点不大可能,这儿没什么好研究的,更没什么好开采或者是勘探的。"

"如果是驳船的话,停在这儿也没道理。"

噼——噼啪——

我闭上眼睛,"韩德,你干吗这么关心? 回去之后,这东西就会消失在某个公司的行星码头,我们俩再也不会见到它了。所以有什么好讨论的? 你会得到分红还有奖金,以及其他好处的。"

"你以为我就没好奇心吗? "

"我以为你根本不关心。"

韩德陷入了沉默,直到孙从下面的甲板上来,告诉了我们一个坏消息——浮标已经损坏,无法修复。

"不过,还可以发出信号,"她说道,"如果花点力气,驱动也可以重新开启,但是需要一个新的能量源,我可以用反重力车的发动机改装一个。问题是定位器毁了,而我们既没修理工具,也没有所需的材料。没有定位器，浮标就无法准确地发射出去，驱动的冲力很有可能把它直接抛进深空。"

"可不可以先打开引擎，然后再部署浮标？"韩德看了看孙，又看了看我，"翁萨瓦可以计算出轨迹，我们只要轻轻把它带出去，就位后再把浮标扔下就好。呃——"

"方向问题。"我立马接嘴道，"我们把它扔下去之后，余下的路程里它依然有可能偏移正确的方向。是吧，孙？"

"你说得对。"

"可不可以把它固定在上面？"

我苦笑道："固定？你没看到那些纳米物想要把自己固定在那扇门上的下场吗？"

"得想想看还有没有别的办法，"他坚持道，"不能空手而归，都已经走到这一步了。"

"如果你想把那东西焊在飞船上，我们就别想回去了，这你是知道的，韩德。"

"那么，"他突然朝我们喊道，"一定会有别的办法！"

"确实有。"

坦尼娅·瓦尔达尼站在驾驶舱门口，在我们收拾那些尸体时，她躲到了驾驶舱里。由于呕吐，她依然脸色苍白、眼睛青肿，但是脸上却有一股超脱的平静。从拘留营里带她出来后我还真没见过她这样。

"瓦尔达尼小姐，"韩德上下瞄着船舱，仿佛想知道还有谁看到了他刚刚失控的那一幕，他用拇指和食指揉了揉眼睛，"你有什么好建议？"

"当然。只要孙立平能修好浮标的能量源，我们就一定能把它放好。"

"放在哪里？"我问道。

她淡淡地笑了起来，"里面。"

好一会儿，船舱里鸦雀无声。

"那东西，"我朝屏幕点了点头，那是延伸好几千米的火星飞船，"里面？"

"没错，我们从登陆坪进去，然后把浮标放在安全的地方。当然，参考其他火星人的建筑，我有理由相信飞船里会接收不到无线电波，至少有些地方如此。但是我们可以测试，找到合适的位置。"

"孙，"韩德重新看向屏幕，有些神情恍惚，"多久能修好能量引擎？"

"八到十个小时，绝对不超过十二个小时。"孙转过身对着考古学家，"瓦尔达尼小姐，你多久能打开登陆坪？"

"噢，"瓦尔达尼朝我们所有人露出了一个奇怪的笑容，"已经打开了。"

在登陆前，我只找到了一个机会和她单独说话，那就是瓦尔达尼从洗手间出来的时候。十分钟前，韩德召开了一次全员会议，我们俩挤在狭窄的过道里，她正背对着我。转过头来看到我的时候，她意外地叫了一声。我注意到她额上满是汗珠，可能刚刚又干呕了，她嘴里那股难闻的气味和盥洗室门内传来的酸臭味一模一样。

她注意到我正盯着她看。

"怎么了？"

"你还好吧？"

"不好，科瓦奇。我快死了。你说呢？"

"你确定这行得通？"

"噢，连你也怀疑！我还以为只要说服苏贾迪和施耐德就行了。"

我一言不发，她揉着发红的双眼叹了口气。

"听着,我只是希望韩德能满意,让我们直接回家。而且,这可比把已经损坏的浮标直接焊在船身上靠谱多了。"

我摇了摇头。

"不是那个原因。"

"不是吗?"

"不是,你想在曼德拉把飞船拖到某个隐蔽的船坞前看一看里面,你想拥有它,就算几个小时都好。不是吗?"

"你不想吗?"

"我猜除了苏贾迪和施耐德,我们都想。"我知道克鲁克香克也一定如此——我仿佛能看到她进入飞船时眼中的光芒,我想起她靠着渔船栏杆时的那股激情,想起她看着紫外线笼罩下的那扇门被激活时的表情。或许这也解释了为什么我会和刚吐过的瓦尔达尼站在一股酸臭味中谈话。有些事情我必须问清楚。

"既然这样,那么,"瓦尔达尼耸了耸肩,"还有什么问题吗?"

"你知道问题在哪儿。"

她不耐烦地哼了一声,想要从我身边走过去,但我纹丝不动。

"科瓦奇,你给我走开。"她有些生气,"还有五分钟就要登陆了,我得到驾驶舱去。"

"坦尼娅,他们为什么不进去?"

"我们已经不——"

"别扯了,坦尼娅。阿梅利的仪器显示里面的空气可供呼吸,那些人也找到了打开登陆系统的方法,或者发现它已经被打开。但为什么宁愿等在外面耗光太空服中的氧气也不进去?"

"刚刚的会议你也在,他们没有食物,而且——"

"是啊,我只听到你说着一堆又一堆的理论,就是没听到你解释为什么那四个考古学家宁愿穿着太空服等死也不愿意到飞船里走走。

这可是人类历史上最伟大的考古发现。”

她犹豫了一会儿，我仿佛又看到了瀑布下的那个她，眼中正在燃起熊熊的热情。

“干吗来问我？你怎么不启动辨认 – 评估系统自己他妈的去问他们？他们的存储器还是好好的，不是吗？”

“辨认 – 评估仪器坏了，坦尼娅，和浮标一起被腐蚀掉了。我再问你一次，他们为什么不进去？”

她把目光投向了别处。我仿佛看到她的眼角抽了一下，就那么一下，然后她重新抬首看着我，恢复了平日的冷酷表情。

“我不知道。”她开口回答，“但如果没办法问他们，我只能想到一个办法去发现原因。”

“是啊。”我烦躁地挪开身体好让她通过，“这就是你真正想做的，不是吗？找出原因，揭示未知的历史，妈的，然后高举着人类新发现的火炬。你根本不在乎钱，也不在乎究竟谁会最终得到这东西。你不怕死，因此其他人也得跟着你陪葬，是不是？”

她似乎往后缩了一步，但很快又控制住了自己，转身离开。而我站在那儿，怔怔地望着照明砖发出的微弱光亮。

第三十一章

这感觉让人精神错乱。

我曾经读过关于火星考古学家们的介绍，他们第一次发现地下宫殿（即后来所谓的火星城市）的时候，很多人都发了疯。那时候，精神失常是考古行业的职业病，为了寻找开启火星文明的钥匙，无数优秀人才都为此做出了牺牲。当然，他们并不像恐怖片中的炮灰角色那样理智全失，也不至于疯魔到胡话连篇，但他们的大脑都变得迟钝不堪，失去了超凡的智慧，只留下呆滞的眼神和恍惚的神情。长期接触非人类的智慧结晶后，有几十个人的精神都受了极大损伤。而协会毫无怜悯地抛弃了他们。

"呃，我想如果你会飞的话……"卢克·德普雷目瞪口呆地望着眼前的建筑。

这站姿显示出了他此刻既烦躁又困惑，我猜和我一样，他正试图找出飞船上可能的伏击点。当战斗技能完全启动，却无用武之地的时候,你就会难受得像正在戒烟的老烟枪。在火星建筑中寻找伏击点,不如去赤手空拳地对付米查姆沼泽豹。

我们从登陆坪巨大的悬梁下穿过时,眼前呈现出的飞船内部构造我从未见过。我想起了小时候在新佩斯特的经历。那年春天,我潜入平田礁的深水区,几乎丧命于此。那套捡来的潜水套装在水下十五米处被珊瑚礁挂住,竟然破裂开来,我眼睁睁看着氧气变成银色的气泡涌出,有那么一瞬间,我很想知道从泡泡里往外看世界会是什么样子。

现在我知道了。

这儿的气泡舱被固定了起来,外壳是珍珠一样的蓝粉色,表面泛着朦胧的光。虽然静止不动,但和那天从潜水服中涌出的气泡一样,看起来毫无章法,只是随意地排列或者融合在一起。有些气泡舱由一道几米长的孔道彼此相连,剩下那些则直接与周围的其他建筑融合在了一起。我们走进的第一个舱室,天花板的顶点绝对在二十米以上。

“还好地板是平的,”孙立平低声说着,蹲下摸了摸锃亮的地板,“而且这儿还有重力生成器。”

“趋同演化。”塔尼亚·瓦尔达尼的声音在这个教堂一样空旷的空间里清晰可闻,“和我们一样,他们更适应重力环境。零重力虽然有趣,但对长期健康无益。而重力之下就需要平整的表面以放置物品。他们很注重实用性,就算个个都能展翅高飞,也需要平整的地方以供降落,和刚刚的登陆坪一个道理。”

我们一齐看向刚刚走过的登陆坪,和现在所处的地方相比,那儿的曲线已经算是正常得多了。舱壁的墙面呈阶梯状,越往下越向内聚拢,像一条沉睡着的两米宽的巨蛇,一圈圈地盘绕着身体,每下一圈都会略小于上一圈,但始终围绕着同一个轴心。看来火星人不是单纯的实用主义者,他们的造船师热衷于将内部结构打造得华丽炫目。不过随着不断深入,我们发现空气密度越来越大,这梯状墙壁肯定不止有美观的功效,还有某种建筑原理,即使直接把登陆坪上的飞船开进来,底下的人也不存在任何危险。只不过当你回头向上看时,会有种自己被塞到了某个沉睡怪物的肚子里的感觉。

这感觉让人精神错乱。

我总觉得有东西在视野上方轻轻扫动,吸吮着我的眼球,眉骨出现了肿胀感。小时候在游乐中心的廉价虚拟场景里,我也有过这种体验,那种场景设定你的角色只能看到水平线上方的一点点,无法抬头往上望,就算那是你的下一个关卡也一样。此刻我就是这种感觉,只要抬头往上看,眼睛就被建筑迷乱得发胀发疼。

脚下闪亮的地板也有些倾斜,我觉得自己随时会摔倒在地。可谁又说的上来呢,在这样一个令人焦躁的外星文明世界里,俯身躺倒也许正是最为安全的姿势。这个奇异的太空船外壳看起来如蛋壳般单薄,仿佛一不小心就会挣裂,然后把人吸进黑暗的太空。

这感觉让人精神错乱。

我必须要习惯这些。

我们继续向前,这里并不是空无一物,阶梯墙壁的边缘处有某种脚手架。我曾经看过全息图像,知道那是火星人的栖息架,虚拟场景中,火星人立于其上。而在这里,栖息架上空空如也,显得怪异而又荒凉。我头皮发麻。

"它们被折起来了。"瓦尔达尼一边抬头看着,一边疑惑地喃喃自语。

布满气泡的舱壁下端有一些我猜不出功能的机器,靠在——显然——没有栖息架的地方。大多数的机器外壳充满尖刺,看起来富有攻击性。但当考古学家触摸它们的时候,那些刺状物只是撒娇似的动了动,接着机器发出了喃喃的声音。

咔嚓咔嚓——

所有人都举起了武器，瞄准的声音在空旷的舱室回荡。

"噢，老天！"瓦尔达尼头也没回，"你们就不能放松点吗？它不过是台睡着了的机器而已。"

我收起卡拉什尼科夫手枪，耸耸肩。对面的德普雷看着我，笑了笑。

"干吗的？"韩德问道。

"我也不知道，"瓦尔达尼的声音有些厌烦，"如果能给我几天时间，再配备几个实验员，说不定我能告诉你。而现在，我能说的就是，它正在休眠。"

苏贾迪走近几步，手里依然举着喷枪，"你怎么知道？"

"因为如果不是的话，相信我，我们早就和它交手了。我告诉你们，这整个地方的能源都关闭了。"

"瓦尔达尼小姐应该是对的。"孙举着小臂上的努哈诺维科勘测仪四处检查，"墙壁中能够探测到电路，但是基本都没启动。"

"一定有什么中央系统控制着这一切，"阿梅利·翁萨瓦双手插在口袋里，抬头看着船舱顶部的中央通风口，"尽管有些稀薄，但这儿有可供呼吸的空气，而且还挺暖和，所以一定有供暖设备。"

"是看护系统。"坦尼娅·瓦尔达尼不再研究那台机器，踱回到队伍中，"许多地下火星城市和恩克鲁玛之地都有这样的系统。"

"过了这么久还能用？"苏贾迪警惕起来。

瓦尔达尼叹了口气，竖起拇指朝登陆坪入口指了指，"船长，这可不是什么巫术，'纳吉尼号'上的系统和这儿的也差不多。就算我们都死了，它也依然会在那儿待机好几个世纪，等着哪天被谁发现。"

"没错，但如果发现者没有代码，它会把他们炸得稀烂。瓦尔达尼小姐，你这样说可不能让我安心。"

"呃，或许这就是我们和火星人的差别：老于世故，城府太深。"

"但他们的电源能续航更久,"我说道,"'纳吉尼号'在这儿待上个上千年一定就没电了。"

"无线电波接收情况如何?"韩德问道。

孙调整了一下手臂上的努哈诺维科系统,延伸到肩膀的探测器部件闪烁起来,有符号出现在她手背上空。她耸耸肩,"不大好,可能是因为防护罩,虽然'纳吉尼号'就在墙外,但我们几乎接收不到它的导航信号。不过看起来这儿还属于登陆坪,我们离真正的船身还有段路,得再往里走一点。"

队员们都露出了警惕的神色。德普雷发现我正看着他,于是微微地笑了笑。

"那么,谁想去探险?"他轻声问道。

"我可不认为这是一个好主意。"韩德说道。

因为不安,大家紧紧靠在一起。只有我迈出队伍,穿过两排栖息架中间的缝隙,朝顶部的一个洞口摸索着,然后翻身上去。疲倦和恶心感再次袭来,一如所料。

洞里空无一物,连灰尘都没有。

"或许这确实不是一个好主意。"我表示同意,然后跳了下来。"但即使再过一个千禧年,又有几个人能遇上这样的机会?能量系统还需要十个小时修好。对吧,孙?"

"最多十小时。"

"能用那东西给我们画张地图吗?"我指了指她的努哈诺维科仪器。

"应该可以,这是市面上最好的探测软件。"她朝韩德的方向微微鞠了一躬,"努哈诺维科智能系统,顶级设备。"

我看了看阿梅利·翁萨瓦。

"'纳吉尼号'的武器系统都启动了吧?"

驾驶员点点头,"我已经设好了参数,即使我们不帮忙,它也能击退一次战略攻击。"

"这么说,我们有一整天的时间来探索这座'珊瑚城堡'喽。"我瞥了一眼苏贾迪,"如果有人对探险感兴趣的话。"

我看着大家,知道这主意相当诱人。德普雷最先站了出来,他的表情和姿势彻底暴露了那份好奇心。然后是其他人,每个人都开始抬头看着这个陌生的建筑,面带兴奋和惊奇。连苏贾迪也让了步。从踏入登陆坪的上层空间开始,他一直保持着高度警惕。随着对未知的恐惧感逐渐消失,人们的情绪正被更强大、更原始的一种力量取而代之。

那就是猴子般的好奇心。当我们到达索贝维尔海滩时,我还当着瓦尔达尼的面贬低过人类的这一特性。猴子这种在丛林中蹦跳、呼号的生灵,总是热衷于攀爬古老的石像,并且把手指戳进雕像的眼窝中试探。这种想要探明真相的强烈欲望,造就了祖先手中的黑曜石工具,也把我们大老远地从非洲中部草原带到了这儿,这欲望很可能会在未来把我们带往更遥远的地方,甚至比当初射向非洲中部的阳光更早到达那里。

韩德走到队伍中心,摆出领导的姿态。

"有些事情得先讲清楚,"他小心翼翼地说道,"我很理解你们想要在这艘飞船里探险的心情——我自己也是——但是我们的首要目标是为浮标找到一个安全的信号发射基地,我建议大家先一起完成这个任务,"他转身对着苏贾迪,"之后,我们再专心探险。船长,你说呢?"

苏贾迪点了点头,但是动作却一反常态地模棱两可。和其他人一样,他也被外星事物吸引住了。

在飞船的固定气泡舱中探索了几个小时之后,我们掌握了这艘船的大体状况。我们走了一公里多的路,在毫无排列规则的舱室间绕来绕去。有些地方的入口在靠近地板的墙壁上，而有些地方的则在高处，瓦尔达尼和孙需要启动反重力绳才能浮上去看个究竟。蒋和德普雷一起行动，他们并排进入每一个舱室，动作轻巧娴熟，一左一右很是对称。

我们没有发现任何生命迹象。

偶尔遇到的机器设备都忽略掉了我们的存在，当然，我们之中也没有人愿意走近打扰它们。

飞船深处有个"走廊"，当然走廊只是比喻说法——那是长长的圆柱形空间，两端都是卵形的入口，看起来和之前气泡舱的建筑手法一样。

"知道这是怎么造的吗？"等待孙打开头顶另一扇门的时候，我对瓦达尼尔说，"就像气凝胶一样，它们先将基本框架建好，然后——"我摇了摇头，话到嘴边又不知道该怎么解释，"我不确定，可能在框架上覆上好几立方千米的气凝胶，然后只等着硬化。"

瓦尔达尼淡淡地笑笑，"是啊，有可能，差不多是那样吧。他们的塑形技术可比我们要先进，不是吗？完全有能力设计并且制造出这么巨大的泡沫状建筑。"

"也可能不是。"我一边摸着建筑的折纹，一边认真思考了一下刚刚得出的结论，"在这儿，建筑的形态并不重要，造成什么样子都可以。重要的是能把你需要的东西放进去，引擎、环境系统，你知道，还有武器……"

"武器？"她看着我，脸上是无法捉摸的表情，"这一定是一艘战舰吗？"

"不，我只是打个比方，但是——"

"这里有发现，"通信器中传来孙的声音，"某种树一样的东西，或者——"

接下来发生的事情有些无法解释。

我听到了声音。

孙开启气泡舱之前的一瞬，我就知道会听到这种低微的声音。这完全是第六感使然。所以当声音真正传来时，反而像是在聆听袅袅余音。如果这是出于我的特派探员本能，那就说明它已经达到了最佳状态，一般只有在梦中我才会如此。

"歌塔。"瓦尔达尼说道。

余音逐渐消逝，我轻微地哆嗦起来，突然很想回到门的另一端，去面对那些纳米系统和索贝维尔的核辐射。

像混杂的樱桃和芥末，一股不知名的味道随着声音蔓延开来，蒋举起了光束喷枪。

苏贾迪平时那副僵硬的面孔也不见了。

"那是什么？"

"歌塔。"尽管心里很不安，我还是故作平静，"一种火星家养植物。"

我曾在地球上见到过歌塔，只有那么一棵，它是在火星岩床中生长了几千年后被挖出来的，后来成了一个富人的装饰品。无论和什么东西接触，甚至只是微风扫过，它也会歌唱，同时散发出樱桃和芥末的混合味道。这东西既不死，也不生，人类的科学完全无法界定。

"那东西什么样？"瓦尔达尼问道。

"从墙里生长出来，"孙的声音里满是讶异，"就像某种珊瑚……"

瓦尔达尼后退几步，抽出反重力绳，电源开启时的声音搅得周围的空气嗡嗡响。

"我这就上去。"

"瓦尔达尼小姐，等等。"韩德无声地走到她身边，"孙，那儿有洞口继续向上吗？"

"没有,整个气泡舱是封闭的。"

"那你下来。"他伸出一只手,挡住瓦尔达尼,"我们现在没时间管这个,如果你想看的话,可以等孙修浮标的时候再过来看。现在,找到安全的信号发射基地比任何事情都重要。"

考古学家变了脸色,她甚至没去伪装自己的表情,只是简单地关闭了反重力引擎——机器仿佛发出失望的哀号——然后转身离开,嘴里低声嘀咕着什么,就像那樱桃和芥末的味道一样模糊不清。她背对着曼德拉主管,大踏步地朝外走去。蒋看着她的身影,犹豫了一会儿,没有跟上去。

我叹了口气。

"韩德,瞧你干的好事,她多少也算我们在这的半个向导。"我指了指四周,"而你居然去惹她。那些战时投资的博士课程就是这样教你的? 尽你所能惹毛专家?"

"不是,"他平静地答道,"不过他们教我不要浪费光阴。"

"混球。"我朝瓦尔达尼离开的方向追去,在舱室外的走廊上拦住了她,"嘿,等会儿,瓦尔达尼。瓦尔达尼,冷静点,好吗? 那家伙就是个婊子养的。你打算怎么办?"

"妈的,奸商。"

"是啊。不过没有他,我们也不会来这里。千万别低估商业的作用。"

"妈的,你怎么也变成了个经济学家? "

"我,"我顿了一下,"听听。"

"不,我不想谈——"

"不是,听。"我举起手指着走廊,"那儿,听到没?"

"我听不……"她声音渐弱。

卡雷拉楔形军的生化系统把声音放大了数倍,确定无疑了。

走廊里传来了歌声。

我们向前走过两个舱室才找到它们。整片的歌塔林,从地表一直延伸到走廊和主气泡舱的连接处。它们从船体连接处破壳而出,但完全看不出根部有损,周围的船体材料像一圈愈合组织,天衣无缝地将它们的根部包裹。最近的一棵歌塔离我们就十来米,它正蜷缩在墙角里。

歌塔的音色接近小提琴,只不过永远都是拖得长长的单音,没有什么旋律。现在我们听到的那细微的声音,只有全神贯注才能注意到。而我每次这么做的时候,胃就开始翻搅。

"是空气。"瓦尔达尼说。她走在我前面,从圆形的走廊走到气泡舱,然后蹲在了歌塔前。虽说上气不接下气,但她双眼却兴奋地发着光,"这儿一定有空气对流,有表面接触时它们才会歌唱。"

我不禁打了个寒战。

"你觉得它们在这儿多久了?"

"谁知道呢?"她站起身,"如果这里是行星重力场,我会说只有几千年。"她后退一步,摇摇头托着下巴,手指按在嘴唇上,仿佛不想贸然下结论。过了一会儿,她才指了指歌塔,脸上满是狐疑,"你看它们的枝丫,一般不应该长成歪歪扭扭的样子。"

我朝她指的方向看去,最大的歌塔估摸着高及我的胸部,它红黑色的纤细石状枝条从主干向外延伸,比我在地球上看到的那棵更繁茂、更精致。周围更小一些的歌塔也是如此形状,除了……

其他人也赶了过来,德普雷和韩德打前锋。

"你们怎么跑这儿来了?噢。"

歌塔原本细微的声音突然增强了不少。是其他人的身体移动搅乱了周围的空气。这声音让我嗓子干痒。

"我只是过来看看,韩德,希望你别介意。"

"瓦尔达尼小姐——"

我警告性地瞥了一眼韩德。

德普雷走到瓦尔达尼身边,"有危险吗?"

"我不知道,一般来说,没有,但是——"

这时候,我突然明白引起我注意的是什么了。

"它们向着彼此生长。那些比较小的歌塔的枝条都向上生长,而那些比较大的则朝各个方向蔓延。"

"那意味着它们可能存在交流,它们是一种相互连接的系统。"孙环绕着歌塔林,同时用手臂上的放射物追踪器四处扫描,"尽管,呃。"

"你在这找不到辐射的影子,"瓦尔达尼有些神情恍惚,"它们会像海绵一样,把除了红色之外其他波段的光线全部吸收。但根据其矿物成分来看,这些东西的表面不应该是红色的,而应该反射其他光线才对。"

"但它们没有。"韩德的语气就像要把这些歌塔扣押起来似的,"瓦尔达尼小姐,这是为什么?"

"我要是知道,现在肯定是协会主席了,我们对歌塔的了解和对其他火星生物的了解一样,少得可怜。事实上,这东西到底属不属于生物都还不知道。"

"它们会生长,不是吗?"

瓦尔达尼冷笑道,"水晶也一样,但水晶可没有生命。"

"不知道你们怎么看,"阿梅利·翁萨瓦用喷枪指着歌塔,摆出攻击的姿势,"反正,我看这东西像是会传染瘟疫。"

"或者是种艺术品。"德普雷低声说道,"谁知道呢?"

翁萨瓦摇了摇头,"这可是一艘飞船,卢克,你不可能在走廊里放艺术品,不然走路的时候还得提防着不被绊倒。看,四周都是这玩意儿。"

"如果船员可以飞呢？"

"它们还是挡了道。"

"那叫碰撞的艺术。"施耐德得意地说道。

"好吧，胡闹到此为止。"站在歌塔和人群之间，韩德挥了挥手，带动周围的空气扫在红色的石状枝条上，香味更浓了，"我们不需要——"

"把时间浪费在这里。"瓦尔达尼一字一顿地接道，"我们必须找到一个安全的信号发射基地。"

施耐德大笑起来。我强忍着自己别朝韩德那边看。主管这次肯定被惹火了，我可不想在这个时候火上浇油，况且还不知道他真正发起飙来会是什么样子。

"孙，"这位曼德拉主管极力控制住自己的情绪，"检查一下上面那些洞口。"

我们的系统专家点点头，启动反重力绳，引擎嗡嗡地响了起来，声音越来越大，然后她脱离地面，升了上去。蒋和德普雷围在两边，手里举着喷枪为她掩护。

"这儿是死路。"她的声音从最近的那个洞口传来。

我听出歌声有变化，视线落回歌塔上，只有瓦尔达尼发现了我脸上的表情。她站在韩德身后，大张着嘴，脸上写满疑惑。我朝歌塔点点头，把手拢在耳朵上。

倾听。

瓦尔达尼靠近了一点，摇着头从牙缝里挤出了几个字。

"不可能——"

但事实如此。

细微的、小提琴般的刮擦声逐渐发生了变化，它们对重力引擎的嗡嗡声发出了回应，或者是受到了重力场本身的影响。歌塔的声音正在发生变化，然后，逐渐加强。

　　逐渐，苏醒。

第三十二章

　　我们穿过四片歌塔林之后又走了一个小时，才终于找到了能作为信号发射基地的地方。按照孙的努哈诺维科扫描仪绘制的临时地图，大家已经绕了一圈，正在往回去登陆坪的路上了。扫描仪上的制图软件仿佛跟我一样，对这座火星建筑全无好感，每次上传新数据都要半天才有反应。在七拐八绕地走了几个小时之后，程序根据所给信息找到了这片不错的地方，虽是意料之内，但也确实特别合适。

　　费力地爬出一根巨大而陡峭的螺旋管道后，孙和我跌跌撞撞地来到了一个五十米宽的平台。平台四周无任何遮蔽，顶部水晶般透明的材料后面就是开阔的星空，这里还有一处荒凉的建筑残骸，样子和米尔斯港造船厂的起重机差不多。一种暴露在真空之中的错觉让我极为不适，咽喉也条件反射般地封闭起来，肺部则因为之前的攀爬，在胸腔里虚弱地鼓动着。

　　我终于呼出一口气。

"这儿受到力场的影响了吗？"我气喘吁吁地问孙。

"没有，完全密闭。"她看着前臂的显示屏，皱起眉头，"这透明合金只有约一米厚，画面没有任何变形，能真实地反映外界景象，真是不可思议。看，我们的门在那里。"

那扇门竖立在星空中，就像一颗奇怪的长方形卫星，在黑暗中发出灰蓝色的光。

"这里一定是登陆控制塔。"孙仿佛颇为得意，拍了拍手臂，慢慢地转身环视周围，"我怎么告诉你的，努哈诺维科智能地图，绝对是最好——"

她突然间停住，睁大的眼睛瞪向上方。顺着她的视线，我看到了平台中央的建筑残骸上有什么东西。

火星人。

"最好把其他人也叫上来。"我机械地对她说道。

他们悬在平台上，张着翅膀，像被虐待致死的鹰，全身被蜘蛛网一样的东西缠绕着，垂下的蛛网在微弱的气流中摇摆。一共两个火星人，一个高高地挂在建筑的中央，另外一个则悬在和头顶差不多高的地方。我小心地靠近，这才发现那些蜘蛛网一样的东西是金属网，网上还绑缚着一些仪器，它们的功能和气泡舱中那些机器一样，都是未解之谜。

我走过另外一丛拱出地面的歌塔，它们的高度大多只到我的膝盖，我只是瞥了一眼便不再注意。身后传来孙朝螺旋管喊话的声音，空气中仿佛有什么被她那突然提升的音量给惊醒了，苍穹下传来阵阵回声。我走到两个火星人下面，他们就挂在我头顶的正上方。

当然，我以前就见过他们。谁没有呢？从幼儿园开始，我们就一直在被灌输有关火星人的信息。以前，人类传说的基础是天神和魔鬼，但如今他们已让位于火星人。永远无法估计，格雷茨基写道——那时候他还有点胆量,这一发现对我们的宇宙归属感及拥有感产生了多大的冲击。

我想起某个夜晚,在洛伊斯匹诺吉的仓库阳台上,瓦尔达尼也跟我讲过类似的话。

这些是 2089 年前殖民时期有关布拉德伯的一些记载。她说。人类第一次破解火星数据系统后,那些创造人类文明的英雄相比之下突然成了白痴,虽然他们可能本来就是那么无知。我们发现了一个远比人类历史更悠久的星际文化,上千年的古埃及和中华文明在火星遗迹前就像无知的十岁小孩。那瞬间,好几个世代所积累的智慧统统成了酒鬼的胡言乱语。老子、孔子、耶稣还有穆罕默德——这些家伙算什么? 不过是没见过世面的土包子,他们从没离开过自己的星球,火星人在星际空间穿梭的时候他们还不知道在哪儿呢。

当然——瓦尔达尼的嘴角泛起一丝苦笑——已经扎根于人民之中的宗教必然不会坐视不理,他们有的是手段和伎俩。他们把火星人结合进宗教宣传计划中,对经文中的相关片段进行删减、增加或者重新释义。如果这招不管用或者太费力,他们就直接歪曲一切,宣称那些反对者是邪恶力量或是破坏分子,这一招千百年来屡试不爽。

但这次不灵验了。

有那么段时间,上述手段看起来卓有成效,但是随着宗派暴力事件的日益升级,以及学术争斗的愈演愈烈,局势逐渐失去了控制。著名的考古学家得带贴身保镖,大学里的原教旨主义者甚至和治安警察相互开火。对学生来说,这倒是一个有趣的年代……

于是,在这样的背景下,无数的新信仰随之诞生,它们中的大多数和旧信仰没有显著差别,教条方面倒是有过之而无不及。但那个早已出现在无数宗教中的符号却变得比以往任何时候都更加强大,尽管它时而埋没在其他思潮之下，时而走上风口浪尖。这是个比上帝还要难以定义的东西。

我们也许可以叫它"翅膀"。它是人类最根深蒂固的文化核心——天使、魔鬼、伊卡洛斯，还有跳下高塔和悬崖的那群我们起初认为是傻瓜的人——代表了人类的求知欲。

或许就是那无止境的求知欲推动了人类的冒险精神。在火星宇航图为我们指明一个个新世界和一片片新大陆后，人类义无反顾地奔向了它们，而这仅仅是因为，呃，图上是这样标示的。

不管它到底是什么，反正人类把它叫做了信仰，而不是知识。就算那时候协会宣称自己提供的火星文本可能翻译有误，但人们还是向着星际空间深处传输了数十万计的存储意识和克隆胚胎。这样的行为肯定不是单纯的理论所能支撑的。

而信仰可以。实际上，人类虽然对自己的科学自信满满，相信终究会有能力在未来的某一天解决所有未知，但也乐意依赖充满神秘的火星知识，人类相信火星人有如宽容的父亲，愿意让我们驾船扬帆海上。天啊，瓦尔达尼说。我们不是第一次离家的大孩子，而是用肉滚滚的小手信任地牵着火星文明利爪的学步婴儿。在这整个过程中，人类都带着毫无根据的安全感，似乎一切都温馨而舒适。这种想法再加上韩德吹嘘的所谓的经济解放，带来的直接结果就是大规模星际移民。

直到阿多拉奇安上七十多万人的死亡后，事情才发生了变化。而且，随着星际联盟摄政府的成立，一些地域政治的缺陷逐渐重现。地球上的古老信仰被扼杀，精神变得和政治一样，都得用铁腕手段进行强权统治才行。过去我们活得太懒散，因此付出了沉重的代价。为了安全和稳定，一切必须强制管理。

这一理念带来的后果，就是和火星人相关的一切几乎都被摧毁殆尽。维辛斯基和他的先锋队在几个世纪前就已作古，而今的大学也再不讨论火星人，至于研究经费自然也是全部撤除，从这个角度上来说，相关领域的研究也被全部扼杀了。不过协会比较识相，为了守护摄政府赏赐的最后那一丁点学术自由，小心翼翼地自我审查着，不允许任何信仰和自己产生瓜葛。

另一方面，教科书上保留了火星人的系列相关图像和注释，当然数据都在摄政府认为合适的范围内。所有的小孩都了解过火星人的样貌、张开的翅膀和骨骼的解剖图、飞行动力原理、单调的交配和抚养后代的细节，还在虚拟场景中观察过他们羽毛的生长和颜色的更迭——其中一些内容源自于我们获取的视觉记录数据，还有一些则是协会的猜想，比如栖息架以及他们可能会穿的彩色服饰，总之都是些易被小孩理解的东西。这里面没有用多少社会学知识，因为我们对它了解太少，很多假设都经不起推敲。另一方面，人们也懒得花心思去想这些……

"不愿动脑子，"她因沙漠的寒冷而瑟瑟发抖，"在不易理解的事物面前故意装白痴。"

所以即使课本里介绍过火星人，它们的神秘面纱也完全没有被揭开。奇奇怪怪的宗教分支成立；私底下流言四起，都是关于火星人的传说；此外，参加过火星人文物挖掘的相关成员也会添油加醋，夸夸其谈。

但在这儿的所见，才证明了火星人对我们来说到底意味着什么——在这儿，可以看出他们对我们的影响。在这儿，套用维辛斯基曾经说过的话：一种新的"古老"将教会我们这个词的真正含义，那些已经消失的长着翅膀的神秘恩人，会俯冲下来用冰冷的翼尖扫过人类文明的颈背，提醒我们六七千年拼拼凑凑的历史在这儿根本不能算"古老"。

火星人死了。

很久之前就死了。网中的尸体已是木乃伊,他脱水的双翅成了轻薄的羊皮纸,头部也干缩得只剩下了狭长的颅骨,他的嘴半张着,深陷下去的眼窝里是漆黑的眼睛,被眼睑垂下的薄膜盖住了一半。嘴下的皮肤处有一块隆起,我猜是喉腺,那儿的皮肤和翅膀一样,也很轻薄,成色透明。

还有瘦削的四肢,它们在网上伸展开来,纤细的锐爪紧紧地抓着网格。不管他生前经历了什么,最后都选择了死在控制台上,这让我的敬佩之情油然而生。

"别碰他。"背后传来瓦尔达尼的声音,我这才意识到自己在伸手去够结网的尸体。

"为什么?"

"如果他的皮肤破损了,你一碰就会没命。他们的皮下脂肪层里有一种碱性分泌物,在活着的时候,食物的氧化作用可以让其处于平衡状态,但在死后,这种分泌物就会失控,在水蒸气的作用下,它能把尸体本身也给消融掉。"她一边说,一边四处走动,小心翼翼地观察这些网架,这种下意识的谨慎一定得归功于协会的训练。瓦尔达尼脸上满是专注的神情,视线始终没有离开头顶的木乃伊,"当他们死去的时候,分泌物会腐蚀脂肪,最后结成粉状物。如果不小心吸进一点或者是吹到眼睛里,可就大事不妙了,我猜你也不想被腐蚀而死。"

"好吧,"我后退几步,"感谢提醒。"

她耸耸肩,"没想到能在这儿找到他们。"

"飞船总得有船员吧。"

"是啊,科瓦奇,城市还得有人口呢。我们有四百多年的考古学史,却只在三十多个世界里发现了几百具完好的火星人尸体。"

"就靠他们那些破烂系统,这数字不足为怪。"施耐德走到另外一边,伸长脖子看着,"这东西要是一段时间不进食的话会怎样?"

瓦尔达尼有些生气地看了他一眼,"不知道,可能在他们还没死的时候,那个腐蚀过程就开始了。"

"那一定很痛吧。"我说道。

"我猜是。"瓦尔达尼没什么心思和我们说话,她完全被火星人吸引了。

施耐德好像没有听出她话里的暗示,或者他想用说话声掩盖空气中的死寂,进而忘记头顶那长着翅膀的东西的逼视。"他们怎么会就那样死去了呢?我的意思是说——"他大笑起来,"那不符合物竞天择的原理,不是吗?肚子一饿就死?"

我重新抬头,看着火星人张开的干枯四肢,心中又一次涌起刚才意识到他们是死在自己的岗位上时的敬佩之情。突然,凭着一种直觉,我明白了过来。

"不,事实上完全符合。"我开口道,"这样可以让他们成为最凶悍的空中杀手。"

我瞥到坦尼娅·瓦尔达尼的脸上浮现出一丝淡淡的微笑,"科瓦奇,你还挺有学术天分,不去搞研究真是浪费了。"

施耐德假笑了一声。

"事实上,"考古学家看着火星人木乃伊,开始了自己的演讲,"对于它们的这一特性,最近的进化理论解释说,这样有利于保持拥挤的栖息架的卫生,这是瓦斯维克和赖几年前提出的理论。在那之前,协会大多数专家都认为这样可以防止皮肤寄生虫和感染。瓦斯维克和赖虽然没有进行反驳,但是他们正在努力寻找证据支撑自己的观点。当然,也有人认为这种机制是为了让他们成为最凶悍的空中杀手,协会中有好几位专家详细地论证过。可是,科瓦奇,他们的原话都没你的形象生动。"

我朝她鞠了一躬。

"你们看能把她弄下来吗?"瓦尔达尼大声问道,同时后退几步,以看清结网尸体一旁的缆索。

"她?"

"是啊,一个栖息架守卫。看那翅膀上的尖刺,还有后脑勺的骨头,那是战士的标志。据我们所知,战士都是雌性的。"考古学家重新看了看缆索,"你看能让缆索运作起来吗?"

"当然可以。"我提高嗓门,好让大家都听得到,"蒋,你那边有没有绞车一样的东西?"

蒋摇摇头。

"瓦尔达尼小姐!"

"跟屁虫又来了。"施耐德低声嘟囔。我们看着马提亚·韩德也奔到了那具四肢伸展的尸体下。

"瓦尔达尼小姐,希望你只是站在这儿看看。"

"事实上,"考古学家说道,"我们正在想办法把她放下来。有什么问题吗?"

"是的,瓦尔达尼小姐,有问题。这艘飞船以及船上的一切,都是曼德拉公司的财产。"

"在浮标发出信号之前,不是。再说,是你让我们到这儿来的。"

韩德淡淡地笑了笑,"瓦尔达尼小姐,你可别打歪主意,我付给你的可不算少。"

"噢,付钱,你付了钱的。"瓦尔达尼盯着他,"滚你的,韩德。"

她冲到平台的另一端,站在边缘朝外看。

我盯着这位曼德拉主管,"韩德,你怎么了? 我告诉过你,别把她逼急了。那建筑把你吓傻了还是怎么的?"

我把他留在尸体下,走到瓦尔达尼身边,她双手紧紧抱着自己,低着头。

"你该不会想跳下去吧?"

她哼了一声,"那该死的傻瓜,要是他能进天堂,他一定会在天堂的门上贴上公司的标志。"

"那就不清楚了,不过他还真是个信教的。"

"真的? 真是可笑,他的商业生活居然完全不受影响。"

"是啊,呃,你知道的,那种有组织的宗教。"

她又哼了一声,接着笑了出来,看起来稍微放松了一些。

"我不知道自己为什么这么固执,毕竟这儿又没有处理有机残骸的工具。就让她待在上面吧,反正没人在乎。"

我笑了笑,伸出手搭在她肩膀上。

"你在乎。"我温和地回答。

头顶的苍穹澄澈透明,可以一眼望穿。这里无线电波也比较强。孙用自己携带的仪器进行了一系列基础检测后,我们就返回了"纳吉尼号",带着已经受损的浮标和三箱孙认为用得着的工具回到了平台上。每过一个舱室我们都会停下,沿途用琥珀色的樱桃状标记器标记,同时在地板涂上发光颜料。坦尼娅·瓦尔达尼对这种做法极为不满。

"这东西很容易洗掉。"孙立平对此满不在乎。

虽然好几根反重力绳一起上阵,但是因为飞船里乱七八糟排列的气泡舱,我们还是花了很长时间、耗费了很大工夫才把浮标拉到了选定的位置。等我们把所有的东西都搬上平台后——堆到了远离那些木乃伊的另一端——我已经筋疲力尽了。核辐射吞噬着我的细胞,药物都不起作用了。

我找到一处头顶没有尸体的地方躺下,看着星空,同时用最后一点力量稳住自己的脉搏,抑制呕吐的冲动。那扇开启的门高高地悬在平台上方,仿佛在星空中朝我眨眼睛。视野的最右边是那具火星人的尸体,我抬头看看上方,然后转向尸体,那半掩着的眼睛正望向我的方向。我抬起手,用手指在太阳穴旁敬了个礼。

"啊,马上我也来陪你了。"

"你说什么?"

我偏过头,看见卢克·德普雷站在几米远的地方,那具抗辐射的毛利躯体让他依然状态良好。

"没什么,我在自言自语。"

"哦。"但是他脸上的表情告诉我,他并不相信事实如此,"我就是想问下,你有没兴致四处看看?"

我摇了摇头。

"晚点再说。你可以自己先去。"

他皱了皱眉,然后和阿梅利·翁萨瓦一起走开了。其他人则聚在平台的其他地方,三三两两地讨论着什么。我仿佛还能听到那些歌塔发出的细微歌声,不过已没力气再启动生化系统了。盯着星空久了之后,一股前所未有的倦意向我袭来,整个平台仿佛在我身下偏转起来,我闭上眼睛,意识逐渐模糊,但是并没有睡着,相反,情况要糟糕得多。

科瓦奇……

他妈的塞梅代尔。

是不是想念你那位已四分五裂的利蒙高地姑娘了?

你别——

是不是很希望她现在完好无损地站在你面前,嗯?或者想要她的残肢断臂在你身上蠕动?

克鲁克香克被纳米触手撕得粉碎时,断脚擦到了我的脸部,现在那块皮肤开始抽搐起来。

是不是很诱人,嗯? 一具可以让你随心所欲掌控的美女残尸,这儿一只手,那儿一条腿。你可以手捧她鲜嫩的肉体,那柔软的、可以把玩的肉体,科瓦奇,你可以随意捏弄,可以盈手一握,也可以将它们揉搓到自己身上。

塞梅代尔,你别逼我——

残尸可没有主观意志,这给你提供了大大的方便。你可以把没用的部分扔掉,那些污秽的部分,那些不能给你带来快感的部分。死者也可以带来许多快乐——

他妈的让我一个人静一静,塞梅代尔。

为什么呢? 一个人多凄凉啊,就像寒冷的海湾,比你从"米维特塞梅迪号"船上向下看去还要孤独寂寞。你为我送来了这么多的灵魂,是我重要的朋友,我怎么可能抛弃你,让你独自一人呢。

够了,你这混蛋——

我惊醒过来,浑身是汗。坦尼娅·瓦尔达尼蹲在一米远的地方看着我。她身后展翅悬挂着的火星人眼神空洞地看着下方,犹如新佩斯特安德里奇教堂里的天使。

"科瓦奇,你没事吧?"

我用手指按了按眼睛,脸部因为疼痛而抽搐起来。

"暂时还死不了。你怎么没去四处转转?"

"我心情不好,等会儿吧。"

我坐直了一些。孙在平台的另一端,认真地摆弄着浮标的电路板。蒋和苏贾迪站在附近,小声地说着话。我咳嗽了一声,"这儿可没多少'等会儿'可言,我看孙没有十个小时弄不完。施耐德呢?"

"他和韩德走了,你自己怎么不去看看这座珊瑚城堡?"

我笑了笑,"坦尼娅,你可从来没见过什么珊瑚城堡。你知道那是指什么吗?"

她在我旁边坐了下来，抬头看着星空。

"不过是借用你们哈伦世界的说法。有意见？"

"他妈的游客。"

她发出银铃般的笑声，这让我觉得很是愉悦。之后，我们两个人就这样静静地坐着，只有孙焊接电路的声音不时打破安宁。

"天空真美。"她终于开口了。

"是啊。能回答我一个考古学问题吗？"

"你说说看。"

"他们想去哪里？"

"那些火星人？"

"对。"

"呃，宇宙非常浩大，谁——"

"不，我是说这些火星人，这艘飞船的船员们。为什么他们会把这么大的飞船扔在这里，然后任其游荡？就算是他们，建造这样的飞船一样代价不菲。目前来看，这艘船显然是可以运作的，有暖气，有空气，还有依然能够使用的登陆系统。为什么他们当时不带走呢？"

"谁知道呢？或许他们走得太匆忙。"

"哦，得了——"

"不，我是认真的。他们可能是自愿从这整片太空撤离，或者是被人赶出去，或者是互相把对方赶了出去。于是他们留下很多东西，包括整座的城市。"

"没错，坦尼娅，你无法把城市带走。可这他妈的也是一艘飞船啊！是什么让他们连飞船都不要了？"

"他们也留下了哈伦世界周围的轨道防御系统。"

"那些轨道都是自动运转的。"

"呃？这个也是，看护系统都是自动的。"

"没错,但是飞船是给船员用的,就算你不是考古学家也知道这一点。"

"科瓦奇,你真该回'纳吉尼号'休息一下。我们两人都对这里一无所知,这样毫无意义的争论让我头痛。"

"你头痛是因为核辐射。"

"不,我——"

摘下的通信耳麦在胸前响了起来,我眨着眼睛盯着它看了一会儿,然后拿起来放在耳边。

"……刚刚……儿,"翁萨瓦的声音传来,好像受了什么刺激,因为极强的静电干扰,她的声音时断时续,"不管……是什么……不像……因为饥饿而死亡……"

"翁萨瓦,这是科瓦奇,先用一分钟冷静一下,然后从头慢慢说。"

"我说,"这位飞行员强调道,"那个……发现……一具尸体。大……尸体,部分……一群……在登陆……一个……看上去像……东西杀了……他。"

"好吧,我们这就过去。"我挣扎着站起来,让自己尽量放慢语速,好让翁萨瓦听明白,"重复,我们这就过去,你们背靠着背站在那儿别动,出现任何东西,就他妈的给我开枪。"

"什么事?"瓦尔达尼问道。

"麻烦事。"

我看了看平台四周,突然想起苏贾迪的话。

我们根本不应该来这儿。

头顶的火星人面无表情地看着我们,和天使一样无动于衷,也一样无能为力。

第三十三章

在飞船内约一公里深的地方有一条舱间隧道,他就躺在里面。尸体穿着太空服,基本上保持完好。墙上柔和的蓝光映出面罩后的那张脸,那是一张干瘪皱缩的人脸,只剩皮包骨。尸体没有腐烂的迹象。

我蹲在尸体旁边,看着面罩后的那张脸。

"没怎么腐烂。"

"无菌空气。"德普雷一边说,一边把喷枪收入背后。他的眼睛不断扫向头顶隆起的天花板。继续往下走了十米后,阿梅利·翁萨瓦变得警觉起来,她举着枪在隧道和下一个气泡舱之间四处察看。"这件太空服还算正规,那里面有抗菌物。罐子里还剩三分之一的氧气,有点意思。不管这个人是怎么死的,肯定和窒息无关。"

"太空服有损坏吗?"

"目前还没发现。"

我半蹲着,"这说不通,这儿的空气可供呼吸。为什么还要穿太空服？"

德普雷耸了耸肩，"舱室里有空气，竟然还会穿着太空服死去？完全说不通，毫无逻辑可言。"

"有动静。"翁萨瓦突然说道。

我右手拔出枪，和她一起站在洞口。离地面一米多高的地方，有一处唇状墙沿，向上弯起，像一个大大的裂开的笑容，两端缓缓地朝天花板延伸，上下的裂口逐渐合拢，形成个半球形。唇状墙沿两边都有约两米的遮蔽，下面还有蹲伏的空间，对狙击手来说，这里绝对是最佳狙击点。

德普雷蜷在左边，手里举着喷枪。而我则蹲在翁萨瓦的右侧。

"像是什么东西砸到地板了，"驾驶员低声说道，"不在这个舱室，可能是隔壁。"

"很好。"我感觉体内冰冷的生化系统向四肢蔓延，冲击着心脏。虽然核辐射让我浑身乏力，但系统能够启动依然令人高兴。这么长时间，我们在黑暗中残喘求生，和无定形的纳米武器战斗，还有人类和火星人的幽灵在四周晃荡，如果此刻能结结实实地跟谁干一场，也算是件乐事。

我的心已经开始发痒了，为即将到来的杀戮激动不已。

德普雷的手从喷枪枪管处举起。

听。

这一次，我听到了——舱室里传来一阵蹑手蹑脚的窸窣声，于是拔出另外一把枪，对准了升起的唇状物，特派探员本能会抑制住我体内的紧张，并将之变成瞬间反应的爆发力。不过表面上，我仍然淡定自若。

有什么在隔壁舱室的另一端缓缓移动，我深吸一口气，瞄准。

准备发射。

"是你吗,阿梅利？"

是施耐德。

翁萨瓦和我一样,大大地松了一口气,接着站了起来。

"施耐德？你干吗呢？我差点就开枪了。"

"是吗？你他妈的还真是热情。"施耐德出现在洞口,跨了进来,喷枪随意地挂在他肩上,"我们可是来增援的,你悠着点。"

"又一个考古学家吗？"韩德一边问,一边跟着施耐德走了进来。他的右手竟然握着一枚手榴弹,这也是我认识他以来第一次看到他携带武器,这看上去与他有些不相称,那个在九十楼参加董事会议的商人形象瞬间消失了。但要我说的话,韩德的新造型并不怎么样,与拉皮妮招募新兵的广告形成了巨大反差。韩德不像动武之人,就算动粗,也不该使用这么直接而卑鄙的粒子手榴弹。

而且他口袋里还塞着一把电击枪呢。

刚进入战斗状态,就要立即停下体内的生化系统,这让我身体隐隐作痛,还有些心神不宁。

"过来看看。"我提议道,以掩饰不安的心绪。

后进来的两人从洞口附近走到我们旁边,他们毫无戒备的样子让我精神紧张。我这才发现因为辐射,韩德的脸已经苍白不堪,他嘴角抽搐,用手扶着门口的唇状物,好像不知道自己还能站多久似的。而我记得之前在登陆坪的时候,他还没有如此虚弱。倒是施耐德看上去仍神采奕奕。

我抑制住心里泛起的一丝同情。韩德,欢迎来到死亡俱乐部。欢迎来到"圣克宣四号"的外太空。

"他还穿着太空服。"韩德说道。

"眼力不错。"

"怎么死的？"

"还不知道。"倦意再次袭来。"说实话，我也没心情搞什么解剖。我们把浮标安好后，赶紧离开这鬼地方吧。"

韩德奇怪地看了我一眼，"我们得把他弄回去。"

"这样的话，麻烦你也过来帮个忙。"我重新走到穿着太空服的尸体旁边，抓起一条腿，"抓住他的脚。"

"你打算把他拖走？"

"韩德，是'我们'。"

我们在弯曲的隧道和不时出现的舱室间穿行了一个小时后，才把尸体搬上了"纳吉尼号"。路上的大多数时间都花了在寻找之前放置的标记器以及闪光颜料上。途中，反胃感不停地向我们袭来。有好几次，韩德和我都不得不把尸体扔给施耐德和德普雷，自己跑开去呕吐，看来索贝维尔的最后一批受害者也已时日无多。当我们七手八脚地把那具臃肿的尸体搬到通往登陆坪的出口时，连披着抗辐射毛利躯体的德普雷看上去也有些神色不对。在略带蓝青色的光线里，我还注意到翁萨瓦同样脸色发白，眼睛瘀青。

看见了吗？像是塞梅代尔在我耳边嘀咕。

仿佛有什么巨型怪物在飞船高处一些隆起的建筑里等待着，伸展开羊皮纸一样单薄的翅膀，盘旋着、监视着。这种感觉很不好。

一切处理妥当后，其他人都分批离开了，而我依然独自站在那儿，盯着尸体存放柜。柜子因防腐剂而发出紫色的光，里面穿着太空服的尸体堆在一起，就像一群衣服加了太多衬垫的零重力撞球运动员，当比赛结束、灯光亮起、重力恢复之时，他们突然一个枕一个地叠在了到一起。袋子里还装着克鲁克香克、汉森还有达萨那彭萨库尔的残尸，不过他们已经被压在底下看不见了。

即将逝去——

虽然暂时还没死……

我本能地觉得这一切还未结束,还有事情尚待解决。

陆地是死人之地。施耐德那用闪光颜料刺上去的文身像灯塔一样在我眼皮下闪烁。他的脸因疼痛而扭曲,几乎变得无法辨认。

死人?

"科瓦奇?"德普雷的声音传来,他站在我身后的舱门边,"韩德让所有人都回平台去。我们打算带些食物过去。你一起去吗?"

"我一会儿就去。"

他点点头,走向外面。我努力让自己忽略掉脑里的声音,但回响不绝于耳。

即将死去?

陆地上——

阳光下的微尘,如数据磁盘旋般转。

那扇门……

从"纳吉尼号"驾驶舱的瞭望台看过去,那扇门……

驾驶舱……

我有些生气地摇摇头,有时候特派探员本能也会派不上用场,尤其是长期暴露在核辐射中之后,这种本能已经无法运用自如。

虽然暂时还没死……

我决定不再反抗,顺其自然地跟着这一模糊的感觉走,看看它能把我带至何处。

尸体存放柜透出的紫色光闪烁着。

里面是已经毫无生息的躯体。

塞梅代尔。

晚餐快结束的时候,我回到了平台上。其他人都坐在两个火星木乃伊下面,围着一张充气长椅,椅子上面就是被拆开修理的浮标。他们挑着盘子里的食物,看上去胃口都不好。这不能怪他们,光是那些食物的气味就已经让我食欲全无,我还被这股味儿呛了一声,那些家伙顿时纷纷拿起武器,我赶紧举起双手。

"嘿,是我。"

他们嘟囔了几句,放下枪。我走过去想找个地方坐下。两边各有一把椅子,蒋建平和施耐德都没有坐在椅子上,蒋盘腿坐在甲板上一块干净的地方,施耐德则躺在坦尼娅·瓦尔达尼的椅子前,俨然一副亲密的样子。我嘴角抽搐了一下。有人给我端来一个盘子,我挥挥手拒绝了,然后坐在翁萨瓦旁边,希望这样能让自己好受些。

"怎么现在才来?"德普雷问道。

"在想事情。"

施耐德笑了起来,"伙计,胡思乱想对你可没什么好处,最好放空自己的大脑。给。"他拿起一罐安非他命可乐,从对面滚了过来,我用靴子截住。"还记得你在医院对我说的话吗?士兵,他妈的别多想——你应该看过士兵守则吧?"

这句话引来一阵敷衍般的笑声。我向施耐德点了点头。

"他什么时候到,简?"

"哈?"

"我说,"我把罐子踢回去,他伸手抓住,速度非常快,"他什么时候到?"

这样的谈话就像康拉德·哈伦那次对米尔斯港进行的空袭,一击即中。滚动的可乐罐带起灰尘,他用手握住,声音戛然而止。

那是他的右手。左手的速度总是相对慢些。他想拿武器,但还是比我慢了一拍,我的卡拉什尼科夫手枪已经指住了他的脑袋。施耐德的脸瞬间变得煞白。

"别动。"我开口道。

我身边的翁萨瓦在口袋里摸索着电击枪,我的另一只手放在她的胳膊上,微微摇了摇头,眼神坚定。

"阿梅利,不需要。"

她重新把手放到腿上。我用眼睛瞥了瞥四周,所有人都还坐着,包括瓦尔达尼在内,这让我放心了一些。

"简,他什么时候到?"

"科瓦奇,我他妈的不知道——"

"不,你知道。他什么时候到?这双手你是不是不想要了?"

"你问谁?"

"卡雷拉。他他妈的什么时候到?简,这是最后一次机会。"

"我不——"施耐德的声音突然变成一声惨叫,我用枪在他手上开了一个洞。他手里原本握着的可乐罐炸成了金属碎片,鲜血和安非他命可乐四处飞溅,颜色居然如此相似。几滴血溅到了坦尼娅·瓦尔达尼的脸上,她朝后急退。

我可没空和你拼人气。

"怎么了,简?"我温和地问道,"卡雷拉给你的身体喂了内啡肽都还这么不中用?"

瓦尔达尼站了起来,脸上的血还在,"科瓦奇,他——"

"坦尼娅,不要跟我说这还是同一具身体。你和他上过床,现在,还有两年前,你最清楚。"

她神情恍惚地摇了摇头,"那个文身……"她声音细弱。

"文身是新的,虽然用的是闪光颜料,但太亮了,肯定重新做过。当然,还有一些基础性的整容修复。对吧,简?"

施耐德现在唯一能做的就是痛苦呻吟,他举起受伤的手,仿佛不敢相信似的。鲜红的血滴在甲板上。

我只觉得疲惫。

"我猜,你不想被虚拟审讯所以才出卖我们。"我一边说,一边用余光瞄着其他人,"说实话,这也不能怪你。我猜他们答应给你完全抗辐射和抗化学物的专业定制躯体了? 这样的好事在'圣克宣四号'可不多,再说现在这年头战事吃紧,两边都在使劲地砸各种脏弹。是啊,要换了是我,指不定也会这么做的。"

"你有证据吗?"韩德问。

"你的意思是,除了他是我们之中唯一没有脸色苍白的人之外的证据? 韩德,你自己看看,他的身体比毛利人还要耐核辐射,显然是专门为了这档子事而造出来的。"

"这不能算什么证据,"德普雷若有所思地说道,"虽然这确实可疑。"

"他在撒谎。"施耐德咬牙说道,"如果这儿有卡雷拉的间谍,那也一定是科瓦奇。我可以向天发誓,他可是楔形军中尉。"

"简,解释就是掩饰。"

施耐德愤怒地看着我,同时因为疼痛而哀号。平台上可以依稀听到那些歌塔也发出了相似的声音。

"谁他妈的给我包扎一下。"他哀求道,"来人啊。"

孙正要拿医疗包,我摇了摇头。

"不用,他得先告诉我们卡雷拉什么时候从那扇门进来,我们好有所准备。"

德普雷耸了耸肩,"就算知道又如何。我们不是早就有所准备吗?"

"楔形军可不一样。"

瓦尔达尼一言不发地走到孙面前,从她胸前的纤维套里夺过医疗包,"给我,要是你们这帮混蛋军人不动手,那就我来。"

她蹲在施耐德身边,打开医疗包,把里面的东西全部倒在地上,然后开始寻找包扎用的纱布。

"那些带有绿色标签的袋子。"孙无奈地说道,"就在那儿。"

"谢谢。"她咬着牙盯了我一眼,"科瓦奇,你想怎样,是不是想把我也变成残废?"

"坦尼娅,他会出卖我们所有人。事实上,已经出卖了。"

"你怎么知道?"

"我知道他没有任何合法文件,却在一个戒备森严的医院待了两周;我知道他没有获得允许,却能成功进入军官的病房。"

她的脸扭曲着,"去你的,科瓦奇。我们在登格里克挖掘文物的时候,他从索贝维尔当局给我们要来了连续九周的地方电力供应许可,也他妈的没有任何文件。"

韩德清了清嗓子。

"我会以为——"

就在这时,飞船被点亮了。

破碎的光斑从穹顶泻下,然后它们猛地喷发、膨胀,变成了绕着屋子中央旋转的半透明白块,电光在它们之中流转,整个场面看上去就像在暴风雨中摇曳的破烂船帆。旋转的亮光逐渐蔓延开来,然后像喷泉一样倾泻而下,溅到地面上。光芒撞击的那一瞬,半透明色斑的深处也变得更加刺眼。别说星星被这光芒所屏蔽,就连火星人木乃伊也消失在了其中。有声音与这景象相伴而来,它不需要通过耳朵倾听,透过那浸透在亮光中的皮肤就能接收。那种嗡嗡的颤动声来自周围的建筑,仿佛战斗前涌动的肾上腺素。

翁萨瓦碰了碰我的胳膊。

"看外面!"她急促地说道,虽然就站在我身边,但还是叫得很大声,"看那扇门!"

我抬起头,启动生化系统,透过旋转的亮光看着透明的穹顶。起初,我不知道翁萨瓦到底在说什么,因为我没找到那扇门,我原本以为它可能在飞船的另外一边,在另外一条轨道上。直到我看到一个几乎无法辨认的灰色斑点,如此模糊……

然后,我明白了。

突然涌现的亮光和电光并不仅仅包围了穹顶下的空间,也包围了整艘火星飞船。星星逐渐隐去,好像有帷幕一样的东西将之隔开,隐约的幕布在离门所在轨道几千米远的地方抖动着。

"是个防护罩,"翁萨瓦肯定地说,"看来我们被攻击了。"

头顶的亮光逐渐稳定下来,现在可以看出一部分阴影,先是像一群受惊的银鱼一样分散在角落,然后逐渐扩展,蔓延到两具火星人尸体上,颜色深深浅浅,不断变化。而刺耳的嗡嗡声逐渐减弱,变成了飞船的喃喃自语。平台上还有笛子般的单音节回声,其中夹杂着心脏剧烈搏动的声音。

"这——"我想起拖网渔船上那间狭窄的船舱,里面缓缓运行转动的数据盘,还有从顶端一角掠过的行行数据,"这是一个数据系统?"

"算你还有点见识。"坦尼娅·瓦尔达尼走进仍在闪烁的光辉中,指着上端的阴影和聚在两具尸体周围的亮光,脸上露出欣喜的表情,"比你们在电脑上看到的全息景象更加宏大,对吧?我猜那两位火星人本该是这一切的操纵者。虽然他们再也不能起身操作了,但我想,这艘飞船自带的防卫功能依然能完全抵挡敌人的攻击。"

"这得分对手是谁。"翁萨瓦冷冷地说,"检查一下透明圆顶,还有那些灰色的背景。"

我顺着她的胳膊往上看,圆顶的外围罩着一个大约十米宽的珍珠色表层,星空变成了奶白色,在防护罩的遮挡下模糊不清。

星光下有什么移动着，那是像鲨鱼一样纤长有棱角的东西。

"妈的，那是什么鬼东西？"德普雷问道。

"你就不会猜猜看？"瓦尔达尼似乎又要呕吐，身体痉挛了起来。她站在我们中间，"抬头，仔细听飞船发出的声音，它会告诉你们那是什么。"

火星数据系统仍然在低语，虽然没有人理解它所使用的语言，但是其中的紧迫感不需要翻译就能感觉到，那些四处分散的闪光数符穿过我的身体；倒计时数字——像追踪导弹的计数器那样闪烁着。高高低低的警报声传来。

"来了。"翁萨瓦有些精神恍惚，"得做好准备，迎接外面的敌人，用自动战斗系统。"

"纳吉尼号"——

我环顾四周。

"施耐德！"我大喊一声。

但他已经不见了。

"德普雷、蒋，"我一边朝身后喊，一边朝平台对面冲去，"他去了'纳吉尼号'！"

那位忍者和我同时到达了向下的旋转隧道，德普雷跟在后面。我们都手举喷枪，枪托折起以便更好地行动。我听到隧道底部隐约传来有人跌倒的声音，接着是痛苦的嘶吼，这让我体内突然涌起一阵冲动，想要像狼一样嚎叫。

猎物！

我们在陡峭的隧道中奔跑，跌跌撞撞地向下滑行，然后到达底部，进入放有樱桃状标志的第一间舱室。施耐德摔倒的地方有一摊血迹，我蹲下身，抿了抿嘴，然后站起来看着两个同伴。

"他肯定走不快，如果可以的话，留活口，我们还得从他嘴里套出卡雷拉的消息。"

"科瓦奇!!"

隧道上方传来韩德的喊声,语气中满是怒火。德普雷朝我紧张地笑了笑,我摇摇头,从出口往下一个舱室冲去。

捕猎!

当你体内每一颗细胞都在罢工,并且逐渐死亡的时候,奔跑是一件很费力的事情。但是狼的基因和楔形军生物科技让我抑制住了恶心和倦意,特派探员本能则让我依旧动作迅猛。

检查功能。

感谢你,弗吉尼亚。

飞船颤抖着、摇晃着,逐渐苏醒。我们继续穿过一条条走廊,到处都回荡着声响,和之前在那扇门边听到的紫光四溅的噼啪声一样。在某个舱室里,一架带着突刺的机器拦住了我们的去路,其上显示出一系列文字,同时发出咯吱咯吱的声音。机器苏醒了。我迅速出枪瞄准,而德普雷和蒋站在两侧也做了同样的动作,僵持了很久之后,那东西才喃喃自语地让开,看起来异常沮丧。

我们交换了一下眼色,虽然太阳穴砰砰作响,有些上气不接下气,我依然发现自己扬起了嘴角。

"走吧。"

看来施耐德比我估计的要聪明得多,我们继续通过了十几个舱室和走廊,都不见他的影踪,但在攻入一个气泡舱的瞬间,对面出口处突然传来了光束喷枪开火的声音,有子弹从我的脸颊边上擦过,一阵刺痛。下一瞬间,忍者就抬手把我推倒在了地上,一颗子弹飞过我刚站立的地方,然后炸开。蒋躲闪了一下,然后翻滚到我身边,他怒视了一眼自己烧焦的袖口。

德普雷闪进这间舱室入口的一处阴影里,眼睛盯着武器的瞄准系统,然后朝施耐德可能埋伏的地方扫射,结果——我眯起眼睛——出口竟然完好无损。蒋从德普雷射出的光束下滚过,在门外的走廊里找到一个窄角,扣动扳机。然后他眯起眼睛看了看,摇摇头。

"他跑了。"他说着站起身,朝我伸出手。

"我,呃,我,谢谢。"我被他拉了起来,"多谢你刚刚推我一把。"

他只是点点头,便朝对面跑去了。德普雷拍了拍我的肩膀,也跟了上去。我摇摇头,尾随在最后。到出口的时候,我顺手摸了一下刚刚德普雷扫射过的地方,一点温度都没有。

这时,通信器吱吱作响,是韩德。因为静电干扰,他的声音模模糊糊。蒋也停下了自己的步伐,低着头聆听。

"……瓦奇,一个……我……噢——重……噢……"

"什么,再说一遍?"蒋一字一顿地说道。

"——塞……不……"蒋回头看着我,我单手做了"砍"的动作,然后把耳麦扯了下来。我用手指指前方,看着忍者换了个姿势,继续往前移动。他的动作流利连贯,就像一位舞者,有着我和德普雷远远无法企及的优雅。

刚刚和施耐德的交火大大地拖慢了我们的速度,现在每到进出口的地方,我们都得寻找掩护。有两次,我们发现前方有动静,但等蹑手蹑脚地走过去后,才发现只是另外一台苏醒过来的机器而已,它在空荡的舱室里喃喃自语地晃来晃去,其中一台还跟了我们好一会儿,像一只走丢的流浪狗。

离登陆坪还有两个舱室时,"纳吉尼号"引擎开启的声音远远传来。我们卸下了之前的小心谨慎,向前猛冲。蒋先超过了我,接着是德普雷。为了赶上他们,我加快了速度,但胃部痉挛起来,又是一阵恶心。我走进最后一个舱室,还剩下一半距离。德普雷和忍者在我前面二十米的地方,他们低头穿过了登陆坪的入口,我揩掉嘴角的胆汁,站直身子。

刺耳的撞击声和爆炸声传来,像是宇宙在重历大爆炸。

"纳吉尼号"上的超感炮弹在某处爆炸了。

我扔下喷枪,正要举起双手捂住耳朵,响声却戛然而止,结束得和开始一样突然。德普雷摇摇晃晃地出现在我眼前,浑身浴血,手里的喷枪也不见了踪影。随着施耐德点火飞船,然后升空的一系列操作,"纳吉尼号"那边传来了越来越强的轰隆声。之后空气挡板外又一阵巨响,伴随着从登陆坪的管道里纷纷冲出的炸裂残片,热风拂面。接着,周遭陷入寂静。我只感觉到疼痛,被高分贝噪音轰炸过的耳朵正努力地适应着突然间的沉寂。

在这片静寂中,我四处寻找丢掉的喷枪,它在德普雷的身旁。这个老兵坐在地上,背靠墙,正眼神空洞地看着自己的双手,殷红的血液几乎溅了他一身,脸上也未能幸免。和那身战斗服倒是意外地般配。

听见有人过来,他抬起了头。

"蒋在哪儿?"

"这个——"他面带抽搐地抬起双手,就像准备号啕大哭却又泪腺干涸的孩子。最后才一字一顿地说道,"蒋,就是,这个。"他握紧拳头,"操!"

颈部的通信器发出微弱的嘶嘶声,舱室对面一台机器移动着,对我们窃窃而笑。

第三十四章

就算被击倒，也不会死去，他日当重生，只要存储器。

许多特种兵喜欢唱这首歌，特派探员也一样。但是随着先进武器的发展，这句歌词正在逐渐失去其意义。划过十平方米登陆坪穿墙而入的超感炮弹，把蒋建平炸成了碎末。除了卢克·德普雷身上溅到的血块，什么都没剩下。我们来回绕了好几圈，用靴子踩着稀烂的身体残骸，蹲下身在乌黑的血块里翻找，但徒劳无获。

十分钟后，德普雷终于打破沉默。

"恐怕，我们这是在浪费时间。"

"是啊。"就在这时，飞船里传来一阵叮叮声，我仰头细听，"怕是被翁萨瓦说中，飞船遭到攻击了。"

"现在撤退吗？"

我想起了通信器，于是重新连上。不管之前是谁在朝我们吼叫，这么久没反应必然已经放弃联系我们了；再说，通信器信号可能被飞船发射的载波所干扰,因为里头不停有咽呜声传来。

"这里是科瓦奇,重复,这里是科瓦奇,请报告当前情况。"

许久后,麦克风里才传来苏贾迪的回答。

"——开? 耐……走……发射,施耐……跑了? "

"马库斯,我听不清楚,请报告当前情况。我们是不是被攻击了? "

声音突然变得模糊不清,好像有两三个人抢着插话,声音盖过了苏贾迪。我等了一会儿。

终于,传来了坦尼娅·瓦尔达尼的回话,多少还算清晰。

"……攻击了这里……安全。我们……暂时……险……复,没有……危……险。"

飞船继续发出声响,像寺庙中的钟声。我疑惑地看着脚下的甲板。

"你是不是说安全? "

"猜……有危……击立即……全……复……安全。"

我看着德普雷。

"恐怕这个词有了新的意思。"

"那我们现在回去? "

我环顾四周,朝上看了看登陆坪蜿蜒曲折的阶梯,然后又看了看他那张满是血块的脸,最终下定决心。

"看来只有这样了。"我叹气,"只要瓦尔达尼说安全,那就是没有危险,目前为止她还没错过。"

我们回到平台上,看到火星数据系统已经化作了璀璨的星图。而其他人都站在下面,像是突然看到神迹的教徒,一脸的目瞪口呆。

完全可以理解。

平台建筑周围竖起了一排屏幕和显示器,部分看起来和无畏舰相似,有些我则完全猜不出用途。现代战斗使用各种复杂的数据显示系统,你可以同时通过十几个屏幕搜集所需信息,下意识地快速浏览解析。特派探员本能更是能将这一技能发挥到极致,但就算我看得懂这庞大耀眼的火星数据系统,也会心有余而力不足。到处都是数据和图像,有很大一部分变化频率太快,裸眼根本无法捕捉。我甚至不知道这些数据是否完整、是否有意义。

可辨认的数据如下:外界真实图像,光谱彩图,弹道轨迹地图以及战斗动态分析模型,爆炸程度检测器和弹药库存清单,还有个重力水平标记器一样的东西……

中央屏幕每秒更换一次数据。突然,敌人出现了。

一艘战舰沿着恒星重力场滑行而来,姿态颇为潇洒。椭圆状的船体融合着纤细的金属杆状物,整艘战舰如同外科手术器材一般精致。我正疑惑不解,真相却突然摆在了面前。有一块屏幕里,那船身上尽是闪烁的武器,其余位置则一片空白,没有星空。圆顶外的防护罩闪着荧光,脚下的飞船战栗不止。

这意味着……

我明白过来的瞬间,脑袋一阵轰鸣。

"那是什么东西?"我走到孙身边时,问道。

"超光速武器,"她对我说,似乎对那东西颇为着迷,"离我们差不多有一个天文单位远,却能百发百中。虽然目前为止没造成什么损害。"

翁萨瓦点了点头,"我猜这些都只是打前锋的系统扰频器,妄图先解决我们的防护系统。当然也有可能是某种重力破坏器,我听说米托马正在研究——"她停了一会儿,"看,又一波导弹,好家伙,一次居然能发射这么多。"

她说得对。飞船前布满了细长的金色轨迹,数不胜数。辅助屏幕捕捉了整个过程,由此我才看到那些金色轨迹是如何形成错综复杂的网的,它们互相掩护,从几百万公里的空间外朝我们飞来。

"我猜这些也是快于光速的武器。"孙点了点头,"只是显示屏放慢了它们的动作。我们观察到的应该都发生好久了。"

脚下的飞船发出沉闷的声响,四周十几个不同的方位都开始震动,防护罩重新闪烁起来,在能量凝聚的分秒间,我隐约觉得有什么东西滑进了黑暗中。

"我们反击了。"翁萨瓦满意地说道,"旗鼓相当。"

速度飞快,有如激光。防护罩涌起一阵紫光,朝金色风暴袭去,只看到电光交错之间两者剧烈的碰撞。每次相交,金色轨迹便消失一些。而经过不断的对轰,两艘船之间的金色光线完全消失了。

"棒极了。"翁萨瓦低声惊叹,"真他妈的棒!"

我突然想起一事。

"坦尼娅,我听到你说'安全',"我指了指头顶彩虹般绚丽的战况,"这也叫安全?"

考古学家一言不发,只是盯着卢克·德普雷脸上和身上的血。

"放松,科瓦奇。"翁萨瓦指了指其中一台显示器,上面显示的是一份战斗轨道地图,"看,像彗星的尾巴似的。瓦尔达尼看懂了那些符号,这艘飞船会自动躲闪并进行反击,然后重新回到原来的位置,依然能够正常飞行。

"彗星?"

那位驾驶员摊开双手,"被废弃的环状轨道,自动战斗的闭合回路系统。这战斗看起来已经持续了好几千年。"

"简呢?"瓦尔达尼紧张地问道。

"他逃走了。"我回答,"从那扇门飞出去了?你看到了吧?"

"当然,看起来要急着穿过阴户回娘胎似的。"翁萨瓦恶狠狠的语气有些令人意外,"妈的,那可是我的飞船。"

"他不过是吓坏了。"考古学家神情恍惚。

卢克·德普雷转过那沾满鲜血的脸,盯着她,"瓦尔达尼小姐,我们都吓坏了,可这不是理由。"

"你们这些白痴,"她看着我们,"你们所有人,他妈的都没一点脑子。他才不怕这场他妈的电光表演呢。他怕的是那个人。"

她突然把脸转了过来,朝我点了点头。

"蒋呢?"孙问道。被外星科技震住的人们,居然花了这么久才发现那位安静忍者的缺席。

"都在卢克身上呢。"我冷冷地说,"拜'纳吉尼号'的超感武器所赐,还有一些留在了登陆坪的地板上。我猜简也挺怕他的。坦尼娅,你说呢?"

瓦尔达尼故意看着别处。

"存储器呢?"苏贾迪问道。我不看也知道,此刻他一定面无表情。狼一般的冷酷消退后,我只觉得鼻子里一阵酸痛。

又一名队友逝去。

我启动特派探员的移情功能压抑住伤感,摇了摇头。

"那可是超感武器,马库斯,结结实实地打在了他身上。"

"施耐德——"翁萨瓦顿了一下,似乎有些艰难,然后继续说道,"我一定会——"

"忘了他吧,"我说道,"他死了。"

"早晚轮到他。"

"不,他死了。阿梅利,是真的死了,"所有人都疑惑地看着我,连坦尼娅·瓦尔达尼也转过头来。"我在'纳吉尼号'的燃料库里安了炸弹,飞船只要在行星重力场里加速就会爆炸。他撞到那扇门的瞬间就被蒸发了,能剩下些金属碎屑都算走运。"

头顶又一波金色风暴袭来,和紫色的光雾撞击到一起,消失在闪烁的电光之中。

"你把'纳吉尼号'炸了？"听不出翁萨瓦此刻是什么心情，她哽咽着，"你把我的飞船炸了？"

"只要飞船的碎片散播出去，"德普雷若有所思地说道，"卡雷拉就可能认为我们所有人都死在了爆炸中。"

"如果卡雷拉真的在那儿，一定会这样想。"韩德研究着我，好像面前是一株歌塔，"除非这一切都是这位特派探员布的局。"

"噢，韩德，你是怎么了？是不是和施耐德出去散步的时候私底下达成了什么协议？"

"科瓦奇，我不知道你在说什么。"

或许他真的不知道，我突然觉得很累，没心思去想他这话的真假。

"不管发生什么，卡雷拉都一定会来。"我告诉他们，"他们会关闭纳米系统，然后进入那扇门，来寻找到这飞船。但至少现在他们还远得很。起码'纳吉尼号'四处散布的碎片和门这边像是整个海军在交火的战况可以暂时拖住他们，这样我们就有了时间。"

"有时间干什么？"苏贾迪问道。

周围的空气仿佛凝固了。我启动了自己的特派探员本能，用眼角的余光观察着他们每个人的表情和姿态，衡量着哪个是盟友，哪个有可能当叛徒，我揣摩着他们每个人的情绪，抛弃没用的细节，寻找核心的要素。最后，我下定决心，让自己恢复了特派探员履行任务时的冷酷，打出最后一张王牌。

"我在给'纳吉尼号'安炸弹之前，将尸体身上的太空服全部扒了下来，藏在登陆坪外的第一间舱室里。除了一个被射穿的头盔，还有四件太空服可以用，而且都是标准装备的连体服，只要把阀门打开，氧气包会自动收集纯氧。我们只要找个气压正常的地方就行，比如这儿。我们可以分两拨离开，第一拨人出去多找几件太空服，然后回来。"

"卡雷拉还在门的那端等着逮我们呢,"瓦尔达尼不屑地说道,"这样做太冒险了吧。"

"我可没说现在就行动,"我平静地回答,"我不过是建议大家趁现在还有时间,先回去取出太空服。"

"那卡雷拉登船后呢？怎么办？"瓦尔达尼脸上满是怨恨,简直吓我一跳,"躲起来？"

"对,"我看着其他人,"就是躲起来。我建议大家都藏起来,进入飞船深处,然后等待。不管卡雷拉将在这儿部署哪支部队,他们都会发现我们曾经在登陆坪和其他地方待过的痕迹,但是所有这些痕迹都可以认为是我们被炸得粉身碎骨之前留下的,这也是最合理的解释。当然,他会派人对它们进行清理,然后部署自己的所有权浮标——就是我们原来打算做的。这之后,他们就会离开,卡雷拉没人力,也没时间占领长达五万米的飞船。"

"确实没有,"苏贾迪说道,"但是他一定会留人看守。"

我不耐烦地摆摆手,"那就杀了他们。"

"门的那头肯定布置了另外一支分遣队。"德普雷阴郁地说道。

"那又怎样？天啊,卢克,你不就是靠这个吃饭吗？"

这位刺客抱歉似的笑了笑,"是啊。但我们的身体都损耗得差不多了,而对手却是楔形军,再怎么人力不足,他们也会在船上留下近二十个守卫,门那端只会更多。"

"我没说我们真的——"甲板突然震颤起来,韩德和坦尼娅·瓦尔达尼都打了个趔趄,其他人因为参加过战斗训练,所以依然站得稳稳的,但是……

飞船发出一声哀号,平台上的歌塔也跟着迸发出一阵同情的附和。

我有些不安,感觉不大对劲。

我抬头看了看屏幕，攻击又一次被防护系统歼灭了。但这次他们的战线往前推进了一些。

"我离开的时候，你们都认定了这儿是安全的，是吗？"

"科瓦奇，我计算过了。"翁萨瓦朝孙和瓦尔达尼点了点头，之后就歪着头不再说话。瓦尔达尼则盯着我，"貌似外面的朋友每一千二百年就会和我们杠上一次，'圣克宣四号'上许多废墟里都有相关时间的记载，也就是说，这场仗已经打了一百次了，而且依旧毫无结果。"

但特派探员的感觉告诉我，有事情不对劲，一直都不对劲。事实上，我几乎能闻到烧焦的味道。

……呜咽的载波信号……

……歌塔……

……时间慢了下来……

我盯着防护罩。

我们得离开这儿。

"科瓦奇？"

"我们得——"

这三个字像飞蛾一样从干裂的嘴唇间扑腾而出，意志仿佛已经不受控制，但后面的话我却未说出口。

因为敌舰又开始了攻击，这一次似乎是最后的总攻。

一团形状变化着的黑斑从敌舰表面冲了出来，不断朝这边蔓延，像压抑了很久的怨气。从侧面的辅屏可以看出黑斑正在撕裂周围的空间，把所经之处的一切都吞噬了个干干净净。

不难猜出我们看到的是什么。

超空间武器。

星际战争的幻想物，联盟摄政府每一位军舰司令都朝思暮想的东西。

我的特派探员直觉告诉我,对方并不是火星人。

这艘火星飞船开始振动起来,我的胃一阵翻江倒海,脑袋轰轰作响,不由得打了个趔趄,单膝跪地。

武器还没击中飞船之前,有什么东西被泄入了太空。接着传来微弱的爆炸声,像是水沸的声音,空间翘曲,然后被撕裂。船体震颤着朝后弹开。已经不是单纯空间上震动了,它像是源自内心深处。

屏幕上那颗黑斑炸了开来,分裂出很多看上去黏糊糊的粒子,火星战舰外层防护罩发着荧光颤抖,然后突然熄灭。

飞船尖叫起来。

应该换一种说法,那是一种颤抖着、变着调子的尖啸,似乎由周围的空气发出。分贝之高,相较之下"纳吉尼号"超感炮的爆炸声简直是和风细雨。超感武器爆炸的声音只能让我两耳轰鸣,而这种尖叫就像激光刀一样,直接插入了脑髓。我知道,就算用双手捂住耳朵也丝毫不会起作用。

但我还是举起了双手。

越来越大的尖叫声持续了好一会儿才渐渐消退,接着是清晰得多的数据系统警报声。这阵警报还伴随着隐隐的回声,回声来自——

我扫视了一圈。

——来自那些歌塔。

我确认无疑。歌塔听到了飞船的尖叫,然后互相有节奏地回应着,这声音有如风,轻轻扫过碎石的边缘,有着音乐般的韵律。

就是这载波。

头顶传来低语声,我抬起头,似乎看到了一个阴影在圆顶上晃动。

"妈的,"韩德说着站起身,"那是什么——"

"闭嘴。"我盯着上方,阴影已经不见了,那块地方在星空的照耀下闪着灰白色的光。左边火星人的尸体在数据系统的光辉里低头注视着我。歌塔的啜泣声还在继续，我的胃又开始翻搅。

紧接着，脚下传来一阵让我极度恶心的搏动。

"飞船在反击。"孙说道。

从屏幕上可以看到，一团黑色物质从火星飞船深处的排炮中奔腾而出，朝正在接近的敌舰轰去，这一次的后坐力带来了更长时间的震动。

"不可思议。"韩德说道。

"没什么不可思议的。"我不动声色地说。尽管肉体疲倦不堪，还恶心得头晕目眩，我依然试着启动了特派探员本能。虽然上一次攻击的余波已经逐渐减弱，但即将灾祸临头的感觉却没有跟着消失。不管我们要面对什么，一定会更猛烈。

"来了！"翁萨瓦喊道，"捂住你们的耳朵！"

这一次，敌船的导弹比之前靠近了许多才被火星防御系统击落。爆炸的冲击波把我们都掀翻在地，整个飞船就像被拧干的抹布一样扭曲起来，孙也开始呕吐。我看到最外层的防护罩降了下来。

我等待着飞船新一轮的尖叫，但却只听到了持续的低沉恸哭声，就像有利爪在撕扯我的胳膊和胸腔。歌塔将声音吸收，然后反馈，但这音量居然比原声还高，先前渐弱的被动回声变成了主动发音。

身后有人发出嘶嘶声。我转过头看到了瓦尔达尼难以置信的表情。顺着她的视线，我清楚地看到数据显示器顶部有一个阴影晃来晃去，就是我之前看到的那个。

"这是……"韩德的声音戛然而止，另外一个黑影从左边闪了过来，伴着第一个翩然起舞。

我明白了过来，而且我的第一想法竟然是——韩德应该是所有人当中第一个明白的。

第一个阴影降了下来，朝火星人的尸体俯冲。

"不，"她低声说道，这个字有一半还卡在她的喉咙里，"不可能。"

但凡事皆有可能。

它们从圆顶四周相继出现，先是一两个，沿着透明的圆顶向上滑行，然后突然变得清晰立体。外面的战斗还在持续着，飞船每振动一次，它们的身形就模糊一次。这些黑影一个个出现，朝地面俯冲，接着又重新飞起，最后环绕在中央建筑上方。它们不但意识不到我们的存在，没有碰触到我们，甚至对于数据显示系统也没有造成任何影响，只是在穿过屏幕时泛起一道道波纹。一些黑影偶尔还穿出圆顶，进入太空。但更多的只是从我们最开始进入平台的隧道里涌出来，直到整个空间被挤压得满满当当。

它们发出了飞船之前的恸哭声，那也是歌塔现在的哀歌声，还有我在通信器中接收到的载波声。空气中飘来一阵樱桃和芥末香，其中还夹杂了点陈旧的焦味。

骤然间，太空中又出现了超空间扭曲，防护罩重新升起，微微闪着紫色的新光。飞船还在朝敌舰射击，船身也因此而不住摇晃。但我已经不关心这事了。此时，肉体上所有的不适全部消失，但心里却觉得憋闷，我双眼发紧，看到平台变得更辽阔无比，其他人也被拉到了远方，有如一群与我无关的陌生人。

我突然发现自己竟然在哭，鼻子抽泣着。

"科瓦奇！"

我转过身，觉得像是站在漫至大腿的寒流中。我看到韩德，他的夹克口袋外翻，原本在里头的电击枪现在正举在他手上。

之后回想起来，我们的距离应该只有五米，但当时却好像隔了千山万水。我向前冲去，挡下他手中的武器，同时用手肘猛击他的脸。韩德号叫着倒了下去，电击枪滑到了平台的另一边。我蹲下身，视线模糊地锁定了他的喉咙，他企图用无力的手臂挡住我，嘴里还一边喊着什么。

我作势下劈的右掌僵在半空，生化系统正努力帮我聚焦。

"——都得死，你这个混——"

我收回手，他在哭泣。

视线模糊。

眼中闪着泪光。

我擦掉自己的眼泪，眨了眨眼睛才看清他的脸。韩德正涕泪横流泣不成声。

"什么？"我松开手，捧起他的脸，"你说什么？"

他大口地喘气，深呼吸。

"用枪射我，然后放倒所有人。用电击枪。科瓦奇，那些人就是这样死的。"

我这才发现自己也已是喉咙哽咽，泪流满面。那些歌塔好像也感受到了同样的痛苦。我突然明白过来，它们并不是为飞船，而是在为那些已经死去万年的船员悲歌。火星人的悲痛像刀一样割在我身上，这种我以为只有在神话中才会出现的事情真的发生了。我的胸腔和胃里涌起一种非人类的、似乎永远也无法消退的痛感。现在耳朵里听到的音律还不成曲调，我知道，当乐章真正奏响的时刻，我的意志力一定会像砸在地上的生鸡蛋一样彻底破碎。

我模模糊糊地看到有个黑色的身影正在扭曲开裂。头顶那群影子盘旋、尖叫，敲打着圆顶。

"动手，科瓦奇！"

我哆哆嗦嗦地直起身，找到自己的电击枪，朝韩德开火。然后寻找其他人。

德普雷双手按着太阳穴，像风中的树一样摇晃。孙跪在地上。苏贾迪在他们两人之间，我泪眼模糊，看不清他的样子。然后，瓦尔达尼、翁萨瓦……

太远了，强光，悲恸，他们隔得太远了。

我的视线在特派探员本能的抑制下渐渐清晰，四周的哭泣声带来的巨大情绪波动也得到了暂时的缓解。但悲痛越积越多，终于卷土重来。

聚集起来的黑影们悲泣得更加强烈，我放弃了情绪调节，随着呼吸，我将悲伤像"娇兰二十号"一样吸入体内，它侵蚀了我的精神。这种非物理性质的伤害让我的行为一发不可收拾。

我拔出电击枪，开始扫射。

德普雷，倒下。

苏贾迪，正在原地转着圈，脸上是茫然的表情。

倒下。

苏贾迪的另一边是孙立平，她跪在地上，双眼紧闭，手臂举到眼前。数据分析。最后的机会。她也知道了，只差没有电击枪。不知道其他人又是什么情况。

我跌跌撞撞地走上前，朝她大喊。但是周围的恸哭声完全盖住了我的声音，我看到她用喷枪顶着自己的下巴。我开了一枪，但是射偏了。继续前移。

喷枪发射，光束从她的下巴穿上去，头顶冒出一束苍白的火焰。她倾斜着倒了下去，嘴里和眼睛里冒出蒸汽。

像有什么东西卡在喉咙里，失落在我心中涌起，滴入歌塔的悲伤之海。我想要喊叫，想要缓解心中的痛苦，但是痛苦无穷无尽，最后都无声地憋在了喉咙里。

翁萨瓦从旁撞到我身上，她大睁眼睛，脸上是震惊的表情和四溢的泪水。我努力推开她，好有距离发射电击枪，但是她抱着我，哀号着。

我只能用电击枪抵着她，发射，她抽搐了几下，倒在孙的尸体上。

瓦尔达尼站在她们俩对面看着我。

又一个黑色的影子爆炸。头顶上,长着翅膀的身影尖叫、哭泣,我体内像有什么在撕扯。

"不。"瓦尔达尼说。

"跟彗星一样!"我朝她高声喊道,以压过影子的尖叫声,"我们必须要挺过去,只是——"

体内真的有什么东西被撕裂了,我倒在甲板上,痛苦地蜷起身,张嘴大口吸气。

孙——他妈的已经是第二次亲手结果了自己。

蒋——变成了登陆坪地板上的肉酱,存储器都没了。

克鲁克香克,被撕成两半,存储器也没了。汉森,同上。一个一个画面在我脑中照着时间倒序展开、回放,记忆像一条将死的蛇,痛苦地挣扎着、拍打着。

那个瓦尔达尼待过的肮脏拘留营里,有孩子在机器人的枪口下活活饿死,他们还要忍受一个烧坏过的、插满电线的脑袋的统治。

医疗飞船在战场之间来回穿梭。

野战排的队友被智能手榴弹炸得稀烂。

"圣克宣四号"上杀戮的两年。

特派局。

伊涅恩,吉米·德索托和其他人的大脑被罗琳病毒啃噬一空。

哈伦世界,新佩斯特贫民窟中四处受挫的童年,还有改变一生的转折点,那就是加入联盟摄政府海军,残酷却快乐的服役日子。

总结起来,我的生活都是在人类痛苦的泥淖中度过。痛苦不断地压抑累积,而愿望总是落空。

头顶的火星人盘旋着,痛苦地尖叫。我体内酝酿的哭嚎声越来越强烈,我知道,只要一开口,精神就会被摧毁。

释放。

黑暗降临。

跌落其中,我心存侥幸,希望那些大仇未报的火星人在深黑之中看不到我。

第三十五章

　　海岸寒冷，风暴就要来临。核爆的黑色尘埃把降落的雪片染得污浊不堪，风吹打着海面，掀起浪花，波涛汹涌。海浪被推上沙滩，在昏暗的天空下变成了脏兮兮的绿色。我裹在夹克里，弯腰弓背，双手插进口袋，缩着脑袋以抵御风雪的严寒。就像紧握的拳头。

　　海滩上方拐角处的天空橙红，那是燃烧的篝火。有个身影坐在篝火朝向陆地的一侧，他还给自己围了张毯子。我的两脚不听使唤地朝那个方向迈去，这非我所愿，但起码有火就有温暖，而且，我也没别的地方可去。

　　门已经关上了。

　　周围的声音听起来不对劲，不知道为什么，我明白过来，这儿不真实。

　　但是……

　　随着距离的缩短，我心中的不安愈发强烈，蜷缩着的身影既没有移动也没有迎接我的到来。我之前还担心那是会对我不利的人，现在疑虑虽然打消，却有恐惧取而代之，我害怕那会是我认识的人，而他们都已经死了——

就像我认识的其他人一样。

火堆旁的人影背后有什么东西从沙地里升了起来，是一副巨大的骨架，上面好像还松松垮垮地挂着什么东西。呼啸的风和针尖般细碎的雪让我无法抬头前望，看不真切。

风开始哀号，我熟悉的声音，我害怕的声音。

我走到篝火旁边，一股热气扑面而来，我从口袋里抽出双手，伸近了些。

人影动了动，我假装自己没注意到，我还不想面对。"啊——忏悔者。"

是塞梅代尔。他没有嘲讽——或许他觉得已经不需要了。相反，这语气中带着同情，那种胜利者居高临下的宽宏大量，但我不认为我已经败北。

"怎么？"

他笑了起来，"你真有趣。干吗不过来挨着火堆？会暖和点。"

"还没那么冷。"我一边说，一边打着寒战，壮着胆子看了他一眼。在篝火的照耀下，他的眼睛闪着光。他已经知道了。

"楔形军之狼，怎么这么久才来？"他温和地说，"虽然再等等也没什么。"

我透过自己张开的手指缝盯着燃烧的火焰，"塞梅代尔，你想要什么？"

"噢，得了，我要什么？你知道我要什么。"他抖落毯子站起身来，比我记忆中的更高些，虽然还是那件破烂的黑色外套，但这次多了份优雅。他整整头上的帽子，让自己显得更加洒脱，"我要其他所有人都想要的东西。"

"那个又是什么？"我朝他身后的骨架点了点头。

"那个？"第一次，他显得不那么自信了，可能是有些尴尬，"那，呃，那是一具空躯壳，你的一个躯体。不过我认为你应该不想——"

透过风雪和辐射尘，我终于看清楚了。

那是我。

绕在网里，死灰色的身体挤在网绳间，身体从僵直的架子上垂下来，头微微前倾。海鸥已经把我的眼窝啄空，脸上的肉也所剩无几，前额好几处露出骨头。

待在那儿，我默然地想着，一定很冷。

"我警告过你的。"那股嘲弄的语气又回来了，他越来越没耐心，"那就是你的躯体。不过我得说它还挺舒服的。况且我有这个。"

他摊开粗糙的手，里面是一个还挂着鲜血和肌肉组织的存储器。我抬手摸了摸自己的后脖，却只触到了一个洞。我的脑壳底部被开了个口，摸到那儿的时候，手指居然直接滑了进去，真令人毛骨悚然。我能感觉到洞里面自己那海绵般的、湿滑的脑组织。

"明白了吧？"他颇为遗憾地说道。

我抽回手，"塞梅代尔，你从哪儿弄到的？"

"噢，这可不难，尤其是在'圣克宣四号'。"

"有克鲁克香克的没？"我问道，突然满怀期待。

他迟疑了一会儿，"呃，我一定会弄到，早晚的事。"他自顾地点了点头，"早晚的事。"

重复这四个字时他加重了语气，仿佛想要努力说服自己。我再一次感到希望落空，缥缈无踪。

"那就以后再说吧。"我又伸出手烤火，狂风在身后呼啸。

"你说什么？"他露出了虚伪的假笑。但我只是淡淡地微笑以作回应，心里的那份伤痛再次袭来，但奇怪的是，我却觉得颇为贴心。

"我得走了，这儿已经没我什么事了。"

"走？"他的表情狰狞起来，用拇指和食指捻着存储器。那个小器械在篝火的照耀下闪着红光，"你哪儿都别想去，亲爱的狼崽，你得留下来陪我，我们还有账要算呢。"

这次换我大笑起来。

"塞梅代尔，他妈的从我脑中滚出去。"

"你，得，"一只手隔着篝火朝我伸来，"留下。"

我掏出卡拉什尼科夫手枪，枪里应该装满了高爆弹药，因为掂在手里很有些重量。不过，谁又在乎这个呢。

"我得走了，"我说道，"我会代你向韩德打招呼的。"

他朝我扑过来，眼中满是怒火。

我举枪。

"塞梅代尔，我警告过你了。"

我瞄准他帽檐下的脸，扣动扳机，三连射。

他被震出好远，倒在足足三米之外的沙地上。我等了一会儿，想看看他还会不会站起来。但他消失了，火苗随之小了下去。

我抬起头，发现耸立的十字形骨架也不见了，我仍依稀记得上面的那张脸，那张自己死后的脸。不知道那到底代表了什么。我蹲在火旁取暖，直到篝火只剩下余烬。

在发红的灰烬里，我看到了自己的存储器。它上面挂着的组织已经被烧了个干干净净，反射着金属的冷光。我伸手把它捡出来，攥着的方式跟塞梅代尔一样。

有些烧焦，但没大碍。

我收起存储器和卡拉什尼科夫手枪，把冷下来的双手插回夹克口袋，站起来向四周看看。

冰天雪地，但一定有方法离开这该死的沙滩。

第五部

动摇的忠诚

认清事实而后行。这是我所知的唯一信条，也是我能给你们的全部忠告。但做到这点难于登天。人类能做任何事，就是不能面对现实。不要祈祷神灵庇佑，不要遵守陈腐教条，不要屈服于本能，不要被双眼蒙蔽，不要盲从下意识的感觉……还有其他的一切。认清事实而后行。

——奎尔克里斯特·菲尔康纳，《米尔斯港起义前的演讲》

第三十六章

夜晚的星空澄澈透明。

我呆呆地看了好一会儿,直到左边视野里慢慢地出现了一个红点,形状古怪,然后又消失不见。

武,这到底意味着什么?

红光在视野边缘炸开,就像某种代码,升起,爆炸,下沉。

就像符文,就像数字。

这对我来说非同寻常。当我意识到自己身在何处时,浑身开始冒冷汗。

红光在头顶闪烁,从太空服面罩外晃过,而我则被困其中。

这他妈的不是夜空,武。

我已经在飞船外面了。

我想起了已故的队友,回忆沉重不堪。仿佛有太空碎石直接把我轰了个对穿。

我想挥动手臂，这才发现手腕以上的部位都无法动弹。我努力将手指伸到背后，那里好像有什么钢制物品，正隐约传出轻微的马达声。我继续摸索，尽力扭头想看看那是什么。

"嘿，他醒了。"

虽然从太空服那早已变形的轻薄金属通信器里传来，我还是听出这是熟悉的声音。旁边还有人在咯咯地笑。

"伙计，他妈的惊讶不？"

右边好像有动静，另外一个头盔出现在头顶，面罩是看不穿的黑色。

"嘿，中尉，"又是我熟悉的声音，"你帮我赚了五十联盟币，我告诉这帮蠢蛋你一定比其他人先醒过来。"

"托尼？"我有些虚弱地问道。

"嘿，脑子也正常。不愧是391野战排的灵魂人物。妈的，伙计们，我们都是不死之身。"

太空突击队像仪葬队一样，把我们从那艘火星飞船里弄了回来。七具尸体放在摊开的担架上，外带四辆攻击车，还有二十五位带着太空战斗装备的强壮守卫。卡雷拉的军事部署井井有条，他们的算盘打得可真准。

托尼·洛马纳科把我们完好无损地弄了回来，整个过程滴水不漏，仿佛他生来就是干这个的。他让两辆攻击车先行；然后是担架和步兵，每个担架左右又各有两位突击队员进行掩护；最后是另两辆负责断后的攻击车。进入"圣克宣四号"的瞬间，太空服、担架和攻击车的引擎还全部开启着，靠着本身的反重力场在空中盘旋。几秒之后，随着洛马纳科用握拳的动作下达了降落的命令，它们才进行了着陆，动作整齐划一。

卡雷拉的楔形军。

　　我费劲地从担架上撑起自己的身躯,看着眼前这一切,控制住油然而生的自豪感和归属感,都是体内的狼基因作祟。

　　"中尉,欢迎来到基地。"洛马纳科一边说,一边用拳头轻轻地敲了敲我太空服上的胸板,"你会好起来的,一切都会好起来。"

　　声音从通信器中传来,"好了,各位,都动起来。米切尔和郭先别脱掉太空服,记得带上两辆攻击车。其他人可以去洗澡——行动暂时告一段落。谭、萨比罗夫还有穆哈托,你们三人在十五分钟内给我回来,服装可以自行决定,但是记得像郭和米切尔一样带好武器。至于其他人,跟着走就行,后续事务就交给'钱德拉号'了。希望医护人员今天能过来。"

　　通信器中突然传来一阵笑声,周围的士兵们虽然还扛着沉重的太空战斗装置,身体藏在不反光的黑色波尔合金制服里,但他们的站姿显然都放松了下来。武器被卸下,合起、拆开或是装进了鞘里。驾着攻击车的人也爬了下来,动作精准优美。他们跟着穿制服的人群走下海滩,楔形军的战船'安全·钱德拉美德号'正停在岸边等他们。用登陆爪固定盘踞在那儿的战舰像极了史前鳄鱼或是海龟之类的动物。这条船装有厚厚的变色铬合金盔甲,颜色和海滩没什么区别,在午后的阳光下闪着青绿的光。

　　能再次看见这美人儿真好。

　　我这才发现海滩一片狼藉,视线所及之处尽是掀起的沙地,"纳吉尼号"的爆炸造成了一个浅坑,里面都是熔融玻璃,坑洞周围布满了弯弯扭扭的沟壑。之前竖立的防护罩也随着爆炸消失不见了,只剩下一片焦痕和少数四散的金属碎片。丰富的职业经验告诉我,那并非船上之物,"纳吉尼号"发生的空爆肯定瞬间蒸发了船里的一切事物。如果说陆地是死人之地,那施耐德绝对摆脱了泯然众人的命运,他的躯体分子大部分应该还在平流层,正慢慢地挥发。

武，这不就是你的拿手好戏嘛。

爆炸好像还蔓延到了渔船所在之处，我使劲扭过头，只能隐约看到船尾和水面之上被烧焦的船身。过去的一幕幕在脑海中闪现——卢克·德普雷、一瓶廉价威士忌、垃圾政治、政府禁售的雪茄，还有趴在我身上的克鲁克香克——

别这样，武。

原来的营地已经消失不见，取而代之的是楔形军的帐房。六个巨大的椭圆形防护罩竖立在弹坑左边几米处的战舰前端下方，我认出了船上正方形的密封舱，还有波尔合金洗浴舱那巨大的压力箱。那些太空突击队员卸下武器，放在旁边盖着帐篷的搁架上，然后排队走进了洗浴舱。

从"钱德拉号"上走来一队穿着楔形军军服的医护人员，肩膀上扛着白色医疗包。他们聚在担架周围，把我们抬往其中一个防护罩。抬起我的担架时，洛马纳科碰了碰我的胳膊。

"中尉，回见。等他们把你弄出来后，我会再来看你的。现在我得去洗个澡。"

"好的，谢谢你，托尼。"

"很高兴再见到你，长官。"

防护罩里的医护人员帮我们解开担架的带子，脱下太空服，动作轻巧娴熟、快速精准。理论上来说，我已经苏醒，解我的带子应该比解其他人更加容易，但是事实并非如此。我太久没有注射抗辐射药物，所以四肢僵硬，活动起来异常费力。他们把我从太空服里弄出来后放到了床上，然后在我身上进行了一系列战后标准检查。我尽可能地配合他们。越过医护人员的肩膀，我半睁着的双眼看到其他人此刻也是一样的情况。孙被他们粗鲁地扔在了角落里，那身体显然没得救了。

"医生，我还能活下去吗？"我含糊地问道。

"必须换具身体了。"他一边回答,一边准备着抗辐射混合喷射剂,"不过我可以延长你在里面待的时间。另外,恐怕你还得和老家伙谈谈。"

"他想要什么,任务汇报?"

"算是吧。"

"那你最好让我爽一把,免得我被他弄睡着了。有没有四甲基?"

"中尉,那可不是什么好东西。"

我本该笑笑,却觉得自己毫无兴致,"是啊,你说得对,那东西对我的健康可没什么好处。"

不过我亮出了长官的身份,军令之下,他才不情不愿地给我注射了兴奋剂,这多少让我感觉好了一些。所以当卡雷拉走进来的时候,我已经准备妥当了。

"科瓦奇中尉。"

"以撒。"

笑容绽放在他那挂着伤疤的脸上,就像峭壁上升起的太阳。他晃晃脑袋,"科瓦奇,你这个婊子养的! 知不知道为了找你,我在这个半球动用了多少部队?"

"反正不会比你手头有的多。"我稍微撑起点身子,"你是在担心我?"

"中尉,你是个十足的混蛋。你知不知道自己已经严重违反了雇佣协议? 整整两个月擅离职守,虽然说追寻的东西比我们这整场该死的战争更有价值。这个到时候再说。不过你这样做真不厚道。"

"我不反对。"

"是吗?"他坐在床沿,变色制服逐渐和我的铺盖混为一色。他皱起眉头,拉扯着那道从额头延伸到脸上的新伤疤,"那是不是一艘战舰?"

"是。"

"能启动吗？"

我想了一会儿，"这得看你手头有没有足够优秀的考古专家。如果有，我会说能，非常可能。"

"你现在的那位考古专家如何？"

我朝周围望了望，看到了坦尼娅·瓦尔达尼，她正躺在薄薄的保温被下，和"纳吉尼号"的其他幸存者一样安静。医生说她的状态还算稳定，但是撑不了多久。

"废了。"说完，我开始剧烈地咳嗽。卡雷拉等到我终于缓过劲后，把毛巾递给了我，我一边擦净嘴角，一边虚弱地指了指，"和其他人一样。那你的呢？"

"目前船上还没有考古学家，除非你算上桑德尔·米切尔。"

"他不算，他不过是把考古当兴趣，离专家还差得远。以撒，你怎么不带些挖扒者来？"施耐德一定告诉过你这里有什么。我盘算着，等了一秒钟，决定继续围绕这一点说下去，虽然不确定这个推断说出来有没有价值，但是当你手里只剩下最后一个鱼叉的时候，你不能只拿它瞄准鱼鳍，"你之前一定已经知道这里有什么了。"

他摇了摇头。

"武，那些集团的人就是生在大楼里的蛀虫，不到最后关头，不会透露任何消息。到今天为止，我只知道韩德在做一桩大买卖，如果楔形军也能分杯羹，那就不虚此行。"

"是啊，但是他们不是把纳米系统的代码给你了吗？在'圣克宣四号'上，还有什么信息比那更有价值？得了吧，以撒，你肯定早就猜到了。"

他耸耸肩，"他们给了我一些数字，仅此而已。你知道，不多问是楔形军一贯的作风。这倒提醒我了，门边的那位就是韩德，对吧？"

我点点头，卡雷拉走过去，仔细打量着睡着了的主管。

"比存储器中的样子瘦些。"他在临时病房里来回走动，看着左右两边床上和角落里的尸体。兴奋剂的后劲和疲惫的倦意一齐向我袭来，但我惯常的小心谨慎依然在神经深处保持活力。"当然，这也不奇怪，这儿充满核辐射。你们这伙人居然到现在还能四处走动，这才让我吃惊。"

"我们现在可哪儿都没去。"我指出。

"是啊，"他苦笑道，"老天，武，你就不能老实待几天吗？而且我已经为所有人准备了标准的抗辐射躯体，等你们可以走出去的时候，顶多有些头晕。"

他顿了顿，"给我介绍一下这些家伙。那个被丢在墙角的是谁？"

"孙立平，系统专家。"

他嘟囔了一句，"其他人呢？"

"阿梅利·翁萨瓦，驾驶员。"我依次指点着他们，"坦尼娅·瓦尔达尼，考古学家。蒋建平、卢克·德普雷，都是暗袭部队的特种兵。"

"明白了。"卡雷拉又皱起眉头，朝翁萨瓦的方向点了点头，"如果她是你们的驾驶员，那爆炸的战船是谁开的？"

"一个叫施耐德的家伙，一开始就是他把我拖下这趟浑水的。那个混蛋飞行员。开始交火后他就失去理智霸占了飞船，用飞船上的超感炮把我们的前哨——汉森——轰得稀烂，让我们——"

"就他一个人？"

"是啊，除非你把尸体存放柜中的那些也算上。在门口，还有两个同伴被纳米武器杀了。进去之后我们则发现了六具尸体。噢，当然，外边也有两具淹死在渔网里的，他们像是战争爆发前的考古队成员。"

他好像没有在听，只是等我说完。

"伊维特·克鲁克香克和马库斯·苏贾迪，是被纳米系统杀掉的队员？"

"对。"我有些惊讶，"你拿到名单了？老天，你那些大楼蛀虫还挺下了点工夫。"

他摇摇头，"也不算，那些大楼蛀虫和你那位朋友来自同一个地方，实际上，他们只是职场对手而已，就像我说的，社会渣滓。"奇怪的是，他说这些话的时候并没有表露出恶意；相反，我的特派探员本能告诉我，他语气中竟有一丝宽慰。"死在纳米物之下的遇难者，他们的存储器应该没了吧？"

"没了。为什么会这样？"

"我的客户告诉我，那个系统会追踪所有机械组织，将其吞噬殆尽。所以我认为你们找不到。"

"没错，我们也是这么想的。"我摊开手，"再说了，以撒，就算我们把他们的存储器都找了回来，它们也会随着'纳吉尼号'一起蒸发。"

"真是个一了百了的好方法。武，你知道会发生爆炸吗？"

我挤出一丝笑容，"你觉得呢？"

"我不认为洛克希德－米托马系统会无缘无故地自毁，不过我也没觉得你们对施耐德会这么恨之入骨。"

"不管怎样，他已经死了。"看到卡雷拉交叉的双臂和专注的眼神，我叹了口气，"呃，好吧，是我往引擎里埋了雷。施耐德早就露出了马脚，我不信任他。"

"果然事出有因，不过幸好我们来了，所以结果还不算坏。"他起身，搓搓手，我能感觉到之前的不快已经消弭，"武，你最好先休息，我要你明天早上给我一份详细的报告。"

"当然，"我耸耸肩，"不过也没什么好说的。"

他挑起眉毛，"真的？我的扫描仪可不这样认为，在过去的七个小时里，我们用掉的能量比'圣克宣四号'成立以来所有超空间传输耗费的总和还多。再者,我个人觉得这里面还有好多故事。"

"噢,那个。"我轻蔑地摆摆手,"你知道,不过是银河系先民留下的自动太空防御系统,不是什么大事。"

"好吧。"

他正要离开,突然又想起了什么。

"武——"

像以前一样,我又开始神经紧张。

"什么事?"我假装漫不经心。

"我只是好奇,你原本计划怎么回来?我是说在你把飞船炸了之后?外面还有纳米系统和核辐射,如果没有交通工具——那艘破渔船当然不算——你打算怎么办,用脚走出来?在你们所有人都差不多废掉的情况下,你把唯一能载你们回来的飞船给炸了,这算什么策略?"

我努力回想当时的情况:在火星飞船空荡荡的走廊和舱室里的恶心晕眩,火星木乃伊的注视,还有不知名武器的狂轰滥炸。所有这些都好像发生在很久以前,可能是我的特派探员能力将之封锁了。但当时那种黑暗和寒冷感觉却挥之不去,犹如附骨之疽。我摇了摇头。

"我也不知道,以撒。我们备有太空服,或许可以游出去,然后在门边向你们发求救信号。"

"如果无线电波无法穿过那扇门呢?"

"星光可以透过去,扫描设备也能对里面的景象进行扫描,所以无线电显然也可以。"

"这并不表示——"

"那我就朝外面扔个远程信号灯,希望它能扛住纳米武器的攻击,直到被你们发现。老天,以撒,别忘了,我可是个特派探员,飞进去的时候就想好了这些。而且我还做了更坏的打算,那就是我们还有一个受损的所有权浮标,孙可以修好它,然后让它发射信号。接下来我们要做的就是轰掉自己的脑袋,然后等着谁过来发现就行了。我们都不怕死——反正寿命也就不到一周了。不管是谁进来察看浮标信号,都得先让我们复活——就算死了,我们也是这方面的专家。"

他笑了起来,我也一样。

"武,这也不能算是一个万全之策。"

"以撒,那是因为你还没明白。"我脸上的笑容褪去,恢复了之前的严肃,"作为特派探员,如果有人敢在背后捅我一刀,我一定会让他死。如果事后我还活着,就当赚了;如果死了……"我耸耸肩,"谁叫我是特派探员呢。"

他脸上的笑容也跟着褪去。

"武,你先好好休息。"他温和地说道。

我看着他离开,然后移开视线,盯着苏贾迪一动不动的身影,希望兴奋剂能让我撑到他醒来,好想个法子以免他死在楔形军刑罚队的手里。

第三十七章

　　四甲基是我最喜欢的药物之一,因为它不像其他军用兴奋剂那么强烈,也就是说你的脑子还会比较清醒,知道没有反重力绳是飞不起来的,也知道用拳头砸哪些东西会导致手骨碎裂。再者,这种药物深藏于细胞之中,非专业人士观察不出。除此之外,它药效长久,副作用又小,只是眼神微亮。当然,你的视野会有些微微的不稳,而且集中注意力去幻想的话,会产生轻微的幻觉。

　　总之还算不错。

　　其他人逐渐苏醒,我却有些发狂。床另一端仪器上的医疗警报灯闪烁着,苏贾迪还没醒来,这让我烦躁不已。或许我不该这么用力地摇晃他。

　　"蒋,嘿,蒋,他妈的醒醒。猜猜我们现在在哪儿?"

　　他朝我眨眨眼睛,满脸疑惑。

　　"唔——"

"伙计,我们回沙滩了。楔形军把我们从飞船上拖了出来,卡雷拉的楔形军,我以前的军队。"我这副过度热情的样子让曾经患难与共的战友们惊讶不已,但大家都没表现出来。毕竟这情绪不像四甲基引起的兴奋、核辐射造成的恶心,还有外星人飞船里的悲痛那么难以控制。这个防护罩很可能已经遭到了监视。"蒋,楔形军他妈的救了我们。"

"楔形军? 那真是——"毛利人眼神明亮,看起来已经在拼凑整个事件了,"太好了,卡雷拉的楔形军,真没想到他们会来救我们。"

我重新坐回床边,笑了起来。

"他们是来找我的。"虽然我控制住了自己的语气,但不可否认,说这话的时候心里还是涌起一股暖流,至少洛马纳科和 391 野战排的其他人是真心实意的。"你信吗?"

"你说是就是吧。"苏贾迪撑起半截身子,"还有谁醒了?"

"除了孙之外,所有人都醒了,"我示意了一下,"她也正在恢复。"

他的脸抽搐着,记忆逐渐恢复,"那时候,你看到了吗?"

"嗯,看到了。"

"他们是幽灵。"他咬牙说道。

"蒋,作为一位格斗忍者,别轻易相信鬼怪之说,天知道我们看到的是什么。我猜那是某种回放装置。"

"这听起来倒像是对幽灵的绝佳解释。"苏贾迪对面的阿梅利·翁萨瓦坐了起来,"科瓦奇,我刚刚好像听到你说是楔形军救了我们?"

我点点头,眼睛盯着不远处的地面,"我正和蒋说这个呢,看来我在这儿还有点权力。"

她瞬间明白了我的计划,然后顺水推舟。

"对你来说,这可是件好事。"她看了看床上的其他人,"我还可以告诉谁自己还活着? 我也想高兴一回。"

"这要问你自己。"

之后的事情就简单了。瓦尔达尼心照不宣地接受了苏贾迪的新身份——拘留营教会她深藏不露。韩德的主管级生化系统让他只是轻微受伤,他看着不露声色的瓦尔达尼,眼睛都没眨一下。卢克·德普雷更是一个刺客,易装更名对他来说小事一桩,他就靠这个吃饭。

唯一能从他们脸上读出来的,就是对火星飞船上最后时刻的回忆。这段经历恐怕会给我们都留下难以磨灭的创伤。我们努力地回想着昏迷前的最后一刻,门那头的黑暗让人心有余悸,所以大家刚开始都很安静,但接着就变成了激动而紧张的谈论。我希望那一双双正在偷看的眼睛和一对对正在窃听的耳朵可以因此暂时把注意力从苏贾迪这个名字上移开。

"至少,"我开口说道,"我们知道他们为什么会把那该死的飞船扔在那儿了。我的意思是说,这船能抗住核辐射,也能对付外面的高能武器。但是想象一下,每次开着这艘战舰前往战场的时候,都有死去的船员蹦出来开始鬼叫,谁能受得了?"

"我,"德普雷断然说道,"不,相,信,鬼。"

"我也怀疑火星人并不是在乎那些东西。"瓦尔达尼加了一句。

"你是不是认为,"翁萨瓦谨慎地理清思路,"火星人离开,离去,也就是死后,留下一些东西,某种东西?"

瓦尔达尼摇了摇头,"如果真是这样,那我们从前就该见过。要知道在过去五百年里,我们挖出了无数火星废墟。"

"我觉得,"苏贾迪咽了咽口水,"他们是鬼魂。那么多人一起尖叫,这种悲恸太超自然了,这可能是所有船员同时死去的缘故,我猜火星文明之前从未有如此大规模同时死亡的记录,而在这之后——记得你在兰德弗尔告诉过我们,火星文明比我们的先进很多——他们发生了进化,也不会再有这样的事情发生了。"

我嘟囔了一声，"这倒不错，要是人类也能这样就好了。"

"显然不可能。"瓦尔达尼说道。

"也不是没可能。要是每次我们进行杀戮的时候都有一大群这种影子出来鬼叫，天底下肯定一片太平。"

"科瓦奇，这太扯淡了。"韩德从床上坐起，显得焦躁不安，"你们所有人，一定是听了太多这女人的鬼话。除了科技之外，火星人一点也不比我们先进，你们知道我在那里看到了什么？我只看到了耗费无数代价建成的两艘战舰在无休止地攻击对方，十万年都没有分出胜负。和'圣克宣四号'相比，那算什么进步？他们和我们没什么两样，都擅长同类相残。所以你们说的显然有悖理性主义。"

"说得好，韩德。"翁萨瓦故意慢吞吞地拍手，尽逞讽刺之能，"你该去当政治家，你的暴力人文主义只有一个漏洞——第二艘飞船不是火星人的。对吧，瓦尔达尼小姐？因为结构完全不同。"

所有人都看向考古学家，她坐在那儿，低着头。许久之后，她才不情不愿地点了点头。

"不像是我见过或是了解过的火星技术，"她深吸一口气，"在我看来，火星人是在和别的什么东西开战。"

不安再一次蔓延开来，像寒冷的烟雾笼罩着我们，一片沉默。不祥的预感。

我们不属于这儿。

几百年来，我们在火星人留下的三十几个世界里为所欲为，除了鬼城——那儿无人看管，也没人知道围栏的那头会有什么东西爬出来。

"胡说，"韩德说道，"火星人的统治因殖民地叛乱而终，这是大家都知道的事实。瓦尔达尼小姐，协会就是这样教大家的。"

"是啊，韩德。"瓦尔达尼语气中的轻蔑减轻了一些，"但是你知道为什么他们要教那些东西,你这蠢蛋?是谁资助协会的?谁决定了我们的孩子们长大后该相信什么?"

"有证据——"

"别他妈的和我讲证据。"考古学家那瘦削的脸上满是怒火,我差点儿以为她要直接动手了,"你就是个傻蛋。你了解协会吗,韩德?我可是靠这个吃饭的。要不要我来告诉你有多少证据因为和联盟摄政府的世界观有出入而被销毁?有多少研究者被扣上反人类的帽子声名狼藉?有多少项目胎死腹中,就因为它们不符合官方标准?每次摄政府决定是否出钱资助的时候,那些政府任命的协会委员哪个不是唯唯诺诺、溜须拍马?"

韩德被眼前这位憔悴不堪而且时日不多的女人震住了,他有些不知所措,"从统计学来看,两个星际文明进化到如此接近的可能性——"

就像一场骤时降临的暴风雨,瓦尔达尼的情绪突然爆发,她像打了情感兴奋剂一般,把韩德狠狠批了一顿。

"你是不是脑子进水了?我们打开那扇门的时候你眼瞎了吗?我们一瞬间跨越了行星间的距离,那就是他们留下来的科技。那样的文明会只甘心占据几百立方光年的空间?在那儿开火的武器比光速都要快。那些飞船他妈的可能是直接从银河系另一端开来的。对于他们,我们又知道个屁啊?"

正在这时,有人掀开了防护罩的门帘,屋内的光斑转移了地方。我的注意力从瓦尔达尼的脸上挪开,看了好一会儿,才发现站在入口的是托尼·洛马纳科。他穿着军士的变色制服,正憋着笑意。

我抬起手,"嘿,托尼,欢迎来到神圣的学术讨论殿堂,要是有专业术语不懂,可以自由提问。"

洛马纳科终于控制不住,笑了出来,"在拉提莫,我有个想要成为考古学家的小鬼头,他说不想像他的老子一样整天打打杀杀。"

"托尼,这不过是成长必经的叛逆期,他会明白的。"

"希望吧。"洛马纳科动作僵硬,我这才注意到在变色制服下他还穿着动力服,"司令要马上见你。"

"就只见我?"

"不,他让你把醒过来的都带上,恐怕有重要的事情。"

防护罩外,夜幕正在降临,西边的天空还闪着灰光,东边则已没入了黑暗。在三脚架上安吉尔灯的照耀下,卡雷拉营帐显得秩序井然。

特派探员生化系统习惯性地帮我画出营帐的地图,我据此推测出了营帐的详细部署。我依稀感觉到除了温暖的炉火外,里头还有别的什么东西。

门边的哨兵叉腿坐在攻击车上,身体前后摇晃。风声中依稀传来一阵断断续续的笑声,是郭,但隔得太远,我不知道谈话的细节。只看到他们把面罩推了上去,换作平时,因为随时准备着出击和任务,是很难看到士兵拉开面罩的。洛马纳科将士兵安排在可活动超感炮的周围,他们看上去虽然随意,但事实上正高度戒备着。朝海滩往下走,我们又碰到一组楔形军,他们在忙着摆弄爆炸防护盾启动器组件。其他人在则"安金·钱德拉美德号"和波尔合金舱以及其他防护罩间走来走去,手里搬着货箱,里面不知道是什么东西。"钱德拉号"上灯火通明,货舱层上的起重机正在把各种设备从战舰的腹部拖出来扔到沙地上。

"怎么穿着动力服?"洛马纳科领着我们朝卸货区走去的时候,我问道。

他耸耸肩,"在罗勇碰上电缆爆炸,那些防御系统根本没用,我的左腿、臀骨、肋骨和左臂都没了。"

"妈的,托尼,你小子真算走运。"

"啊,确实也不算糟糕,只不过需要很长时间才能恢复。医生说那些电缆外涂了一层致癌物,导致癌细胞再生速度他妈的飞快。"他扮了个鬼脸,"我这样已经三个星期了,真要命。"

"呃,感谢你来救我们,尤其是在还受着伤的情况下。"

"不要紧,在真空中可比在这儿移动方便,一旦你穿上了动力服,就会觉得波尔合金不过是在外面又加了一层钢板而已。"

"那倒是。"

卡雷拉在"钱德拉号"的货舱等我们,他穿着之前那件军装,正在和一群身穿同样制服的军官谈话。有几个军士在忙着把仪器安装在"钱德拉号"和爆炸防护盾组件之间的通道舱门上,我还看到有一个人坐在停工的起货架上。他穿着污渍斑斑的破烂制服,眼神朦胧地看着我们。他一边笑,一边抽搐似的晃着脑袋,然后伸出手,咧着嘴狠狠地搓着自己的后脖,仿佛有人往他头上浇了桶冷水。我看了半天才反应过来,他的脸一直在抽搐,是因为脑袋上插满了电线。

或许他察觉了我脸上闪过的表情。

"噢,是啊,看那边!"他哇哇叫道,"你们没那么聪明,他妈的没那么聪明。你们都是反人类主义者,都得被关起来。我听到了,我听到了你们的反卡特尔言论,你们觉得——"

"拉蒙特,给我闭嘴。"虽然洛马纳科的音量并不高,但是拉蒙特像是给突然插上了电,头颅猛然一动,眼睛在眼窝里警觉地转了几圈,身体便缩了回去。我身边的洛马纳科发出一声冷笑。

"政治军官,"他一边说,一边用脚尖朝那位颤抖的人影踢沙子,"都他妈的一样,关不住喷屎的嘴。"

"他好像还挺听你的话。"

"是啊,"他笑了起来,"只要把这些人的电线拔下来几根,他们就会马上学乖,一整个月都放不了几个屁。你看过他们的个人档案吗?娘亲夸奖自己小孩的时候都不会写得这么天花乱坠。政治教条主义就这样没了还真令人惊讶。是不是,拉蒙特?"

那位政治军官看起来有些难为情,他缩了回去,眼里闪着泪花。

"这一招比揍他们有用多了。"军士一边说,一边冷冷地看着拉蒙特,"你知道,菲本,还有另外一个,也是满嘴胡话的傻蛋,叫什么来着?"

"波提略。"我心不在焉地说道。

"对,就是他。你永远都不知道他是不是被扁够了,也不知道他舔完伤口又会怎么对付你。不过,这再也不是问题了。自从我们拔掉他的电缆后……那效果简直像是魔法。老拉蒙特也一样,为了从上锁的工具包里拿连接电缆,他曾经把指甲都抠烂了。"

"你们为什么不放过他,"坦尼娅·瓦尔达尼看起来愤愤不平,"没看到他已经这样了吗?"

"她不是军人?"军士问我。

我点了点头,"差不多,她,呃,临时调用的。"

"有的时候局势所迫嘛。"

我们走进去时,卡雷拉的会议好像刚结束,周围的军官已经开始散开。他朝洛马纳科点头示意。

"谢谢你,中士。是不是拉蒙特又惹你们讨厌了?"

中士露出了残忍的笑容,"长官,他永远都惹人厌,什么时候得再给他点颜色瞧瞧。"

"我会考虑的,中士。"

"是,长官。"

"另外,"卡雷拉将注意力移向我,"科瓦奇中尉,有一些——"

"司令,能否先等会儿?"那是韩德的声音,他语调出奇的平静,字句斟酌，语言精练，或许是当前情形所迫。

卡雷拉停了下来。

"什么事？"

"司令，我猜你一定知道我是谁，正如我也知道兰德弗尔有什么阴谋，这也是你来这里的原因。但是，你可能还不知道，那些派你到这儿来的人把你忽悠了。"

卡雷拉看着我，挑起眉毛。我耸耸肩。

"不，你错了。"楔形军司令礼貌地说道，"据我所知，你那些曼德拉公司的同事所知并不多，说句实话，我原本还指望着他们能多提供点信息。"

我仿佛能听到韩德鼻子撞墙的声音。接下来的沉默差点让我笑出声来。

"不管怎样，"卡雷拉继续说道，"我也不关心什么客观事实，反正拿人钱财，就要替人消灾。

"肯定比你应得到的少。"韩德的反应之快令人钦佩，"我在这儿做的事可是经过卡特尔授权的。"

"不再是了，韩德，你那些卑鄙的好伙伴早把你给卖了。"

"司令，那是他们的问题，你没理由掺和进来。相信我，只要对方别做得太过分，我是不会进行报复的。"

卡雷拉微笑着，"你是在威胁我？"

"没必要把事情看得这么——"

"我问你刚刚是不是在威胁我？"这位楔形军司令温和地说道，"我希望你回答'是'还是'不是'。"

韩德叹了口气，"我们可以这样说，我手里掌握着我同事们意料不到的力量，至少他们没有正确估计到。"

"哦，对，我差点儿忘了，你还是个教徒。"卡雷拉好像对眼前这个男人来了兴趣,"一个霍根。你真的相信鬼神吗？它们也可以像士兵这么管用,招之即来,挥之即去？"

我身边的洛马纳科开始窃笑。

韩德再一次叹了口气,"司令,我相信我们都是文明人,而且——"他的身体爆裂开来。

卡雷拉发射出来的是扩散光束——这位楔形军司令手里拿着一把超小型光束枪,这东西虽然小,但杀伤力却大得惊人。他握着枪,食指和中指之间是鼓起的鱼尾状发射管,我注意到管口还冒着热气。

没有反弹的弹片,没有闪光,而且被击中的地方也没有反冲力。噼啪声在我耳中响起,韩德站在那儿,肚子被开了一个洞,还冒着烟。他一定闻到了自己小肠被烧焦的臭味,于是低下头,尖叫起来,惊恐而痛苦。

光束枪再次发射,不用想都知道,现在朝卡雷拉扑过去一定是个错误,上面的甲板上都是士兵,更别说我身边的洛马纳科,还有那拨根本没有离去的楔形军军官——他们只是散开,等着我们走进这个圈套。

干净利落,相当干净利落。

韩德摇晃着、哀号着,倒在沙地里。我体内残忍的部分想要嘲笑他,他正伸手在裂开的伤口周围乱抓。

我知道那是什么感觉,另一部分的我开始回忆,居然感到一丝同情。那很痛,但是你又没有胆量用手去触摸伤口。

"你又错了。"卡雷拉朝倒在脚边蠕动的主管说道,还是刚才那种语气,"我不是文明人,韩德。我是个军人,职业野蛮人。而且和你一样受雇于人。不需我明说你也应该知道自己的下场,你已经没机会回曼德拉大厦去了。"

韩德尖叫着,卡雷拉转身看着我。

"噢,科瓦奇,你不用紧张。别说你没有想对付他的时候。"

我装作无所谓,耸耸肩,"一两次,差点儿就动手了。"

"现在不劳你费心了。"

地上的韩德扭动着,然后撑起半截身子,痛苦挣扎的同时嘴里发出含糊的声音。我的眼光余角瞥到几个身影朝他走过去。于是用视力系统扫描了一遍,眼睛因为急速飙升的肾上腺素而胀得生疼。我认出了苏贾迪,还有——好吧,好吧——坦尼娅·瓦尔达尼。

卡雷拉挥挥手,士兵便把他们拦住了。

"别让他们过去。"

韩德显然在说着什么,断断续续的嘶嘶声夹杂着某些音节,是某种我听不懂,却听到过一次的语言。他向卡雷拉伸出左手,五指张开。我看着他痛苦而扭曲的脸,竟然被那份坚定所感动。我走到他边上蹲下。

"什么?"这位楔形军司令靠近了些,"他在说什么?"

我站起来,"我想你被诅咒了。"

"噢,好吧,这种情况下也情有可原。"卡雷拉向主管狠狠踢了一脚,韩德的咒语被打断,他发出一声尖叫,像婴儿一样蜷缩起来,"但是我们可以选择不听,中士。"

洛马纳科向前走了一步,"长官。"

"把你的刀给我。"

"是,长官。"

这是卡雷拉的优点——可以自己动手做的事绝不找他人代劳。他从洛马纳科手里接过振动刀,激活,然后又踢了韩德一脚,把他翻过来,正面朝下。主管不再尖叫,而是咳嗽着大口喘息。卡雷拉跪在他背上,用刀直接切了下去。

刀片割进肉里,韩德模糊不清的呻吟突然飙高。当卡雷拉切开他的脊椎时,尖叫声戛然而止。

"这样好多了。"楔形军司令喃喃地说。

他朝韩德的脑壳底部切了第二刀,比我在兰德弗尔推销商办公室的手法优雅多了。他把切下的一截脊椎骨挖了出来,然后关掉刀上的能源,在韩德的衣服上小心擦拭干净,最后站起来把刀和脊椎骨递给了洛马纳科,点了点头。

"谢谢你,中士,把这个给哈马德,告诉他小心别弄丢了,我们刚大赚了一笔。"

"是,长官。"洛马纳科看着我们的脸,"那,呃……"

"噢,当然,"卡雷拉举起一只手,脸上突然显出疲惫,"那个。"

他的手垂了下去。

装载甲板上传来炮声,一阵沙沙的响声后是低沉的爆炸。我抬起头,发现一群蜘蛛从天而降。

我想着接下来会发生什么,居然有一种超然世外、事不关己的感觉。由于核辐射和兴奋剂的副作用,身体未能快速进入战斗状态,我只来得及看了苏贾迪一眼。他也注意到了我的眼神,嘴角抽搐着。

游戏——

天空中下起了蜘蛛雨。

虽然不是真的蜘蛛,但是样子看起来也差不多。它们直接从多人联控的迫击炮中被发射出来,因为火力不猛,所以轰炸范围有限。那些灰色的、拳头大小的蜘蛛形神经阻断器降落下来的扩散的范围还不到二十米。几个砸歪的掉在了战舰外装甲上,它们没法在过于光滑陡峭的船壁上落脚,于是一边下滑,一边拼命挣扎着想抓住什么东西。事后想想,那场面真是滑稽。不过大多数的蜘蛛还是直接降落在了青绿色的沙地里,然后再从坑里快速爬出,就像坦尼娅·瓦尔达尼热带虚拟场景中的宝石蟹一样。

成千上万。

游戏——

它们掉在我们头上、肩膀上，就像小孩摇篮上的玩具一样轻柔，然后勾在我们身上。

它们从沙地上朝我们涌过来，顺着我们的腿往上爬。

击打和摇晃都没用，它们坚持不懈地继续向上。

苏贾迪和其他人扯下的蜘蛛，被扔出去后仰翻过来，旋转着，然后又迅速翻正，没受到任何损伤。

它们爬到人身上神经发达的地方，伸出细丝般的触须，扎了下去。

游戏——

隔着衣服和皮肤，它们咬了下去。

——结束。

第三十八章

和其他人一样，我体内的肾上腺素开始飙升，但是由于核辐射的侵蚀，身体无法像以前一样分泌战斗化学物。蜘蛛阻断器也知道这一点。我只觉得神经咔嚓一声，便失去了部分知觉，单膝跪在地上。

其他人的战斗专用毛利躯体撑得比我久一点。德普雷和苏贾迪打了个踉跄，接着像被电击枪击中一般，直挺挺地倒在了沙地上。翁萨瓦努力控制着自己的身体，侧滚到了一边，双眼圆睁。

坦尼娅·瓦尔达尼站在那儿，眼神恍惚。

"谢谢，先生们。"是卡雷拉的声音，他正朝迫击炮旁的士兵们致谢，"真是群体抓捕的最佳利器。"

神经阻断器，最先进的社会秩序控制技术。几年前，这项技术的贸易禁令被正式解除——那时我还是位印第戈城的军事顾问，当地人向我展示了这个崭新的系统，但我还从未亲尝过被攻击的滋味。直到今天。

它们是冰冷又狂热的秩序维护者。一位年轻的下士笑着告诉我，平时看不出什么。但如果发生了冲突，那可就有趣了。这东西会爬到你身上，咬你，最后还可能让你死翘翘。得他妈的进入最高层次的禅境才能忍耐住。不过，你知道吗？这年头，暴动分子已经没有多少人能进入禅境了。

我努力维持着特派探员的最后一丝冷静，不去想下场，而是站了起来，身体移动的时候，趴在上面的蜘蛛也跟着动了动，不过它们没有再咬下去。

"妈的，中尉，你身上到处都是，看来它们挺喜欢你。"

洛马纳科站在一片干净的沙地上，朝我笑着。有许多蜘蛛爬在他周围，但并没有朝他涌去，一定是他身上贴着的射电标签拦住了它们。卡雷拉站在右边，所到之处，那些阻断器就自动散开。我看了看四周，发现其他的楔形军军官也一样，他们身上没有蜘蛛，只是在旁观。

干净利落，真他妈的干净利落。

他们身后，政治军官拉蒙特雀跃着，一边用手指着我们，一边叽叽咕咕地说着什么。

噢，好吧。这会儿没人去修理他了。

"好吧，我想最好还是帮你们清理干净。"卡雷拉说道，"科瓦奇中尉，不好意思，让你们受惊了，不过这是扣留罪犯唯一的两全方法。"

他指了指苏贾迪。

卡雷拉，事实上，你不用这样大动干戈，只要让大家都在病房里睡过去就行了。但是那样的话，就不会有这样的戏剧效果；这对那些违抗楔形军的人来说，还能起到震慑作用。人们总是喜欢跌宕起伏的戏剧，不是吗？

我感觉脊椎一阵发冷，一直蔓延到脑后。

我迅速将其抑制住，免得这股情绪变成恐惧或者愤怒，进而唤醒我身上的蜘蛛。

我尽量用烦躁但简洁的语气说话。

"以撒,你他妈的说什么?"

"这个人,"卡雷拉提高音量,"欺骗了你们。他不叫蒋建平,他的真名是马库斯·苏贾迪。一直都被通缉,罪名是谋杀楔形军军官。"

"对,"洛马纳科收起笑容,"妈的,可惜了韦廷中尉,还有他的野战排中士。"

"韦廷?"我看着卡雷拉,"他不是在布特基纳里吗?"

"对,原本是,"这位楔形军司令盯着瘫倒在地的苏贾迪,我以为卡雷拉会一枪了结他,"直到这混蛋违抗命令,用韦廷自己的喷枪了结了他。韦廷真死了,存储器都不见了。布拉德韦尔中士想要阻止她,也被干掉了。我的两个手下想要制住这混蛋,结果被他劈成两半。"

"没有人可以逃脱。"洛马纳科冷冷地说道,"对吧,中尉?从没见过哪个乡巴佬杀了楔形军还可以逃脱。一定要送去肢解。"

"有证据吗?"我装模作样地问卡雷拉。

他看着我点点头,"有目击者,板上钉钉的事。"

像有什么东西踩了苏贾迪身上,他的脚动了动。

他们用一个反激活刷子把我身上的蜘蛛清理下来,然后扔进了储存箱里。卡雷拉递给我一个标签,我把标签贴在身上,那些蠢蠢欲动的蜘蛛就立刻退了回去。

"关于刚刚的会议。"他一边说,一边示意让我登上"钱德拉号"。

身后,我的队友们被带往防护罩,他们跌跌撞撞地走着,细微的肾上腺素上升都会引来那群蜘蛛的一阵狂咬。等我们离开后,发射迫击炮的军士拿着空盒子走下去,把那些到处乱爬、没有找到目标的蜘蛛装了进去。

苏贾迪看了我一眼，微微地摇了摇头。

其实他根本不用担心我，我现在连爬上战舰入口活动舷梯的力气都没有，更别说赤手空拳制服卡雷拉了。兴奋剂的刺激还没有完全消失，我保存着最后一点体力，紧紧地跟在楔形军司令后面。走廊两边放着架子，上面堆满了各种装备，顶部还挂着圆形的反重力降落伞。我们走进一个看起来像是他的私人住处的舱室。

"中尉，请随意找个地方坐。"

船舱里塞满了东西，虽然拥挤但井然有序。一张未启动的反重力床放在角落里，上方是突出舱壁的桌子，我看到一个微型数据处理器、一叠整齐的数据盘，还有一个圆肚子雕塑，看起来像匈奴的作品。另外一张桌子占了对面所有的空间，桌子表面固定了一台放映机，两个全息画面投射在天花板，从床上也可以看到。其中一个是从高轨道角度看到的阿多拉奇安，景象独特，太阳正从绿色和橘色的边缘喷薄而出。另外那张则是全家福照，卡雷拉和褐色皮肤的漂亮女子，两人的手臂揽着三个不同年纪的孩子。这位楔形军司令脸上洋溢着幸福，但是全息图中的他看上去比现在要老。

在安着放映机的桌子旁边，我发现了一把简陋的金属椅子。看到我坐下，卡雷拉便斜靠在桌子上，双臂交叉。

"最近回过家？"我一边问，一边朝轨道全息图点了点头。

他盯着我，"很久没回去了。科瓦奇，妈的，你早知道苏贾迪已经被楔形军通缉，是不是？"

"我不知道他是苏贾迪。韩德告诉我说他叫蒋。你怎么确定就是他？"

他差点儿就笑出来了，"得了吧，我的大楼朋友给了我你们的基因代码，自然就包括曼德拉公司的身体使用数据。他们迫不及待地想让我知道有战犯在为韩德做事，我猜他们觉得这事也有利可图。

"'战犯'，"我仔细地打量着舱室，"这词用在他身上真有趣。要知道，他还是迪凯特和平协议的执行者呢。"

"苏贾迪杀了一位军官。他本应该执行那位军官的命令，从任何我所知道的战争协议来看，那都是犯罪。"

"军官？韦廷？"我不知道自己到底在跟他争论什么，可能是惯性使然，"得了吧，换了是你，你会执行道格·韦廷的命令吗？"

"我会。不过我不需要。但那是他的野战排，必须誓死效忠。再说了，韦廷是一位优秀的军人。"

"他们喊他道格是有原因的，以撒。"

"我们可没在讨论人气问题——"

我笑了起来，"都是老调子。韦廷他妈的就是个混蛋，你又不是不知道。苏贾迪肯定不会无缘无故就结果了他。"

"科瓦奇中尉，"卡雷拉的语气突然缓和下来，这意味着我已经把他惹火了，"德罗斯卡多斯广场那些割下妓女脸的皮条客，也有自己的理由，但是这并不表示他们是对的。约书亚·肯普也觉得自己师出有名，说不定他还认定自己在替天行道呢，但这也不能表示他是对的。"

"以撒，小心说话，这些相对主义言论会让你进监牢——"

"这可不见得。拉蒙特就是个例子。"

"是啊。"

沉默蔓延开来。

"那么，"我终于开口，"你打算把苏贾迪送去肢解？"

"还有别的选择吗？"

我只是看着他。

"中尉，我们是楔形军，你知道这意味着什么。"他的语气变得急促，我不知道他想要说服的是谁，"和其他所有人一样，你也宣过誓，知道我们的原则。我们在混乱面前必须团结一致。必须让对手们知道我们不好惹。想要快速有效地出击，就必须让别人闻风丧胆。我的士兵必须明白，恐惧是必要的，而且还要不断被加强。否则，我们就是一盘散沙。"

我闭上眼睛，"随你怎么说吧。"

"我又没让你一定要在旁边看。"

"恐怕也没那么多位子。"

听到有动静传来。我睁开眼，看到他靠了过来，双手扶在桌边，满脸怒容。

"科瓦奇，闭嘴。给我换种态度。"如果想在我脸上找到反抗的神情，那他要失望了。

卡雷达后退半米直起身子，"我不会让你这么轻易就把自己给废了，你是一位难得的军官，中尉。你可以让手下死心塌地。而且你还知道怎么给敌人致命一击。"

"多谢。"

"你尽管笑吧。但是我了解你。这些都是事实。"

"以撒，那不过是一种生物技术。狼群基因动力学。它阻止血清素进入大脑，再让特派探员本能接管这具混乱的躯体。可以说，一只狗都能代替我的位置，比如，韦廷那样的混蛋。"

"好吧。"他一边耸肩，一边重新靠在桌子边，"你和韦廷，我是说以前，档案很相似。要是不信，我可以把精神外科医生的评估报告调出来给你看，智商和情商都差不多，也都没有同情心。非专业人士会以为你们俩是同一个人。"

"是啊，但他已经不在人世了，这点非专业人士也一看便知。"

"好吧，或许不是一样没有同情心。特派局对你进行了足够多的训练，教你不要去低估任何人，比如苏贾迪那样的家伙。你本可以处理得更好。"

"这样说,苏贾迪杀死韦廷就是因为他被低估了?我猜这可不是什么好理由,听起来好像随便编个借口,就能理所当然地把人虐死。"

他停下来盯着我,"科瓦奇中尉,恐怕我说得不够清楚。苏贾迪的事没有讨论的余地,他杀了我的手下,为此他必须死。明天一早我会执行刑罚,我不希望——"

"这下够清楚了。"

他没理我,"——这是必须要做的事,也是我会去做的事。而你最好别插手,识时务者为俊杰。"

"否则呢?"我本想用挑衅的语气,结果不遂人意地咳嗽起来。我伏在窄小的椅子上吐出一口痰,里面尽是血丝。卡雷拉递给我几张纸巾。

"你刚说什么?"

"我说,如果我插手,会怎样?"

"那我会告诉其他人你袒护苏贾迪,阻止他接受楔形军正义的裁判。"

我环顾四周,想找个地方扔掉脏纸巾,"这算什么裁判?"

"桌子下,不,那儿,你腿边。科瓦奇,你插不插手都无关紧要,我知道你袒护过他,但是我不在乎。我要的是秩序,是正义的伸张。只要你识时务,我可以把官衔还给你,另加一支队伍。但是如果你插手,下一个躺在板子上的就是你。"

"洛马纳科和郭可不喜欢这样的安排。"

"我知道,但他们是楔形军,是士兵。只要为了楔形军,他们愿意做任何事。"

"别拿忠诚说事。"

"忠诚和金钱一样,你可以赚,也可以花。但是如果你明知故犯,袒护谋杀楔形军的罪犯,那你就完了,我们中的任何人都承担不起这样的代价。"他的身体离开桌子边缘,其站姿告诉我这场争论已至终章。我记起来,在夏洛伊之谷政府军朝我们涌来时,还有一次肯普的空降步兵像冰雹一样从空中落下来时,他的站姿都与此时如出一辙。这表示我已经没有了退路。"科瓦奇,我不想失去你,也不想让你的手下伤心。但楔形军才是最重要的,我决不允许祸起萧墙。"

虽然卡雷拉的军队人数和武器装备都无法和政府军匹敌,但个个身怀死志,他们在夏洛伊那炮火纷飞的街道和大楼中整整坚守了两个小时。而肯普军从空中涌来,包围了卡雷拉军队的那次,他临危不乱,领导手下在号叫的风中,在飞沙走石的街道上偷袭了空降兵。结果对方的指挥官被吓坏了,用无线电下达了撤退的命令。风暴停息后,夏洛伊之谷布满了肯普军的尸体,而楔形军的死亡人数还不到三十。

他重新靠在桌子上,怒气稍平,上下打量着我。

"现在——你——是否——听明白了,中尉?牺牲在所难免,我也不愿意看到这种事情发生,但是这就是你重新回到楔形军的代价。"

我点点头。

"你确定不会插手吧?"

"以撒,我就要死了,现在唯一能确定的就是,我必须得睡会儿。"

"了解,我不会耽误你太久。现在,"他指了指运转着的数据盘。我叹了口气,重新集中注意力。"爆破小组从'纳吉尼号'停留之处和你们打开的登陆坪之间拉了一根测量线,据洛马纳科说,那里显然没什么控制开关之类的系统。你们是怎么进去的?"

"那本来就开着。"我懒得撒谎,不管我说什么,他早晚会去审问其他人,"我们也知道那里没什么开关。"

"这真是一艘战舰?"他眯起眼睛,"真令人难以置信。"

"以撒,整艘船外有高达两千米的太空防护罩,他们有必要多此一举把登陆坪关起来吗?"

"你亲眼看到了？"

"当然，防护罩还能用呢。"

"嗯，"他在数据盘上做了些微调，"探测器发现里面三四千米处还有人类的痕迹，但是他们在不到一千米处的观察气泡舱，也就是离入口只有五百米处就找到了你们。"

"呃，这不是什么难事，我们用闪光颜料画了超大号的箭头。"

他狠狠地盯了我一眼，"你们在里面走动过？"

"不是我。"我摇摇头，接着就后悔了。因为头晕眼花，狭窄的舱室在我眼前阵阵摇晃。我等这阵不适过去，才接着道："是其他人，我不知道他们到底走了多远。"

"听上去组织纪律性不强啊。"

"毫无疑问。"我有些生气，"你是不是越来越感兴趣了，嗯？你这么好奇可以自己进去看看。"

"那么，啊，似乎，"他迟疑着，好一会儿我才反应过来，那是因为尴尬，"你们，啊，在那儿，看见了，鬼魂？"

我禁不住哈哈大笑，"我们是看见了东西，但还不能确定那是什么。以撒，你是听你的客人说的吧？"

他做了个"道歉"的手势，"我被拉蒙特的老毛病给传染了。自打他没法继续打探消息之后，我就觉得把仪器白白放在那里怪可惜的。"他重新戳了戳数据盘，"医疗报告显示你们都遭受了严重的电击，除了孙和你。"

"对，孙自杀了，我们……"我不知道这事该如何去解释，就像无助地肩负着一份沉重的记忆。火星战舰上最后时刻带来的只有剧烈的痛苦，以及不知为何物的辉光。我要怎么向眼前这位司令解释？这位带领我们获得无数次胜利——包括在炮火纷飞的夏洛伊——的司令？要怎么解释当时那冰冷的疼痛和钻石般的闪耀眩晕？

现实是什么？一阵怀疑在脑内翻搅。

是吗？想想那些，想想卡雷拉那用枪杆子说话的现实，我们在火星飞船上所经历的是真的吗？全部都是吗？我的记忆中有多少是确凿无疑的事实？

不，听着，我有特派探员的记忆系统——

我看着数据盘，尽力让自己理性地思考，当时韩德开口让我向所有人开火，我毫不犹豫就照做了。韩德，这个霍根；韩德，这个宗教狂人。我提防他，但是竟然相信了他。

怎么会这样呢？

孙，我开始理头绪，孙知道，她看到了，然后宁愿亲手轰了自己的脑袋也不愿意去面对。

卡雷拉奇怪地看着我。

"什么？"

你和孙……

"等会儿，"突然我明白过来，"你刚刚说除了孙和我？"

"对，其他人身体上都有明显的电击后的神经创伤，正如我说的，严重的创伤。"

"但是我没有。"

"呃，没有。"他好像有些摸不着头脑，"你的身体完好无损。怎么了，难道你记得有人朝你开枪？"

看完我的报告，他伸出布满老茧的手按下数据盘显示器，然后陪我走过空荡荡的走廊。穿过营帐时，里面传来模糊的夜谈声。我们没怎么说话，他也看出了我脸上的疑惑，没有再提任务报告的事。或许他不敢相信自己最器重的特派探员居然突然变得神情恍惚。

我自己也不敢相信。

她开枪了。你扔下电击枪的时候,她朝你开了枪,然后才是自己。她一定开了枪。

否则……

我颤抖着。

在"安全·钱德拉美德号"后面的一块空地上,他们正在为审判苏贾迪而搭建脚手架。主梁已经竖了起来,底部深埋在沙地里,上面是倾斜的行刑台。在三盏安吉尔灯和战舰后部下降舱中灯光的照耀下,整个架子看起来就像沙地里伸出的白骨爪,旁边的解剖器组件如同被碾死的黄蜂。

"战争形势正在转变,"卡雷拉没话找话,"肯普的时日无多,已经有好几个星期都没听说过他的空降兵了,最新的情报是,他正忙着用破冰船把军队从瓦查林撤出。"

"他守不住那片海岸了吗?"我想起了之前上百次的部署会议,随口问道。

卡雷拉摇摇头,"想也别想。瓦查林是一片洪涝平原,那块上百千米长的沼泽地里没有地方给他挖战壕,他也没有建造水中堡垒的条件。他甚至没有足够的资金去购买军火。再给我六个月,我就可以用两栖装甲把他赶出海岸;一年以后,我肯定能把'钱德拉号'开进印第戈城。"

"然后呢?"

"什么?"

"然后呢?当占领印第戈城,把肯普用炸弹、地雷以及粒子武器轰走,带着剩下的敢死队逃进山区以后,又该怎么办?"

"这个,"卡雷拉喘口气,好像不知如何回答,"和往常一样,对两个大洲同时进行战略部署、配合警方的行动,找出替罪羊,直到大家都满意为止。不过,等到那时候……"

"那时候我早走了，对吗？"我把手插进了口袋，"离开这堆烂摊子，去一个争斗没这么错综复杂的地方。千万别说我是在呓语。"

他看着我，眨了眨眼睛，"'匈奴之家'好像不错，只有内部争权，一些宫廷阴谋。正合你意。"

"多谢。"

防护罩外的夜空下，我们听到了低声说话的声音，卡雷拉伸长了脖子。

"进来一起坐坐吧。"我有些不快，抢在卡雷拉之前推开门帘，"免得你回去听拉蒙特胡言乱语。"

曼德拉探险队剩下的三位队员坐在病房尽头的矮桌周围，卡雷拉的手下已经把他们身上的神经阻断器扫掉了大部分，但是没有清理干净，每人都留下了一只蜘蛛，像肿瘤一样趴在他们的脖子上。这是扣押人质的标准手段。他们弯腰弓背地坐着，看上去仿佛在策划什么阴谋。

他们看到我们走进病房，纷纷做出反应。德普雷的表情最难捉摸，脸上的肌肉一动不动；翁萨瓦挑起了眉毛；瓦尔达尼则朝地上啐了一口。

"我猜是针对我的吧。"楔形军司令肯定地说道。

"对你们俩的，"考古学家回答，"反正你们看上去挺亲近。"

卡雷拉笑了起来，"瓦尔达尼，最好控制住自己的情绪，你脖子上的小朋友可不好惹。"

她摇摇头，不发一言，然后朝脖子上的阻断器举起手，但中途又垂了下去。她大概已经尝试过拿掉那东西了，这种错没人会犯第二次。

卡雷拉走到瓦尔达尼吐的那口唾沫前，弯腰，用手指沾了一些，仔细地看了看，又用鼻子闻了闻，然后撇撇嘴。

"瓦尔达尼小姐，你剩下的时间已经不多了。我建议你对掌握着自己重生大权的人放客气一点。"

"我很怀疑你有这个决定权。"

"呃，"这位楔形军司令用床单擦净手指，"我说了是'建议'。不过也可以把这当作是你能够获得新身体、回兰德弗尔的必要条件，虽然，你也有回不去的可能。"

瓦尔达尼转身看着我，把卡雷拉当作了空气，我真想为她这种不卑不亢的态度鼓掌。

"这位鸡奸狂是在威胁我吗？"

我摇了摇头，"我想你说得没错。"

"真是太委婉了，"她鄙夷地看了一眼楔形军司令，"你不如直接射穿我的肚子得了，这样可能更有效一点。我猜你就喜欢用这招对付平民吧。"

"啊，对，韩德。"卡雷拉从桌子旁边拉出一把椅子，把椅背转到前面骑了上去，"他是你们的朋友？"

瓦尔达尼看着他。

"不算是，不过这和你没有一点关系。"

"这和——"我说。

"你知不知道他要为索贝维尔轰炸负责？"

瓦尔达尼陷入了沉默。这一次，考古学家的面部肌肉垮了下来，上面满是震惊，我突然意识到核辐射已经深入了她的膏肓。

卡雷拉也看到了。

"瓦尔达尼小姐，我说的是事实。总得有人为你们的探险扫清道路，而马提亚·韩德把一切责任推到了我们共同的朋友约书亚·肯普身上。噢，当然，不是前台操作。只是提供军事假情报，小心策划，再通过有效的数据渠道泄露出去而已。但这些已经足够让我们那位驻扎在印第戈城的革命英雄认为，索贝维尔还是变成一块乌黑的油脂斑比较好了。因为这个，我在那儿执行监视任务的三十七位手下也获得了一个长久的休假，"他瞥了我一眼，"你应该已经猜到了，对吧？"

我耸耸肩，"猜得八九不离十，惯常的做法而已。"

瓦尔达尼斜眼瞟了瞟我，脸上是疑惑的表情。

"瓦尔达尼小姐，你看，"卡雷拉慢悠悠地站起来，像是浑身酸痛似的，"我知道你一定觉得我是个怪物，但我只不过在做自己该做的事。马提亚·韩德那样的人才是战争的制造者，而我仅仅靠打仗混饭吃，下次侮辱我前先记住这一点。"

考古学家依旧一言不发，但她正死死地盯着我。卡雷拉本打算转身离开，突然又站住了。

"噢，瓦尔达尼小姐，还有一件事，你说的，鸡奸狂。"他看着地面，仿佛想了一会儿才说了这个词，"我的性取向多少还在异性范围内，至于你说的鸡奸，则显然不适用于我。不过我看过你的拘留记录，这话对你似乎还蛮适用的。"

她呻吟了一声，但什么也没说。我仿佛能听到我在她体内搭建的精神修复架正嘎吱作响，行将坍塌。我惊讶地发现，自己已经在不知不觉间站了起来。

"以撒，你——"

"你什么你？"他看着我，咧开嘴笑起来，"你，你个狼崽子，最好给我坐下。"

这道命令让我突然失去了控制，胆汁上翻，我不得不用特派探员本能勉强压制。

"科瓦奇——"瓦尔达尼的话还没说完，声音就像猛然被打断的电报那样戛然而止。

因为我朝卡雷拉扑了过去。我没抓住他的脖子，便一阵乱踢。但眼前这位大块头晃动身形，迎了上来，他轻易就挡下我的进攻，然后用左腿摔绊,在我失去平衡的时刻抓住了我挥出的手肘,使劲一捏。

一阵咔嚓声传来,像灯光昏暗的酒吧吧台上空威士忌酒杯砸在地上的声音。剧痛。我尖叫着迅速启动体内的疼痛管理系统,这才住了嘴。这个系统是楔形军的战斗标配——看来还扛得住。但卡雷拉并没有放开手,他紧紧地攥着我的前臂,我像电量不足的人偶一样摇晃着试着挥起另外一只手攻击,但他只是轻蔑地一笑,朝我那已经碎裂的肘关节用力拧了下去。疼痛再一次袭来,眼前一片漆黑。卡雷拉松开手,朝我的腹部猛踢一脚,我像婴儿一样蜷缩起来,再没力气反抗。

"我会派医生过来,"声音从上面传来,"还有,瓦尔达尼小姐,你最好管住自己的嘴巴,否则我会让那些不懂怜香惜玉的手下过来好好地教育教育你,什么才是鸡奸。别挑战我的耐性,女人。"

接着传来一阵衣服摩挲的沙沙声,他蹲在我身边,捏住我的下巴,向上掰起。

"科瓦奇,如果你还想跟我混,就别他妈的感情用事。噢,为了以防万一。"他拿出一只卷曲着的神经阻断蜘蛛,"当然,只是暂时的,解决苏贾迪后就解除。这样可以让我更有安全感点。"

他张开手,倾掌,控制器滚了下来。在我体内的兴奋剂作用下,那东西的下落有如慢镜头。我居然还颇有兴致地欣赏着蜘蛛在空中伸出脚,然后掉在我眼前的动作。它先翻过我的脸,然后往下爬到了脊椎上,冰冷的触须扎进骨头里,最后,它把那电缆一样的四肢在我的脖子后面紧紧扣住。

噢,好吧。

"科瓦奇,稍后见,你好好想想。"卡雷拉站起身离开。我在地上躺了好一会儿,生化系统让我沉浸在舒适的麻木感中。接着,有人伸出手,把我扶了起来,但事实上我根本不想动。

"科瓦奇,"那是德普雷的声音,他看着我的脸,"伙计,你没事吧?"

我轻声地咳嗽起来，"没事，我很好。"

他扶我靠在桌子边缘。瓦尔达尼也出现在了上方，她正站在德普雷身后看着我，"科瓦奇？"

"啊——坦尼娅，对不起。"我小心翼翼地向她脸上投去搜寻的目光，尽量不让她察觉，"我应该提醒你别去惹他的，他不像韩德，不吃硬的。"

"科瓦奇，"她的脸部肌肉抽搐着，我给她搭建的修复框架很可能正在第一次坍塌，不过也可能她比我想象得更坚强，"他们打算怎么对付苏贾迪？"

这个问题让周围一片沉默。

"公开死刑，"翁萨瓦说道，"对吗？"

我点了点头。

"那意味着什么？"瓦尔达尼平静的声音让我颇为不安，或许我得重新估测她的恢复程度，"他们会怎么执行？"

我闭上眼睛，回想着过去两年看到的场景，那仿佛让我碎裂的肘部关节重新刺疼了起来。当全部忆起之后，我看向了她的脸。

"就像一场全自动的外科手术，"我缓缓地说道，"要依情况重编程序。先对身体进行扫描，然后绘制出神经系统，衡量耐受力。最后，他们运作程序，表演开始。"

瓦尔达尼睁大了眼睛，"什么表演？"

"机器对他进行肢解：剥皮，剔肉，碎骨。"我回忆着，"开膛破肚，在眼窝里生煮眼珠，敲碎牙齿，刺穿神经。"

她本来不想再听这些残忍的描述，但停止的手势才做到一半，就因为后面的内容太过血腥而惊呆在了那里。

"整个过程中，机器会让他保持清醒。只要有昏厥的迹象，它就会停下来，在必要的时候给他注射兴奋剂或是提供任何必要的药物。当然,除了止痛剂。"

现在我似乎感到身边出现了第五个人,正蹲在我身边,一边笑着,一边挤压着我手臂里的碎骨头。幸好在药物的作用下,疼痛被控制在了可忍受的范围内,我开始回忆起以前楔形军围聚那些秘密神坛的情形,他们总是虔诚地观看着苏贾迪之前的那些受刑者是怎么被慢慢地整死。

"大概会持续多久?"德普雷问。

"看情况,一般来说会持续一整天。"我艰难地吐出这几个字,"到傍晚才结束。仪式就是如此。如果没有人提前叫停,机器会在最后一抹阳光褪去的时候,才把脑壳卸下来。而且基本上都是这样。"我本不愿再说下去,但是好像没人想让我住嘴,"军官和军士们都可以投票要求致命一击,但是就算有人想要它停止,也要等到下午。他们可不想被当作心肠太软的军人,所以即使到了下午,通常也是反对票占多数。"

"苏贾迪杀了一名楔形军野战排司令,"翁萨瓦说道,"恐怕不会获得同情票。"

"但他已经很虚弱了,"瓦尔达尼侥幸地说,"而且加上核辐射的侵蚀——"

"不,"我试着弯了弯右臂,肩膀一阵尖锐的刺痛,看来生化系统不管用了,"毛利人的身体原本就是为有生化污染的战场设计的,耐受力极高。"

"但是生化——"

我摇了摇头,"算了吧,机器会解决这个问题,先把疼痛管理系统关掉,把它们移除。"

"那他就死了。"

"不,他不会。"我喊了起来,"不会这么简单就了结的。"

之后，大家都不再说什么。

两位医生进入了房间，一位之前给我治疗过，还有一位不认识，那是个板着脸的女人。他们对我的手臂进行了仔细的检查，不过什么也没说。虽然脖子后的蜘蛛阻断器暴露了我的身份，但他们却视而不见，只顾埋头做事，先用超感微型器击碎了肘关节周围的碎骨，再用细丝线在里面安好了再生生物器——那些长长的丝线连着皮肤上的绿色标签和细胞引导芯片。不过重点在于，他们的速度也太他妈的快了。不要有任何懈怠。至于你，士兵，不要在乎你对世界做了什么，你现在只是军事部署里的一枚棋子。

"几天就好，"我认识的那位医生一边说，一边朝我弯曲的手臂注射内啡肽，"我们已经把碎骨头清理干净了，正常的屈伸虽然不会对周围组织造成严重的损害，但疼得要命，还会因此拖延恢复进度，我建议你最好别这么做。为了不让你乱动，我会帮你装上夹板。"

几天才好。几天后我连能不能呼吸都不知道，我脑海中突然闪过轨道医院那位医生的样子。噢，也是为了性福着想。真是可笑，怎么会想起这个。我没来由地笑了起来。

"嘿，多谢。我们都不想拖延进度，不是吗？"

他淡淡地回礼，然后立马低头继续做事。夹板从二头肌一直延伸到前臂，裹得紧紧的，舒适而温暖。

"你也是行刑者之一？"我问道。

他惶然看了我一眼，"不，我只负责扫描部分，不做别的。"

"马丁，这儿完工了。"女人突然说道，"该走了。"

"好。"他动作慢吞吞地，很不情愿地合上了战场专用医疗箱。我看着医疗物品一个个消失在箱子里，有用带子绑好的外科手术工具，还有装在袋子里颜色鲜艳的药囊。

"嘿，马丁，"我朝他的医疗箱点点头，"你得给我留点那种粉色的，你知道,我需要好好睡个觉。"

"呃——"

那个女人清了清嗓子,"马丁,我们不——"

"噢,你他妈的能不能闭嘴?"他突然爆发出一阵无名火。特派探员本能蠢蠢欲动,我伸手向医疗箱够去。"泽伊内卜,我级别比你高,我愿意给谁药还轮不到你来管——"

"没关系,"我静静地说道,"已经拿到了。"

两位医生都看着我,我晃动着左手那袋内啡肽药囊,微笑着。

"别担心,我不会一次用完。"

"或许那样才好呢。"女医生说道,"长官!"

"泽伊内卜,闭嘴。"马丁迅速拿起医药箱,双臂紧紧夹住了它。"你,呃,那些东西药效很强,一次别超过三颗,否则你会晕倒,不管你有——"他咽了咽口水,"只要躺下,不管身边发生了什么,你都醒不过来。"

"多谢。"

他们收拾好其他的工具,然后离开。泽伊内卜在门口回头看了我一眼,嘴巴动了动,但是声音太小,我没听到她说的话。马丁拍了拍她后两个人便一起离开了。我低头看着自己紧握的拳头,里面是那袋药囊。

"这就是你的方法?"瓦尔达尼小声问道,语气冰冷,"吃药睡过去,逃避一切?"

"你有更好的方法吗?"

她转过身。

"那就别他妈的假惺惺了,什么正义感,对你自己说去吧。"

"我们可以——"

"还能干吗?我们身陷囹圄,细胞被侵蚀,寿命走到了尽头。我不知道你感觉如何,反正我的手疼得要命。噢,对了,我们的一言一行还都被那群政治军官监视着,我相信,卡雷拉随时可以从他们那儿得到想要的信息。"我感觉脖子后面的东西咬了我一口,这才明白愤怒已经盖过了疲倦,我将其压制下去,"坦尼娅,我已经尽力了,明天我们只能看着苏贾迪死去,你打算怎么去面对是你的事,反正我决定昏死过去。"

说完这些话,我感觉痛快了许多,就像把伤口中的弹片拔出来了一样。但是脑中却不断浮现出那位拘留营头子的脸,他困在电椅上,电流通过的时候,仅剩的一只眼球就不断向上方微颤。

只要躺下,不管身边发生了什么,你都醒不过来。我又听到了这句话。所以,我要么站着,要么就坐在椅子里。不适感可以让我保持清醒。

一定有方法让我走出这片操蛋的海滩。

第三十九章

天刚亮,苏贾迪便开始尖叫。

开始几秒钟是愤怒的吼叫,说明他还算个正常人。但是好景不长,不到一分钟,就只剩下了动物般的哀号。嚎叫声从行刑台越过沙滩传来,一波又一波,注满了周围的空气。昨夜,我们根本没有睡觉。黎明破晓后,我们都做了心理准备,但是传来的尖叫声仍然令所有人毛骨悚然。大家都缩起来窝在床上。尖叫声让我如坐针毡,就像有一双湿冷的手,捂住了我的脸,然后紧紧攥着我的心脏。我呼吸不畅,脖子上寒毛直竖,眼角抽搐着。脖子后的神经阻断器察觉到我的紧张,兴奋地运作了起来。

压制下去。

尖叫声中夹杂着另外一股我熟悉的声音,那是激动的观众在低吼。那些楔形军,正看着"正义的伸张"。

我盘腿坐在床上,张开拳头,药囊掉到了被子上。

什么东西闪烁着。

我看到了火星人死去后的容貌,一定是视网膜显示的结果,因为看起来如此清晰。

这把椅子——

——让我醒着。

——旋转的影子和光线——

——外星人悲痛的哀歌——

我能感觉到——

——一位火星人,在闪耀的痛苦旋涡中,没有死——

——睁大了非人类的眼睛看着我,眼睛里是——

我颤抖着,不能直视。

人类的尖叫声继续,撕扯着我的神经,深入骨髓。瓦尔达尼双手捂着脸。

我不应该这么难过,一部分冷漠的自我开始辩白,这并不是第一次——

非人类的眼睛,非人类的尖叫。

翁萨瓦开始哭泣。

我又紧张起来,情绪像上次在火星飞船上一样,螺旋式地集聚,神经阻断器绷紧。

不,还没到时候。

需要的时候,我体内的特派探员控制系统可以让我变得冷酷无情,不带任何情绪。就像与瓦尔达尼在日落海滩时那样,我像接受一名新性爱伴侣一样欣然接受了系统的控制——对此我还觉得颇为宽慰。

躺在肢解板上的苏贾迪高声哀求开始投票,但是声音突然被截断了,像什么东西被钳子扯掉了似的。

我伸出手,握住另一只手臂上的夹板,然后慢慢地朝手腕扯去,再生生物标签也跟着被带动,骨头里传来一阵刺痛。

苏贾迪的尖叫传来,我脑中浮现出碎玻璃切割肌腱和软骨的画面,然后阻断器——

冰冷,冰冷。

夹板被扯到了手腕部位,滑落下来,我朝第一个生物标签伸出手。

拉蒙特的监视室里或许有人在看着我们,不过我很怀疑,因为现在外头的表演更精彩,此外,谁会有兴趣看几个已经被蜘蛛控制住的阶下囚? 这有什么意思? 把这里交给机器就绰绰有余了。

苏贾迪尖叫。

我抓住标签,然后用力朝上扯。

你不用这样,我提醒自己,你不过是坐在这儿,听一个人尖叫着死去而已,不要庸人自扰。过去几年间,这样的事还见得少吗? 又不是什么大事。特派探员系统将我体内的肾上腺素完全控制住,让我变成一头冷血动物。我只信直觉,不理情感。脖子上的阻断器动了动,但很快安静了下来。

再生生物丝被我扯了出来。

太短了。

妈的——

冰冷。

苏贾迪尖叫。

我挑了另外一个标签,轻轻地来回扯动,我能感觉到皮肤下的单条丝线笔直地割裂着骨头里的组织。但是我知道,这根线一样很短。

我抬起头,发现德普雷正看着我,满脸疑惑。我心不在焉地笑笑,又挑了一个标签。

苏贾迪尖叫。

第四个标签才是我要找的—— 一根又长又绕的细丝。拉扯之中，它在我手肘周围拉犁出了长长一条伤痕。刚刚注射的一颗内啡肽药囊缓解了这种疼痛，但是神经依然紧绷。我让特派探员系统再次虚掩我的真实感觉，安慰自己，这儿什么都没发生，然后用力一扯。

像从潮湿的海滩沙地里拔起的一株水草，被我拉出的细丝在前臂上留下一道沟渠般的伤口，鲜血溅在脸上。

苏贾迪尖叫。尖锐的叫声中夹杂着一波又一波绝望和惊讶，或许是因为他不敢相信机器对他的恣意宰割，不敢相信他的肌肉纤维上正在发生的一切。

"科瓦奇，你他妈的——"我盯了她一眼，然后指了指脖子，瓦尔达尼这才住嘴。我把细丝小心地绕在左手手掌，在标签后打了个结，然后张开手，线圈被迅速扯紧。

这儿什么都没发生。

细丝轻而易举地切进我的手掌，碰到连接生物板后又弹了回来。轻微的疼痛，鲜血从细线切开的创口涌出来，迅速覆盖整个手掌。我听到瓦尔达尼的呼吸急促起来，接着是一声尖叫，看来是被脖子后面的阻断器咬了一口。

我这儿没事，我的神经告诉脖子后的阻断器，我这儿什么都没发生。

苏贾迪尖叫。

我解开细丝，取了下来，然后弯起受伤的手掌。伤口裂开，我把拇指伸进去，然后——

这儿什么都没发生，什么都没有。

——转动，直到掌心血肉模糊。

疼痛，有没有内啡肽都他妈的一样，但是我看到了自己想要的。模糊的血肉下面赫然露出连接板的白色表面，挂着血珠，上面是精细的生物科技电路。我继续拨开伤口边缘的皮肉,直到整个连接板都露出来。我的意识已经开始模糊,就像刚打完一个长长的哈欠。我把受伤的手掌按在了脖子后的阻断器上。

然后握紧。

有那么一会儿,我认为自己的好运已经走到了尽头。之前我取出细丝的时候,并没有碰到血管,这是运气;切开手掌露出连接板的时候,没伤到有用的肌腱,这也是运气;拉蒙特的监视器没人看管,这还是运气;所以到了现在,当我把手掌按在阻断器上时,沾满鲜血的手掌却开始打滑,阻断器躁动起来,特派探员的控制本能开始减弱,运气果然已经用光了。

妈的。

连接板——用户锁定,会对任何未加码的电路系统进行排斥——在我的掌心振动,脑后的东西停了下来。

阻断器因短路而报废了。

我嘟囔了一声,在袭来的疼痛中咬着牙,用受伤的手臂伸到脖子后面,取下那东西。身体终于恢复了自然的反应能力,四肢微微颤抖,伤口一阵麻木。

"翁萨瓦,"我一边说,一边把阻断器扯松,"我要你出去,把托尼·洛马纳科找来。"

"谁?"

"昨天晚上领我们出去的军士。"现在已经没有了控制情绪的需要,但特派探员的本能还是开启着。尽管苏贾迪那痛苦的喊叫反复刮擦扫动着我的神经末梢,不过我好像拥有了超人的耐性,理智非常,"他的名字叫洛马纳科,你可能要去行刑台周围找他,告诉他我得找他谈谈。不,等等,最好说我需要他。一定要传达我的原话,不需要解释,就这几个字。我现在需要他。他一定会来。"

翁萨瓦看着防护罩关着的门帘,它完全挡不住苏贾迪那不受控制的尖叫。

"去那外面找?"她问道。

"是的,不好意思。"我终于把阻断器弄下来。"我本来可以自己去,不过效果可能适得其反。况且,你脖子上还带着这东西,不会引起怀疑。"

我检查了阻断器的外壳,从外面无法看出连接板的反入侵系统对其造成的损坏。但是这东西已经报废了,它的触角正在痉挛。

飞行员摇摇晃晃地站起来,"好吧,我去。"

"翁萨瓦。"

"什么?"

"到了那儿,放松点。"我举起手中的阻断器,"不管看到什么,别激动。"

我居然边说边笑,翁萨瓦盯着我看了一会儿,便向门口走去。苏贾迪的尖叫声让她迟疑了一下,但她终究走了出去,门帘重新合上。

我低头看着眼前的药囊。

洛马纳科很快就来了,他掀开门帘走进来,比翁萨瓦更先一步——苏贾迪痛苦的尖叫又提高了几度——他大步踏上防护罩的中央过道,朝我走来。我躺在最里面的床上,蜷缩着,浑身发抖。

"不好意思,外面的噪音太大了。"他一边说,一边靠了过来,然后伸出手,轻轻放在我的肩膀上,"中尉,你是不是——"

我朝他的喉咙发出致命一击。

我之前一次性将五粒四甲基药囊都从表皮注射了进去,那都是我前一天晚上偷拿的。如果是普通的躯体,一定会痉挛而死,如果此刻体内是更低级的生化系统,也一定会痉挛而死。

但是我必须注射这么多。

洛马纳科的喉咙被我拧断,鲜血喷涌而出,洒在我手背上,很暖和。他仰天倒去,脸上是婴儿般的天真模样,带着受伤的眼神,仿佛不敢相信发生的一切。我起身向他扑去——

——狼群基因在我体内哭泣,因为我的背叛——

——结果了他。

他倒了下去。

我站在尸体旁,因为体内兴奋剂的作用,脉搏飞快,脸上的肌肉颤动,双腿也有些不稳。

外面,苏贾迪的尖叫声变得更大,但和先前的有些不一样,情况似乎更糟了。

"把他的动力服脱下来!"我厉声说道。

没人回应。我朝周围瞄了一眼,这才发现刚刚是在自说自话。德普雷和瓦尔达尼都倒在床上昏了过去。翁萨瓦挣扎着想要爬起来,但是手脚无法协调。他们受了太多刺激——阻断器每感应到一次,就毫不怜悯地大咬一口。

"妈的。"

我走过去,用裂开的手掌握住他们的蜘蛛阻断器,在它们痉挛的时候用力往外扯。体内的兴奋剂让我实在温柔不起来。阻断器坏掉的瞬间,德普雷和瓦尔达尼都在电流引起的刺痛下咕哝了一声。翁萨瓦的情况则更严重,火花噼噼啪啪溅出,灼烧了我张开的手掌。飞行员吐出胆汁,身体剧烈抽搐着,我蹲下,把手伸进她嘴里,按住她的舌头,直到抽搐消退。

"你,还——"

苏贾迪尖叫。

"——好吧?"

她虚弱地点了点头。

"帮我把他的动力服脱下来,我们时间不多,很快就会有人发现他不见的。"

洛马纳科身上带着一把连接枪、一把标准的喷枪,还有前一天晚上卡雷拉向他借来用过的振动刀。我用这把刀割开他的外衣,然后开始处理动力服。这是特制战服——能在战场上迅速关闭电源然后脱下。十五分钟后,在翁萨瓦颤颤巍巍的协助下,我们成功关掉动力服背部和四肢部位的引擎。拉开拉链,洛马纳科的身体暴露在眼前:喉管爆裂,四肢外伸,身上一排向上突起的弹性合金纤维。我想起平田海滩上的尸体,那些人被宰割后切片,最终变成烤肉。

"帮我把他翻过来——"

身后传来呕吐的声音。我回头望了一眼,看到德普雷正在撑起自己,眨着眼睛努力将视线集中到我脸上。

"科瓦奇,你是不是——"他看着洛马纳科,"很好,现在,我能做些什么?"

我最后推了一把洛马纳科的尸体,把他从动力服中翻出,"计划很简单,卢克,我打算把苏贾迪和外面所有人都杀了。到时我要你潜入'钱德拉号',看看是不是有人没去欣赏那节目。多少会有几个的。来,拿着这个。"我把喷枪扔过去,"还需要别的什么吗?"

他迷迷糊糊地摇了摇头,"把振动刀借我?还需要药。那些兴奋剂他妈的在哪儿?"

"我床上的被子下面。"我懒得脱衣服,直接躺在动力服上,开始把支撑架拉起来扣在胸腹部。虽然不太合身,但也没办法再找一套了。其实应该能合身的——洛马纳科块头比我大,伺服放大器感应垫可以自动收缩,即使隔着衣服也能运作。"我们一起出去——动手前要先冒险跑到波尔合金舱那边去。"

"我也一起。"翁萨瓦冷冷地说道。

"不，你不能去。"我合上动力服的最后一个辅助架，开始在手臂上操作，"我需要你好好活着；你是唯一能驾驶那艘战舰的人，不用多说，那是我们从这儿出去的唯一方法。所以你的任务就是待在这儿，活下去。我们出发。"

苏贾迪的尖叫变成了半清醒的呻吟，我心里警觉起来，如果机器要让受难者喘口气的话，那么坐在后排的观众就有可能临时走开，去抽烟或者做点别的。翁萨瓦终于帮我绑好了最后一截脚踝关节处的辅助架，我启动引擎，伺服系统激活。我弯曲手臂——被扭断的手肘和血肉模糊的手掌都传来剧痛——接着，力量恢复。

医疗动力服的设计和程序更适应正常人的力量和动作，相当于覆盖在伤口上的保护层，而且会保证身体每一个部位的活动力度都不超过愈合期的极限，以免某些傻蛋受伤后还不安分。

而军事动力服不是这样。

绷紧身体，动力服帮我站了起来。我脑中幻想着朝敌人裆部的高度踢击，然后动力服就飞起一脚，速度和力度足够踹凹钢铁。然后我又想着左拳出击，动力服瞬间就让我的左臂飞快地冲了出去。我蹲下身，然后跳起，确认了动力服可以让我跳至五米高的空中。最后抬起胳臂，把洛马纳科的连接枪握在了手上。显示屏上出现一行数字，系统从我那没有受伤的手掌心读取到了楔形军代码，于是弹药补充的红光闪烁。掌心也传来了微弱的刺痛感，那是因为系统正在提示我都配备了哪些武装：是太空突击队的配置，包括加了封套的燃烧弹、速熔等离子枪，还有爆破弹。

外面，机器又开工了，苏贾迪再次开始尖叫。这一次是嘶哑的、断断续续的叫喊，掺杂着观众更加热切的欢呼声。

"拿着刀。"我对德普雷说。

第四十章

外面一片明媚。

温暖地照耀着皮肤的阳光也给战舰的金属外壳镀上了一层光。海上吹来阵阵微风,水面泛起层层白沫,苏贾迪的尖叫声在蓝色天空下漠然地回荡。

我看着下面的海岸,铁椅绕着行刑台摆了好几圈。人海中只能依稀看到机器的顶部,生化武器帮我将图景拉近——一帮人正伸长脖子,入迷地看着台上发生的一切。突然,有什么东西飘过视野,那是一块沾着血的膜状物,被镊子从苏贾迪身上撕下来的。又是一声惨叫,我转身离开。

你曾带着一边尖叫一边伸手抠出自己眼珠的吉米·德索托撤离。你能办到的。

挺住!

"波尔合金舱。"我小声地朝德普雷说道,然后两人一起快速朝海岸边的"安金·钱德拉美德号"靠近。我们俩小心翼翼,以免踏入楔形军老兵的战斗强化视觉范围之内。在特种兵训练中,这可是一门艺术——得屏住呼吸,动作迅速连贯,避免任何敌人觉察到自己存在的可能。只用了半分钟,我们就顺利闪到了波尔合金舱的侧边,因有船身的遮挡,那些坐在椅子上的楔形军无法看到我们。

在船舱的另外一端,我们发现了一位年轻的楔形军士兵,他正靠在船身侧面朝沙地呕吐。我们从角落拐过去,看到他痛苦扭曲的脸上尽是汗珠。

德普雷用刀解决了他。

我用力踢开门,闪了进去,迅速环顾阴暗的四周。

储物架整齐地靠着墙,角落里有一张放着头盔的桌子。架子上则是机靴基座和呼吸器。洗浴舱的门开着。船舱里还有另一张桌子,一位楔形军军士坐在这张桌子前,对着一个正在播放的数据盘,憔悴的脸上满是怒气。

"妈的,我已经告诉过阿托拉我不是——"她发现了穿着动力服的我,愣了一会儿,然后站起来,"洛马纳科?你——"

振动刀像飞翔的黑鸟,越过我肩膀飞了过去,直插脖子,正中咽喉。她悚然动了一下,脸上露出难以置信的表情,然后摇摇晃晃地向前跨了一步,接着就倒了下去。

德普雷走过去欣赏了一眼自己的作品,然后拔刀而出。他动作干净利落,完全看不出身体已经被核辐射侵蚀。

他站起来,发现我正看着他。

"怎么了?"

我朝地上的尸体示点点头,"卢克,就要死的人身手还这么好,真不得了。"

他耸耸肩,"四甲基,毛利人身体,都是好东西。装备再差点儿都能挺住。"

我把连接枪扔在桌上,拿起两个头盔,丢给了他一个,"以前试过吗?"

"没有,没做过太空人。"

"好吧,先把这个戴上,合上辅助架,别弄脏面罩,"我迅速拿起机靴基座和呼吸器,"从这儿吸进空气,就像这样。这东西可以绑在胸前。"

"我们不需——"

"我知道,但是这样快一些。就是说,你可以把面罩放下来,说不定这能救你的命。现在踩在机靴基座上,这东西能帮你固定,我已经启动了。"

淋浴系统固定在舱门隔壁的墙上,我启动了其中的一个,示意德普雷跟着我走进来。舱门在后面合上,狭窄的舱室里充斥着浓重的波尔合金味道。昏暗的橘红色灯光下,几十道波尔合金溶液从喷淋头倾泻而下,在微微倾斜的地面上像油渍一样蔓延开来。

我踏了进去。

第一次会感觉很奇怪,就像被活埋在泥土里。合金溶液淋在你身上,像淤泥一样滑下。它们先堆在头盔顶部,然后再倾泻下来笼罩头部。虽然已经屏住了呼吸,但是喉咙和鼻孔依然会一阵刺痛。分子间的排斥力可以让面罩不沾到合金溶液,但头盔的其他部位在二十秒钟之内就会被覆盖上,至于身体的其他部位,从脖子一直到靴子基座,大约十秒钟就会被溶液包围。你得尽量避免溶液沾到伤口以及裸露的皮肤,这东西在晾干之前可扎人了。

妈妈妈妈妈妈妈的——

波尔合金溶液能完全密封物体,空气和水都渗不进来;而且像战舰的船身一样防弹。距离远的时候,甚至能把光束喷枪的火焰反射回去。

我走出来,隔着波尔合金摸到呼吸器,按下了空气供应控制钮。脖子的部位传来空气输入的嘶嘶声,防护服被空气注满,渐渐撑了起来。然后我关掉控制钮,升起面罩。

"现在你来试试,记得屏住呼吸。"

外面仍然是苏贾迪的惨叫。兴奋剂让我浑身发痒,我用力把德普雷从合金浴里拉出来,按下了空气供应控制钮。

"行了。"我调低空气输入,"记得把面罩合起来,要是有人敢不自量力,你就做这个手势。不,拇指要像这样弯曲,意思是防护服出现障碍,说不定能为你赢得时间迅速靠近敌人。我先出去,你三分钟之后再来。记住,别去船尾。"

戴着头盔的德普雷僵硬地点了点头,他的脸被漆黑的面罩挡住,我看不见他的表情。出发前,我回转身来拍了拍他的肩膀。

"卢克,一定要活下去。"

我重新合上面罩,任由体内的兴奋剂飙升。走过存储柜的时候,我左手拿起连接枪,然后进入了门外充斥着惨叫声的世界。

我花了一分钟在波尔合金舱后面和医疗防护罩之间徘徊。这个位置可以让我一眼望见火星门,卡雷拉在那儿部署了屈指可数的几个守卫。和昨晚的一样——五名强壮的守卫,三个穿着防护服,其中一个弯腰叉腿,站姿看上去像郭。她一向对肢解不感冒。一个骑在已经启动的攻击车上。而最后一个,我没认出来。

除了守卫外还有各式机械,包括可移动的超级感应炮,以及一些其他的自动武器。不过现在它们瞄准的方向都错了。我看着门内的黑暗,呼了一口气,开始朝海滩上方移动。

还有二十米的时候,他们发现了我——其实,我本就没打算躲着。我边挥舞连接枪,边打着手势,表示服装故障。裂开的左手掌心一阵疼痛。

还有十五米的时候,他们发现情况有些不对劲。郭紧张起来。是时候亮出手里最后一张牌了。我抬起面罩,往前走了三米才重新合上。她看见我的时候,脸上有震惊、高兴、疑惑,也有担忧。她动了动,站起身来。

"中尉?"

我首先朝她开枪。一击即中,正好穿过敞开的面罩射入面部。从她身边越过时,等离子弹药把她的头盔炸得粉碎。

——狼群的忠诚让我喉头一阵生疼,就像有利爪在上面抓挠——

在我出枪前,第二个穿着防护服的守卫已经开始了行动。我借助动力服的力量高高跃起,凌空飞踢,他砰地倒在了攻击车的外壳上。在被弹起之际,他想伸手把面罩合上,但我抓住了他的胳膊,在扭断手腕的下一瞬间便朝他哀号的嘴里射了一枪。

什么东西击中了我的胸部,我倒在沙地上。一个没有穿防护服的家伙手里握着枪,朝我靠近。我举起连接枪,朝他的腿部连续发射。他的惨叫简直可以和苏贾迪相匹敌。时间不多了。我合上面罩,放松腿部,在动力服的帮助下重新站起。说时迟那时快,一束光束扩散枪发射的火焰扫过我刚刚躺着的地方,我寻找火焰的来源,然后扣动扳机。偷袭的家伙中弹后,身子被冲击力打得旋转起来,他的脊椎被炸成碎片,鲜血四溅。

还剩最后一个。他猛扑过来顶住了我拿着枪的手臂,朝我的膝弯踩下去。如果是对付一个没穿防护服的家伙,这招效果会很不错。但看来他今天没带眼睛。他的脚被防护服弹了回去,然后打了趔趄。我转身飞起,全力踢击。

传来了脊椎骨清脆的折断声。

他落到攻击车前端,砰然一声巨响。我朝海滩望去,发现人们纷纷举着武器,从临时露天剧场涌了过来。我条件反射般开了一枪,然后理清被兴奋剂搅浑的思绪,骑上攻击车。

我按下点火板,激活系统——挡风罩围住的仪表盘外升起一层厚厚的装甲,面板闪烁起来,显示着一行行数据。我启动机器,调转方向,瞄准那群正在靠近的楔形军,选择武器,接着——

——尖叫,尖叫,还是尖叫。

松开发射器的时候,我咆哮着大笑起来。

在太空战斗中,高爆型武器基本没什么用处,因为没有冲击波,释放的爆破能量很快就会消散。而对付穿防护服的家伙,传统武器效果也很糟。核弹在近距离战斗中又发挥不了作用。所以,更加智能化的武器诞生了。

智能榴弹的两颗母弹并排着在海滩上的楔形军之间迂回扫过,定位器调整母体弹的飞行轨迹,准确无误地投放在能够造成最大有机伤害的地方。冲击波扫到楔形军面罩上,上面出现了大片淡红色的攻击预警标示。母体弹爆炸后会释放出大量的单分子弹片,每一块弹片上都连接着几百个刀片般锋利的齿状物,这些齿状物会深埋在有机体中,然后将其撕碎。

就是这东西,两个月前撕裂了我的391野战排,还有郭的眼睛、艾迪·穆哈托的四肢以及我的肩膀。

两个月?怎么感觉像过了一辈子?

那些离爆炸点最近的楔形军,从理论上来说,应该已经被金属碎片肢解了。生化系统让我将他死时的惨况尽收眼底,我看着那些男男女女变成千疮百孔的躯壳,鲜血从上千个伤口喷射而出,接着他们的身体爆裂,变成一团团组织,再后来,就只剩下一片片模糊的血肉。

母体弹愉悦地在他们之间穿行,撞倒环绕着苏贾迪的那一圈又一圈的椅子,最后炸开。整个行刑台震飞到半空中,被火海吞没。爆炸的橘色火光溅到"安金·钱德拉美德号"的船身上,碎裂的残骸倾泻而下,洒在沙地里,洒在海面上。整个海滩都被掀翻,攻击车摇晃着。

我发现,自己居然开始流泪。

我跪行着把攻击车朝洒满鲜血的沙地推去,寻找是否有幸存者。爆炸后,四周一片平静,反重力驱动发出轻微的咯咯声,就像被羽毛挠着痒痒。兴奋剂让我双眼发亮,肌肉颤抖。

快接近爆炸区中心的时候,我发现两个受伤的楔形军,躲在两个防护罩之间。我朝他们驶去。其中一个除了不停地咯血,什么也做不了。但是当攻击车靠近的时候,她的同伴居然还能坐起来。手榴弹把他炸得面目全非,眼睛也已经瞎了,离我比较近的那只胳膊只剩下一小截肩膀,碎骨暴露在外。

"别——"他哀求道。

我从夹克里掏出手枪把他击毙,他身边那个士兵开始用我都没听说过的词语咒骂我,接着就因为喉中涌出的鲜血而窒息而亡了。我半举着枪,俯身看了她好一会儿。又传来一声巨响,我赶忙躲到攻击车后面。攻击来自下方的战舰。我朝苏贾迪临时葬台所在的海岸扫视了一圈,发现水面上有动静。还有一名士兵,几乎没受伤——他一定是爬到战舰下,躲过了爆炸。我的手放在攻击车的屏幕下方,因此他看不到我的枪,只能看到波尔合金防护服和楔形军攻击车。他站了起来,神情恍惚地摇着头,血从耳朵里流出来。

"谁?"他不停地问着,"谁?"

他神志不清地走到浅滩,回头看着身后的惨景,然后盯着我。我揭起面罩。

"科瓦奇中尉?"爆炸使他暂时耳鸣,因此他的声音很大,"谁干的?"

"我。"虽然知道听不见,我还是告诉了他。他盯着我的嘴,满脸疑惑。

我举起连接枪,发射。他被震到船侧,落在水中,鲜血从他漂浮着的身体里往外直冒。

"钱德拉号"有动静。

我迅速移动,看到一个穿着波尔合金防护服的身影跌跌撞撞地走下入口舷梯,然后倒在地上。我从攻击车上弹起,跳进水里,动力服的回转仪使我漂在水面上向前猛冲了十几步,直接停在了跌倒的身影旁。他的半边肚子已经被光束扩散枪烧焦,伤势严重。

面罩抬起。是德普雷,他在喘息。

"卡雷拉,"他声音嘶哑,"前舱。"

他没说完我就开始了行动,而且知道自己已经晚了一步。

前舱被人炸毁了,爆炸的冲击力让其一半埋进了沙地里。附近有脚印,显示出曾有人从三米高的船身直接跳下海滩,然后直接朝波尔合金舱疾奔而去了。

妈的,以撒,你他妈的就是个婊子养的。

我举着卡拉什尼科夫手枪冲进合金舱。没有,他妈的什么都没有。这间房还和上次离开的时候一样,女军士的尸体、昏暗灯光下的散乱仪器,都没人动过。舱门后面,淋浴头还打开着,波尔合金溶液蔓延到我脚下。

我闪了进去,检查角落,没有。

妈的。

好吧,这样才说得过去。我心不在焉地关掉淋浴系统,你想想,他会那么轻易就被你干掉吗?

我走出门,打算告诉其他人这个新消息。

我离开的这段时间里,德普雷死了。

回去的时候,他已经没了呼吸,双眼盯着蓝天,眼神黯淡无光。没有血——光束扩散枪在近距离发射,会把身体彻底烧焦,而且从伤口来看,卡雷拉直接给了他致命一击。

翁萨瓦和瓦尔达尼比我先发现了他,她们跪在两侧的沙地里。翁萨瓦手里拿着喷枪,但是可以看出,她的心思全然不在其上。当我的影子挡在她眼前的时候,她连头都没抬。我把手放在她的肩头,然后蹲在考古学家前面。

"坦尼娅。"

她听出是我的声音,"现在怎么办?"

"关掉那扇门比开启它要容易多了,是吗?"

"对。"她顿了一下,抬头看看我,似乎在打量我,"不需要解码就可以开启关闭程序,你说得没错。不过,你是怎么知道的?"

我耸耸肩,自己也想知道原因。特派探员本能一般不会这样,"我想只是这么觉得。寻找钥匙总比关上门要难。"

她小声答道:"没错。"

"这道关闭程序,要多久?"

"我——妈的,科瓦奇,我不知道。几个小时吧,怎么了?"

"卡雷拉还没死。"

"什么?"

"你也看到卢克身上那个他妈的大洞了。"兴奋剂像电流一样在我体内冲击,我怒火中烧,"就是卡雷拉干的。他从前舱逃出去,给自己涂满了波尔合金,现在应该逃到他妈的那扇门的另一边去了。够清楚了吧?"

"那为什么不干脆把他留在里面?"

"因为那样做的话,"我强迫自己降低音量,努力控制住体内翻腾的兴奋剂,"如果我那样做的话,当我们试图关门的时候,他就会借机回来杀了你,杀了我们所有人。而且洛马纳科留了很多东西在船上,卡拉雷甚至可能搬来一颗核弹头。"

"我们为什么不马上离开这个鬼地方?"翁萨瓦问道,她指了指"安金·钱德拉美德号","有了这东西,我几分钟内就可以把大家送到星球的另一端。妈的,我可以几个月内就把大家带离整个星系。"

我看了看坦尼娅·瓦尔达尼,等着她的回答。过了好一会儿,她摇了摇头。

"不,我们得把那扇门关上。"

翁萨瓦甩了甩手,"他妈的为什么? 谁在乎——"

"阿梅利,得了吧。"我直起身子,"说句实话,不要半天的时间,楔形军安保部门就会把你干掉,就算有我的帮助也一样。所以,恐怕我们没得选了。"

而且,我可以亲手解决杀了卢克·德普雷的凶手。

我不知道是兴奋剂让我说出了这句话,还是在那艘已经被炸沉的渔船甲板上一起分享一瓶威士忌的记忆让我如此。不过,不重要了。

翁萨瓦叹了口气,站起来。

"你们骑攻击车去?"她问道,"还是需要助推器?"

"都要。"

"是吗?"她好像突然来了兴致,"怎么会呢? 你要不要我——"

"攻击车可以运核榴弹炮,二万吨的杀伤力,我打算用这东西轰过去,看能不能解决卡雷拉。不过多半没效,他一定正在某处严正以待,很可能正等着我们呢。不过这东西能把他拖住。然后我们把攻击车送进去,它会进行长距离攻击,趁他忙于应对的时候,我再借助助推器悄悄靠近。之后,"我耸耸肩,"公平的决斗。"

"恐怕我不能——"

"振作些,我们需要你。"

"在这儿?"她抬起头,看着尸横遍野的沙滩,"还是算了吧。"

第四十一章

"你不能这样做。"瓦尔达尼静静地说道。

我停下朝那扇门开去的攻击车,转身看着她,反重力场自顾自地微鸣。

"坦尼娅,我们已经见过那东西能挡住——"我寻找恰当的词来形容,"连我都不了解的武器,你真的认为小小的战略核武器能对它造成损伤?"

"我说的不是这个,我说的是你。看看你自己。"

我低头看着发射板上的控制器,"我还能撑好几天呢。"

"是啊——除非是躺在医院的床上。你不会真的认为自己现在这个样子还能打败卡雷拉吧?现在你还能站着,是因为这件动力服。"

"胡说,还有兴奋剂。"

"是啊,不过过量注射在我看来只会让你死得更快。那东西还能撑多久?"

"够了。"我转过视线，看着下面的海滩，"翁萨瓦怎么还没来？"

"科瓦奇，"她等到我重新看向她，"能不能直接把核武器带进去引爆，然后把门关上？"

"坦尼娅，你干脆用电击枪杀了我得了。"

沉默。

"坦尼娅？"

"好吧。"她突然大声说道，"你就他妈的死在里面吧，看我在不在乎。"

"我没问你这个。"

"我，"她垂下头，"我只是觉得害怕。"

"说什么胡话，坦尼娅。我看到了你在过去几个月里的表现，害怕显然不是你的特点。恐怕你还不知道这个词是什么意思。"

"噢，是吗？你这么了解我？"

"多少还算了解。"

她哼了一声，"他妈的军人。随便找个军人，我都能让他云雨到飘飘欲仙。科瓦奇，你根本不了解我。你是和我上过床，但并不表示你就能看穿我，也不表示你有权评价我，何况只是在虚拟场景中。"

"你是指施耐德那样的人？"我耸耸肩，"坦尼娅，他把我们全都出卖给了卡雷拉。这些你也知道，对吧？如果他没死，一定也会坐在那儿看着苏贾迪遭罪。"

"噢，那你觉得自己还干得挺不错，是不是？"她指了指苏贾迪丧生的地方，巨大的弹坑里满是残碎的尸体，鲜血蔓延，"觉得自己做了件天大的好事，是不是？"

"你是不是想我死？好为施耐德报仇？"

"不是！"

"坦尼娅，这没什么不好意思的。"我再一次耸耸肩，"我只是不明白,为什么我那时没死。你不会知道点什么吧? 我是说,作为一名火星专家——。"

"我不知道,我,我吓坏了。你扔下电击枪的时候我捡了起来,然后就把自己放倒了。"

"我知道,卡雷拉说你受了惊吓,他只是想知道为什么我没有。还有,为什么我这么快就醒了过来?"

"或许,"她的眼睛望着别处,"只有你身体里缺少某些东西。"

"嘿,科瓦奇。"

我们一起扭头看向下面的海滩。

"科瓦奇,看我找到了什么!"

翁萨瓦骑在另外一台攻击车上,向我们驶来,前面是一个摇摇晃晃的身影。我眯起眼睛,将图像放大。

"真是难以置信。"

"那是谁?"

我干笑了几声,"幸存者,看。"

拉蒙特一副怂样,不过他向来这副德行。他衣衫依旧褴褛,只不过浑身是血。别人的血。他的眼睛眯成了一条缝,眼球不再剧烈地颤动。认出我后,政治军官脸上露出了高兴的表情,向前移动着,然后停了下来,回头望了望驱赶他的攻击车。翁萨瓦朝他扔了什么东西,于是他又开始向前移动,最后停在了离我几米的地方,奇怪地手舞足蹈着。

"我就知道,"他大声喊着,"就知道是你干的,我有你的档案,我知道你一定会行动。我听到了,听到了,但是我什么都没说。"

"在军械库发现的。"翁萨瓦说道,停下了攻击车,"不好意思,来晚了,花了好些时间才把他哄出来。"

"我听到了,也看到了。"拉蒙特自言自语,用力地抓着后脖,"我有你的档案,科－科－科－科－科瓦奇,我早知道你会这样干。"

"是吗?"我冷冷地说道。

"听到了,也看到了,但是我什么都没说。"

"好吧,那就只能怪你自己了。一名合格的政治军官,只要对任何问题心存怀疑,都必须向上级汇报,这可是法律规定。"我从攻击车的控制台里拿出连接枪,朝拉蒙特的心脏射击。因为出手过快,子弹打偏了点,穿透他的身体,进入五米后的沙地里。拉蒙特朝地上倒去,鲜血喷涌而出,但没有立即死去,反而借着不知道哪儿来的力气,居然跪立起来,朝我笑着。

"早知道你会……"他嘶哑地说,然后侧身倒下。鲜血蔓延,浸透周围的沙地。

"助推器弄来了吗?"我问翁萨瓦。

发射核武器的时候,我让瓦尔达尼和翁萨瓦躲到了最近的岩石后面。就算离得再远,就算是在门内的低温真空中爆炸,如果没有防护服的话,她们还是有可能被核爆炸的冲击波击倒。

当然,根据之前的经验,这扇门会自动解决后冲击波的问题,就像解决那些纳米物一样——不允许接近。但是事情不能过早下定论。况且,火星人建筑的伤害承受范围尚未可知。

那么,武,你为什么坐在这里?

因为防护服会把冲击力全部吸收。

但这不是唯一原因。我岔开腿坐在攻击车上,光束喷枪插在腿侧,连接枪别在腰里,眼睛盯着门内的星空。此刻,我心中只剩下了此行的目的,一种比兴奋剂的刺激更加强烈的宿命感袭来。不管在门后那冰冷世界里有什么等着我,此事都非做不可。

武,肯定是因为你要死了。不过,这也是早晚的事。就算细胞里涌动着兴奋剂,就算你穿着动力服,都将——

或者你只是害怕,怕在死后发现自己又回到了"米维特塞梅迪号"。

真的要这样做吗?

核弹慢慢地发射出去,我看着它穿过那扇门,进入里面的星空。几秒钟之后,白光闪烁,面罩自动变黑,阻隔了刺目的光芒。我坐在攻击车上等待着,直到光线消失。如果有任何核辐射朝后溢出的话,防护服头盔上的辐射警报一定会响,但是没有。

看来猜对了,哈?

不过现在已经不重要了。

我揭开面罩,吹起口哨。第二辆攻击车从岩石后闪出,驶了过来,在沙地上留下一道深深的沟壑。翁萨瓦把攻击车停在我的旁边,动作娴熟。瓦尔达尼从后面慢慢爬下。

"坦尼娅,你说过要两个小时。"

她没理我,自从我杀了拉蒙特之后,她就没说过一句话。

"好了,"我再次检查了喷枪的安全栓,"开始行动吧。"

"要是你不能及时回来怎么办?"翁萨瓦问道。

我笑道,"别傻了,如果两小时内我不能解决卡雷拉然后回来,那就说明我回不来了,你知道的。"

我合上面罩,启动攻击车。

穿过那扇门,看——坠落下去而已。

突然失重,我的心提到了嗓子眼,一阵晕眩。

妈的,让我们开始吧。

卡雷拉抢先出手。

引擎正在带着我朝前猛推,面罩上却突然出现了细小的粉红色斑点,特派探员的本能让我迅速做出反应,猛地拉住攻击车,挡下来自前方的攻击。武器系统嘶鸣,发射槽中蹿出一对拦截弹,它们从视线的两边冲到了对面,划着弧线接近对方的导弹,然后爆炸,白光闪耀。一堆金属四散开来。

没时间看烟花表演。我蹬了一脚攻击车,借力向后弹起。松开紧抓攻击车的手后,恐惧感袭来。我向上升起,进入黑暗之中,同时左手紧紧抓着助推器的操纵杆,将它关闭。

还不是时候。

攻击车在我下方翻滚向前,引擎灯依然亮着。我努力不去想四周那无止境的空旷,而把注意力放在了头顶那巨大的飞船上。星光稀疏,没人能看到这波尔合金防护服和背上的助推器。除非对面有最先进的雷达感应器,否则只要不开启助推器,就不会露出影踪。而且我确定卡雷拉现在绝没有这样的东西。我静静地潜伏在失重的太空中,拿出用拴链绑在身上的喷枪,举至肩膀的高度。深呼吸。期待着卡雷拉的下一轮攻击。

来吧,你这个混蛋。

啊哈,武,你在期待。

我会教你们如何不抱任何期待,这样,你才能有备无患。

感谢你,弗吉尼亚。

只要装备够好,太空突击队在战斗中几乎无须耗费体力。动力服的头盔中有自动探测系统,系统由一个微型拟人化作战电脑控制,电脑和人不一样,它们丝毫不受太空低温的干扰。当然,你还是得对它下指令,不过跟这个年代的大多数战争设备一样,大多数事都由能机器本身代劳。

我没时间去搜索楔形军的战斗程序,更没时间安装。我知道卡雷拉也一样。他手里唯一可能有的就是洛马纳科的队员们留在船上的东西——一些靠楔形军代码运作的设备,以及身上的光束喷枪。但是,楔形军突击队有规定,硬件设备一定要有人看管——因此,数量应该不多。

你在期待。

剩下就看谁更粗鲁了。这是阿姆斯特朗和加加林那样的轨道英雄遗留下来的传统,我喜欢的方式。但我让特派探员本能驱走了内心的焦虑和兴奋剂带来的亢奋感。不再抱有任何期待。

那儿。

隐约可见飞船漆黑的船侧闪出红光。

我在动力服允许的最大范围内移动重心,找好平衡,确定推进方向,然后把助推器拉到了超速挡。白光在下面蔓延开来,卡雷拉朝攻击车发射了导弹。

我关闭引擎,无声地朝飞船靠近,脸上露出满意的表情。攻击车爆炸后的白光会盖住助推器的移动痕迹,而今,卡雷拉手上已经没别的武器了。他一定在等待这一刻,但是他看不见我,等他可以看到的时候……

船身上绽开喷枪的火焰,四处飞溅的光束让我在防护服内颤抖了好一会儿。但是等我重新看清的时候,笑容重新回到了脸上。卡雷拉正在疯狂地开火,可惜攻击车和我之间的距离已经太远了。我握紧了手里的喷枪。

还不是时候,不是——

喷枪再一次发射,依然离得远远的。我看着光束亮起又消失,亮起又消失,手里的武器一直瞄向光源处。距离已经不到一千米了,再过几分钟,即使是最衰减的光束,也可以直接刺穿波尔合金,以及里面的任何有机体了。只要走运,我可以一枪打爆卡雷拉的头,或者烧焦他的心脏或肺部。就算不走运,也起码能让他受伤,而且是那种需要立即处理的伤口。这之后,我再靠近补上最后一击。

当我这么想的时候,发现自己紧咬了双唇。

周围突然一片明亮。

在只有特派员才能感知的极短时间里,我以为是那些火星船员回来了,他们被核爆炸惊醒过来,正发泄着自己被核弹和喷枪惊扰的愤怒。

亮光。你这白痴,它把你暴露啦。

我开启助推器,转到侧边。从头顶船身的某处攻防壁垒里,不断有光束射出,追踪我的行迹。我转过头不再望向上面,借此抑制住反击的冲动。噼噼啪啪地又过了三秒钟,卡雷拉停止了射击。我朝上移动,让一处船身建筑挡在我和卡雷拉之间。然后,将助推器的引擎翻转过来进行减速。太阳穴嗡嗡作响。

能成功吗?

我朝船身靠近,四周的一切都在倒退。头顶带有雕刻符文的火星飞船突然变得像是行星的表面,而我就在离它五米的地方头朝下挂着。光束不断地亮起,打在离我百米远的地方,在身后的建筑上投下扭曲的影子。船身表面尽是些奇怪的纹路,看上去像是纪念碑文上歪歪扭扭的潦草符号。

我能成——

"科瓦奇,躲得好。"卡雷拉的声音传来,仿佛就在身边,"对于一个不会太空漫游的人来说,表现还不错。"

我检查了一下头部的显示器。防护服的无线电之前被设定为只能接收。我向头盔侧面迅速偏了下头,传输信号亮起。我小心地弓起身子,让自己和船身平行,同时……

要让他说个不停。

"谁告诉你我不会太空漫游?"

"噢,对,我差点儿忘了,兰德尔的那次惨败。但是几次短程漫步并不代表你真的会了。"他用长辈般的语气说道,可我听出了他声音中的无法掩饰的愤怒,"所以说我将轻而易举地解决你,科瓦奇。我正准备这么做。我会直接射你的脸,然后看着它变成一摊煮沸的烂肉。"

"那你最好快点动手。"我细细观察着眼前的气泡舱,寻找狙击点,"因为我可没打算在这儿久待。"

"你是回来欣赏风景的,是吗? 还是来回味自己在登陆坪做下的风流韵事?"

"只是不想你打扰瓦尔达尼关掉那扇门,仅此而已。"

短暂的沉默,几乎能听到他呼吸的声音。我拉动链子,光束喷枪浮到我的右臂边。接着,我按下助推器操纵杆上的加速钮,尝试延续半秒的急速推进。后背的引擎带着我先向上,接着向前移动,拴链猛地扯紧。

"以撒,怎么? 生气了?"

他哼了一声,"科瓦奇,你就是一坨屎,和那些大楼蛀虫一样。你出卖了自己的战友,为了钱把他们全杀了。"

"以撒,我们不都是这样吗? 为了钱而杀戮。"

"科瓦奇,别和我讲他妈的奎尔主义。你杀了上百名楔形军,把他们的尸体炸得粉碎,这可不一样。你手上还沾着托尼·洛马纳科和郭婉怡的血,这也不一样。你是凶手,而他们是战士。"

这两个名字让我喉咙哽住、眼睛生疼。

抑制下去。

"那他们也只是不合格的战士。"

"科瓦奇,操你妈。"

"随你便。"我向前面的船体移去,那是一个主船身边上凸出来的气泡,像圆形的突刺一样朝外延伸。我张开双臂,身体其他部位突然无法动弹,恐惧感再次袭来。我浑身冒冷汗,因为突然想到船体可能被安装了炸弹,一接触就会爆炸——

噢,好吧,现在最好什么都别想。

——戴着手套的手放在船体表面,停下,喷枪垂在肩下微微窜动。飞船鸥形翼上有两个气泡舱,我鼓起勇气朝两者之间的缝隙里快速瞄了一眼。然后迅速后撤。特派探员本能帮我记下了画面,重新绘制了出来。

最下面是登陆坪,嵌在底部一个宽达三百米的凹陷处,上面是一个个突起的气泡舱,侧边又随意地伸出一些更小的,所以使整体形状显得有些畸形。洛马纳科的小队一定在里面留下了定位信号,否则,卡雷拉不可能在这么短的时间内找到这个地方。要知道,飞船可是整整长达六十千米,宽达三十千米啊。我又看了一眼防护服的接收显示器,唯一能听到的只有卡雷拉那些微沉重的呼吸声。这不奇怪,他本就该把信号关掉的,没必要向任何人暴露他的埋伏点。

以撒,你他妈的在哪儿?我能听到你的呼吸声,出来,断气的时辰到了。

我费力地调整自己的姿势,开始一点点地扫描下面的球状景观。我需要的只是他的一次疏忽、一次移动。只要一次。

对以撒·卡雷拉——经验丰富的太空战斗司令,几百次太空战斗中的幸存者,而且大多数时候他都是赢家——来说,疏忽,当然,武,等着吧。

"科瓦奇,你知道,我不明白,"他的声音重新响起,但是趋于平静,看来已经控制住了愤怒的情绪。可是我正需更多的愤怒助以我一臂之力,"韩德给了你什么好处?"

扫描,寻找。让他继续说。

"以撒,起码比你付我的多。"

"你是不是把我们优秀的医疗恢复系统给忘了？"

"没有，只是尽量不再需要。"

"为楔形军战斗真的有这么糟糕？你可以随时得到新的躯体，而像你这样训练有素的人，应该不会真正地死掉。"

"以撒，我队伍中的三名成员一定不会赞同你的观点。如果他们还活着，一定会反驳你。"

他迟疑了一会儿，"你的队伍？"

我痛苦地回忆，"被超级感应炮炸得稀烂的蒋建平，还有葬身于纳米物攻击的汉森和克鲁克香——"

"你的队——"

"以撒，妈的，你已经说过了。"

"噢，不好意思，我只是想知道——"

"训练和这没他妈任何关系，你明明清楚这一点。你可以把那几句话当歌词卖给拉皮妮。只有装备和运气，在'圣克宣四号'上，只有这两样东西才能决定你的生死。"

扫描，寻找，找出这个混蛋。

并且，保持冷静。

"以及任何其他混乱的世界。"卡雷拉平静地说道，"你和所有人都应该知道，这就是游戏的本质。如果你不想参加，那么就别掺和进来，楔形军可不是征召军。"

"以撒，整个行星的人都他妈的被征入这场战争，所有人都没有选择。你必须掺和进来，同时还得举起手里的大杆枪。这也是奎尔主义，怕你不知道先告诉你。"

他哼了一声，"听上去没什么玄妙，况且，没几句话是那婊子自己说的。"

那儿，我那充斥着兴奋剂的神经紧张地跳动着，就在那儿。

人类的科技产物,在一个气泡底部的凹槽里,有棱角的轮廓。我停下助推器,举起光束喷枪,瞄准目标。慢吞吞地继续谈话。

"以撒,她不是什么哲学家,她是一个战士。"

"她就是个恐怖分子。"

"我们刚刚不是在讨论我的队伍吗?"

我扣动扳机,光束朝凹槽射去,那个轮廓所在的地方亮了起来。有什么东西被从船身上炸断,裂成碎片。我嘴角挂着一丝笑意。

呼吸。

但是我突然警觉起来,接收器里传来极其细微的呼吸声,一种努力压抑住的声音。

操——

只看见头顶有什么东西碎裂,一阵闪亮。接着,什么都看不见了,除了一片 V 字形的破片。防护服还感觉到一股冲力。

手榴弹!

本能让我迅速旋转身体,闪到右边。后来我才意识到,卡雷拉和我当时都在包裹着登陆坪的船体外侧,距离只有三分之一个圆弧。卡雷拉就是这样一边和我说话,一边偷偷绕到我身边。助推器的冲力会引起我的注意,因此他一定是全程用手脚攀附着船体绕过来的。他一边用愤怒掩饰声音中的紧张,一边控制住自己的呼吸,然后在离我很近的地方停下,等着我用喷枪暴露自己。最后,根据几十年的太空战斗经验,他用绝不会暴露自己的武器朝我击来。

精彩,相当精彩。

在离我五十米的地方,他张开手,像沙滩上飞跃而起的塞梅代尔,朝我扑来。只能勉强看清他右手拿着光束喷枪,左手则是飞利浦发射器。虽然没办法探测到,但我凭直觉知道,第二颗电磁加速手榴弹已经飞了过来。

　　我启动助推器,朝后退去,船体从眼前消失,随着身体的旋转,又从上方进入视野。手榴弹因为助推器的后冲力而偏斜,爆炸,周围都是破片,其中一些击中了我的腿脚,瞬间麻木,紧接着传来生物细丝来回切割的痛感。防护服中的压力迅速下降,我的耳朵开始轰鸣,波尔合金防护服有十几处也接着凹陷下去,不过还能用。

　　我向上移动,越过突出的气泡舱。一阵火焰的余波袭来,整个船体和方向轴在我眼前旋转起来。波尔合金在伤口处开始凝固,我耳朵中的疼痛也因此减缓了一些。没时间找卡雷拉了,我关掉助推器,再一次翻入下面延伸着气泡的船体,光束喷枪的火焰在周围闪耀。

　　我向船侧蹬了一脚,依靠反作用力改变前进方向。喷枪又一次发射,从我的左侧擦过。我瞄到卡雷拉,他正趴在缝隙后头的圆形表面上。我知道他的下一步策略了。从那儿,他可以控制好身体,只要往后蹬一脚,就能直线朝我冲来,随心所欲地射击。只要不出意外,他就能在这过程中熔化波尔合金防护服,造成无法凝固的缺口。

　　我越过另外一个气泡,傻子般跌跌撞撞地向前。喷枪仍在射击,但都没有击中我。我重新关掉助推器,想找到笔直躲进气泡阴影中的办法,好扭转目前的不利形势。于是我伸出手,寻找可以攀缘的地方,结果摸到之前看到过的浅浮雕。我停下来掉转头,想看看卡雷拉在哪儿。

　　但是他已经不见踪影。

　　我转身小心地朝那些突起的气泡舱靠近,眼前又出现一排浅浮雕,我伸出手——

　　噢,妈的。

　　我正抓着一个火星人的翅膀。

　　整整一秒钟,我震惊得动弹不得。这一秒钟已经足够让我明白,这并不是船体表面雕刻。

这个火星人也是尖叫着死去的。他的翅膀垂在身后,大部分陷进了船身里,只有卷曲的尖端露了出来,弓着身的尸体下面依稀可见虬结纵横的肌肉组织。他头部痛苦地扭曲着,张着鸟喙一样的嘴,眼睛爆出,像冲洗喷射器后拖着的彗星状的尾巴。还有一只爪子向外探出。整具尸体几乎都被包裹在船体表面的材料中。就像被船体吞没一般。

我抬眼望向前方的船体,上面不时有东西突出来,我这才明白眼前到底是什么东西。登陆坪外壳的浅坑——整个气泡空间,全部都是—— 一个大型坟场,就像一张庞大的蛛网,困住成千上万的火星人,让他们葬身于此,环绕在他们身上的这些物质蔓延、起泡,然后爆炸,当时——

当时发生了什么?

眼前的惨况前所未见,我无法想象什么样的武器才能造成这样的死伤。我们两个文明差距太多,人类就像清道夫鱼,就像索贝维尔海边的海鸥,不过是食腐者而已。我不知道眼前的一切是如何发生的,我只看到结果,看到尸体。

一切如旧。即使离家一百五十光年,同样的惨剧从未停止。

这是这个操蛋宇宙的常态。

一颗手榴弹在离火星坟墓十米的地方飞了出来,然后在上方爆炸。我赶紧逃离爆炸点,但为时已晚,弹片击中我的后背,肩膀部位的防护服被射穿,气压骤然下降,像有一把刀刺穿我的耳朵,我疼得尖叫。

妈的。

我启动助推器,从气泡舱的阴影里斜冲出去,并不清楚自己接下来要怎么办。卡雷拉出现在离我不到五十米的地方。我看见喷枪发射出的火焰,于是迅速转身,直接朝登陆坪的入口俯冲下去。卡雷拉紧随其后,他的声音听起来兴致勃勃。

"科瓦奇,你要去哪儿?"

接着,有东西在我后背爆炸,助推器瞬间失灵,背上传来一阵焦味。卡雷拉和他那该死的太空战斗经验。助推器已经报废,只能依靠惯性,以及,呃,或许可以向含恨而死的韩德祈祷——是他杀了你,马提亚,你还诅咒过这混蛋呢——让自己安于天命……

我旋转着朝登陆坪的入口飘去,感觉到脚下的重力,于是猛蹬向一面如盘蛇般螺旋而上的墙壁,想反弹出去。但身体却重了起来,我心里一惊,跌到甲板上,身后拖着从燃烧的助推器蔓延而出的烟雾和火焰。

我在洞穴般的登陆坪静静地躺了很久。

然后,我听到头盔里传出一阵奇怪的冒泡声。过了好几秒,我才反应过来,原来是自己在笑。

武,给我起来。

噢,得了……

武,在这儿他可以轻而易举解决你,起来。

我伸出手,想把身体撑起来。但用错了手——被扭断的肘关节软塌塌的,弯折下去,肌肉和肌腱一阵刺痛。我翻了个身,喘着气,伸出另一只手试试。这次好多了。动力服哧哧作响,显然坏了,但依然可以辅助我站起。接着,我把后背那报废的助推器脱了下来。它还在往外喷气。喷枪卡在了助推器里,连接拴链的那头无法断开,我傻兮兮地用力扯动,好一会儿才清醒过来,开始解拴链。

"好……瓦奇,"建筑干扰了信号,卡雷拉的声音断断续续的,"如果……那个……以……不是它。"

他跟了进来。

喷枪还卡得死死的。

扔了吧!

那要用手枪和他决斗吗？穿着波尔合金防护服？

脑海中传来弗吉尼亚·维杜拉气急败坏的声音，武器只是延伸——你就是杀手和毁灭者，不管有没有武器，你都是完整的自己。扔了吧！

"好吧，弗吉尼亚。"我暗自笑了笑，"你说什么就是什么。"

我从背袋里拿出连接枪，弓着身体朝登陆坪那有梁柱支撑的出口移去。地上尽是楔形军的箱子，里头叠放着武器。定位信号灯被随意地扔在地上，仍处于启动状态。有一个被打开的箱子露出了部分飞利浦发射器组件，看来卡雷拉的准备工作虽然匆忙，但依然保持了军人的迅速和有条不紊。能做到这样的人不多，而卡雷拉显然是其中的佼佼者。

武，你他妈的快离开这。

我走入另一个舱室，一台火星机器人被惊动，竖起周身的长刺，喃喃自语了一会儿，然后又耷拉了下去。我顺着之前留下的箭头从它们身边走过，不，他妈的别沿着箭头走。我在下一个拐角处朝左转，走进一条之前没有探查过的长廊。一台机器在后面跟了几步，又退了回去。

后方和上方似乎都有响动传来，我斜着眼看了看头顶那阴暗的空间。真是可笑。

武，别傻了，都是兴奋剂闹的。你太疲累了，已经开始出现幻觉了。

头顶上方更多的舱室互相融合在一起，我强迫自己不去往上看。腿部和肩膀里的弹片让我疼痛难忍，兴奋剂逐渐失去效用，受伤的左手和右手手肘碎裂的关节也跟着疼起来。之前的愤怒和兴奋慢慢消退，现在只是微微有些激动，这种情绪带给我一种无法解释的愉悦感，我竟然有些被逗乐了，哈哈大笑起来。

我退进一间密封的舱室，四处转了转，见到了记忆中的最后一位火星人。

这位木乃伊的翅膀膜折叠在身体周围,正蹲在一根较低的栖息杆上。他长长的脑壳垂在胸前,把发光腺体遮住了,双眼闭合着。

鸟喙状的嘴朝上正对着我,眼睛也盯着我瞧。

不,不可能在看你。

我摇摇头,靠近,然后盯着它。不知道为什么,我突然很想抚摸一下它脑壳后那长长的骨脊。

"我就在这儿坐一会儿,"我承诺道,强压下一阵大笑的冲动,"我会保持安静,几个小时就好。"

我用没受伤的手臂支撑着坐到地上,靠着后面倾斜的墙壁,手里紧紧握着连接枪。困在动力服中的身体软趴趴的,四肢疲软无力,身上的软组织开始轻微颤抖,它们拒绝继续运作。我的注意力转移到舱室阴暗的顶部,有那么一会儿,我以为自己看见了隐约拍动的翅膀,看见了想要从船体逃离的火星人。当然,我心里明白,他们只是我的想象,我觉到他们那纸一般薄的翅膀正在扫过我的脑壳深处,轻轻地擦过我的眼球,带来一阵疼痛。我的视线逐渐模糊,由灰白到黑暗,灰白到黑暗,灰白到黑暗,到黑暗,黑暗——

接着,依稀传来越来越聒噪的哀号。

"科瓦奇,醒醒。"

声音温柔,有什么东西轻轻地推了推我的手。我的双眼像黏住了一样,睁不开。我举起手,打开面罩。

"醒醒。"语气这一次没那么温柔了,我体内的肾上腺素开始飙升。我努力眨了眨眼睛,聚焦。火星人还在那儿——不,武,该死——但视线被一个穿着波尔防护服的身影挡住了,他站在离我三四米的安全地带,手里小心地举着喷枪。

什么东西继续推了推我的手,我低下头,原来是一台火星机器,正用一排精细的感应器摩挲我的手套。我把它推开,它向后咔嗒咔嗒地退出很远,然后又向前移回来,丝毫不受影响。

卡雷拉笑起来,头盔中的接收器里传来响亮的回声,仿佛那些拍动的翅膀把我的神智掏空了,我变得和这位木乃伊室友一样,脑壳空空。

"好吧,你相信就是那混蛋东西帮我找到你的吗? 真是乐于助人的小东西。"

我笑了,这仿佛是此刻最合适的反应。这位楔形军司令也笑了,他举起左手的连接枪,笑得更大声。

"你就打算用这东西杀我? "

"兴许吧。"

我们的大笑终于止息,他升起面罩,低头看着我。我注意到他脸色憔悴,双眼微肿,看来绕着火星飞船追踪我的位置也费了他不少心力。

我弯曲手掌,希望洛马纳科留下的手枪使用的不是私人代码,这样任何楔形军掌心的电路板都能把它激活。卡雷拉发现了我的意图,摇了摇头,把武器扔在我腿上。

"子弹已经卸了,不过你要愿意的话可以抓起来——有些人手里握着枪才能死得安心一些,好像还有什么用似的,我猜是把它当作替代品吧,比如代替母亲的手或者你的老二。你想站起来受死吗? "

"不用了。"我温和地回答。

"那把头盔拿下来呢? "

"为什么? "

"只不过给你一些选择而已。"

"以撒——"声音像一张生锈的铁丝网,我清了清喉咙,依然有些嘶哑,但后面这句话我非说不可,"以撒,我很遗憾。"

你也会为自己感到遗憾。

我看到它时,泪水似乎即刻充溢眼眶,喉头哽咽,一阵独狼般的哀号呼之欲出,跟洛马纳科和郭死时如出一辙。

"很好,"他简洁明了,"不过一会儿再说。"

"以撒,看到你身后的东西了吗?"

"当然,很是壮观,可惜都死翘翘了。也没见到什么鬼魂。"他停了一会儿,"你还有什么想说的?"

我摇了摇头。他举起喷枪。

"为我那些被杀的战士。"他说道。

"他妈的看那东西!"我尖叫起来,特派探员的发声系统让我用尽全身力气喊了出来。就在这一刻,他的头偏了偏。依靠动力服的力量,我从地上一跃而起,把连接枪砸向他的面罩,整个人也朝他下半身俯冲而去。

兴奋剂的效用和特派探员本能都在逐渐变弱,但只能靠这些了。我咬着牙,越过我们之间的空间。喷枪噼啪作响,火焰向我袭来,但都慢了一拍。或许是我的喊叫声令他分了神,或许是朝他脸上扔去的连接枪转移了他的注意力,也或许是因为他认为大局已定,麻痹了自己。

总之,我击中了他。他摇摇晃晃地朝后退去。我把他握着喷枪的手格开,他用一招柔道企图挡下我的攻击,如果我没有穿动力服,肯定已经被甩了出去。但依靠动力服的力量,我紧紧抓着他,一起继续朝后退了两步,撞在了火星人的木乃伊尸体上。那尸体倾斜着倒了下去。我们俩像小丑一样被绊倒,然后各自挣扎着想要站起。尸体分解,淡橘色的粉末开始在空气中蔓延。

我很遗憾。

你也会的,如果皮肤暴露在外——

卡雷拉没有阖上面罩,他在急促喘气时吸进了大量粉末,更多的则进入了他的眼睛,还有脸上暴露出来的皮肤。

当感觉到那东西开始侵蚀时,他发出第一声尖叫。

接下来尖叫不断。

喷枪滑落到甲板上,他步履蹒跚,同时伸出手用力摩挲着自己的脸,但或许这样只会让那些粉末更容易渗进去。他惨叫着,淡红色的泡沫开始出现在他的手指和手背上。接着,粉末一定啃噬了他的发声系统了,因为尖叫变成了断断续续的咕哝声。

他砰地倒在地上,双手抓挠着自己的脸,仿佛要将它捏回原状。他被腐蚀的肺部涌出一团团的血泡和组织。等我捡起喷枪,站在他旁边的时候,他已经淹没在了血泊里,波尔合金防护服下面的身体颤抖着,像被电击枪击中了一样。

我很抱歉。

我把喷枪放到他手里,那双手正捂着一张正在溶化的脸。然后我帮他扣动扳机。

第四十二章

当我说完整个故事,洛伊斯匹诺吉双手握紧,姿势和他孩童的外表完全不符。

"很好,"他吸了一口气,"可以作为史诗流传。"

"得了吧。"我告诉他。

"不,我说真的,我们的文化太年轻,星际历史还不到一个世纪,我们需要这样的东西。"

"好吧。"我耸耸肩,伸手拿起桌上的瓶子,手肘关节一阵疼痛,"你有这个权利,可以去卖给拉皮妮一伙,说不定他们能把这个拍成电视剧呢。"

"你尽管笑好了。"洛伊斯匹诺吉的眼睛里闪着企业家的光芒,"不过,这些本土传奇必定大有市场。要知道,我们这儿所有的一切都是从拉提莫舶来的,但借别人的梦想而活可不能长久。"

我又倒了一杯威士忌,"肯普就可以。"

"噢,武,那只是政治手段,这不一样。至于奎尔主义和旧时的工厂,共产——"他打了个响指,"得了,你来自哈伦世界,是叫什么来着?"

"共产主义。"

"对,就是这个。"他精明地摇着头,"那些东西不是真正的英雄传说,经不住时间考验。计划生产还有社会平等之类的鬼话就只能糊弄小学生,谁信? 既没新意,又不用流血,无法令人心潮澎湃嘛。"

我喝了一口威士忌,视线越过 27 号挖掘点的仓库,看着那具巨大的骨架,其四肢沉浸在夕阳的余晖中。最近,一些非法频道传来半虚半实的消息,说是赤道西部附近战火正逐步升级,肯普发动了大规模的反击,让卡特尔始料未及。

只可惜卡雷拉已经不在了,没人帮他们出谋划策。

威士忌下肚的时候,我打了个寒战,但是动作轻微,显得礼貌而有教养。它尝起来和我与卢克·德普雷在索贝维尔喝的杂酒完全不同,虽然只是上个星期的事,但感觉像已经过了一辈子。不管怎样,一个像洛伊斯匹诺吉那样的家伙,竟然有一整间房的藏酒,真是不可思议。

"那儿此刻必是血流成河。"

"是,但只是现在。现在正是革命的时候,等这阵儿过去就好了。如果肯普最终赢了这场滑稽的战争,施行了选举制,接下来会发生什么? 让我来告诉你。"

"说吧。"

"一年之内,他会和卡特尔签订同样有利可图的合同。如果他不签,他的手下一定会,呃,投票把他赶出印第戈之城,然后代表他签订合同。"

"我觉得他不是个容易对付的人。"

"确实。不过,那得看怎么操作投票了。"洛伊斯匹诺吉审慎地说道,"你见过他吗?"

"肯普?当然,见过几次。"

"样子如何?"

他像以撒,也像韩德,或者两者都像。一样的狂热分子,一样他妈的觉得自己都是对的。只不过坚持的观点不同。

"很高,"我说道,"他很高。"

"啊,当然。那是一定的。"

我转头看着身边的男孩,"乔科,你是不是在担心万一肯普军打到这儿了该怎么办?"

他笑起来,"他们的政治顾问和卡特尔的应该没多大差别。每个人都有自己的癖好。但就算肯普攻到我这儿,杀了我,有你给我的东西在手,我应该有足够的资本去和他谈判,赎回我的灵魂。"他的声音变得尖锐,"而且,我们得找到你安装的那些数据发射安全系统。"

"放松点,我告诉过你,我只安了五个。曼德拉一定能找到其中的一些,这样我们也可以知道他们是不是真的去过那儿。况且,也为我们自己争取了时间。"

"嗯。"洛伊斯匹诺吉晃动酒杯中的威士忌,那副超然的表情发生了变化,"我个人认为安这么少有些冒险,万一全部被曼德拉的人找到了怎么办?"

我耸耸肩,"万一?韩德绝不会认为自己找全了,那样风险太大。唯一安全的做法就是让钱打水漂。他们不过是在虚张声势,给我们施压。"

"呃,好吧,你是特派探员,你说了算。"他戳了戳桌子上一块纤细的、手掌般大小的楔形军科技平板,"你确定曼德拉辨别不出这个无线电传输信号?"

"相信我,"我笑起来,"这是最先进的军事隐藏系统。信号和普通无线电信号毫无二致。曼德拉认不出,任何人都认不出。但有了那个小盒子,你就可以解析出其中的信息。你是一艘火星飞船光荣的所有者,无可争议的所有者,也是唯一的所有者。"

洛伊斯匹诺吉收起控制器,举起双手,"好吧,够了,这事就这样说定了。你可别动歪脑筋,好的推销员知道如何收场。"

"而你,最好也别跟我要花招。"我颇为亲切地说道。

"武,我一向说话算话,最晚后天,我会给你最好的,"他吸了吸鼻子,"这个价钱能在兰德弗尔买到的最好的。"

"我还要一位技术人员,真正的技术人员,而不是虚拟场景中的二流货色。"

"你可是计划在虚拟场景中待下一个十年的人,怎么还抱有这种古怪的歧视态度呢。你知道,我还拥有一个虚拟学位呢,商务管理。我在虚拟场景中研究了三十多个商务案例,比现实世界方便多了。"

"我只是打个比方。总之要给我一位优秀的技术师,不要给我偷工减料。"

"如果你不相信我,"他有些不高兴了,"干吗不叫你那位年轻的驾驶员朋友帮你?"

"她会在旁边帮我挑选,谁好谁坏,一看便知。"

"这一点我绝对相信,她看上去挺能干。"

听到这句轻描淡写的话,我笑了起来。面对陌生的控制系统,每次操作时还要防止楔形军代码里设下的系统掉线陷阱,再加上被核辐射侵蚀严重的身体,阿梅利·翁萨瓦真是克服了重重困难,才驾驶战舰把我们从登格里克送到了 27 号挖掘点,而且耗时不到十五分钟,中途只不过咬牙咒骂了几句。

"是的,一点没错。"

"你知道,"洛伊斯匹诺吉笑了起来,"昨天晚上,我看到照在大骨架上的楔形军信号灯,以为自己要玩完了,从来没想过居然有人能劫了楔形军的交通工具。"

我打了个冷战,"是啊,确实不容易。"

我们就坐在那张小桌旁,看着阳光逐渐移到大骨架的支柱上,和洛伊斯匹诺吉的仓库相平行的一条街道上,有小孩在嬉戏,一边喊一边跑,他们的笑声像海滩烧烤派对上升腾而起的烟雾,逐渐蔓延到屋顶的天台。

"你给它取名字了吗?"他终于开口,"那艘飞船。"

"还没来得及。"

"不过,我们现在好像正有时间,有什么想法吗?"

我耸了耸肩。

"'瓦尔达尼号'?"

"啊,"他狡黠地看着我,"她会喜欢吗?"

我拿起杯子,一口气喝光。

"我他妈的怎么知道?"

从那扇门里爬出来后,她就没怎么和我说话。看来杀死拉蒙特这事触及了她的底线。要么就是因为无法接受我穿着动力服左冲右突,杀了上百名楔形军士兵的事实。现在,那些士兵的尸体还烂在海滩上呢。操作关闭那扇门时,她一直面无表情,完事后,就行尸走肉般跟着我和翁萨瓦走进了"安金·钱德拉美德号"。自从我们到达洛伊斯匹诺吉的地盘后,她一直把自己关在屋子里,足不出户。

我没心思去辩解,虽然应该要和她好好谈谈,但是我实在是太累了,而且我也不知道能谈些什么。不管怎么样,我告诉自己,在洛伊斯匹诺吉接手这桩生意之前,别的什么都别想。

现在,洛伊斯匹诺吉接手了。

我睡到第二天很晚才醒,是飞机降落的噪音吵醒了我。飞机载来了一群兰德弗尔的技术人员。不过昨天的威士忌,再加上兑有从黑市上弄来的强效抗辐射止痛药的鸡尾酒,让我还处于宿醉之中。我起床去见了那些技工,他们很年轻,看上去圆滑机灵,可能技术也不错。但是见到他们后,我有些不爽。因为在洛伊斯匹诺吉的放任下,我们在互相介绍的环节起了一些小冲突。不过,以我现在这副尊容,早已很难震慑他人了,他们的言行举止也毫不掩饰对我的鄙夷,像是在问:"这个穿着动力服的恶心家伙能干吗?"最后,我还是选择了妥协,带着他们走向了飞船。翁萨瓦早已在那儿等着了,她双手抱胸,站在入口处的舱门边,表情冷酷,一副唯我独尊的样子。那些技工看到她,瞬间收起先前的嚣张气焰。

"这儿有我就够了。"当我想跟他们一起进去的时候,她对我说道,"怎么不去找坦尼娅?她应该想找人谈谈心。"

"和我吗?"

这位驾驶员不耐烦地耸耸肩,"反正是和某个人,但你当仁不让。因为她即使有话也不会和我说的。"

"她是不是还在房间里?"

"她出去了。"翁萨瓦朝27号挖掘区市中心那群建筑挥了挥手,"去吧,我会看着这帮家伙。"

一小时后我才找到她。她站在市中心北端的一条街上,正盯着眼前的建筑看。墙上镶着一小部分火星建筑,蓝色的表面保存完好。建筑两边围着弧形水泥墙,有人用闪光颜料在建筑那布满符文的表面写了几个大字:过滤、回收。没有铺砌的空地上摆满了机械组件,就像冒出的庄稼,在干旱的地表一排又一排地堆着。几个穿着连身工作服的身影漫无目的地走来走去,在一排排的机器组件之间穿行不止。

我走近的时候,她转过头看了我一眼,面容憔悴,这是被愤怒折磨的结果。

"你跟踪我？"

"无意的。"我撒谎道，"睡得好吗？"

她摇了摇头，"脑海里一直都是苏贾迪的惨叫声。"

"是啊。"

接着是长时间的沉默。我朝前方的弧形墙点点头，"想进去？"

"你他妈的是不是——不，我只是停下来看……"她无奈地指了指布满符号的火星合金墙面。

我看着那些符号，"超光速驱动的说明书，是吗？"

她几乎被逗乐了。

"不是。"她伸手摸了摸其中一个符号，"这是教育后代的长篇大论，既像诗歌，又像为羽翼未丰的后代进行安全知识普及的演讲。里面很大部分是方程式，可能是关于上升力和阻碍力之类的运算。还有一些类似于涂鸦的东西，看起来像——"她停下来，又摇摇头，"很难解释到底是些什么内容，但是，上面，呃，做了某种承诺，呃，是一种启示，充满了一股永恒之力。这种感觉如梦似幻，像是要飞翔。"

"你唬我的吧，上面肯定不是这样说的。"

"真的。所有的信息都遵循一个方程式序列。"她转过身，"他们很擅长整合信息，据我们所知，火星人从不会将事物割裂开来看。"

她垂下头，仿佛已经被这番解说搞得筋疲力尽。

"我打算去大骨架那儿，"她说道，"去那家洛伊斯匹诺吉上次带我们去过的餐馆。虽然我的胃已经装不下什么东西，但是——"

"当然，我和你一起吧。"

她看看我的动力服，它被塞在 27 号挖掘区那位企业家借给我的衣服下，更加显眼了。

"或许我也应该弄一个。"

"最近根本没派上用场。"

我们费力地走上斜坡。

"你确定这事行得通？"她问道。

"什么？把过去五百年来最伟大的考古发现卖给洛伊斯匹诺吉，只换得一个虚拟场景盒和一张黑市飞船票？你觉得呢？"

"我觉得他也是个混蛋商人，和韩德一样，不可靠。"

"坦尼娅，"我温和地说，"不是韩德把我们出卖给楔形军的，而且洛伊斯匹诺吉知道自己得到的是千载难逢的好交易。相信我，这次他一定不会让机会溜走。"

"好吧，你是特派探员，你说了算。"

餐馆的样子和记忆中毫无二致，模制桌椅被罩在大骨架的阴影中，显得颇为凄凉。全息菜单在上方闪着微微的荧光，墙体上挂着的扬声器中小声地播着拉皮妮的歌曲，餐馆里杂乱地摆了很多火星文物。我们是唯一的顾客。

面无表情的侍者不知道从哪里冒出来，走到我们的桌子旁边，看上去情绪不怎么好。我瞄了一眼菜单，又看了看瓦尔达尼，她摇摇头。

"就白水吧。"她说道，"如果可以的话，再来点烟。"

"七区牌还是求胜之愿？"

她扮了个鬼脸，"七区牌。"

侍者看着我，显然希望我多点些东西。

"有咖啡吗？"

他点点头。

"那就给我咖啡，黑咖啡，加威士忌。"

他脚步沉重地走开，我看了看瓦尔达尼，朝他的背影挑起眉毛。

"别为难他了，在这儿工作一定不轻松。"

"也许更糟，他可能被征兵了。"我指了指周围的文物，"而且，看看这里的布置。见过比这更没品位的地方吗？"

她淡淡地笑了。

"武，"她身体前倾，趴在桌子上，"你安装好虚拟场景制造器后，我，呃，我可能就不和你们一起了。"

我点了点头，早想到了。

"对不起。"

"为什么要道歉？"

"你，呃，过去几个月里，你为我做了很多事，你把我从拘留营救出来——"

"我们把你从拘留营弄出来是因为我们需要你，记得吗？"

"我当时很生气，所以才那样说，并不是生你的气，但是——"

"不，你确实生我的气。不光是我，还有施耐德，还有这个战争不断的混账世界。"我耸耸肩，"这不怪你，你是对的，我们把你弄出来是因为我们需要你，你不欠我什么。"

她低头看着自己的手。

"武，你还让我恢复了以往的自我。虽然我当时不愿承认，但特派探员的混蛋修复法确实有效。我现在好多了，虽然恢复得比较缓，但最坏的情况已经过去。"

"那就好。"我迟疑了一下，还是决定说出来，"事实上，我那样做只是因为我需要你，和救你出来的原因是一样的；如果你一半的灵魂丢在了里面，那救你出来也没有任何意义。"

她的嘴抽搐了一下，"灵魂？"

"不好意思，只是一个比喻。和韩德待久了。听着，你当然可以离开，不过我还是挺好奇，想知道到底是为什么。"

侍者又拖着脚步慢悠悠挪了回来，他放下饮料和烟，坦尼娅·瓦尔达尼撕开烟盒，从桌子对面递了一支给我，我摇了摇头。

"我在戒烟,这东西会毁了你。"

她干笑了几声,从烟盒中抽出一根烟,塞进嘴里。她按下点火片,烟雾升腾起来。侍者离开。我喝着加了威士忌的咖啡,心情愉快了些,但依然疑惑不解。瓦尔达尼朝大骨架的方向吐着烟圈。

"知道为什么我要留下吗?"

"为什么你要留下?"

她低头看着桌面,"武,我现在还不能离开。我们在那边发现的东西早晚都会被公众知道,他们可能想重新打开那扇门,或者想驾驶一艘 IP 舰艇穿过去,或者两样都想。"

"是啊,早晚的事。但是战争还没结束呢。"

"我可以等。"

"为什么不去拉提莫等? 那儿安全多了。"

"我不能去,你自己也说了,'钱德拉号' 的运输时间是十一年——最少十一年,而且是在全速飞行、阿梅利不进行任何航线调整的情况下。但谁知道十一年后这儿会变成什么样呢?"

"起码,战争应该结束了。"

"武,战争可能明年就结束了。到时候,洛伊斯匹诺吉将采取行动,而我希望自己在场。"

"十分钟前你还说他和韩德一样不可靠,现在又想为他工作了?"

"我们,呃," 她又低头看着自己的手,"我们今天早上商量过了,他愿意把我藏起来等风声过去,然后给我弄一具新躯体。" 她有些尴尬地笑了笑,"自从战争爆发后,那帮协会专家的地位已经摇摇欲坠。我想他准备把筹码压在我身上。"

"我猜也是。不过你要知道,如果楔形军想抓你的话,就糟糕了。"话说出口之后,我仍然不明白自己为什么这么迫切地想要说服她离开。

"可能吗？"

"有可能——"我叹了口气，"不，应该不会。某个秘密基站里一定有卡雷拉的意识备份，但是要过一段时间他们才会发现他死了，然后获准重新把意识备份下载到新躯体又要花更长的时间。到时候，就算他去了登格里克，也没人能告诉他到底发生了什么。"

她颤抖着，然后看着远方。

"坦尼娅，我必须杀了他，必须掩盖我们的行为。你和所有人都明白这点。"

"什么？"她的眼睛又移了回来。

"我说，你和所有人都应该明白。"我盯着她，"你原本也有这个打算，是吗？"

她又看着远处，烟雾扶摇直上，又被微风吹散。我靠向她，决定打破沉默。

"我本以为我们会一起回拉提莫，然后再不相见。但现在你准备留下，所以我挺好奇。"

她动了动胳膊，但肢体似乎有些不听使唤，于是继续机械地抽烟，吞云吐雾。她的眼睛看着某处，从我坐着的地方看不到的某处。

"你知道多久了？"

"多久？"我想了想，"说句实话，从把你从拘留营弄出来的第一天起就知道了。那时虽然不能确定，但是事情不对劲。在我们去之前，有人已经尝试过要救你出来。是那个口水挂了自己一身的拘留营司令不小心说漏的。"

"你对他的描述还挺贴切。"她又抽了一口，然后吐出烟雾。

"那是当然。攻入曼德拉大厦娱乐层的那群人中一定有你的朋友。我说，这可是妓女最常用的伎俩，先色诱男人走进黑暗的巷子，然后把他交给皮条客。"

她往后畏缩了一下,我不自然地笑了笑。

"不好意思,只是打个比方。我感觉自己就像个傻子。告诉我,他们拿枪瞄着你的时候,是吓唬吓唬你,还是来真的?"

"我不知道,"她摇摇头,"他们是革命防卫队,肯普的得力手下。邓在跟踪时被他们干掉了,存储器被毁,身体被肢解,器官被卖。这些事是等你出来的时候,他们告诉我的,我不知道是不是故意吓唬我,但如果必要,他们一定会杀了我。"

"很可能。但是你还是把他们引进去了,不是吗?"

"是的,"她喃喃自语,仿佛第一次发现这个真相,"没错。"

"介意告诉我为什么吗?"

她微微动了动,可能是在摇头,也可能只是因为颤抖。

"好吧,那能告诉我怎么做到的吗?"

她鼓足勇气,看向我,"加了代码的信号。你和简去同曼德拉谈判的时候,我做好了准备,告诉他们等我的信号。确定我们将前往登格里克后,我在大厦的房间里通知了他们。"她脸上泛起一抹笑容,但是声音依然机器一般毫无感情,"我从电脑目录里订购内衣,号码里夹带了位置代码。就这么简单。"

我点点头,"你一直是个肯普军?"

她不耐烦地换了个姿势,"科瓦奇,我不是本地人,我没有任何政治立场。当然,这儿的人也没权自己选择。"她生气地瞥了我一眼,"但是,老天,科瓦奇,这他妈的原本就是他们的星球,不是吗?"

"你听起来已经有政治立场了。"

"是啊,要真能没有就好了。"她吐出更多烟雾,我看见她的手正微微颤抖,"我真是嫉妒你的自以为是、道貌岸然,还有他妈的超然物外。"

"坦尼娅,这样的人多的是。"我尽量控制自己不要恶言相向,"印第戈城发生民众叛乱的时候,你试试向约书亚·肯普宣扬你的本地人理论看看,还记得卡雷拉安在我们身上的那些可爱的小东西吗?那些神经阻断器,你以为那是我第一次在'圣克宣四号'见到它们?战争爆发前一年,肯普的防卫军就已经用过那些东西了,而且是用在印第戈城抗议的文物商身上。开到最大挡,不断地放电,他们对那些处于被剥削阶级的商人没有丝毫同情。你参与几次这样的大清洗之后,自然会变得超然物外。"

"所以你改变了自己的立场。"这种轻蔑的语气和先前在酒吧时的一样,就是她赶走施耐德的那个晚上。

"不,不是马上,我还花了点时间计划杀了肯普,但是总有家庭成员或者是他妈的战友冒出来找我寻仇。况且那时候战争已经一触即发,正如奎尔说的,战争那档子事,有其固定发展轨迹。"

"所以你忍了下来?"她小声问道。

"坦尼娅,我一直试图逃离战争。"

"我,"她颤抖着,"科瓦奇,我曾仔细观察过你,在兰德弗尔时,在推销商办公室的那场交火中,在曼德拉大厦里,还有你带着队员前往登格里克海滩时。我,我嫉妒你所拥有的一切,你仅凭一己之力就活得这么好。"

我没有马上回答,只是喝了一口威士忌咖啡。她什么都没察觉到。

"但我不能,"她无助地挥了挥手,"我没有办法忘记他们,达萨那彭萨库尔、阿里博沃以及其他人,虽然大多数人不是在我眼前死去的,但他们一直萦绕在我脑中。"她用力咽了口口水,"你是怎么知道的?"

"能给我一根烟吗?"

她把烟盒递给我,没有说话。我忙着点火,将烟吸入肺里,但好像丝毫没有作用。身体机能基本已经报废,洛伊斯匹诺吉的药物则是雪上加霜。反正我一点也不觉得奇怪——抽烟只是习惯,没有其他目的。

"特派探员本能不是你想的那样。"我缓缓地说道,"正如我所说,我知道有事情不对劲,只是没向任何人提起。你,呃,塔尼娅·瓦尔达尼,你真的挺能干,从某种程度上来说,我不希望那个人是你。就算你在飞船上捣鬼——"

她开口道:"翁萨瓦说——"

"是的,我没告诉她真相,她现在还认为是施耐德。正如我说的,我实在不希望那个人是你。当施耐德露出马脚的时候,我紧咬不放,在登陆坪把他揭穿的时候,你知道我的心情吗?我松了一口气,因为找出了那个人就意味着其他人的嫌疑也撇清了。或许这就是所谓的超然吧,呵。"

她一言不发。

"但是仍然有很多迹象表明,施耐德一定有同伙。于是我的特派探员本能重新整理思路,直到证据都摆在面前,我不得不去直面它。"

"比如?"

"比如这个。"我把手伸进口袋,拿出一个数据存储盘放到桌上,显示屏上是闪着点点光斑的一系列数据,"帮我给显示屏腾出空位。"

她疑惑地看着我,然后弓起身子,把数据扫到数据盘的左上方。这个动作让我想起当初她用自己的检测器在屏幕上操作的情形。我点点头,笑了起来。

"真是特别的习惯。大多数人都会向下方清理,我猜是因为这样清理会更加彻底,也更有满足感。但你不一样,你向上清理。"

"维辛斯基,这是他的习惯。"

"你就是在那儿学会的?"

"不知道,"她耸耸肩,"有可能。"

"你该不会就是维辛斯基吧?"

听到这句话,她笑了起来,"不,不是,我不过是和他一起工作过,在布拉德伯里和恩克鲁玛之地时。但是我的年纪只有他一半大。你怎么会这样想？"

"没什么，只是突然想到的。你知道，那次在虚拟场景中做爱时，你的表现有那么一点男性化。你知道，我只是好奇，还有谁比男人更了解男人？"

她又笑了笑，"武，你错了，大错特错。有谁比女人更了解男人？"

有那么一会儿，气氛缓和下来，甚至蒙上了一些温馨的色彩，但也只是昙花一现。她收起笑容。

"你刚刚想说什么？"

我指了指数据盘，"这是你关闭系统后留下的界面。那艘渔船船舱里的数据盘就是这样的。应该是你把达萨那彭萨库尔和他的同事们关在了门的那边，然后杀了渔船上的那两人，最后让尸体裹着渔网沉入了海中。我是在那次聚会的第二天早上注意到的，当时并没有多想。但正如我说的，特派探员本能就是这样，搜索任何支离破碎的信息，等到要用的时候再翻检出来。"

她出神地盯着数据盘，但是我说到达萨那彭萨库尔的名字时，她还是颤抖了一下。

"我开始搜寻证据，有了其他收获，就是储物罐里的腐蚀手榴弹。当然，一定是施耐德关掉了'纳吉尼号'上的监视器，但当时你们俩正打得火热，准确说，应该是旧情复燃。所以对你来说要说服他应该不是什么难事，正如你轻而易举地就让我去了曼德拉公司的娱乐层。一开始有些事情还说不通，因为你急切地希望把所有权浮标放到火星飞船上。何必如此大费周章，先是把其他浮标都毁了，然后又费尽心思把剩下的最后一个放进去，这是为什么？"

她点点头，神情有些恍惚，看来她还在想着达萨那彭萨库尔，我就像在对空气在讲话。

"确实说不通，但是想想其他被毁掉的东西，我就明白了。不仅仅是浮标，还有辨认－评估仪器，你把所有的都毁了，因为你不希望达萨那彭萨库尔和其他人进入虚拟场景，你不希望我们知道他们身上发生的事情。当然，我们回到兰德弗尔后还是会发现真相。但你原计划让我们永远也回不去，是不是？"

这句话把她拉回现实。她盯着我，环绕的烟雾中是那张憔悴的脸。

"你知道我是什么时候把这些弄明白的吗？"我用力地吸了一口烟，"当我游回那扇门的时候，我真的一度感觉门会被关上，虽然不知道自己为什么会这样想，但如此一来整块拼图就完整了。他们穿过那扇门，结果门被关闭，把他们困在了里面。怎么会发生这种事？可怜的老达萨那彭萨库尔怎么会只穿着一件 T 恤出现在里面？然后我想起了瀑布那儿的事情。"

她眨了眨眼睛。

"瀑布？"

"对，任何正常人，在做完爱之后，一定会大笑着把对方推进池塘。但是相反，你居然哭了。"我把玩着手里的烟屁股，显得饶有兴趣的样子，"当时你和达萨那彭萨库尔一起站在门边，你把他推了进去，再把门关上。坦尼娅，其实关闭那扇门根本不用两小时，对吧？"

"嗯。"她小声地答道。

"在瀑布那儿的时候，你是不是想到自己迟早也会对我下手？"

"我，"她摇摇头，"不知道。"

"你是怎么把渔船上那两个人杀了的？"

"电击枪击晕，然后装进网里，清醒之前就被淹死了。我，"她清了清喉咙，"我后来又把他们拉了上来，不知道为什么，准备……我也不知道，可能是想把他们埋在哪里吧。也或许等上一段时间，然后把他们扔进门里去。但是我吓坏了，我不敢去那儿，怕阿里博沃和翁在氧气用尽之前找到了开门的方法。"

她正视着我。

"虽然这点连我自己都不信。我是考古学家,我知道怎样……"她顿了一会儿,"反正即使我亲自出马,也不一定能在他们丧命之前再次开门。只不过,那扇门……我坐在渔船上,想着他们就在另一边,门的另一边,垂死挣扎。虽然他们实际上在我头顶几百万公里以外的太空,但仿佛就在旁边的一个山洞里,离得如此近。我感觉像是有什么庞然大物压迫着我。"

我点点头。回到登格里克海滩之后,我告诉了瓦尔达尼和翁萨瓦,我在船体周围和卡雷拉互相厮杀的时候,发现了封在船身里的尸体,但我并没有告诉她们我在飞船里最后半小时的经历,没有告诉她们我用卡雷拉的助推器跌跌撞撞地返回荒凉的登陆坪时一路上的所见所闻。在回那扇门的路上,我只感觉周围有什么东西游来游去。最后,我只能眯起眼睛,紧紧地盯着黑暗中那一丝遥远而又模糊的亮光。我不敢回头,害怕自己会看到些什么,害怕那些窝在那儿的东西,害怕他们会朝我伸出利爪。我只是朝亮光冲去,害怕那一丝亮光突然消失,害怕自己被永远困在黑暗里。

兴奋剂产生的幻觉。后来,我只能这样告诉自己。

"你为什么没把渔船开走?"

她再一次摇摇头,把烟熄灭。

"我吓坏了,当我把渔网中那两人的存储器挖出来的时候,我觉得,"她颤抖着,"就好像有什么东西在盯着我看。我把他们重新扔进海里,用尽全力把他们的存储器也扔得远远的。之后我逃走了,没有想去炸了山洞或者是抹掉自己来过的痕迹,就一路走回了索贝维尔。"她突然换了一种我辨识不出的语调,"最后那几公里我搭了辆顺风车,驾车的是一个年轻男人,他带了好几个小孩刚从反重力滑翔游回来。

我猜他们应该都不在了吧。"

"应该是。"

"我觉得索贝维尔还不够远,就继续南逃。联盟摄政府签署对我的逮捕令时,我正在布特金纳里海岸。卡特尔军队在一个难民营中找到了我,然后把我和其他人一起扔进了拘留营。这看起来就像是报应。"

她重新拿出一根烟,塞进嘴里,斜着眼睛瞥了我一眼。

"是不是很可笑?"

"不,"我喝光咖啡,"相反,我还挺感兴趣。你去布特金纳里做什么?为什么不回印第戈城?你一直都站在肯普那边,而且——"

她做了个鬼脸,"武,我可不觉得肯普军愿意见到我。因为我刚刚把他们探险队的所有人都杀了。很难向他们解释原因。"

"他们是肯普的人?"

"对。"她的语气中多了份轻松,"你以为那次探险是谁资助的?太空传动、钻孔装置、建筑设备、模拟仪器,还有开启那扇门的数据处理系统,得了吧,武,当时战争就要爆发了,这些东西还能从哪儿来?你以为是谁把那扇门的记录从兰德弗尔档案库中抹掉的?"

"我说过,"我开口道,"我不愿去想这些事。这么说,那就是肯普的生意啦,那你为什么把他们杀了?"

"我不知道。"她摆摆手,"可能是因为——科瓦奇,我真的不知道。"

"好吧。"我把烟掐灭,想要控制住再来一根的冲动,结果还是失败了。我看着她,等待她继续。

"那个,"她停了一下,然后摇摇头,又重新开口,言语带着恼怒,"我一直觉得自己是他们那边的,而且那次行动确实意义非凡。我们达成了共识,如果肯普能得到那艘飞船,那么它就会成为对抗卡特尔最好的砝码，能够让我们赢得这场战争，而且不费一兵一卒。"

"啊——哈。"

"结果我们发现那是一艘战舰，阿里博沃在船头发现了武器舱，应该不会有错，然后，又发现了一个，我，呃。"她停了下来，喝了几口水，清了清喉咙，"他们都变了，就一个晚上而已，全部都变了，包括阿里博沃，她原本是那么的……大家就像着魔了一样，就像是恐怖片中的桥段，像有什么东西穿过那扇门然后……"

她又做了一个鬼脸。

"我想可能是自己还不够了解他们吧。渔船上的那两个是军队里的人，我根本不认识他们。不过，所有人都变了，他们试着开启飞船的引擎，不管那是什么，当然我们现在叫超光速驱动；他们一直谈论着怎么成就大业、飞船的重要性，还有革命的意义；谈论着要把兰德弗尔完全蒸发掉；谈论着要一路打到拉提莫，轰掉整个星球，拉提莫、波特圣特、苏弗里耶，要让它们像索贝维尔一样，全部都蒸发，直到星际联盟摄政府投降为止。"

"他们真的会那样做吗？"

"很有可能，恩克鲁玛之地的系统比较简单，只要掌握了基本操作就行了。如果那艘飞船也一样简单的话……"她耸了耸肩，"现在来看不是这样，但我们那时候还不知道。他们以为自己可以操作。最重要的是，他们想要的不是什么谈判的砝码，而是战争机器。而这机器正是我给他们的。他们竟然欢呼着上千万条生命的死亡，仿佛那只是一个笑话。他们整晚上都说着同一件事，喝得醉醺醺的，还他妈的唱着革命歌曲，粉饰自己的暴行。和你在官方频道听到的那些垃圾一样，说得天花乱坠，都是忽悠大众的政治手段，实际上就是想让一条会屠灭生灵的战舰重见天日。而我，居然把这样的东西双手奉给了他们。如果没有我，他们根本不可能重新打开那扇门，他们都只不过是挖扒者,他们需要我,也只能依靠我。其他那些协会大师们要么已经在拉提莫被冻了起来,和这场游戏无关;要么就是在兰德弗尔混日子,等着由协会买单的超空间传输获得通过。王和阿里博沃来印第戈城找我,求我帮助他们,我就伸出了援手。"她转头看着我,似乎渴望得到理解,"这一切都是我给他们的。"

"但你又夺走了。"我小声说。

她伸出手来,我抓住握了好一会儿。

"你是不是也打算那样对我们?"当她稍微平复一些的时候,我问道,"但过去的事情已经过去了,你现在需要做的就是继续生活,坦尼娅。"

对面那僵硬的脸上滑下一颗泪珠。

"我不知道,"她低声说道,"我只是想要生存。"

"这个想法很好。"我告诉她。

我们静静地坐着,两手相握,直到侍者突发奇想,跑出来看看我们是不是想要再点些什么。

回去的路上,我们穿过 27 号挖掘区的街道,经过了来时那堵嵌着火星文物的水泥墙。突然,我想起了那些被冰封的火星人的痛表情苦,他们陷入并且被封在了自己飞船的气泡物中。成千上万个火星人,就那样蔓延在飞船那行星般浩大的躯壳上,像一个塞满天使的国度。他们在临死的最后一刻还在疯狂地拍打着翅膀,想要逃离那场袭击了整艘飞船的大劫难,他们痛苦挣扎、尖声哀号。

我斜眼看了看坦尼娅·瓦尔达尼,我知道在她的脑海中也闪现出同样的一幕。

"希望他不会来这里。"她喃喃说道。

"谁?"

"维辛斯基。若消息传出去,他会过来的,因为他想看看我们发现的东西。我怕这会毁了他。"

"那他们会让他来吗?"

她耸耸肩,"如果他真那么想来的话,没什么能阻挡他。虽然过去的一个世纪里,他只在布拉德伯有一份挂名差事,但是他在协会里有好些秘密朋友,这就够了。如果有人敢对他不敬,必然没有好下场。到时候,会有人站出来帮他说话,然后最起码为他争取到一个前往拉提莫的超空间传输名额。之后,依靠他的财力,他完全可以自己搞定剩下的事。"她摇了摇头,"但是,那飞船会毁了他。他最珍爱的火星人,居然和人类一样,打打杀杀,然后成千上万一起死去。这片坟场和星际财富被一起尘封在了战争机器里,这会颠覆他以前所有的信仰。"

"呃,适者生存……"

"我也会唱。适者大脑聪明,适者掌控一切,适者演化出文明,适者朝星光进发。一首操蛋的老歌里唱的。"

"还是同一个操蛋宇宙呢。"我温和地指出。

"只是……"

"至少他们不是因为内讧灭亡的,你说过,另外一艘船不是火星人的。"

"嗯,但我也不太确定,只是看起来根本不像。但是那又怎么样呢? 事情又不会有所改善。集结你的种族,然后和另外一个打来打去,难道不这么做就不行吗?"

"似乎不大可能。"

她并没有在听我说话,而是出神地看着注有水泥的文物,"他们一定知道自己要死了,本能地想要飞离,就像炸弹爆炸前的逃跑,或是子弹飞来时抬起格挡的双手。"

"船体是怎么回事,融化了吗?"

　　她摇摇头,缓缓地说道:"我不知道,但是看起来不像,这个问题我也一直在想。我们看到的那些武器,好像能改变物质的基本属性,"她挥了挥手,"我也不知道。是物质的波长吗? 或者能进行更高维度的攻击? 这是我自己的想象,我想船体可能突然消失了,他们浮在太空之中,但仍然活着,因为飞船在某种程度上还在那儿,只是看不见。但是,他们以为飞船消失了,所以才想飞着逃离。"

　　我开始颤抖,想起了什么。

　　"一定是一次比我们见过的都要猛烈的攻击,"她继续说道,"我们那次连防护罩都还没攻破。"

　　我嘟囔了一句,"是啊,不过,既然那些系统可以这样自动运行十万年,运转效果一定很好。在情况变糟前,你知道韩德说过什么吗?"

　　"没听到。"

　　"他说其他人就是这样死的。我们在走廊里发现的那个,应该也属于其他人之一。翁、阿里博沃还有其他的队员也算,这也是为什么他们宁愿待在外面耗光氧气也不进去的原因。同样的事情也发生在他们身上,对不对?"

　　她停在路中间,看向我。

　　"听着,如果⋯⋯"

　　我点点头,"对,这也正是我在想的。"

　　"我们算过两者运行的轨道,那些符号计时器和我们自己的仪器测出的结果一样,都是每一千二百年遭遇一次。如果阿里博沃他们也经历了同样的事情,那就有问题了。"

　　"那就意味着十八个月之前他们也经历了一次差点儿就成功的攻击。"

　　"只看数字的话⋯⋯"她吸了一口气。

"对,你也一定想过。因为数学上来说解释不通,为什么前后两次探险只相隔十八个月,却都悲剧地遇上这么猛烈的攻击?"

"非常猛烈。"

"按照数字计算,两船在这么短的时间内重复遭遇几乎不可能。"

"除非……"

我再一次点点头,笑了起来,她明白了,我看到她变得神采奕奕。

"你说得对,除非那地方有很多同样的战舰飞来飞去,这样的话,那就是一个普通事件。你看到的是整个舰队系统的大葬场。"

"我们以前也一定看到过,"她有些迟疑地说道,"到现在为止,肯定找到过一些。"

"这可不一定,星际空间太大了,就算是长达五十千米的飞船,对比群星也显得相当渺小。况且我们也没有刻意去找过。自从我们到达那儿后,就一直像无头苍蝇一样到处乱转,注意力都在挖掘进度,以及迅速转手卖出这类事情上面。投资以求回报,这就是我们在兰德弗尔玩的游戏。除此以外,我们的双眼看不到其他东西。"

她笑了起来,起码看起来是在笑。

"科瓦奇,你该不会是维辛斯基吧?有时候你说话和他还真像。"

我又笑了起来,"不,我也不是维辛斯基。"

洛伊斯匹诺吉给我的电话响了起来,我从口袋中拿出,胳膊肘疼时我畏缩了一下。

"怎么了?"

"我是翁萨瓦,这些家伙都搞定了,我们今天晚上就可以离开,正如你所愿。"

我看看瓦尔达尼,叹了一口气,"是,正如我所愿。几分钟后就到。"

我收起电话,继续朝着街道南端走去,瓦尔达尼跟在身后。

"嘿。"她开口道。

"怎么了？"

"你刚刚说的关于出去看看什么的？还有无头苍蝇之说？'我不是维辛斯基'先生，你是怎么突然想到这些的？"

"我不知道，"我耸耸肩，"或许是因为我来自哈伦世界，那是星际联盟里唯一一处当你想起火星人的时候，需要朝天外看的地方。噢，我们也有自己的挖掘点和文物发现，但是对于火星人，我们印象最深的就是防御轨道。它们一直在那儿，无休止地转动着，就像蓄势待发的擎剑天使，它们已经成了天空的一部分。而我们在这儿发现的一切，包括这船，事实上并没有让我特别惊讶。早晚我们总会理解这一切的。"

"没错。"

现在，她也恢复了往日的语气，这让我相信她会没事的。原本我以为她并不是为了这事而留下，把自己钉在这里等战争结束不过是个借口，只不过想借机惩罚自己。不过再次听到她热切而又兴致勃勃的声音后，我终于放下心。

她会没事的。

这感觉像是做了一次漫长的旅行，从我在一艘偷来的飞行器中用特派探员技术帮她修复精神创伤开始，我俩就一路并肩走来。而现在终于到了尾声。

感觉心头终于释怀了。

27号挖掘区里有个破旧的小停机坪，附近有条弯弯曲曲的街道。"还有一件事。"我们走到那儿时，我对她说道。我们下面是楔形军战舰那和尘土化为一色的变色船身。我们重新停下来看它。

"怎么了？"

"你想让我怎么处理属于你的那份钱？"

她笑了，这次是真心的。

"超空间传输给我吧,十一年后,对吧? 行,也让我有个期待。"

"好。"

停机坪里,阿梅利·翁萨瓦突然从船内走出。她站在那儿,一只手挡住额头的阳光,抬首看着我们。我挥了挥手,走向下面的战舰,属于我的漫长航行才正要开始呢。

尾 声

"安金·钱德拉美德号"从黄道面一跃而起,冲入太空。虽然速度已经快得肉眼无法看清,但是若以星际标准来看,还是慢如蜗牛。就算加速度开到最大,也远远无法和一个世纪前从拉提莫飞来的殖民船相提并论,那些殖民船的速度已经能够接近光速了。但"钱德拉号"毕竟不是深度空间飞船,其建造的目的也不在于此。不过船上装备了努哈诺维科导航系统,它终究会带着我们到达目的地。

在虚拟场景中,你会和外部世界脱节。洛伊斯匹诺吉的技术人员将我们的场景做得相当出色。吹着微风的海岸线。波浪打磨过的石灰石环绕在水边,像熔化后一层层堆积在底部的蜡烛。石灰石阶梯闪着耀眼的白光,不戴太阳镜的话会照得眼睛都睁不开。海面泛着涟漪,熠熠闪亮。你可以走下阶梯,进入五米深的清澈海水中。接着,凉爽的海水会带走你身上的汗珠。下面还有五颜六色的海鱼,在珊瑚丛中游来游去,珊瑚下的沙床纹理看上去就像古典的巴洛克风格。

　　建在山林间的屋子古典而又宽敞，那是一座削掉顶部的城堡。平坦的阳台三面都围有栏杆，中间是镶有马赛克图案的露台。出了后门你可以直接走进山间。屋子很大，为我们每个人留有私人空间，厨房和餐厅也可以举办全员聚餐。屋子里经常有音乐流淌，放着阿多拉奇安和拉提莫流行的舒缓的西班牙吉他乐。多数墙面都放满了书。

　　白天的时候，气温会上升，所以吃完早饭后几个小时，你会想要到水里去游个泳。而到了晚上，气温虽然降低，但是又不至于太冷，你可以穿件毛衣或是夹克坐在屋顶上看星星，这也是我们经常做的事。当然，那不是从"安金·钱德拉美德号"的驾驶舱里看到的夜空——其中一个技术工告诉我，这里的夜空是模拟档案中地球的星空景象。不过没人关心这些。

　　作为死后生活，这还不赖。不过这夜空可能还是入不了韩德的法眼——他是一个不会满足的人——更何况这只是凡人的设计。但这一定比坦尼娅·瓦尔达尼死去的队员们所在的地方强多了。就算"钱德拉号"那空无一人的甲板和走廊可能给人一种鬼船的感觉（阿梅利·翁萨瓦也说如此），那也不会比火星人在门的另一端留给我们的惊悚更可怕。再说，我现在也是鬼魂，一只被储存在战舰墙壁内的微小电路中、以电子态快速移动的鬼魂。

　　不过夜幕降临时，当我的视线越过空瓶子和烟斗，环顾着巨大的木桌时，我还是希望其他人也活了下来。我尤其怀念克鲁克香克，虽然德普雷、孙和翁萨瓦都是很好的伙伴，但是他们都不像那位利蒙高地姑娘，她率直爽快、活泼开朗，总是滔滔不绝，说个没完了。当然，也没有人像她一样，对和我上床有那么浓厚的兴趣。

　　苏贾迪也没能活下来。在登格里克海岸时，只有他的存储器没被我炸成碎渣。在离开27号挖掘区之前，我们试过下载他的意识。但是他已经精神失常，只会不停地尖叫。我们设计了一个虚拟的大理石庭院场景,然后围着他站了一圈,可他完全认不出我们来,只是不断地尖叫着胡言乱语,还挂着涎水。就算我们伸手去帮他,他也只是一个劲地往后缩。最后,我们只好把他拉出来,然后把整个虚拟场景的数据删除,因为所有人都不想再见到这座庭院了,它永远烙上了悲伤的印记。

孙提议说可以试试心理治疗,我想起那个重生太多次的楔形军爆破中士,对此表示怀疑。不过无论拉提莫上有何种心理治疗,我都会为苏贾迪买单。

苏贾迪。

克鲁克香克。

汉森。

还有蒋。

有人可能会说我们轻轻松松就脱身了。

有时候,当我和卢克·德普雷一起坐在夜空下分享威士忌的时候,我也同意了这个说法。

翁萨瓦会时不时地失踪。有一位衣着古板的匈奴官家子弟模样的虚拟人,总会开着一辆古旧的、顶部松软的空中吉普来接她。他会为安全带的问题对翁萨瓦唠叨一通,这也是颇有看头的一幕,然后他们驾车离开,在发动机的嗡嗡声中消失于屋后的山林里。她每次不到半个小时就会回来。

当然,在现实世界,这已经过去了好几天。洛伊斯匹诺吉的技术工们为我们把船上的虚拟场景调慢,几乎是调到了最慢。他们肯定是第一次听到这样的要求——大多数客户都是希望虚拟场景中的时间是现实时间的几十倍甚至是几百倍。但话说回来,大多数人也不会遇上十一年都无所事事的情况。我们这儿的一分钟,现实世界里就是一百分钟。在空荡荡的"钱德拉号"上,几周的时间对我们来说只是几个小时。这个月末我们就能回到拉提莫星系。

如果能够睡过去,将会轻松很多。但是卡雷拉这个没脑子的家伙,简直和那些盘旋在"圣克宣四号"那些尸体周围的食腐鸟类一样不了解人性。若遇上战争,这艘战舰有能力逃脱,但却只有一个给驾驶员用的紧急冰冻舱,真是吝啬鬼,而且唯一的这个质量还很差——翁萨瓦常常要去处理那些复杂的冷冻故障,不断地解冻然后重新冷冻。匈奴官僚主义本来是从前跟孙立平开的一个玩笑,但有一天,翁萨瓦从船上回来后,不断地咒骂着船上的冰冻舱处理器,说它速度太慢,太没有效率,简直就像匈奴官僚主义的做派。

当然,翁萨瓦有些言过其实,当生活的各个方面都如此接近完美的时候,你就会去抱怨一些鸡毛蒜皮的小事。大多数时候,她的咖啡还没凉就出门回来了。而且,她在驾驶层上运行的系统检测,到现在为止都是百分之百正常。努哈诺维科导航系统,正如孙在火星飞船上所说,是你能得到的最好的。

几天前,当我们在海岬外的蓝绿色海面上仰躺着,双眼眯成一条缝晒太阳的时候,我还向她提起过这句话。她都不记得自己有说过这些。"圣克宣四号"上发生的一切都好像是上辈子的事情了。在死后的生活里,人们好像完全不关注生前的事情,又或者是人们不需要也不想去关注。任何人都可以从虚拟场景的数据库里了解我们已经走了多长的路,还有多久才能到达,但却没有人这样做。我们更愿意就这样糊里糊涂地过着,其实大家都知道,"圣克宣四号"上已经过了好几年了——但是具体多少年——没人去过问。战争可能已经结束,和平业已到来,也可能还没有,但生者的事与我们并不相干。

起码基本上是这样。

但有时候我也想知道坦尼娅·瓦尔达尼现在在做什么,她是不是已经离开了圣克宣星系,换上了新的面孔,继续疲倦但却专心地研究着那架火星无畏舰上的符号之谜。我想知道有多少安装了自动控制系统的飞船在那周围游荡,寻找着自己的老敌人,然后交火,受创后又重新坠入黑夜中,等着机器慢慢给自己修复,为下一次出击做准备。我还想知道,如果我们开始探索宇宙,我们还会在这拥挤不堪的空间中碰到什么。当然,有时候我也想知道他们的最初目的是什么,他们为什么会选择那一颗颗普通的行星做战场,最后,我还想知道他们是否觉得这样做有意义。

当然,更多的时候,我想的是当我到了拉提莫之后要做些什么,不过有一些细节尚不明了。我得先向奎尔主义者汇报,他们会想知道我为什么没有把肯普带到拉提莫星系附近,为什么在关键时刻改变立场,当然,最糟糕的是,为什么情况跟他们将我从超空间传输过来的时候相比丝毫没有好转,他们雇我的时候,肯定没想到是这样的结果。

我得编点东西。

我现在还没有备用躯体,但这不是什么大问题。拉提莫银行里有一份两千万联盟币的存款,其中一半是我的。我还有一小帮特种兵死党,其中一个还吹嘘自己和拉提莫最著名的军人家庭有血缘关系。到那儿之后,我还要为苏贾迪找个优秀的精神外科医生,然后整理好心情前往利蒙高地,向伊维特·克鲁克香克的家人传递她的死讯。当然,除了这些,我隐约觉得自己还应该回伊涅恩那长满银灰色野草的遗址去看看,仔细想想坦尼娅·瓦尔达尼这样的人带给我的改变。

当我重生之后,这些是我必须优先处理的事情。任何挡我道的家伙,就准备好跟我干上一架吧。

从某些方面来说,我很期待这个月的结束。

妈的,我对来生的期待好像太高了。